신혼의
기쁨

신혼의 기쁨

초판 1쇄 찍은 날 | 2018년 1월 12일
초판 1쇄 펴낸 날 | 2018년 1월 18일

지은이 | 홍윤정
펴낸이 | 예경원

편집 | 주승아

펴낸곳 | 예원북스
등록번호 | 제396-2012-000132호
등록일자 | 2012. 7. 25
YRN | 제1-0207호

주소 | 경기도 고양시 일산동구 호수로 646-24 위너스21-Ⅱ 206A호 (우) 10401
전화 | 031-819-9431 팩스 | 031-817-9432
http://cafe.naver.com/yewonromance
E-mail | yewonbooks@naver.com

ⓒ 홍윤정, 2017

ISBN 979-11-6098-779-9 03810

홍윤정 장편 소설

신혼의 기쁨

YEWONBOOKS
ROMANCE
STORY

여원

C · O · N · T · E · N · T · S

프롤로그 …… 7

제1장 어느 특별한 결혼식 …… 18

제2장 그냥 자두지? …… 46

제3장 상처 입은 앨리스는 안전하지 않다 …… 69

제4장 저랑 같이 가실래요? …… 94

제5장 선배의 여자 …… 120

제6장 선배는 절대 안 돼요 …… 144

제7장 필사적인 게 누군지? …… 170

제8장 내 이름을 불러줘 …… 192

제9장 지구상에서 가장 행복한 남자 …… 217

제10장 사랑을 지우는 방법 …… 240

제11장 벌을 줘야겠군 …… 264

제12장 내 사랑이 무슨 의미가 있을까? …… 287

제13장 손님, 제 대답은요 …… 312

제14장 돼, 우린 아직 신혼이니까 …… 337

에필로그 …… 362

작가 후기 …… 374

프롤로그

푸른 밤, 코사무이의 전망 좋은 리조트 스위트룸.

TX그룹의 제1상속녀, 박이래는 인생 최대의 딜레마에 빠져 있었다.

이 달콤한 쾌락으로부터 도망치느냐.

아무것도 생각하지 않고 그저 본능에 몸을 맡기느냐.

달아나고 싶은 마음이 간절했다. 자신을 자유분방한 탕녀처럼 달아오르게 만드는, 야비할 정도로 부드러운 손길을 가진 남자에게서 최대한 멀리 달아나고 싶었다. 두려웠다. 도망치고 싶다는 절박하리만치 강한 충동을 느끼면서도 자신을 이토록 꼼짝 못하게 만들 수 있는 그가 무서웠다. 몸 안에서 독버섯처럼 번지는 이 끔찍한 열망도.

하지만 박이래에게는 그를 받아들여야 할 숙명적 의무가 있었다.

그녀는 오늘 TX그룹의 유력 차기 회장감을 남편으로 맞이했다. 올해 가장 빛나는 웨딩마치라는 찬사를 받으며 성대하게 치러진 결혼식으로 말미암아, 이래는 집안의 미래를 책임질 남자와 합법적인 부부의 연을 맺었다. 오늘 밤은 그 결혼의 마지막 절차. 첫날밤인 허니문. 이대로 침실을 박차고 달아난다면 TX그룹의 차기 회장감도 더 이상 자신의 것이 아니게 될 것이다.

"집중 좀 하지? 흥이 깨지잖아."

불과 몇 시간 전, 수많은 하객들 앞에서 죽음이 갈라놓을 때까지 서로를 사랑할 것을 맹세한 신랑 하경우는, 신부 박이래의 목덜미에 입술을 묻은 채 중얼거렸다.

나직하지만 분명한 하경우의 음성은 그를 끌어안을 것인지 말 것인지, 조금은 우스꽝스럽고도 조금은 비장한 고민에 빠져 있던 박이래를 일깨웠다.

"계속 그렇게 한눈팔면 재미없을 줄 알아."

"……!"

이래는 감았던 눈을 번쩍 떴다.

그대로 숨을 멈추었다. 칠흑처럼 새까만 하경우의 눈동자가 물끄러미 그녀를 내려다보고 있었다. 그는 한 손으로는 이래의 발그레해진 뺨을, 다른 손으로는 그녀의 소박한 가슴을 희롱하고 있었다. 새색시다운 수줍음이 일시에 밀려들었다. 자신이 이토록 친밀한 행위를, 다른 사람도 아닌 경우와 나누고 있다는 사실이 믿기지 않았다. 꿈처럼 모든 것이 비현실적이었다.

"미, 미안해요. 마음이 좀 복잡해서……."

호흡을 진정시키며 이래는 어색하게 웅얼거렸다. 딱히 딴생각

중이었던 것은 아니었지만 사실대로 말할 수는 없었다. 사랑이라곤 눈곱만큼도 없는 정략결혼의 상대에게 이토록 강한 욕망을 느낀다는 것은 그 자체만으로도 부끄러운 일이니까. 실내가 어두워서 천만다행이었다. 훤한 불빛 아래였다면 신랑은 벌써 새신부의 흥분 상태를 눈치챘을 것이다.

"됐어."

하경우는 다소 신경질적으로 중얼거렸다.

"네 탓이 아니야. 널 지루하게 만든 쪽은 나니까."

이래는 놀랐다. 그가 자신을 지루하게 만들었다니, 말도 안 된다고 생각했다. 정말로 그랬다면 자신이 이렇듯 이성을 잃지 않으려고 애쓸 필요도 없을 것이다. 이런 짝짓기에 불과한 요식행위에 짐승처럼 욕정을 느끼지도, 그러는 자신이 혐오스러워 자괴감을 느낄 필요도 없었을 것이다.

"하지만 상관없지 않나? 애초 우리의 관심사는 이쪽이 아니니까."

"이쪽이라뇨?"

"섹스."

하경우는 대수롭잖은 듯 가볍게 중얼거리며 동의를 구하는 듯 눈썹을 끌어 올렸다. 이익과 계산에 의해 맺어진 정략부부에게 잠자리는 별로 중요하지 않다는 뜻이었으니 결코 틀린 말이 아니었다. 하지만 이래는 선뜻 동의하지 못했다.

마음에 암약해 있던 죄책감이 슬그머니 고개를 들었다. 남자라면 절대로 거부할 수 없는 미끼로 하경우를 유인한 것, 결혼으로 옭아맨 것, 그리하여 진정으로 사랑하는 여자와의 행복해질 기회를 앗아간 것. 그 모든 것에 대해 미안한 마음이 들었다. 지금의 결과는 온전히 하경우 본인의 자발적인 선택에 의한 것이고, 그러하니 이래 자신이 미안해할 이유가 전혀 없음에도 불구하고 말이다.

"네, 뭐, 그렇죠."

이래는 본심을 감쪽같이 감추고 상대가 바랄 쿨한 답을 했다.

"좋아."

예상했던 답이라는 듯 경우는 심드렁하게 중얼거리고, 지극히 건조한 눈길로 이래의 가슴을 내려다보았다. 그의 손은 여전히 이래의 희고 볼록한 젖무덤을 덮은 채 젖꼭지를 간질간질 희롱하고 있었다. 거의 무의식중이었던 듯 그는 자신이 무슨 짓을 하는지 깨닫자마자 손장난을 뚝 그쳤다.

"어쭙잖은 짓은 관두고 빨리 해치우자. 넣는다."

그는 차갑게 중얼거리고는 가슴을 쥐고 있던 손을 빠르게 아래로 미끄러뜨렸다. 이래는 순간 흠칫했다. 깃털처럼 가벼운 그의 손끝이 갈비뼈를 스치고 지나가자 온몸에 닭살이 돋았다. 다리 사이로 화기가 몰렸다. 거친 숨을 들이켜며 이래는 두 눈을 부릅떴다 이내 질끈 감았다.

그는 일말의 주저함도 없이 곧장 그녀의 양쪽 허벅다리를 붙잡고 넓게 벌렸다. 따뜻하고 청명한 이국의 밤공기가 다리 새로 살포시 내려앉는다. 소름이 끼치도록 강한 전율이 허벅지를 타고 올라가 중심지를 찔렀다.

이래는 숨을 헐떡였다. 원치 않은 소리가 목구멍을 박차고 터져나오려고 하자 필사적으로 목구멍을 죄었다. 하지만 물컹하고도 따스한 것이 전율을 따라 허벅지 안쪽으로 거슬러 올라가자 이래의 자제력은 빠르게 흐트러졌다.

"으응!"

이래는 재빨리 입술을 깨물었다. 더 이상은 무너지지 않기 위해 각고의 노력을 기울였다. 치미는 본능을 밀어내고, 생각이라는 걸 하고 또 했다. 이 결혼은 지극히 실리적인 선택이라는 것, 이 행위 또한 사랑하는 연인들의 아름답고 성스러운 결합이 아니라는 것을 떠올렸다.

하지만 그가 비밀스러운 지점을 살포시 감싸 쥐자 차곡차곡 쌓아두었던 생각들은 단번에 날아갔다. 그는 꼭 다물린 그녀의 입구를 부드럽게 문지르기 시작했다.

"흐읏!"

날카롭고도 달콤한 전류가 하체를 스쳐 갔다. 빠르게 욕구가 치솟았다. 이미 최대치라고 생각했던 흥분감이 더 높이 솟아올랐다. 입에 올리기도 민망한 부위가 안쪽 주름까지 욱신거리고, 몸속 깊은 곳으로부터 음수(淫水)가 넘쳐 났다.

덜컥 겁이 난 이래는 허겁지겁 몸을 뺐다. 그의 손길에서 벗어나기 위해서 이리저리 몸을 피했다. 하지만 그에게 이미 다리 하나를 붙잡힌 그녀가 도망칠 곳은 어디에도 없었다. 끝끝내 그녀의 아방궁은 그의 무자비한 손끝 아래에서 달콤한 과즙을 흥건하게 흘러내고 말았다.

그녀의 항복을 받아낸 경우는 이제 발갛게 달아올라 파르르 떠는 새순들을 하나씩 젖히고 있었다.

"아, 아……."

촉촉하게 반짝이는 수줍은 속살이 모습을 드러내자 그는 두 갈래의 길에 두 개의 엄지를 대고 천천히 위아래로 문질렀다. 정염의 단추를 살포시 누르고 비볐다. 꽉 다물린 입구에 손가락을 쏙 물려주었다. 넘쳐 나는 꿀물을 부드럽게 퍼 올리며, 촉촉한 샘터를 더욱 흥건하게 적셨다.

이래의 숨은 턱 밑까지 차올랐다.

그의 지분거리는 손길이 바빠질수록 그녀는 점점 더 굶주렸다. 알 수 없는 갈급증으로 몸이 펄펄 끓었다. 온몸이 갈가리 찢기는 것만 같았다. 몸 안에 차오른 뜨거운 응어리가 전신을 휘돌아다니며 그녀를 참을 수 없는 지경으로 몰아넣었다.

이대로는…….

아아, 이대로는 견딜 수가 없다.

더 이상은, 이렇게는…….

극도의 허기짐과 공허감으로 이래가 몸부림칠 때였다. 부드럽고도 단단한 살아 있는 생명체처럼 뜨겁게 요동치는 물질이 느슨하게 풀어진 입구에 닿았다. 그것은 발그레한 속살에 입을 맞추고, 곧바로 촉촉한 늪으로 잠입해 들어왔다.

단번에. 성큼.

"훗!"

그의 저돌적인 침입은 격통을 유발했다. 이래는 거칠게 숨을 들이켰다. 예상치도 못했던 찢어질 듯한 아픔이 뼛속에서부터, 아니, 그보다 더 깊은 곳에서부터 쩌릿쩌릿 파도처럼 밀려들었다.

거의 울먹이며 입을 벌렸다. 그대로 굳어버렸다. 비명도, 신음도, 한마디의 말도 꺼내지 못했다. 더 이상은 숨도 쉴 수가 없었다. 쉬어보려고 했지만 쉬어지지가 않았다. 그는 너무 컸다. 도저히 감당할 자신이 없는 크기와 압박감이었다.

"너 뭐야?"

그녀의 몸속에 반쯤 잠긴 채 석고상처럼 굳어버린 경우에게서 끔찍한 질문이 날아들었다.

"……처음이야?"

공포스러우리만치 음산한 그의 목소리가 귓가를 스쳤다.

눈을 감고 있었지만 이래는 경우의 경멸 어린 표정을 손쉽게 떠올릴 수 있었다. 분명히 그 얼굴에는 비웃음과 동정이 난무할 것이다. 이 나이 먹도록 처녀인 여자는 세상에 자신밖에 없을 테니까.

하지만 이래는 평생을 'TX그룹 제1상속녀'라는 꼬리표를 붙이고 살아왔다. 모든 남자들이 그녀를 원했고, 노렸고, 공략했다. 재벌의 사위가 되기만 하면 출셋길은 따 놓은 당상이라고 생각하는 수많은 남자들의 표적이었다. 자연히 남자라는 존재를 회의적으로 바라보게 되었고, 연애에도 방어적일 수밖에 없었다.

철이 들면서부터 그녀는 전적으로 공부와 일에 의지한 삶을 살아왔다. 스물일곱 살이 넘어서면서부터는 아버지가 소개해 주는 남자와 맞선을 보러 다녔다. 그즈음엔 아무나 사랑해서는 안 되는 자신의 운명을 기껍게 받아들이고 있었음이었다.

"아, 아니에요……."

이래는 눈을 감은 채 목소리를 쥐어짜 겨우 한마디만을 뱉을 수 있었다. 고개를 세차게 저어 맹렬히 부인했다. 이제 백년해로해야 할 사이가 되었으니 웬만하면 그에게 사실을 고하고 싶었지만. 도저히 이것만큼은 곧이곧대로 말할 수 없었다. 그녀는 전부터 그에게 비웃음당하는 걸 죽기보다도 더 싫어했다.

"처음이 아닌데 왜 이렇게 빡빡해?"

경우가 죄인 다그치듯 거칠게 추궁했다.

훅훅. 머리맡으로 그의 뜨거운 숨결이 폭포수처럼 쏟아졌다.

양쪽 허벅지를 움켜쥔 그의 손아귀에 아찔할 만큼 강한 힘이 들어갔다. 아팠다. 그에게 붙잡힌 허벅지에도, 한껏 위로 추켜올려진 골반에도, 극도로 흥분한 야수를 삼킨 채 파르르 떠는 연약한 꽃단지에도 끔찍한 통증이 계속해서 밀려들었다.

이래는 꼴깍 마른침을 삼키고서 천천히 눈을 떴다. 잡아먹을 듯한 그의 시선이 안면에 파팍 내리꽂혔다. 어찌나 매서운지, 아주 잠깐 사실대로 고백할까 했던 마음이 순식간에 사그라졌다. 이래는 불끈 용기를 내 누가 들어도 비정상적이랄 만한, 억지스러운 반박을 숨도 쉬지 않고 쏘아붙였다.

"제가 그걸 어떻게 알아요?"

"네가 모르면 누가 알아?"

반박의 반박이 곧바로 날아온다.

윽박지르듯 우악스러운 어투는 마치 분노한 짐승의 으르렁거림처럼 들렸다. 이래는 맹수로 변한 하경우가 자신을 아작아작 뼈째 씹어 먹는 말도 안 되는 상상을 하며 또다시 꼴깍, 마른침을 삼켰다.

내일 지구가 멸망한다 해도 오늘 한 그루의 나무를 심을 유일한 인류, 침착대마왕 하경우와 맹수를 연관시키는 날이 올 줄이야.

하경우는 좀체 흥분하지 않는 사람이다. 처음 고등학교 선후배로 만나 지금까지, 그를 안 지 벌써 햇수로 16년째에 접어들었지만 이래는 한 번도 그가 화내는 모습을 본 적이 없었다. 그는 모든 면에서 완벽을 추구하는 사람이었다. 목표가 생기면 충분한 시간과 노력을 투자하여 치밀하고 정교하게 계획을 세우는 사람. 함께 일하는 사람들은 그를 두고 '퍼펙트 맨'이라고 불렀다.

아무리 퍼펙트해도 이런 것까지는 감별해 내기 어려울걸.

"몰라요. 제 탓 아니에요."

이래는 거침없이 우겼다. 처녀라곤 절대 말 못하니 어쩔 수가 없었다. 다른 누구도 아닌 하경우에게서 동정과 연민의 눈빛을 받느니 차라리 혀 깨물고 죽겠다는 심정이었다.

"제가 빡빡한 게 아니라 선배가 너무 커서 문제라는 생각은 안 해보셨어요?"

"뭐?"

"제 나이가 몇인지는 선배가 더 잘 아시잖아요. 서른둘이에요, 서른둘. 비정상이 아니고서야 처녀일 수가 없죠. 결혼 첫날밤에 할 소린 아니지만 솔직히 저, 경험이 적지는 않아요. 셀 수도 없이 많이 해봤어요."

"아아, 그러셔?"

그가 기가 막힌다는 듯 코웃음을 쳤다. 눈곱만큼도 믿지 않는다는 듯한 몹시도 약 오르는 반응이었다. 오기가 난 이래는 대학을 졸업하자마자 시집간 친구 정아를 떠올리며 거짓말에 두둑한 살을 보탰다.

"대학교 졸업반 때 사귀던 남자친구와는 적어도 일주일에 서너 번씩은 했어요. 학교 근처에 그 애의 자취방이 있었거든요. 우린 서로 홀딱 빠진 나머지 하루도 떨어져 있고 싶지 않았죠. 무려 1년 넘게 그런 식으로 사귀었지만 아무 문제 없었어요. 그 애랑은 아주 딱 맞았어요. 볼트와 너트처럼 완벽한 한 쌍이었다고요."

"그래?"

터무니없는 거짓말은 효과가 상당했다. 경우는 음침한 목소리로 나른한 추임새를 흘리더니, 먹잇감을 어떻게 발라먹을지 고뇌하는 야수처럼 그녀를 살벌한 눈초리로 내려다보았다. 압도적인 그의 음산함에 이래는 살짝 쫄았지만 이내 더욱더 신명나게 지껄였다.

"그 뒤로도 남잔 많았어요. 한둘이 아니었죠. 알다시피 제가 돈이 많잖아요. 찍는 족족 제 손에 들어와서 마음껏 즐길 수 있었더랍니다. 그러니 제가 처녀일 가능성은 거의 없다고 봐야죠. 유감스럽게도."

"유감스럽긴. 오히려 내겐 잘된 일이지."

부드럽고 나직한 그의 목소리가 머리맡에 살포시 떨어졌다.

"배려할 필요가 없어졌잖아."

"배려……요?"

"음. 배려."

"……."

침묵 속에서 창가로부터 날아온 순풍이 그들의 달뜬 피부를 핥았다.

이래는 일순 소름이 좍악 끼치는 것을 느꼈다. 경우의 번뜩이는 시선도, 꿈틀거리는 몸의 근육들도, 폐를 들락날락하는 거친 숨결도. 그의 모든 것이 위협적으로 느껴졌다.

"꽉 잡아, 박이래. 이제부터는 '나'랑 해볼 테니까."

그가 한없이 달콤한 미소를 생긋 지었다. 이래의 등줄기가 오싹해진다. 저기 저 멀리에서 뭔가가…… 상상을 초월하는 정체불명의 그 무언가가 자신을 향해 손짓하는 것만 같았다. 두려움과 설렘이 동시에 그녀의 육체를 짜릿하게 몰아갔다. 저도 모르게 이래는 숨을 헐떡이고 있었다.

경우는 이래의 두 다리를 자신의 가슴팍으로 거칠게 끌어당기며, 그녀를 향한 경고의 마지막 카운트다운을 알렸다.

"아주 오랫동안."

그들의 신혼의 서막은 그렇게 열렸다.

제1장 어느 특별한 결혼식

한 달 전.

이래는 회사와는 꽤 멀리 떨어진 프랜차이즈 카페 구석 자리에 앉아 있었다. 숨 막히는 어색함과 따분한 업무 얘기를 반찬 삼아 체할 것처럼 불편한 식사를 이제 막 마친 참이었다. 식사 파트너는 지난 2년 동안 하루도 빠짐없이 그래 왔듯 약혼자인 하경우.

약혼 기간 2년이라는 말로 모두가 미루어 짐작하듯 그들은 사랑하는 사이가 아니었다. 서로에 대한 애정도, 애정을 키워 나갈 의지도 전혀 없는 전시용 연인, 말 그대로 쇼윈도 커플이었다. 그랬기에 평소에는 남들 보란 듯 식사를 마친 후 언제나 곧장 각자의 사무실로 향했다. 하지만 오늘은 다르다. 웬일인지 식당을 나서자마자 하경우가 카페에서 잠깐 얘기를 나누자고 제안한 것이다.

카페 안은 무척 소란스럽고 어수선했다.

사실 이곳은 근처의 유명 학원 때문에 24시간 온종일 학생들로 북적거리는, 진지한 얘기를 나누기에는 여러모로 부적절한 장소였다. 그렇다는 걸 알면서도 이래가 이곳을 대화 장소로 선택한 이유는 단 하나였다.

그가 결혼 얘기를 꺼낼지도 모른다는 불안감.

이래는 결혼에 대해 진지하게 의논할 마음의 준비가 되어 있지 않았다. 무책임하다고, 약혼한 지 벌써 2년이나 지났는데 무슨 그런 태평한 소리를 하느냐고 비난해도 별수 없다. 싫은 건 싫은 거다.

"파혼하자."

카페 구석에 자리를 잡고, 커피를 주문하고, 주문한 커피를 받아와 몇 모금 마실 때까지 단 한 마디도 하지 않던 하경우가 긴 침묵을 깨고 입을 열었다. 주변의 소음 속에서도 그의 목소리는 명료하고 또렷했다. 이래는 얼이 쑥 빠진 얼굴로 그를 바라봤다.

"네?"

"파혼하자고. 너랑 나."

"왜요?"

"결혼하고 싶어졌어."

대화가 납득할 수 없는 흐름으로 이어지자 이래는 눈살을 찌푸렸다. 결혼하고 싶어서 파혼을 하자니, 이게 대체 무슨 말이람?

"제가 머리가 나쁜가 봐요, 선배."

이래는 바짝 마른 아랫입술을 혓바닥으로 축이고서 차분하게 말했다.

"이해가 잘 안 되는데요. 좀 더 자세히 설명해 주실래요? 결혼하고 싶어서 파혼을 하자는 게 무슨 뜻이죠?"

"말 그대로야. 난 이제 결혼해서 가정을 꾸리고 싶어. 흔히들 말하는 여우 같은 마누라에 토끼 같은 자식. 평범하고 소박한 바람이지. 너도 알다시피 가정을 꾸리려면 일단 결혼이란 걸 해야 하잖아?"

"그런데요?"

"하지만 넌 결혼 생각 없잖아. 적어도 나와는. 아니야?"

"그, 그건……."

"2년을 기다렸어. 이제 나도 내년이면 서른 중반에 접어들어. 언제까지나 널 기다리고 있을 수만은 없지. 나도 내 인생이 있으니까. 아직 기회가 있을 때 새로 시작하고 싶어. 파혼에 동의해 줘. 나머지 뒷일은 내가 처리할게."

"나머지라니요?"

"회장님의 반발. 사람들의 의혹."

"그걸 선배가 잠재우시겠다고요? 어떻게요?"

"일단은 그럴싸하고 적절한 스토리를 만들어야겠지. 그런 다음엔 적당한 루트를 통해 배포하고. 우리가 합의하에 각자의 길을 걷기로 했다는 선에서 마무리하면 될 거야. 회장님을 설득하는 건 쉽지 않겠지만 어떻게든 되겠지. 말이 전혀 통하지 않는 분은 아니니까. 내가 책임지고 설득할게."

"그……!"

실현 불가능한 논리를 펴는 하경우를 적극적으로 반박하고 싶었지만 이래는 일순 말문이 막히고 말았다. 경우의 눈빛이 너무 진지했다. 원래부터 진지하지 않은 적이 없던 그였지만, 지금의 그는 빈틈을 찾을 수 없을 만큼 완벽하게 진지했다.

이건 단 1퍼센트조차 농담이 섞이지 않은 진심이었다. 갑자기 진땀 나는 현실이 적나라하게 인식되었다. 천하의 박이래가 약혼 자에게 파혼당할 위기에 직면한 것이다!

제일 먼저 심호흡을 했다. 깊게 숨을 들이켰다가 내뱉었다. 뇌 에 산소를 공급하니 미친 듯이 날뛰던 가슴이 조금씩 잦아지는 것 도 같았…… 다는 개뿔.

더욱 가열차게 뛰기 시작했다.

이래는 당이 급격히 떨어지는 느끼며 테이블에 놓인 컵을 성마 르게 낚아챘다. 캐러멜시럽, 헤이즐넛시럽, 초코, 휘핑 등등, 온갖 달콤한 것을 잔뜩 버무린 악마의 음료를 쭉쭉 빨아먹으니 추락하 던 기분이 조금씩 나아지는 것 같았다.

"……선밴 정말 그런 뻔한 눈가림이 통할 거라고 생각해요?"

이래는 세상 제일의 열등생을 바라보듯 그를 깔보며 코웃음을 쳤다. 차가운 척, 상처 따위 받지 않는 척, 가증 떠는 것만큼은 자 신 있는 박이래답게 목소리는 비교적 멀쩡하게 나왔다.

"통하지 않을 이유가 없으니까."

"선배."

"물론 세상 모두가 우리의 해명을 믿어주지는 않겠지. 네 말대 로 다른 속사정이 있을 거라고 의심하고, 캐고, 헛소문까지 퍼트 리는 사람들도 있을 거야. 하지만 그게 큰 흐름을 바꿀 수 있다곤 생각지 않아. 어차피 믿고 안 믿고는 개인의 자유지. 아무리 정상 적인 해명이라도, 믿기 싫은 사람은 안 믿을 거야. 그런 몇몇 사람들까지 우리가 일일이 신경 쓸 필요는 없다고 생각해."

"하지만."

"공식적으로 해명하고 끝내는 게 그나마 제일 깔끔해. 걱정하지 마. 크게 뒷말 나오지 않게 내가 잘 매듭짓도록 할게. 혹시 나중에 문제가 생기더라도 너는 신경 쓸 필요 없어. 모두 내가 처리해."

이래가 파혼의 후폭풍을 걱정하는 것처럼 보였을까. 경우는 그녀를 안심시키려는 듯 특유의 오빠 말투로 자분자분 얘기하고선 입술 언저리를 슬쩍 끌어 올렸다.

미소 비슷한 것이 입가에 떠오르자 경우의 인상이 훨씬 부드러워졌다. 숨 막히게 잘생겨 보이는 것은 물론.

옆 테이블에 앉은 여자들이 수다를 멈추고 흘낏 이쪽을 돌아보았다. 경우에게 노골적으로 시선을 꽂아두고서 소곤소곤 서로 귓속말을 주고받기 시작했다. 뭘 속닥거리는지는 들어보나마나. 저 남자 잘생겼다, 상대편 여자와는 무슨 사이일까, 한번 대시해 볼까, 뭐 그딴 시시한 소리들이겠지.

특별할 것 없는 일이다. 하경우는 반듯하고 스마트한 인상에 이목구비까지 뚜렷한, 전형적인 미남형으로 어려서부터 인기가 엄청나게 많았다. 낯선 여자들의 관심과 호기심쯤 하경우에겐 일상이다.

'하지만 너무 무례하잖아. 엄연히 내가 있는데 저렇게 대놓고 쳐다보며 속닥거리는 건.'

이래는 짜증스러운 눈빛으로 옆 좌석의 여인네들을 째려보았다. 그를 안 지 십수 년이고, 그중 2년간은 그의 약혼녀로 지냈으니 이제는 이런 시선에 익숙해질 만도 한데. 이래는 아직도 뭇 여인들의 저런 시선이 불편했다. 비웃음처럼 느껴져서. 자격도 없는 게 부득부득 그를 붙들고 있는 꼴이 아주 우습다고 흉보는 것만 같아서.

그렇다. 인정하고 싶지는 않지만 그녀는 하경우에게 자격지심이 있었다. 참 못났지만 별수 있나. 하경우는 박이래에게 트라우마를 안겨준 존재인걸.

그는 누구보다도 잘난 그녀를 한없이 작아지게 만든다.

언제나 씩씩한 그녀를 자기 비하에 빠지게 만든다. 어디서든 튀는 그녀를 순식간에 투명인간으로 전락시킬 수도 있다. 그리고 그 지리멸렬한 투명인간 시절의 시작은 오래전 고등학교 시절로 거슬러 올라간다.

그를 처음 보았을 때, 전교 학생회장이자 테니스부 부장이었던 그는 학교 대항 테니스 대회에서 전교생의 압도적인 지지를 받으며 상대 학교의 실력자들을 차례로 격파하고 있었다. 손목에 하얀 보호대를 하고 머리카락을 흩날리며 공을 스매싱하는 그의 모습은 여학생들을 단체로 실신시키기에 충분했다. 당시의 그는 언감생심 그녀가 가까이 다가갈 수조차 없는 참으로 고귀한 존재였다. 남녀노소를 불문하고 모두가 그를 좋아했고, 그녀 역시 첫눈에 동경하게 되어 곧장 테니스부에 입부하게 되었다.

그와 재회한 건 대학교 3학년 봄 학기.

하경우와 같은 대학, 같은 과에 진학한 이래는 군대에서 제대하고 복학한 그와 함께 수업을 받게 된다. 보통 아저씨나 노땅 취급받던 복학생 처지였음에도 경우는 언제나처럼 인기가 많았다. 어찌나 핸섬하던지 선후배는 물론이거니와 조교, 강사 선생님들까지 그를 좋아하지 않는 여자가 없을 정도였다.

심지어 이래는 웬 여학우로부터 고민 상담을 요청받은 적도 있다. 고민의 내용인즉슨 경우가 여자들에게 두루두루 잘해준다는 것, 자신을 좋아하면 제발 자신에게만 잘해줬으면 좋겠다는 것이었다. 이래는 지극히 현실적인 조언을 건넴으로써 가뜩이나 마음 약한 동기를 펑펑 울렸더랬다.

"내가 보기에는, 경우 선배가 아니라 너한테 문제가 있는 것 같은데? 넌 지금 선배가 널 좋아한다고 생각하잖아. 그거 착각이야. 나를 포함한 다른 사람들은 그런 낌새를 못 느꼈거든. 너도 방금 말했잖아. 선배가 모든 여자들한테 공평하게 잘해준다고. 그렇다는 건 선배가 널 포함한 모든 여자들한테 관심이 없는 거 아닐까?"

다시 생각해 봐도 차갑고 배려심 없는 말이었다. 오죽하면 선배가 자신을 좋아한다는 망상까지 했을까, 안쓰럽게 생각하며 부드럽게 에둘러 얘기했어도 되었을 텐데. 하지만 그땐 이래도 그럴 만한 여유가 없었다. 저도 모르는 새에 그녀 역시 하경우에게 빠져들게 되었으니까. 하지만 하경우가 잘해주는 그 모든 여자들 속에 자신은 쏙 빠져 있었으니까.

하경우는 고교시절부터 한결같이 그녀를 '노룩패스(No look pass)' 했다. 단 한 번이라도 제대로 말을 걸어준 적도, 웃어준 적도 없었다. 눈길조차 주지 않았다. 처음에는 그러려니 했지만 횟수가 쌓이고 햇수가 쌓이니 슬슬 오기가 생겼다. 우습지만 가슴에 한이 맺혔다. 오죽 억울하고 분했으면 술까지 취해 주정을 했을까.

"선배님은 제가 싫으시죠? 왜 저만 미워하세요? 제가 뭘 그렇게 잘 못했어요?"

주정 사건 이후, 둘 사이는 완전히 멀어졌다. 서로가 서로를 피하는 몇 개월의 시간이 흐르고, 경우는 유학을 떠나 버렸다. 그와의 인연은 그것으로 끝장난 것이라고 생각했었다. 아버지가 미국에서 잘나가는 전문경영인을 스카우트했다며 인사 자료를 건네주기 전까지는.

그게 거의 3년 전의 일이다.

"미안하지만, 선배."

이래는 하경우의 수려한 얼굴을 지극히 못마땅한 눈길로 쳐다보며 퉁명스럽게 입을 열었다.

"그건 선배 힘만으론 절대 못 막아요. 뒷담화가 괜히 뒷담화예요? 당사자들 몰래 자기네들끼리만 쑥덕쑥덕 사람을 찧고 빻고, 그런 게 뒷담화예요. 당사자인 우린 무슨 일이 벌어지는지조차 전혀 모르고 당할 거라고요. 선배도 이젠 이쪽 사람들 잘 아시잖아요. 얼마나 잔인한지. 벌써 여기 2년이나 몸담고 계셨으니까."

"맞아. 2년이나 이쪽 세계에 발을 담그고 있었지. 있어보니 알겠어. 여긴 내가 있을 곳이 아니라는 거. 난 너한테는 한없이 부족해."

"부족해요? 뭐가요?"

"다. 너한텐 나보다 더 좋은 조건의 괜찮은 남자가 필요해. 너한테도, TX그룹을 위해서도 하루빨리 적절한 상대를 찾아야 한다는 게 내 결론이야. 네가 허락한다면 내가 후보자를 물색해 볼게. 능력, 집안, 개인 사생활까지 두루두루 조건을 잘 갖춘 사람으로. 그리 오래 걸리진 않아. 서두르면 올 연말쯤에는 후보자 리스트를 받아볼 수도 있을 거야."

"웃기시네."

경우가 부족 운운하며 어쭙잖은 소릴 늘어놓자 이래는 참지 못하고 거칠게 말을 뱉었다. 화가 머리끝까지 났다. 화려한 언변으로 그럴싸하게 포장했지만 그가 말하고자 하는 바는 너무나 명백했기에.

난 네가 싫어.

"좀 솔직해지시죠? 마치 순교자인 척, 날 위해서, 회사를 위해서 빠져주겠다는 듯 말하지 말고. 있는 그대로 사실을 얘기해 보시라고요."

"순교자인 척? 내가?"

"선배 여자 생겼어요?"

"뭐?"

"좋아하는 사람 생겼죠? 정말로 결혼하고 싶은 사람, 죽고 못 사는 사람 생긴 거 아니에요? 그래서 우리 거래에 관심이 사라진 거잖아요. 왜요? 생각해 보니까 도저히 안 되겠던가요? 아무리 돈과 명예가 욕심나도 그 여자 없이는 못 살겠어요? 그럼 그렇게 말하셔야죠. 괜히 날 위해서 포기하는 척하면 안 되죠. 비겁하게."

"신기하네."

가만히 앉아 있던 그가 문득 중얼거리더니 피식 했다. 난데없이 섹시한 미소가 그의 얼굴에 떠오르자 넋 놓고 그를 바라보고 있던 옆 테이블의 아가씨들이 갑자기 서로 부둥켜안고 꺅꺅거리기 시작했다. 이래는 짜증나는 눈길로 여자들을 째려보고 하경우도 째려보았다.

"신기하긴 뭐가요?"

"내가 하고 싶은 얘기를 네가 하니까. 너야말로 마음에 둔 사람이 따로 있는 거 아니야? 사랑하는 사람을 잊지 못해 아무나와 결혼하려는 것 아니냐고."

"그게 무슨 말도 안 되는 소리예요?"

"우리가 약혼한 지 벌써 2년이야. 사람들이 왜 결혼하지 않는지 쑤군거릴 만도 한 꽤 긴 시간이지. 그런데도 넌 식을 치를 생각이 전혀 없어. 상식적으로 이런 추궁을 받아야 할 사람은 내가 아니라 너지."

"결혼식을 미루는 이유라면 이미 충분히 설명드렸잖아요."

"친구와의 합동결혼식? 그걸 지금 나더러 믿으라는 거야?"

"……."

순간적으로 말문이 막혔다. 자신이 생각해도 우스꽝스럽고 유치한 이유였으니까. 어떤 여자가 중학교 시절 친구와의 약속을 지키기 위해 자신의 결혼식을 무려 2년이나 미룬단 말인가. 솔직히 말하자면 핑계였다. 친구 효원과 그런 약속을 했던 건 사실이지만, 크게 의미 있는 약속이 아니었다.

"엊그제 이걸 봤어."

합죽이가 된 채 얼굴을 붉히는 이래를 가만히 응시하다가 경우는 주머니에서 휴대전화를 꺼내었다. 잠시 인터넷 기사를 뒤지더니 뭔가를 찾아낸 듯 휴대폰을 이래의 앞으로 스윽 내밀었다. 사진이 없는 짤막한 단신이었으나, 이래는 헤드라인만으로도 그 내용을 한눈에 알아볼 수 있었다.

─HJ그룹의 현무열, 지난주 미국에서 비밀리에 결혼.

"합동결혼식을 약속했다던 친구. 현무열 씨의 연인 아닌가?"
"아…… 네…….″
"자기들끼리 벌써 결혼식을 치렀더군. 둘도 없이 친한 친구의 결혼 소식이니만큼 당연히 넌 벌써 알고 있었겠지?"
하경우는 놀랄 만큼 차분한 어조로 이래를 추궁했다. 어떻게 이럴 수 있는지는 모르겠지만. 이래가 고의적으로 자신을 속였다는 사실을 알고서도 그는 흐트러짐 하나 없이 완벽하게 냉정함을 유지하고 있었다.

이제 어쩌면 좋지?
이래는 아랫입술을 지그시 깨물며 고개를 푹 숙였다. 경우가 모든 정황을 꿰뚫은 나머지 파혼을 결심했다고 생각하니 얼굴이 화끈거렸다.
사실이 그렇다.
중학교 시절부터 절친이었던 친구 심효원이 미국 현지에서 자기들만의 결혼식을 올린 사실을 안 것은 결혼식 당일. 즉 일주일 남짓 전. 사실을 알고도 이래는 아무런 조치를 취하지 않았다. 차마 경우에게 상황을 말할 수가 없었다. 효원이 결혼했다는 건 경우와 결혼할 수 없는 핑계가 사라졌다는 뜻이고, 핑계가 사라졌다는 건 이제 더 이상은 결혼을 피할 수 없음을 의미하는 것이었으니까.

"조만간 얘기하려고 했어요."

"언제? 세상 사람 모두가 알고 난 후에? 그래서 내가 조롱거리가 된 다음에야 사실을 털어놓으려고 했어?"

"효원이랑 현무열 씬 2년간이나 헤어졌다가 이제 겨우 재결합한 거예요. 재회하자마자 갑자기 결혼식을 올렸고요. 효원이가 현재 미국에서 유학 중이라 현지에서 서둘러 조촐하게 식만 올리고 허니문을 즐기는 거예요. 조만간 한국에서 정식으로 결혼식을 올린다기에…… 선배한테도 그때 얘기하면 될 거라고 생각했어요."

"그럴싸한 변명이네. 감쪽같아."

"진짜예요! 한국에서 두 번째 결혼식을 올릴 때 저랑 같이 합동결혼식하면 어떻겠냐고 효원이가 제안하기까지 했다고요. 제가 거절하긴 했지만."

"왜? 원했던 거 아니야? 합동결혼식이라는 거."

"막상 현실로 닥치니까 맘이 내키지 않았어요. 걔 어쨌든 두 번째 결혼식이잖아요. 첫 번째 결혼식을 멋지게 치렀으니 두 번째는 좋은 추억이 될 만한 이벤트로 친구와의 합동결혼식을 기획할 수도 있겠지만, 우린 아니잖아요. 저도 우리 둘만이 주인공인 결혼식을 올리고 싶어졌어요. 천천히 꼼꼼하게 준비해서, 아주 특별하고 성대한 결혼식을 치르고 싶어요."

적당히 이유를 둘러 붙이다가 이래는 문득 깨달았다. 자신이 정말로 그러길 바란다는 것을. 친구 효원이 사랑하는 남자와 아름답고 낭만적인 해변 결혼식을 올린 것만큼이나, 자신도 남들이 부러워할 만한 결혼식 추억을 갖고 싶었다. 누구도 부럽지 않은, 그 어떤 커플의 결혼식보다도 더 특별하고 의미 있는 결혼식을.

이래는 거리낌 없는 시선으로 경우를 똑바로 마주 보며, 제법 확신에 찬 어조로 말했다.

"선배가 뭣 때문에 화난 것인지 알아요. 다 제 잘못이에요. 사실대로 말하려고 했는데 망설이는 바람에 고백할 타이밍을 놓쳤어요. 그 점에 대해서는 할 말이 없어요. 죄송하게 생각해요."

"미안하다는 말을 듣고 싶었던 게 아니야. 난……."

"전!"

"……."

"우리 사이가 이대로 끝나지 않길 바라요, 선배. 아버지와 저, 우리 회사는 선배한테 이미 너무 많은 부분에서 의지하고 있어요. 아버지도 선배를 아들처럼 아끼고, 회사 사람들도 선배를 차기 회장감으로 믿고 따라요. 저 또한 TX그룹을 이끌기에 선배만 한 사람이 없다고 생각해요. 제 불찰로 약혼이 깨지면 그 파급이 어디까지 미칠지 상상하기도 싫다고요."

"날 너무 과대평가하는 것 같네."

"아니에요! 과대평가가 아니라 현실을 냉정하게 바라보는 거예요. 전 무슨 일이 있어도 꼭 선배와 결혼해야 해요. 결혼하고 싶어요. 그러니까 이번 일은 없었던 걸로 해주세요."

이래는 진지하고 진정성 있는 태도로 부탁의 말을 건넸다. 그럼에도 경우에게선 변화의 조짐이 조금도 없었다. 파혼에 대한 결심이 너무 강고한 듯. 초조해졌다. 그와 파혼하면 벌어질 일들이 파노라마처럼 뇌리를 스쳐 갔다.

사람들의 쑥덕거림. 주주들의 반란. 살얼음판 이사회.

행여 경우가 파혼을 사유로 회사를 그만두기라도 하면, 그의 체제에서 운영돼 가던 그룹이 기둥째 흔들릴 것이 불을 보듯 뻔했다. 오너인 박 회장을 향한 주주들의 거센 비난이 쏟아질 것이다. 사태를 미연에 방지하지 못한 책임을 물어 사임을 요구할지도 모른다. 그런 불상사가 벌어지는 일은 기필코 막아야 했다.

"선배."

이래는 조금은 절박한 심정으로 테이블 위에 놓여 있는 그의 손에 자신의 손을 가만히 포개었다. 갑작스러운 스킨십에 놀란 듯 경우가 눈썹 하나를 부드럽게 끌어 올렸다.

"친구 결혼식에 대해 함구한 건 정말 죄송해요. 제가 큰 실수를 했어요. 선배가 기분 나쁜 거 당연해요. 제 잘못인 만큼 제가 다 책임질게요."

"책임?"

"뭐든 이제부턴 선배가 하라는 대로 할게요. 결혼 문제에 있어서는 무조건 선배와 먼저 상의하고, 선배의 의견을 적극 반영할게요. 그러니까 파혼은 제발 다시 생각해 주세요."

"내가 시키는 대로 하겠다?"

"무, 물론 파혼만은 빼고요."

"……."

"선배한테 사랑하는 사람이 생겼다면, 그래서 파혼하시겠다는 거라면, 제가 당연히 물러나야겠죠. 아무리 정략결혼이라도 결혼은 결혼이니까요. 남은 인생 전부가 걸린 중대사잖아요. 저도 감정을 가진 인간인데, 사랑하는 사람을 두고 어떻게 저와 결혼해 달라고 매달릴 수 있겠어요. 못하죠. 절대. 하지만 그런 게 아니라면. 사랑하는 사람이 생겨서 저랑 결혼 못하는 게 아니라면요. 그럼 선배가 저랑 결혼해 주셨으면 좋겠어요."

"……."

"정중하게 다시 부탁드릴게요. 파혼, 재고해 주세요."

이래는 그의 두 손을 붙잡고 진지한 눈빛으로 최대한 예의 바르게 말했다. 그를 주저앉힐 일말의 가능성이라도 있다면 인정에 호소해서라도 어떻게든 붙잡아보겠다는 일념이었으나, 그에게서는 여전히 변화의 조짐을 느낄 수가 없었다. 동정심이로든 뭐로든 부탁을 들어줄 마음이 없는 듯 무표정한 얼굴과 냉정하기 짝이 없는 시선으로 그녀를 물끄러미 지켜보기만 했다. 그러다가 불쑥 한마디 내뱉었다.

"한 달."

"네?"

"한 달의 기한을 줄 테니까 그동안 결혼 준비 모두 마쳐 둬."

"한 달이요? 무슨? 갑자기 웬?"

"우린 한 달 뒤 결혼식을 올릴 거야."

"말도 안 돼! 어떻게 한 달 안에 모든 준비를 마쳐요?"

"할 수 있어."

"시일이 너무 촉박하다고요. 결혼이 무슨 애들 장난도 아니고. 식만 올리면 다 해결되는 게 아니잖아요. 해야 할 일이 너무 많아요. 아무리 비수기라지만 이렇게 갑자기는 안 된단 말이에요. 결혼식장도 잡아야 하고, 집도 계약해야 하고, 혼수 준비도……."

"결혼식장 없어서 결혼 못할 일은 없어. 우리가 결혼한다고만 하면 식장을 내주겠다는 곳은 얼마든지 있으니까. 신혼집은 회사와 친정집 가까운 곳에 미리 봐뒀어. 몸만 들어오면 되니까 혼수는 하지 마. 예단도 기본만 해. 우리 집, 허례허식 따지는 집안 아니야."

"예단도 하지 마라고요?"

"내 쪽은 이미 올 스탠바이야. 2년 전부터 쭉. 당장 결혼해도 될 정도이니까 너만 잘 준비하면 돼."

"아, 아무리 그래도 어떻게 예단도 하지 말라는 소릴……"

"오후에 신혼집 인테리어 업자 수배해서 보낼게. 특별히 원하는 분위기나 바꾸고 싶은 집안 구조 같은 게 있으면, 업자와 상의해서 네 의견을 충분히 반영하도록 해. 난 특별히 선호하는 스타일이 없으니까 상관하지 말고. 전적으로 네가 원하는 스타일에 맞춰. 빠른 시일 안에 공사를 마쳐야 할 테니까 서둘러서 결정해."

"정말로 한 달 뒤에 결혼하겠다는 거예요? 그 안에 준비할 수 있다고 생각해요?"

"그럴 수 있다고 생각하는 것뿐만 아니라, 정말로 그럴 수 있어. 네가 나를 잘 따라와 준다면. 일어나. 일단 오늘 반지부터 고르자."

"네에?"

일이 이렇게나 급진전되다니! 신혼집 인테리어는 뭐고 반지는 또 뭐야? 불과 30분 전까지 어색하게 식사하며 따분한 시선을 나누던 남자와 결혼 절차에 관해 의논하고 있다니. 이 상황 내체 뭐냐고요.

너무 놀랍고 너무 당황스러워서 이래는 어안이 벙벙해졌다. 불도저 같은 하경우의 '돌격 앞으로'에 눈알이 팽글팽글 돌 지경이었다. 경우는 그녀를 패닉 상태로 빠뜨리고도 시종일관 태연했다. 그는 벌써 자리를 털고 일어나 자기가 마시던 아메리카노 종이컵을 치우고 있었다.

"아, 참! 결혼식은 특별히 성대하게 치르고 싶다고 했지?"

카페 내의 분리수거형 쓰레기통에 컵을 버리고 돌아온 경우가 문득 생각났다는 듯 물었다. 이래는 반쯤 얼이 나간 얼굴로 멍하게 그를 올려다보았다. 그러자 그는 주변 여인네들은 물론 이래까지도 흐물흐물하게 만들 만큼 달콤한 미소를 지으며, 세상에서 가장 다정한 연인인 양 꿀이 뚝뚝 떨어지는 목소리로 말하였다.

"난 가까운 친지들만 모시고 조용히 치르고 싶었는데. 네가 정원한다면 그렇게 하자. 성대하게."

결혼은 일사천리로 진행되었다. 올 스탠바이라는 말이 허풍이 아님을 증명하듯 하경우는 정말로 모든 일들을 정확하게 막힘없이 술술 해치웠다. 별명이 '퍼펙트 맨'인 남자다운 하경우의 일처리에 이래는 허리케인에 휩쓸려 오즈로 날아가는 도로시처럼 어안이 벙벙해졌다.

정신이 하나도 없었다.

일단 예상하지 못했던 스케줄이 갑자기 생겨난 탓에, 업무 스케줄 조정이 불가피했다. 결혼으로 인해 생긴 보름이라는 공백기를 메우기 위해 중요한 일들을 미리 처리해 놓느라 그렇잖아도 살인적이던 평소 업무량이 배로 늘어나 버렸다. 업무량 증가는 새벽같이 출근해 별 보며 퇴근하는 파김치 일상으로 이어졌다. 그로 인한 체력 저하는 나태함과 귀차니즘으로 이어졌고, 별수 없이 결혼식 준비는 하경우가 모조리 떠안을 수밖에 없었다.

그렇게 일에 치여 정신없이 한 달을 보내고…….

이래는 마침내 신부 대기실에 앉아 있었다.

예식장은 국내 내로라하는 정재계 인사들의 자제, 혹은 매스컴이 주목하는 유명 연예인 커플들이나 설 수 있다는 최고급 호텔 웨딩홀. 한 달 만에 급조한 것을 감안하면 식장 섭외는 아주 잘된 케이스였다. 하지만 딱 거기까지. 화려하고 비싼 웨딩홀은 이래가 생각한 '특별한' 결혼식과는 거리가 멀었다.

그녀는 이렇게 돈만 있으면 얼마든지 꾸밀 수 있는 결혼식을 바란 게 아니었다. 비싼 드레스를 차려입고 값진 보석을 휘감아도, 여전히 캘리포니아 여름 해변가에서 서핑 음악에 맞춰 버진로드를 걸었던 친구 효원이 부러웠다. 그녀의 마음을 되돌리기 위해 미국까지 날아간 무열도 부러웠고, 그런 그를 온 마음으로 받아준 효원도 부러웠고, 겨우 하루 동안 준비해서 치렀기에 허접하기 짝이 없었을 결혼식마저 고맙고 행복했을 두 사람의 사랑도 부러웠다.

지금 이 순간 누군가를 열렬히 사랑하고 있는 세상의 모든 사람들이 그녀는 부러웠다…….

그 질투로 말미암아 최고급으로만 치장된 제 결혼식에서조차 그녀의 마음은 공허하기 짝이 없었지만, 결혼을 축하하기 위해 찾아온 손님들 앞에서는 더할 나위 없이 활짝 웃었다. 어쨌든 결혼식이잖은가. 어쩌면 인생의 단 한 번뿐이 될지도 모를. 여자의 로망이라는 웨딩드레스까지 입고서 도살장에 끌려가는 소처럼 보이고 싶지는 않았다.

"언니, 결혼 축하해! 완전 예뻐! 여신이 강림한 것 같아!"

세 살 아래인 동생 이진이 대기실에 들어서자마자 감탄사를 연발했다. 물개박수 짝짝짝에 함박웃음까지 지으면서. 이래는 대기실에 들른 사람들 모두에게 했던 것처럼 방긋방긋, 생글생글, 우주에서 제일 행복한 여자인 양 밝은 웃음을 지었다.

"어, 왔어? 고마워."

"저도 왔어요. 결혼 축하드립니다! 헉! 대박! 웨딩드레스 진짜 예뻐."

이진을 따라 들어온 이진의 작은 시누이, 한은원이 턱이 빠져라 입을 크게 벌리며 눈을 휘둥그레 떴다. 첫눈에 웨딩드레스와 사랑에 빠진 듯.

그럴 만도 하다. 이래의 웨딩드레스는 비즈와 레이스로 치장된 머메이드 스타일로써 목에서부터 발끝까지, 양팔을 제외한 전신을 반짝임으로 감싼, 여자라면 누구나 첫눈에 반할 만큼 아름다운 드레스였다. 이래도 보자마자 가슴이 두근거릴 정도였다.

"사돈 아가씨! 어서 와요."

"이거, 세계적으로 유명한 웨딩드레스 디자이너 스텔라 한이 이래 씨를 위해 특별 제작한 드레스라면서요?"

"어떻게 알았어요?"

"제가 누굽니까! 이래 봬도 웨딩업체 사장이잖아요. 이쪽 업계에선 알음알음으로 들려오는 정보들이 있죠. 요즘 웨딩업계에선 이번 사돈의 결혼식이 초미의 관심사예요."

특유의 넉살을 부리며 은원이 웨딩드레스를 요리조리 살펴보았다.

"아! 맞다. 이 부케는 엄지연이 해줬다면서요? TV에 종종 나오는 그 유명 플로리스트."

"아, 네."

"결혼반지랑 목걸이는 프랑스에서 공수해 온 거라던데요. 정교한 세공으로 유명한 보석 장인한테서 직접 구입했다고 소문이 자자해요. 그것도 맞아요?"

"그렇다나 봐요."

"대박! 사돈께선 결혼 준비를 대체 언제부터 한 거예요? 스텔라 한이나 엄지연은 주문이 너무 많아서 1년 전에는 예약해 두어야 한다던데. 설마 결혼을 1년 전부터 준비하셨던 거예요?"

"잘 모르겠어요. 결혼 준비는 신랑이 일체 알아서 한 거라. 제가 한 거라곤 팸플릿 보고 마음에 드는 것 고르기뿐이었어요."

"신랑 혼자 이 모든 걸 다 준비했다고요? 와아! 대단하다. 남자가 그러기는 쉽지 않은데. 여자 쪽에 미루는 게 다반사거든요. 그러다가 신랑신부끼리 싸우고 결혼을 취소하네 마네. 휴우, 우는 신부 달래기가 저희 웨딩플래너들의 일상이지 말입니다. 암튼 사돈 진짜, 완전 예뻐요. 최고, 최고! 제가 본 신부 중에서 제일 예⋯⋯!"

은원은 헤벌쭉 웃고서 엄지를 추켜올리며 쌍따봉을 연신 날렸다. 그러곤 신부에게 으레 하는 '지금까지 본 신부 중에 제일 예쁘다' 는 덕담을 건네려다가 뚝 그쳤다. 신부의 곁에서 웃고 있는 신부의 동생, 이진과 눈이 딱 마주치니 얼음이 되어버린 것이다.

박이진이 누군가? 다 쓰러져 가던 은원의 웨딩업체에 결혼식 일체를 맡겨주었던 고객! 은원의 하나밖에 없는 시누이!

이진도 결혼식 때 얼마나 예뻤나. 길쭉하고 호리호리한 몸매에 기품과 청순미까지 흘러넘쳐 모두들 올리비아 핫세의 재림이라고 감탄했었다. 신랑이었던 한동원은 결혼식장에서까지 이진에게 반해 침을 질질 흘렸었다.

"형님! 여기서 제 눈치를 왜 보세요. 그냥 솔직하게 말씀하시면 되지. 저보다 제 언니가 훨씬 예쁘다는 건 제가 더 잘 알아요. 어려서부터 외모 쪽으로는 언니한테 명함도 못 내밀었으니까요. 이해한다니까요!"

이진이 아무렇지도 않은 듯 속 좋게 웃으며 털털하게 말한다. 어찌나 마음 씀씀이가 넓고 착한지. 잠깐 움찔했던 마음이 저절로 따스해지는 것을 느끼며 은원은 이진을 마주 보고 씩 웃었다.

"올케는. 무슨 그런 섭섭한 말을? 우리 동원인 절대 동의 못할 걸. 걔 눈엔 올케밖에 안 보이잖아. 송혜교, 전지현이 와도 올케만 바라볼 애야, 걔가. 평소에도 올케보다 더 예쁘고 섹시한 여잔 세상에 없다고 노래를 부르잖아. 으으, 닭살!"

"나도 같은 생각이야. 제부는 그런 쪽으론 좀 특별한 것 같아."

이래까지 한마디 거들고 나서자 이진이 부끄럽다며 '언니까지 그러지 마' 라며 손사래를 쳤다. 남편의 남다른 아내 사랑 때문에 종종 겪는 민망한 상황들이 피곤해 죽겠다는 듯 익살스럽게 눈살도 찌푸렸다.

'부럽다…….'

지금은 제부인 경원그룹 외아들 한동원은 원래 이래의 신랑감이었다.

사업제휴를 앞둔 경원그룹과 TX그룹이 서로의 우호관계를 다지기 위해 혼담을 추진했었고, 때마침 혼기에 접어든 동원과 이래가 정략결혼의 대상자로 지목되었던 것이다. 그룹의 제1상속자로서 누구보다도 더 책임이 막중했던 두 사람은 어른들의 입맛에 맞게 기획된 결혼을 순순히 받아들이고자 했다. 서로를 반려로 맞이하여 각자 주어진 소임에 최선을 다할 작정이었다. 동원이 우연히 이진을 만나 대형 사고를 치기 전까지는.

사건 이후 이진의 남편감으로 거론되던 하경우는 이래의 차지가 되었다. 하지만 만약 동원과 이진이 만나 사랑에 빠지는 변수가 없었다면? 그랬다면 하경우는 박 회장의 바람대로 이진과 결혼했을까?

왜 갑자기 그게 궁금해지는 거야? 머릿속에 불쑥 떠오르는 해괴망측한 의문에 이래는 인상을 팍 찌푸렸다.

그때였다. 이진이 불쑥 질문을 던졌다.

"그나저나 언니! 형부가 원래 저렇게 멋있는 사람이었어? 난 형부가 반듯하고 깔끔한 이미지인 줄로만 알았거든. 근데 오늘은 뭔가 달라 보이더라. 너무 멋있어서 깜짝 놀랐어."

"달라 보여?"

"전보다 훨씬 위험한 스타일로 보여. 여유롭고 느긋해 보이는데, 그게 왠지 모르게 도발적으로 느껴져. 전체적으로 분위기가 싹 달라진 거 있지. 아까 요 앞에서 만났을 때, 딴사람인 줄 알고 살짝 두근거렸다니까."

"그, 글쎄, 난 잘 모르겠던데."

는 뻥. 이진이 말하는 느낌이 어떤 느낌인지 알겠고, 이래도 완전 공감하는 바였다. 하지만 자신이 누군가. 그의 신부가 아닌가. 결혼할 남자에 대해 잘 모르는 것처럼 말하고 싶지는 않았다.

거짓말이라도 좋다. 쓸데없이 자존심 내세운다고, 괜한 허세라고 비웃어도 상관없다. 남편과 서로 사랑까진 아니어도 남들 다 하는 교제 정도는 했었다고, 필사적으로 어필하는 신부의 발버둥이 허세라면 어쩔 수 없는 것 아닐까. 이래는 이 정도 매력쯤 이젠 면역이 돼서 아무렇지도 않다는 듯 여유만만하게 히죽거렸다.

"원래 우리 선배가 좀 반전 매력이 있어."

"뭐가 형부를 달리 보이게 했을까 생각해 봤는데. 웃음인 것 같아. 평소엔 차분, 논리정연, 무뚝뚝한 모습만 보다가 자기감정을 맘껏 드러내며 활짝 웃는 모습을 보니까 전혀 딴사람처럼 느껴지는 거지. 내가 아직 형부에 대해서 모르는 게 많구나 싶었어."

"으응, 그랬구나."

"형부 진짜 행복해 보이더라. 옆에서 농담을 하든, 칭찬을 하든, 축하를 하든, 항상 눈꼬리가 부드럽게 휘는데. 그동안 결혼하고 싶어서 어떻게 참고 살았나 싶더라니까? 언니가 그렇게 좋을까."

"아아. 그러게."

내가 좋은 게 아니라 나와 결혼한다는 사실이 좋은 거겠지.

2년이나 기다려 왔던 결혼이질 않나. 그것도 결혼하네 마네 변덕 부리는 여자와 줄곧 실랑이하듯 피곤하게 달려온 2년. 살면서 그녀를 여자 취급해 준 적이 한 번도 없던 하경우다. 그런 그가 2년이나 묵묵히 기다렸던 게 설마 사랑 때문이었겠나. 명실상부한 TX그룹 제1상속녀의 법적 배우자가 되기 위해서였겠지. 불편한 진실이지만 인정할 것은 인정해야 했다. 그가 이 시점에서 입이 찢어져라 웃는 건 결코 그녀를 좋아하는 감정 때문이 아니라는 것을.

"기다리고 기다리던 결혼이니 좋아하는 건 당연하지 않을까? 얼마나 좋겠어! 오늘부터는 사돈을 내 여자다, 마음껏 외칠 수 있잖아. 가만히 있어도 엔돌핀이 팍팍 샘솟겠네. 에너자이저처럼 힘이 불끈불끈. 가만있자…… 두 분 궁합은 어떠시려나?"

신나게 이진의 말에 맞장구를 치던 은원이 갑자기 목소리를 낮추고 능구렁이 같은 눈빛을 반짝반짝 빛냈다.

"아아, 이런 것까지 묻는 건 좀 실렌가요? 하지만 우린 브라이덜 샤워(Bridal Shower)까지 한 사이잖아요. 인생에 대한 심오한 얘기도 나눴는데 이 정도야. 괜찮죠?"

"구, 궁합이요?"

"네! 의외로 그게 결혼 생활에서 굉장히 중요하더라고요. 그게 안 맞아서 이혼하는 커플도 꽤 있어요. 요새는 철저하게 궁합 위주로 결혼하려는 커플도 생겼다니까요."

"그것 때문에 이혼…… 까지요?"

"그럼요. 생각해 보세요. 결혼해서 한두 해 살 것도 아닌데. 그게 안 맞으면 평생 인생이 공허해지잖아요. 그렇다고 바람을 피울 수도 없고. 사돈은 어떠세요? 잘 맞아요?"

"아아…… 그게, 글쎄……."

"설마 한 번도 안 해본 건 아니죠?"

순간 이래의 얼굴이 확 달아올랐다. 젊은 남녀가 궁합을 확인하는 낯 뜨거운 장면이 눈앞으로 휙휙 지나갔다. 몸을 겹친 채 땀을 뻘뻘 흘리는 남녀의 모습에 자신과 경우를 대입시키는 건 일도 아니었다. 힘껏 달아오른 경우의 거친 숨소리쯤은 굳이 연상할 필요도 없었다. 그가 어떻게 신음하는지, 얼마나 야하게 키스하는지는 이미 알고 있으니까.

생각이 거기까지 미치자 홍조는 순식간에 얼굴에서 귀까지 번졌다. 얼굴은 두터운 신부용 화장으로 대충 가려졌지만 귀는…….

"그, 그럴 리가 있어요? 우리 나이가 몇 갠데."

이래는 이를 드러내려고 노력하며 씨익 웃었다. 속으론 열렬히 진실을 부정하고 있었다. 지금 난 아무렇지도 않다고, 하경우와 섹스할 생각에 부끄러워 어쩔 줄 모르는 건 현재의 내가 아니라고, 그를 짝사랑했던 여대생 박이래라고. 서른두 살, 현실주의자, 차도녀 박이래에게 하경우는 그저 정략결혼으로 엮인, 점심 한 끼 함께하는 것조차 불편한 남자일 뿐이라고.

"그래? 그럼 느낌이 어때? 좋아?"

이진이 호기심 가득한 얼굴을 들이밀며 해맑게 물었다. 억지로 입술을 지익 늘여 웃음 아닌 웃음을 짓던 이래는 격하게 수긍할 수밖에 없었다.

"그러엄!"

이래는 화통하게 소리치고 눈가에 주름이 잡히도록 샬랄라한 미소를 화알짝 지어 보였다.

거짓말해서 미안하다, 동생아.

미안해요, 사돈.

"끝내줘."

누구라도 들으면 '하경우의 테크닉은 최고예요!' 라고 생각할 만한 말을 덧붙이며 엄지를 손바닥에 척 올렸다. 행여 동생의 의심을 살까 고개까지 박력 있게 끄덕여 주자 호기심 가득한 눈으로 그녀를 쳐다보던 이진과 은원이 동시에 웃음을 터트렸다.

"진짜? 대박!"

"사돈! 그 반응은 뭐예요? 완전 야해!"

"그렇게 안 봤는데, 우리 형부 은근 실력자신가 보네. 얌전한 이미지 아니셨나?"

"겉으로 보이는 이미지는 그렇지. 하지만⋯⋯."

이래는 새침한 말투로 쿨하게 동생들의 말을 인정하고는, 궁금증을 유발하는 뒷말 흐리기를 구사하며 또르르, 눈동자를 위로 굴렸다. 그다음은 너희들 멋대로 상상하라는 의미의 제스처였다. 그러나 불행히도 이진과 은원은 자신들의 상상력을 발휘할 마음이 전혀 없는 모양이었다. 이래 쪽으로 얼굴을 더욱 들이대며 다음을 재촉했다.

"하지만 뭐? 실제론 어떠신데?"

"어⋯⋯."

이래의 작은 목울대가 불안하게 꿀렁거렸다. 슬슬 이마에 진땀이 나기 시작했다. 이래는 사실대로 털어놓고 싶은 충동을 초인적으로 억누르며 입가에 가식적인 미소를 생긋 떠올렸다. 그러곤 거짓으로 꾸며낸 소설을 속사포처럼 빠른 속도로 조잘조잘 구술

했다.

"남들이 주책이라고 흉볼까 봐 이런 말까진 안 할 생각이었는데, 자꾸 물어보니까 나도 어쩔 수가 없네. 사실 난 말이야. 선배의 그것에 뿅 갔어. 아까도 말했던 반전 매력! 모두가 알다시피 선밴 에프엠 이미지잖아. 처음엔 조금 걱정스러웠지. 그런 면에서까지 에프엠스러우면 어쩌나 하고. 한데 내 걱정을 단번에 날려주더라."

"초식남인 줄 알았는데 알고 보니 짐승남. 뭐 그런 거였어?"

"비슷한 거지. 내가 허락해 줄 때까지 기다리는 건 너무 힘들다며, 날 갑자기 덮쳤으니까."

"웬일이니?"

"정신이 홀라당 나가 버렸다니까. 정말 기절할 뻔했어. 세상에, 저 얌전한 사람이 날 현관에서 번쩍 들더니 성큼성큼 침실로 들어가는 거야."

"오오오!"

"그러고는 글쎄, 침대가 출렁거릴 만큼 세차게 휙 내던지고."

"꺅!"

"몸을 추스를 새도 없이 갑자기 내게 달려드는데!"

이진과 은원의 자지러지는 효과음 때문에 감정이 한껏 고조된 이래가 열심히 망상 소설을 써 재낄 때였다. 벌컥. 신부 대기실 문이 열렸다. 창작 욕구를 불태우던 이래는 모든 동작을 일시에 뚝 그쳤다.

휙 고개를 쳐들었다.

이진과 은원도 함께 뒤돌아보았다.

입구에는 새까만 예복을 차려입은 날씬하고 훤칠한 남자가 서 있었다. 벌겋게 달아오른 이래의 얼굴을 물끄러미 내려다보는 남자는 박이래가 지어낸 소설의 남자 주인공, 하경우였다.

제2장 그냥 자두지?

"처제 왔어?"

신부 대기실에 들어선 경우는 아무렇지도 않게 웃으며 이진과 자연스럽게 인사를 나누고, 은원과도 악수를 나누었다. 태연하고 자연스러운 태도로 보아 그는 이래의 웃기지도 않는 창작 궁합 스토리를 조금도 듣지 못한 것처럼 보였다.

그가 모든 걸 듣고도 못 들은 척했다는 사실을 안 건 그날 밤. 코사무이에 차려진 신방에 들어서자마자 그는 이래를 번쩍 들어 침실로 향했다. 충격적일 만큼 갑작스러웠던 그 일을 시작으로, 경우는 그녀가 허세 가득한 입으로 나불거린 가상의 러브 시나리오를 하나씩하나씩 이행해 갔다.

널찍한 킹사이즈 침대에 널브러진 채 그녀는 나름대로 열심히 사정을 설명했다. 침대맡에 장승처럼 버티고 서서 그녀를 뚫어져라 내려다보는 하경우의 위압감은 어마어마했기에 저절로 말투는 변명조가 되었다.

"선배 혹시 화났어요?"

"……."

"저기…… 제가 일부러 거짓말한 건 아니에요. 별 뜻 없었어요. 선배를 창피하게 하거나 명예를 해칠 의도는 아니었어요. 그냥 어쩌다가. 얘기가 갑자기 그쪽으로 흘러서. 약혼 기간이 무려 2년인데 그사이에 아무 일도 없었다는 것도 굉장히 이상하게 들리는 상황이라. 구질구질하게 우리의 복잡한 상황을 설명하는 것보다는, 그냥 관계를 가졌다고 뻥치는 게 여러모로 편할 것 같아서 저도 모르게 그만."

"화, 안 났는데."

경우는 이래의 거짓말을 문제 삼고 싶은 맘이 없는 듯 딱 잘라 간단히 그녀의 입을 틀어막았다. 그리고 각본대로의 이행에 더욱 집중하기 시작했다.

이래가 달아날 틈도 없이 다가와 입술을 겹쳤다. 공기의 흐름을 단번에 휘어잡는, 집어삼킬 듯 거친 키스였다. 정신을 차릴 수 없을 정도로 아찔한 첫 느낌은 혀와 혀가 뒤엉키고 부대낄수록 점점 더 완화되있다. 부드럽고 짜릿하고 나른해졌다. 그의 뜨거운 손길이 그녀를 달래듯 위아래로 오가며 다정하게 애무했다.

이래의 숨이 가빠지고 몸에서 긴장이 풀렸다. 그녀 스스로 주체할 수 없을 만큼 육체가 흥분감으로 충만해졌다. 허리를 들썩이며 저도 모르게 그를 충동질했다. 그의 커다란 상체를 가슴 가득 끌어안고 그의 입술을 입안 가득 물었다. 어떻게든 그를 더 많이, 더 가득, 더 가까이 받아들이기 위해 애를 쓰고 또 썼다. 방종한 여자처럼. 자유분방한 탕녀처럼.

그녀의 딜레마는 여기에서 시작되었다.

본능이 시키는 것을 거부할 것이냐. 말 것이냐.

이 결혼의 본질인 이해관계에 '만' 충실할 것이냐. 아니면, 한발 다가서서 좀 더 평범하고 자연스러운 실질적 부부 관계가 될 것이냐.

결과는 어쩌다 보니 후자 쪽이 되었다.

하경우는 여자가 거부하기에 쉽지 않은 매우 매력적인 남자였고, 이래는 그의 유혹에 버틸 수 있을 만큼 남자 경험이 많지 않았다. 무엇보다 이제 그는 완벽한 그녀의 것이지 않나. 그를 마음껏 탐식할 수 있는 여자는 세상에 그녀 한 명뿐이었다. 그 즐거움을 포기한다면, 그만큼 바보 같은 짓도 없을 것이다. 그래서 그녀는 어젯밤 그를 무려 세 번이나 먹어치웠다.

'실화니?'

이래는 눈을 뜨자마자 쏟아지는 전날 밤의 기억에 얼굴을 붉혔다.

냉큼 시트를 끌어당겨 그곳에 얼굴을 묻고 질끈 눈을 감았다. 현실을 부정하듯 도리도리 고개를 가로저어 보았지만, 아무리 몸부림을 쳐도 전날 자신이 하경우를 어떤 식으로 탐했는지는 절대 잊히지 않았다. 오히려 새록새록 떠올라 그녀를 괴로운 지경으로 빠뜨렸다.

정말이지 생생했다.

그가 끌어안으면 그녀도 마주 껴안았다. 그가 키스하면 그녀도 똑같이 응했다. 그의 입술이 그녀의 전신을 여행하며 핥을 때는 그녀도 온전히 몸을 열어 내주었다. 오동통한 젖꼭지를 힘차게 빨아주었을 때는 허리를 휘며 신음했고, 혀끝으로 간질일 때는 가쁘게 숨을 헐떡였다.

거웃에 고개를 박고 붉은 꽃에 입을 맞출 때는 비명을 질렀다. 찌릿찌릿 전신을 통과하는 쾌감에 맞서 몸을 떨었다. 줄줄 흥액(興液)을 흘러내었다.

그가 그 물을 핥아 올릴 때는 그의 머리카락을 움켜쥐고 몸을 뒤틀었다. 욱신욱신 옴질거리는 작은 홀에 혀를 꽂고 부어오른 보석을 부드럽게 빨아들일 때는, 쏟아지는 쾌락의 홍수에 정신을 차릴 수가 없었다. 그가 찰박찰박 소리를 내며 정신없이 밀려들 때는…… 거의 자아를 잃어가고 있었다.

"깼어?"

문 열리는 소리와 함께 외모만큼이나 차갑고 깔끔하게 떨어지는 하경우의 목소리가 들렸다. 이래는 흠칫 놀랐다. 시트 속 희미한 몸부림을 딱 멈추었다가 곧장 후회했다. 좀 자연스럽게 행동할 걸. 어린애처럼 이게 뭐람. 이래는 아랫입술을 지그시 깨물고는 천천히 시트를 끄집어내려 눈만 빠끔히 내밀었다.

"아, 네……."

"좋은 아침."

그는 가운에 맨가슴과 다리를 드러낸 차림이었다. 이제 막 샤워를 마친 듯 물기를 머금은 머리카락을 수건으로 털어내고 있었다.

일상의 하경우구나. 학창시절 모든 여학생들이 알고 싶어했던.

너무나 낯설고 생경한 광경……

현실감이 확 와닿았다. 자신이 하경우란 남자와 결혼했다는 사실, 그와 친밀한 관계가 되었다는 사실, 이제부터 쭉 그와 한집에서 살아야 한다는 사실. 앞으로는 샤워를 마치고 젖은 상태로 나온, 그의 지극히 개인적인 모습에도 적응해야 한다는 사실. 이래는 양쪽 볼에 홍조가 밀려드는 것을 느끼며 허둥지둥 몸을 움직였다.

"조, 좋은 아침이요."

"뭐 해?"

시트를 온몸에 칭칭 감아대는 그녀를 물끄러미 응시하던 경우가 불쑥 묻는다. 이래는 맨다리 하나를 침대 밖으로 내밀다 멈칫했다. 갑자기 움직여서인지 순간 아래쪽으로 통증이 밀려들었다. 비명이 터지는 걸 가까스로 참았다.

"아, 아무것도요. 그냥 샤워 좀 하려고요."

"……."

파르르 떨리다가 히쭉 미소를 머금는 이래의 입술에 경우의 시선이 내려앉았다. 그는 잠시 그녀를 가만히 응시했다. 그녀가 발끝을 바닥에 내려놓으며 천천히 움직이기 시작해서야 그는 다시 입을 열었다.

"나중에 하는 게 어때? 검토해야 할 서류가 있는데."

"서류요? 지금요?"

"금방 끝낼게."

그렇다는데 뭐 어쩌겠나. 이래는 천천히 침대에 엉덩이를 다시 붙였다. 어젯밤 세 차례의 격렬한 관계를 맺고 그대로 곯아떨어졌기에 샤워가 너무도 간절했지만 통증 때문에 움직이는 게 힘들었

다. 오죽 아팠으면 아침부터 서류 얘기를 꺼내는 하경우가 고맙게
느껴졌을까.

가만. 혹시 일부러 날 쉬게 하려고?

응. 아닐 거야.

"이거. 읽어봐."

언제부터 거기에 있었을까. 작은 테이블 위에 놓여 있던 정체불
명의 서류봉투가 그의 손에 들려 이래에게로 왔다. 이래는 얌전히
봉투를 받아 들었다. 따로 봉해지지 않은 봉투 속에서 천천히 서
류를 꺼내었다. 맨 윗줄에 적힌 서류의 제목이 한눈에 들어왔다.

그 순간이었다. 흰 종이에 깨알같이 써 내려진 글자들이 이래의
멍한 의식 속에 산산이 흩어졌다.

서류는 그들의 결혼 계약서였다.

"계약까지 해야 하는 줄은 몰랐네요."

꽤 오랫동안 서류를 들여다본 이래는 고개도 들지 않은 채 담담
하게 대꾸했다.

경우는 오늘따라 유난히 청초해 보이는 박이래의 옆모습을 가
만히 바라보았다. 매끄러운 긴 생머리가 그녀의 벗은 어깨 위에
드리워져 있었다.

자연스럽게 흘러내린 시트 사이로 가냘픈 어깨와 크림색 가슴
윗부분이 보였다. 작고 볼록하게 솟은 가슴 근처와 쇄골, 가느다
란 목옆에는 키스 마크로 보이는 불그스름한 자국이 나 있다. 그
녀의 몸 곳곳에는 더 많은 키스 자국이 숨겨져 있을 것이다. 거동
이 불편할 만큼 아파 보이는 그곳은 더 말할 것도 없었다.

이래는…….

그녀는 처녀였다. 어젯밤이 그녀의 처음이었다. 그녀는 자신이 처녀인 것이 창피했던 모양이다. 남자가 많았다는, 터무니없는 거짓말로 도발했던 것을 보면. 그런 줄도 모르고 경우는 어젯밤 그녀를 거칠게 다루었다.

그는 쉬지 않고 이래를 약탈했다. 마치 지난 2년간의 기다림을 보상받으려는 듯 정신없이 뺏고 또 빼앗았다. 언제나 한 떨기 수선화처럼 고고하고 차가웠던 박이래였지만 어젯밤엔 누구보다도 뜨거웠다. 감당하기 벅찬 격정에 휩쓸려 소리치고 신음하던 그녀는 새빨간 양귀비처럼 화려하고 색정적이었다.

그녀의 안에서 자신의 모든 욕망을 쏟아부었던, 숨 막히게 기분 좋았던 그 엑스터시가 플래시백되자 경우는 휙 고개를 꺾어 그녀를 외면했다.

"네가 생각하는 그런 계약 아니야. 정확히 말하면 서약이지."

젖은 머리카락에 수건을 비비며 그는 무뚝뚝하게 중얼거렸다. 뒤통수 너머로 이래의 시선이 느껴졌다.

"계약이나 서약이나. 뭐가 달라요?"

이래가 심드렁하니 물었다. 생각 탓인지 시무룩하게 들렸다. 결혼식 다음날 남편이 결혼 계약서를 내밀었으니 딱히 기분이 좋을 리는 없었다. 하지만 그들의 결혼 계약서는 타이틀만 그럴싸하게 계약서일 뿐, 실은 각서 수준의 종이 쪼가리에 불과했다. 경우는 뒤통수를 휙휙 문지르며 빠르게 대답했다.

"신의."

"……?"

이래로부터 아무 대꾸도 날아오지 않자 경우는 비로소 그녀를 돌아보았다. 이래는 어느새 시트를 목까지 추슬러 올리고서 그를 가만히 바라보고 있었다. 맑디맑은 그녀의 눈망울을 들여다보고 있자니 측은함이 찡하게 그의 가슴을 울렸다.

처음이었는데 그렇듯 거칠고 가혹하게 안다니.

망할 자식. 경우는 스스로를 저주하며 지그시 어금니를 사리물었다.

생각해 보면 그녀가 처녀라는 징후는 너무도 많았다. 말을 더듬고, 시선을 어디에 둘지 몰라 쩔쩔매고, 그녀답지 않게 섹스 경험을 자랑하듯 늘어놓고. 평소의 냉정하기 짝이 없는 모습은 도통 찾아보기 힘들었다.

그런데도 그는 눈치채지 못했다. 질투심에 눈이 멀어 진실을 보지 못했다. 덕분에 아름답고 숭고했어야 할 그녀의 첫 경험을 완전히 망쳐 버렸다. 경우는 진심으로 할 수만 있다면 시간을 되돌리고 싶었다. 첫 번째 단추부터 다시 꿰고 싶었다.

"서약은 약속이야. 서로 간의 명예와 신의를 건 맹세의 개념. 서약의 바탕에는 기본적으로 상대가 약속을 지켜줄 거라는 믿음이 깔려 있어. 하지만 계약은 다르지. 계약서에는 계약 위반에 따른, 손해배상에 관한 사항들이 명시되어 있어. 신의 없는 누군가에 의해 약속이 깨질지도 모른다는 전제가 깔려 있는 거지."

"결론은, 이건 강제성이 없다는 뜻이네요."

"강제성이 없다는 말이 곧 약속을 지키지 않아도 된다는 뜻은 아니야."

"그건 그렇죠."

이래가 개미만큼 작은 목소리로 웅얼거리며 스리슬쩍 눈을 피했다.

그녀는 그가 준비해 온 서류…… 라기보다는 단순 프린트물에 불과한 문서를 재차 들여다보았다. 제일 윗줄에 '하경우와 박이래의 결혼 계약서'라고 써져 있었지만, 경우의 말에 의하면, 딱히 계약서는 아니란다. 그저 서로가 결혼 생활에 좀 더 충실하자는 의미의 약속문이라고 한다.

그나마 참 다행이다. 아무리 정략결혼이나 계약결혼이나 오십보백보라지만. 자신을 사랑하지도 않는 남자와 결혼한 마당에 그와 결혼 계약서까지 작성해야 한다는 건, 정말이지 너무 끔찍했다. 이래는 가슴에 담아두었던 숨을 길게 내쉬며 서류를 좀 더 주의 깊게 살폈다.

성공적인 결혼을 위해 그가 제안하는 첫 번째 수칙은……?

"'외도하지 않는다.' 이건 너무 당연한 거 아닌가요?"

"인간은 지극히 변덕스러운 동물이니까. 사람 마음 언제 변할지 모르잖아. 지금은 당연하다고 생각하는 마음도 시간이 지나면 달라질 수 있지. 사랑도 세월 가면 퇴색하듯이. 우리의 결혼 생활이 오랫동안 안전하게 유지되길 바란다면, 미리 약속해 놓자고. 외도 따위로 상대방을 기만하지 않기로. 너나 나나 목에 칼이 들어와도 자기가 뱉은 말은 지키려는 고지식한 타입이니까, 약속해 놓으면 훗날 마음이 흔들릴 때 도움될 거야."

"절 못 믿는 거예요, 아니면 선배 자신을 못 믿는 거예요?"

"……둘 다?"

질문과 대답 사이의 간극. 이 짧은 시간차는 무엇을 의미하는 것일까?

생각 탓인지 경우가 그녀의 외도를 염두에 두고 만든 조항처럼 느껴졌다. 하지만 그랬을 리는 없다. 인기 많던 얼음공주, 박이래는 그야말로 옛말. 10년 가까이 일에 전념하며 살아오는 동안 남자들은 대부분 이래에게 관심을 끊었다.

"제 초심이 퇴색될까 봐 걱정하지는 마세요, 선배. 전 선배와의 결혼에 만족해요. 지금처럼 그룹에 도움이 되는 한은 결혼을 깨트리고 싶은 생각도 없어요. 결정적으로 숨어서 하는 연애는 제 스타일이 아니에요. 선배 쪽에서 변심하지 않는다면 전 서약문 없이도 결혼 생활이 오랫동안 안전하게 유지되도록 노력할 거예요."

"그렇다면 더더욱 상관없겠군."

"뭐. 그것도 그렇죠."

"……."

"두 번째 수칙은 '싸워도 각방을 쓰지 않는다.' 네요? 몸이 멀어지면 마음도 멀어진다는 속설 때문인가요?"

"우린 마음도 아직은 먼 사이잖아. 몸까지 멀어지면 안 될 것 같아서. 적어도 당분간은. 께름칙하면 괄호 안에 일정 기간을 부칙으로 지정해 넣어도 돼. 자식이 생길 때까지만, 이라든가."

"자식이 생기면 더욱더 각방을 쓰지 말아야 하거든요. 싸우는 건 물론이고요. 자기 자식들 앞에서 다투는 부모, 꼴불견이라고 생각해요. 아이들 정서나 교육을 위해선 마땅히 지양해야 하는 일이에요. 이 조항은 내용을 좀 수정해야겠어요. '싸워도 각방을 쓰지 않는다.' 가 아니라 '되도록 다투지 않는다.' 로."

"마음대로."

별로 상관없다는 듯 그가 어깨를 으쓱했다. 이래는 왠지 기분이 한결 좋아지는 것을 느끼며 다음 사항으로 냉큼 눈을 돌렸다. 마지막 세 번째 수칙은…….

'최소 10년 안에 아이 둘을 가진다?'

정신이 번쩍 들었다. 휘둥그러진 눈으로 경우를 쳐다봤다. 스스로 작성한 문서이니만큼 다음 항목이 무엇인지 모르지 않을진대 하경우에게선 민망한 기색을 찾아볼 수가 없었다. 내려다보는 눈빛이 어찌나 똑바르고 강렬한지, 이래의 어리바리한 심장은 그만 쿵 내려앉고 말았다.

"이, 이게 뭐예요?"

"결혼했으니까. 가족계획은 세워야지."

"하지만…….."

"우리에겐 주어진 의무가 있어. 너도 알잖아. 아버님께서 날 맏사위로 들인 이유. 아버님께선 하루라도 빨리 우리가 아이를 갖길 바라실 거야. 우리 부모님도 물론 그러길 원하시고. 우리 모두 나이가 적지는 않잖아. 아예 안 가지려면 모를까. 아이를 가질 거면 서두르는 게 나아."

"그래도 이렇게 곧바로 갖는 건 좀. 계획대로 임신이 안 될 수도 있고요."

"당장 갖자는 건 아니야. 나도 그건 좀 그래. 적어도 일 년 정도는 서로에게만 집중했으면 좋겠어. 이제부터 남은 인생을 쭉 함께해야 할 텐데 서로에게 익숙해질 시간 정도는 가져야 하지 않을까."

"그렇죠…….."

"걱정 마. 숫자는 얼마든지 바꿔줄 용의 있으니까. 물론 내 쪽이 납득하는 선에서."

"숫자라니요?"

"아이 숫자."

컥. 숨통이 꽉 막혔다. 아이 숫자를 바꾼다는 생각 때문도, 그의 아이를 낳는다는 생각 때문도 아니었다. 그가 삐딱하게 입술 언저리를 말아 올리는 특유의 미소를 지었기 때문이다. 어쩜 미소 하나까지 저렇게나 멋질까. 여자 가슴 무너지게.

이래는 답답해진 마음을 달래며 퉁명스럽게 물었다.

"이게 다예요?"

"뭐 더 추가하고 싶은 항목이라도 있어?"

"……."

"없으면 이대로 진행할까?"

"무조건 제 편 되어주기요."

경우가 서류를 수거하기 위해 막 손을 내밀었을 때였다. 이래가 자신이 바라는 조항을 불쑥 털어놓았다. 서류 끄트머리에 닿았던 그의 손길이 삐긋했다. 시종일관 무표정했던 만큼이나 반듯했던 그의 미간에도 지익 구김이 갔다.

이래는 조금은 긴장한 표정으로 아랫입술을 혀로 스윽 한 번 핥고는, 경우를 똑바로 올려다보았다. 그리고 자신의 요구사항을 재차 또박또박 확인시켜 주었다.

"제 편이 되어주세요. 아무 조건 없이. 선배가 그러겠다고 약속해 주시면 저도 그럴게요. 무슨 일이 있어도 선배의 편에 설게요."

"……."

하경우는 그녀를 아주 오랫동안 바라보았다. 이해할 수 없다는 듯. 이해하고 싶다는 듯. 이렇게 계속 바라보면 어쩌면 이해할 수 있을지도 모른다는 듯. 이래는 그의 머릿속이 무척이나 궁금해졌다. 그가 무슨 생각하는지 알고 싶었다.

재깍재깍. 재깍재깍.

"바보 같네."

10년 같은 10초가 지나가고, 거절당할지도 모르겠다고 생각할 때쯤. 경우의 나직하고 부드러운 목소리가 이래의 사그라져 가는 기운을 끌어 올렸다.

"내가 네 편인 건 당연하잖아. 네 남편이니까."

둘째 날은 하루 종일 숙소에 머물렀다. 신혼여행 패키지 일정에는 요트세일링 이벤트가 예정돼 있었고, 이래는 바닷가를 동동 떠다니는 기분을 어서 빨리 맛보고 싶어 엉덩이가 들썩들썩했지만, 경우는 자기 마음대로 업체 측에 불참을 통보해 버렸다. 신부의 몸 상태가 좋지 않다는 이유를 들어서.

물론 이래는 몸에 아무 이상이 없었다. 불편한 곳 하나 없이 쌩쌩한 것까진 아니었지만, 어쨌든 소중한 신혼여행 일정을 건너뛰어야 할 만큼 많이 아프지는 않았다. 오히려 이런 걸로 계획된 일정을 펑크 내는 게 더 창피한 노릇이라고 생각했다.

솔직히 이건 섹스 경험이 가진 여자라면 누구나 한 번쯤 겪었을 아픔이잖은가. 성경험을 해본 청소년이 전체 청소년 중 무려 5%

나 되는 요즘 같은 세상에, 나이를 서른둘이나 먹은 성인 여자가 신혼 첫날 처녀 딱지를 떼고, 다리를 어기적거리느라 신혼여행을 제대로 즐기지 못했다면, 누군들 파안대소하지 않겠는가. 그런데도 하경우는 단호하게 '바깥 활동을 허락할 수 없음'을 선언했다.

평소 그를 유화적인 사람, 자기 생각을 고집하기보다 주변의 의견을 수렴하여 의사를 결정하는 온유한 리더십의 소유자라고 생각했던 이래는 자신이 그를 잘못 판단해도 보통 잘못 판단한 게 아니었음을 알게 되었다. 경우는 고집스럽지 않은 게 아니었다. 그저 고집부리는 대상이 최소한으로 한정되어 있을 따름이었다. 친구들, 회사 동료들, 부하 직원들, 심지어 약혼녀한테까지 자신의 의견을 강요하지 않는 하경우는 적어도 아내에게만큼은 다른 듯했다.

어떤 면에서는 특별대우이니 기뻐해야 하나?

다행히 다음 날부터는 차질 없이 일정을 소화할 수 있었다.

정글 사파리에 사원들을 돌아보고, 아로마 마사지와 바다낚시도 해보고, 야간에는 휴양객으로 넘쳐 나는 비치로드를 돌아다니며 쇼핑도 했다. 커다란 랍스타를 시식하고, 샤브샤브나 타이식을 먹으며 도란도란 얘기를 나누다가 저녁때는 아름다운 밤바다에 반사되는 화려한 문명의 빛들을 감상했다. 그리고 어김없이 밤이 깊어지면 그들은 둘만의 에로틱한 세계에 빠져들어 정신없이 내달렸다.

음, 그는 좀 거친 플레이를 좋아했다……

어젯밤도 그젯밤도 그끄젯밤도, 그는 숨 쉴 틈 없이 그녀를 몰아쳤다. 탐욕스러운 손길과 격렬한 몸짓으로 완벽하게 그녀를 차지하고 또 차지했다. 그는 실로 밤마다 그녀의 영혼과 육체에 정념을 불어넣었다. 그녀를 뜨겁게 달아오르게 했다. 헐떡이고 신음하게 했다. 스스로도 믿을 수 없을 만큼 간절히 그를 원하게, 그리하여 궁극의 해갈을 구걸하게 만들었다.

일주일간의 신혼여행 일정을 소화하고 그녀가 내린 결론은 하나, 하경우는 그쪽 방면에 다채로운 경험을 보유한 초고수다. 경험 많은 고수가 아니라면 이제 겨우 처녀 딱지를 뗀 생초보를 이렇게나 매번 훅 가게 만들 수는 없을 것이다.

'미국에서 아주 화려한 나날을 보내셨나 봐?'

귀국 직후 친정집을 향해 질주하는 자동차 안에서, 이래는 삐딱하게 생각했다.

차창 밖으로 빠르게 스쳐 가는 익숙한 도시의 풍광을 감상하는 척하고는 있었지만 그녀의 신경은 줄곧 경우에게 가 있었다. 뒷좌석에 그녀와 나란히 앉은 하경우는 자그마한 노트북을 무릎에 올려놓은 채였다. 길고 우아한 그의 손가락이 노트북 자판 위에서 달그락달그락 빠르게 움직였다.

누가 일벌레 아니랄까 봐 그새를 못 참고.

속으로 혀를 차며 이래는 고개 숙인 그의 옆얼굴을 흘끔 곁눈질했다. 높고 곧은 콧날 사이로 속눈썹이 길게 드리워져 있었다. 길게 휘어 올라간 속눈썹은 곱상한 그의 윤곽에 그윽한 분위기를 더해주는 킬링 포인트.

수많은 여학생들이 그의 긴 속눈썹과 그 아래에 드리워진 고즈넉한 그림자에 껌뻑 넘어가곤 했었다. 하지만 이래는 남자 주제에 너무 예쁜 속눈썹은 별로. 그의 신체 중 그녀가 가장 좋아하는 곳은 역시 입술이다. 주위에 음영이 생길 만큼 도톰하고 굴곡 있는, 웃으면 마시멜로처럼 달달하고 청사과처럼 상큼한 미소를 자아내는, 정말 훔치고 싶은 매혹의 입술.

'그래서 진짜 훔치고 말았지.'

술기운에 마구 들이대며 반항했던 문제의 그날, 이래는 그와 키스를 나눴다. 필름이 뚝 끊긴 관계로 자세한 정황까지는 기억하지 못했지만 키스만큼은 정확하게 떠올랐다. 당시 그가 꽤 중요한 말을 건넸던 것도 같지만, 아쉽게도 그게 뭔지는 생각나지 않았다.

"왜?"

"네?"

"뭐 할 말 있어?"

"아."

주책없이 그를 빤히 바라보고 있었나보다. 그가 눈썹 하나를 씰룩 움직이며 묻자 이래는 그제야 정신이 퍼뜩 들었다.

창피하네.

속으로 혼잣말을 중얼거리곤 이래는 벌어져 있던 입을 딱 닫았다. 씨익 연극적인 미소를 지어 보이곤 냉큼 고개를 홱홱 가로저었다. 할 말 따위 절대로 없다는 듯. 그리곤 또다시 그를 외면, 창밖에 시선을 고정시켰다. 뒤통수가 서서히 따가워졌다.

"눈 좀 붙여. 피곤해 보이는데."

심장박동이 당황스러울 정도로 빨라지고 있을 때, 그가 불쑥 말을 걸었다. 이래는 창밖 바라보기를 계속해서 고수하며 대수롭잖은 듯 어깨를 으쓱했다.

"곧 도착할 건데요, 뭐. 선배나 좀 쉬지 그래요? 비행기 안에서도 계속 일했잖아요."

"아, 미안. 한데 내일도 잠깐 회사에 들러야 할 것 같아. 갑자기 일이 생겼어. 태국에서 급하게 연락받고 지금 처리 중이야. 오늘 저녁엔 일할 시간이 없을 것 같아서, 지금 틈틈이 시간 날 때 일해 두는 거야."

"일일이 설명하지 않아도 돼요. 프로끼리. 다 이해하니까."

"그럼, 여기 좀 보고 얘기해 줄래? 눈도 안 마주치고 말하니까 화난 것 같아."

라고까지 말하는데 어떻게 돌아보지 않을 수 있을까? 이래는 쭈뼛쭈뼛 뻣뻣한 고개를 끼익끼익 움직여 겨우 뒤돌아보았다.

하경우는 노트북을 닫고서 그녀와 눈이 마주치기를 얌전히 기다리고 있었다. 그녀가 자신을 외면했을 때도, 어색하게 자신을 돌아보았을 때도, 슬그머니 입술을 깨물며 시선을 들었을 때도, 경우는 한결같이 같은 곳을 바라보았다. 그 시선이 못내 불편해진 이래는 두 볼에 바람을 집어넣었다가 뺐다, 눈동자를 이리 굴렸다 저리 굴렸다, 하며 우물쭈물 얘기했다.

"……그래서, 내일 회사에 나가봐야 한다고요?"

"응."

"일은 언제 끝나는데요? 인천에는 나 혼자 가야 되는 거예요?"

"혼자 어떻게 보내? 결혼해서 처음 우리 집에 가는 건데. 같이 갈 거야. 회사에는 잠깐만 들르면 돼."

인천 집이라 함은 경우의 본가, 말하자면 이래의 시댁을 말한다. 2년 전 그가 이진의 신랑감으로 거론되면서 알게 된 사실인데, 하경우는 인천 지역 토호 집안 출신이었다.

그의 부친인 하정세는 인천 지방 경제의 한 축을 담당하는 제철 회사, 대현제강의 현 사장으로 작은 제철소에 불과했던 장인의 회사를 국내 강판업계 3위급으로 키워낸 입지전적 인물이었다. 그 자신도 대지주 집안 출신인 탓에 인천뿐만 아니라 경기도 전역에 방대한 인맥과 정치력을 자랑하는 이로 평가받고 있었다.

최근 세계적으로 불어닥친 경제 불황과 수입자제 원가상승으로 인한 경쟁력 약화 등으로 대현제강의 경영난이 심각해지자 하정세는 아들에게 회사로 들어와 힘을 보태달라고 도움을 요청했다고 한다. 물론 경우는 그럴 의향이 전혀 없어 보인다. 이미 TX그룹이라는 큰물에서 놀고 있는데 굳이 작은 우물에 스스로를 가둘 이유가 없는 것이리라.

"조금 걱정돼요."

"무슨 걱정?"

"음……."

이래는 약간 곤란한 얼굴로 눈꺼풀을 파닥파닥 흔들었다. 또다시 양쪽 볼에 차례로 바람을 넣었다가 빼며 시선을 요리조리 내돌렸다. 아주 간발의 시간차를 두고 경우는 이래가 왜 갑자기 난처해하는지 알아차릴 수 있었다. 앞좌석에 앉은 운전기사가 신경 쓰이는 것이었다.

이래는 운전기사 모르게 남편과 사적인 대화를 나눌 방법은 이것뿐이라고 생각한 듯, 핑크빛 도는 파우치에서 휴대전화를 꺼내 메시지를 찍어 내려가기 시작했다. 곧바로 그의 호주머니에서 진동 신호가 울렸다.

경우는 휴대전화를 꺼내 메시지를 확인하며 가볍게 웃음을 흘렸다. 그녀의 행동이 어린애 같다고 생각하면서도 왠지 가슴이 간지러워졌다. 마치 그녀를 처음 보았던 19세 소년 시절로 되돌아간 듯한 마음으로 그는 메시지 대화창에서 실시간 채팅 같은 대화를 나눴다.

「시댁에는 처음이라 긴장돼요.」

「어쩔 수 없지. 처음은 뭐든 서투르기 마련이니까.」

「이럴 줄 알았으면 결혼 전에 자주 찾아뵐 걸 그랬어요. 미리 친해두었더라면 이렇게 심각하게 긴장되지는 않을 텐데.」

「이렇게 될 줄은 몰랐을 테지.」

경우의 메시지를 받고 이래는 뜨끔했다. 정곡을 제대로 찔렸기에.

그의 말대로, 그의 사무실로 쳐들어가 결혼해 달라고 청할 때는 자신이 정말로 그와 결혼하게 될 줄 꿈에도 몰랐었다. 그때는 서로 사랑해 마지않는 동생 커플이 무사히 결혼에 골인하기만을 바랐었다. 이래는 경우를 한 번 흘끔 돌아보고는 손가락을 빠르게 움직여 문자를 찍었다.

하경우는 오른다리를 반대쪽 무릎에 꼬아 올리고 한 손에 휴대전화를 쥔 채, 팔꿈치를 창틀에 댄 느긋한 자세로 아내의 메시지를 기다리고 있었다. 황금빛 석양을 받으며 차창 밖을 바라보는 그의 옆모습은 숨이 멎을 정도로 아름다웠다.

「시간이 너무 촉박했어요. 결혼식을 뒤로 미뤘어야 했는데.」

「큰일을 갑자기 치르게 한 건 미안하게 생각해.」

「후회해요?」

「별로. 나한텐 한시라도 빨리 식을 올리는 게 중요했어. 망설임으로는 상황을 개선할 수 없다는 사실을 알았으니까. 결국은 파혼으로 귀결될 것임이 자명했지. 넌 파혼은 싫다며. 나랑 결혼하고 싶다고 매달렸잖아. 나로선 어쩔 수 없는 선택이었어.」

「다 제 잘못이네요. 미련하게 결혼을 미루었던 탓. 미안해요. 일을 이 지경으로 만들어서.」

「미안하다는 말은 이제 그만해. 그런 소린 한 번만으로 족해. 네가 결혼을 기피하게 만든 내 탓이 제일 커.」

「결혼…… 선배가 마음에 차지 않아서 미뤘던 거 아니니까, 오해 말았으면 좋겠어요. 굳이 이유를 대자면, 선배가 아니라 저 때문이었어요. 결혼에 자신이 없었어요. 누군가와 맞어져 평생 함께하는 게 얼마나 힘든 일인지 아니까.」

「겁쟁이였군.」

「아버지에 대한 걱정도 많았어요. 결혼하면 아무래도 친정에 소홀하게 되잖아요. 이진이는 지금도 육아에 직장 일에 정신없이 바쁘고, 막내 이은이는 철부지예요. 노는 데 정신 팔려서 아버지까진 못 챙겨요. 아버지한테 혼자라는 기분 들게 하고 싶지 않았어요. 」

「아버님은 내가 챙길게. 맏사위 노릇해야지.」

「전 솔직히 며느리 노릇 잘할 자신 없어요. 선배도 알잖아요. 제가 얼마나 뻣뻣한지. 천성적으로 애교도 없고 살갑지도 않고 사회성도 부족해요. 사람들과 쉽사리 친해지질 못하고요. 며느리로서는 치명적인 악점 아니에요?」

「대신 한 번 친해지면 깊고 끈끈한 관계를 맺잖아.」

「하지만 한 번 친해지기가 하늘의 별 따기보다도 더 어렵다는 게, 저의 문제라면 문제예요.」

이래는 내용을 찍고 잠깐 망설이다가 시무룩한 표정의 이모티콘을 메시지에 첨부했다. 그는 메시지를 확인하고 몇 초간 가만히 생각하는 듯하더니, 이내 천천히 손가락을 움직였다.

위잉.

오래지 않아 경우의 답신이 도착했다. 이래는 서두르지 않고 천천히 메시지를 확인했다.

「네 친구가 되는 특권을 누리고 싶게 하는 말이네.」

친구가 되는 특권? 이래는 메시지 창을 멍하게 바라보았다.

머리가 띵해졌다. 현기증과 함께 미세한 호흡곤란증이 일었다. 심장이 고장 난 사람처럼 숨이 원활하게 쉬어지지 않았다. 이게 뭐야, 하고 속으로 맥없이 중얼거리며 이래는 질끈 두 눈을 감아 버렸다.

스스로가 너무 한심하게 느껴졌다. 하경우는 그저 재치 있게 한마디 응수을 뿐인데, 특별한 의미도 없는 립서비스에 불과한 말인데, 대수롭잖게 주고받은 메시지 하나에 이렇게 흔들리다니. 자신이 너무 쉬운 여자처럼 느껴져서 조금은 화가 났다.

비 맞은 고양이처럼 굴지 마, 박이래.

없어 보이게 왜 이러니?

"너무 긴장할 필요 없어."

조용한 자동차 실내에 그윽한 경우의 목소리가 울렸다. 그는 휴대전화에 시선을 둔 채로, 좌석 시트를 짚었던 손을 스윽 밀어 이래의 손등을 가만히 포개어 잡았다.

"너무 잘하려고도 하지 말고, 너무 잘 보이려고도 하지 마. 넌 그냥 평소의 너처럼 굴면 돼. 우리 가족 모두 널 좋아할 거야."

"고마워요, 선배."

이래는 차마 눈을 뜨지도 못하고 조용히 속삭였다. 손등으로 전해지는 그의 체온이 따스했다. 서늘한 마음에도 서서히 온기가 스며들었다.

"근데 정말 괜찮겠어?"

"네?"

이래는 감았던 눈꺼풀을 살포시 밀어 올리며 반문했다. 어느새 그가 이래의 손등을 감싸 쥐고 다정하게 손가락과 손가락을 얽고 있었다. 이래는 연인들끼리나 할 법한 손 모양을 멍하게 내려다보았다.

"아버님 댁에 도착하려면 아직 시간이 남았는데. 피곤하면 눈 좀 붙여."

"괘, 괜찮아요."

그녀의 입에서 퀭하고도 망연자실한 목소리가 흘러나왔다.

"밤에 실컷 잘 텐데요, 뭐. 지금은 그다지 졸리지도 않아요."

가슴이 이렇게 욱신욱신, 누군가가 자근자근 밟는 듯 맹렬히 뛰어대는데 어떻게 느긋이 잠을 청할 수 있겠나. 절대 그렇게는 못한다. 이래는 허둥지둥 파우치에서 이어폰을 찾는 척 딴청을 피우며 새침하게 덧붙였다.

"선밴 하던 일 계속하세요. 전 음악이나 들을게요."

"그냥 자두지?"

이래가 서둘러 이어폰을 귀에 꽂는데 경우가 입가를 한 번 실룩했다. 밀도가 매우 낮은, 남들에겐 미소 축에도 끼지 못하는 미소였음에도 감정표현에 워낙 인색한 하경우의 것이기에 곧바로 이래의 눈길을 사로잡았다.

이래는 또다시 흘낏 곁눈질로 경우를 훔쳐보았다. 그는 어느 틈에 노트북을 다시 켜고 문서에 들여다보고 있었다. 이래는 저도 모르게 못마땅한 마음이 되어 뿌루퉁하게 물었다.

"왜 자꾸 날 재우려고 하는데요?"

그러자 경우는 쿡, 하고 웃음을 터트렸다.

"그야 우린 오늘 밤도 푹 자긴 글렀으니까."

제3장 상처 입은 앨리스는 안전하지 않다

'그야 우린 오늘 밤도 푹 자긴 글렀으니까.'

라고 경우는 말했지만. 현재 흘러가는 집안 분위기상 실제로 그리될 확률은 지극히 낮아 보였다. 일단 이래의 부친, 박철우 회장의 호탕한 목소리가 집 안을 쩌렁쩌렁 울렸다.

"아하하하! 내가 말이지. 요 근래 들어 이렇게 기분 좋았던 적이 있었나 싶어. 자네들을 보고 있으니 내 맘이 아주 뿌듯하네!"

박 회장은 사위 둘을 양쪽에 거느리고 술잔을 들자니 천군만마를 얻은 양 기분이 좋은 모양이었다. 연신 술을 들이켜며 껄껄 웃었다.

술고래 박 회장의 술 마시는 습성을 고려하였을 때, 세 남자가 밤새 달릴 것이라는 건 불을 보듯 뻔했다. 이래 부부가 전날과 같은 방식으로 밤을 새우는 건 불가능하다는 얘기였다.

"큼큼! 내, 이런 말은 아직 누구에게도 한 적 없네만. 사실 요즘 난 불안감에 시달리고 있었네. 평생 앞만 보고 달려왔는데 뭐 하나 제대로 이뤄놓은 게 없는 것 같아서 초조했지. 나도 나이가 든 게야. 남자 인생 뭐 있나? 내 사람들 잘 건사하고 행복하게 해주는 거. 그게 다지. 나한테는 우리 세 딸들뿐이네. 이래, 이진이, 이은이, 요것들이 제짝 만나 행복해질 수만 있다면 내 한 목숨 바칠 수도 있어."

"아빠. 목숨을 바치긴 왜 바쳐요? 독립운동도 아니구만."

진지한 아버지의 말씀에 이은이 딴죽을 걸었다. 감상적인 분위기에 젖어 따끔따끔 눈시울을 적시려던 이진이 홀딱 깬 듯 웃음을 터트렸다. 살짝 무안해진 박 회장은 하릴없이 큼큼 목소리를 가다듬었다.

"말이 그렇다는 거지, 말이. 누가 당장 죽는다니? 아비도 이제 내일모레 칠순이다. 팔팔한 청춘은 아니야. 서서히 끝을 생각하고 대비할 때란 말이지."

"에이. 무슨 그런 약한 말씀. 걱정 마세요. 아직 팔팔해 보이시니까. 평소 몸 관리를 워낙 잘하셔서 액면가는 50대라니까요. 그러니 죽을 날짜 받아놓은 노인 같은 소린 마세요. 적어도 이 막내딸 시집보내기 전까진 청춘으로 살아주셔야죠."

"사람이 마음먹은 대로 살 수만 있다면 뭐가 걱정이겠니. 영원히 너희들과 함께할 수만 있다면 내가 가진 재산을 다 내놓아도 아깝지 않지. 하나 생명은 언젠가는 흙으로 되돌아가는 게 자연의 섭리다. 내가 아무리 발버둥 쳐도 끝은 오게 되어 있어. 그때는 나도 너희들과 아름답게 이별하고 싶구나."

욕실에서 손을 씻고 나오던 이래는 조용히 주방으로 향했다. 가족들이 자신의 결혼을 축하하기 위해 모인 자리이니만큼 제자리로 되돌아가 하하호호 대화에 참여해야 한다는 걸 알았지만, 어쩐지 지금은 그럴 기분이 아니었다.

오늘 같은 날, 이런 얘기, 왠지 싫다.

"내 입으로 말하지 않아도 다들 알고 있겠지만, 나 박철우, 이래가 아니었다면 이 자리에 없었다. 불의의 사고로 갑작스레 네 어미를 잃고, 내가 그 녀석한테 많이 의지했어. 스무 살 나이에 어미를 잃으니 저도 힘들었을 텐데, 동생들 챙기고 회사 일 도우면서도 힘든 내색 한 번 내비치지 않았지. 그래서 항시 마음이 아팠다. 녀석은 나한테는 열 아들 안 부러운 장한 딸이고, 이 아비조차의지하게 만드는 듬직한 딸인데. 그 녀석이 기댈 곳은 어디에도 없었으니까."

"……"

"난 녀석한테 소나무처럼 편안하고 품이 넓은 사람을 짝지어주고 싶었다. 언제든 마음 편히 되돌아갈 수 있는 곳. 힘들면 힘들다 하고, 슬프면 슬프다 할 수 있는 곳. 아이처럼 칭얼대고 떼를 써도, 여느 여자들처럼 삐치고 토라지고 투정해도, 얼마든지 받아줄 수 있는 넉넉한 품 말이다. 돌아 돌아 이제야 여기까지 왔지만 난 하 서방이야말로 이래의 휴식 같은 반려가 되어줄 것이라고 믿어 의심치 않아."

아버지의 묵직한 고백을 뒤로하고, 조리대 앞에 선 이래는 한숨을 폭 내쉬었다. 아버지가 저렇게 감상에 취할 때면 쓰러질 때까지 마시는, 바람직하지 못한 습성을 가졌다는 것을 잘 알고 있음에.

오늘은 정말 코가 비뚤어지게 자실 모양이시다. 연세가 연세이니만큼 고혈압이며 당뇨 수치가 평균을 웃돌아 건강관리에 각별히 유념해야 하는데…….

박 회장은 술을 너무 좋아한다. 기분에 따라 폭주하는 버릇도 좀체 고치지 못한다. 너무 걱정된 나머지 이래가 시간만 나면 종알종알 잔소리를 퍼붓곤 하지만 신경도 쓰지 않는 눈치였다. 그런 박 회장이 외로워 보여, 이래는 어떨 땐 걱정보다 죄책감이 앞서기도 했다. 아버지가 10년 넘게 혼자 사시는 게 어쩐지 자신의 탓처럼 느껴졌기 때문이다.

"휴—"

찬장에서 인스턴트 봉지 커피를 꺼내며 이래는 날숨을 길게 토했다. 자신이 너무 한심스럽게 느껴졌다. 아직도 아이처럼, 아버지가 어머니를 애틋하게 그리워해 주기를 바라는 자신이 못마땅했다.

"새색시가 웬 한숨이야? 땅 꺼지겠네."

주방 입구에 이진이 서 있었다. 이래가 주방으로 향하는 것을 보고 뒤따라 들어온 모양. 술주정을 빙자해 속마음을 토로하는 아버지의 약한 모습을 어떤 식으로든 피하고 싶은 건 이진도 마찬가지인 듯했다.

이래는 씁쓸하게 웃음을 지으며 커피 잔을 꺼냈다.

"아버지 건강 때문에. 김 박사님 말씀으론 약주를 줄이셔야 된다는데, 아버진 그럴 맘이 전혀 없으신 것 같아. 커피 할래? 인스

턴트밖에 없는 것 같지만. 원한다면 새로 원두 내리고."

"난 됐어. 밤에 커피 마시면 잠 못 자."

"나도 그래. 사실은 그래서 마셔두려는 거야. 장인과 사위들이 밤새 달릴 듯한데 세 남자만 내버려 두고 자러 갈 순 없잖아. 나라도 안 자고 곁을 지켜야지."

"아버지가 늦게까지 형부를 놔주지 않으실까 봐 겁나?"

"겁은 내가 아니라 네가 나겠지. 제부, 겉보기완 달리 술 잘 못 마신다며."

"못 마신다기보다는 천천히 오래 마시는 스타일. 원샷 남발하면 술기운이 한꺼번에 훅 올라온대."

"아버지랑은 정반대네."

"덕분에 아버지 술 상대해 드릴 때마다 매번 호되게 고생해. 지금은 많이 단련된 거야. 결혼 초기에 비하면 완전 술고래 수준. 형부 주량은 어때? 세셔?"

"글쎄, 뭐……."

"세다는 거야, 약하다는 거야?"

센지 약한지 잘 모른다는 말씀. 모르는 게 당연하다. 이래는 대학 시절의 만취 사건 이후 오랫동안 술을 멀리해 왔다. 사건의 주요 당사자가 하경우이니만큼 그와의 술자리만큼은 필사적으로 피해왔었다.

알음알음으로 전해 들은 바에 의하면, 하경우는 술이 센 편에 속한다고 한다. 그와 술을 마셔본 사람들은 하나같이 똑같은 말을 했다. 하경우는 끝까지 자리에 남아 술을 마시되 절대 취하지는 않는다고. 말하자면 둘 중 하나. 체질적으로 알코올에 세거나, 취해도 취한 표시를 내지 않거나.

어느 쪽이든 남들 앞에서 흐트러진 모습을 보이지 않는다는 점에서 이래는 그의 술버릇이 마음에 쏙 들었다.

"그나저나 너, 내 앞에서 너무 태연하게 술 얘기한다? 그러지 마라. 생각만 해도 끔찍해."

"언니는 아직도 술이 무서워?"

이진은 식탁 앞에 자리를 잡고 앉아 양손으로 턱 밑에 꽃받침을 하곤 언니의 뒷모습을 바라보며 히죽 웃었다.

파스텔 색감의 신부 한복을 곱게 차려입은 이래는 어딜 봐도 예쁜 새색시였다. 손목을 접어 올린 옥색 저고리도, 앞치마를 동여매 허리 부근이 움푹 들어간 분홍빛 치맛자락도 가슴이 저밀 만큼 곱디곱았다. 단아한 올림머리를 가만히 보고 있노라니 이진도 이제는 슬슬 실감이 나는 것 같았다. 드디어 언니가 시집을 갔구나, 하는.

"너도 나처럼 필름이 끊긴 채 낯선 곳에서 눈떠봐. 금세 술이 끔찍해질 테니까."

"예전엔 언니도 아버지 닮아 주당이었는데."

"이십대 초반까진 그랬지. 지금도 가끔은 마셔. 효원이하고만. 걘 맥주 한 캔에도 해롱거리는 애라 밖에선 절대 못 마시거든. 나랑 효원이랑 효원이의 집에 틀어박혀 한잔 당기면 크— 정말 술맛 죽였는데. 이젠 그것도 못하겠네. 효원이한테 같이 마셔줄 사람이 생겨서. 근데 참! 이진이 너, 이바지 준비해 왔더라? 뭐 하러 그랬어? 번거롭게. 내가 벌써 준비해 놨는데."

포트로 뜨겁게 데워진 물을 커피 잔에 따르던 이래는 어깨 너머로 이진을 돌아보았다. 예상하지 못했던 일이라 깜짝 놀란 이래에 비해, 이진은 당연히 해야 할 일을 했을 뿐이라는 듯 어깨를 으쓱했다.

"원래 이런 건 친정 엄마가 해주는 거잖아. 엄마 대신 내가 준비한 거니까, 시댁에는 내 걸로 가져가. 나름대로 솜씨 좋다고 소문난 곳에서 맞췄어. 손이 부끄럽진 않을 거야. 언니가 준비한 건 우리끼리 나눠 먹을게."

"고맙네, 동생. 이렇게까지 신경 써 줄 필요는 없는데."

"고맙긴 뭐가. 무슨 대단한 거라고. 기억 안 나? 내가 결혼할 땐 언니가 해줬잖아."

"난 언니니까. 널 시집보내는 입장이었으니 당연히 내가 해줘야지. 하지만 넌 동생이잖아. 회사 생활하면서 애 키우고 남편 내조까지, 스트레스가 만만치 않을 텐데 나한테까지 신경 쓸 여유가 어디 있냐?"

"애는 뭐 나 혼자 키우나. 우리 동원 씨, 육아는 곧 엄마 담당이라고 생각하는 꽉 막힌 남자 아니야. 아내의 내조 같은 거 없이도 자기 일 잘하는 독립적인 사람이야. 우린 서로 바깥일에 대해선 터치 안 해. 대신 집에 들어오면 완벽한 공동체가 되지. 우리 부부의 철칙이 뭔지 알아? 집으론 절대 일감을 가져오지 않는다는 거야."

"아하."

이래는 커피 잔을 손에 들고 이진의 앞에 자리를 잡으며 빙긋 웃었다. 이진은 남편 자랑에 신이 났는지 씩씩하고 쾌활하게 말을 이어갔다.

"집에 오면 가정에만 충실해야 해. 일 생각은 요만큼도 해선 안 돼. 처음부터 그렇게 길들여서 이젠 그게 둘 다 자연스러워. 자랑 같지만, 그래서인지 동원 씨가 다른 남편들에 비해 아기 보기나 집안일에 능동적인 것 같아. 꽤 잘하기도 하고. 내가 피곤하다 싶으면 자기가 나서서 밥부터 설거지까지 풀코스로 서비스해. 요리 솜씨는 아무래도 늘지 않지만, 열심히 최선을 다하는 모습이 사랑스러워."

"보기 좋네. 언제나 느끼는 거지만 너희 부부는 천생연분인 것 같아."

"언니네는 아니고?"

"우린 너희완 달리 중매결혼이잖아. 그것도 아버지가 지정해 준 혼처. 이를 테면 정략결혼. 연분이라곤 할 수 없지."

"에이. 딱히 정략결혼인 것도 우습지 않나? 정략결혼의 포인트는 '감정의 배제'잖아. 부모가 자신의 목적을 위해 당사자의 감정과는 상관없이 자식들을 짝짓는 것. 그런 점에서 본다면 언니랑 형부의 결합도 정략결혼이라고 규정짓기엔, 좀 많이 애매해."

"애매해? 우리가?"

"집안과는 상관없이 전부터 알던 사이니까. 게다가 서로를 아주 좋게 평가하고. 기억하지? 언니가 나한테 남편감으로 형부를 강추했던 것. 언닌 형부를 대단히 좋은, 신뢰할 만한 사람이라고 했어. 동생한테 남편감으로 추천할 수 있는 남자, 세상에 그리 흔치 않다?"

"그거야 뭐."

그럴 수밖에 없었다. 박 회장은 경우를 스카우트해 오기 직전,

이래에게 프로파일을 보여주며 그를 이진의 신랑감으로 점찍었음을 밝혔었다. 집안, 학력, 이력, 사생활 뒷조사까지 마친 파일에서 건진 건 하경우가 흠결 하나 없이 완전무결한 남자라는 사실이었다. 그는 정말 깔끔하고 고급스러운 인생을 걸어온 남자였다. TX 그룹의 사위가 되어도 문제 되지 않을 만큼. 사랑하는 동생 이진의 남편이 되어도 충분할 만큼.

"선밸 좋은 사람이라고 생각한 건 맞아. 그리고 지금도 변함없이 좋은 사람이라고 생각해. 하지만 어쨌든 사랑해서 결혼한 건 아니잖아. 서로 사랑하지도 않는데 결혼하겠다고 결심한 것부터가 정상적이진 않지."

"그럼 중매로 맺어지는 수많은 커플들의 결혼도 결국은 정략결혼이겠네? 절절한 사랑 대신 서로 조건이 맞아서, 필요에 의해, 이 사람이라면 나쁘지 않겠다, 하면서 결혼을 결심했으니까."

얘기가 그렇게 되나?

하지만 이래는 경우를 사랑하지 않는다. 그를 보는 게 편치 않고, 그가 잘해줄 때마다 마음이 싱숭생숭하고, 가끔씩 미소라도 지을라치면 심장이 멎을 것 같고, 짜릿하게 안아줄 때도 기분은 무척 좋지만. 그건 엄연히 대학 시절 그에게 품었던 유치한 감정 때문이었다. 교회 오빠 짝사랑하는 마음, 첫사랑에 두근두근 떨리는 마음, 풋풋하고 순수했던 시절에 가슴앓이하던 그 애틋한 감정이 아직까지 남아 있는 것이다.

풋사랑은 진짜가 아니다.

그런 건 한때의 환상인 것만큼 결국엔 사라지게 되어 있다. 언젠가는 두 사람 사이에 아무것도 남지 않게 될 것이다. 그럼에도 회사의 미래를 위해 둘은 끝까지 동행하겠지. 그게 정략결혼이 아니면 뭐가 정략결혼이란 말인가.

"언니."

이래의 고개가 스르르 아래로 떨궈질 무렵이었다. 이진이 다정하게 이래를 불렀다. 커피 잔을 감싼 이래의 양손을 이진이 부드럽게 덮었다. 이래는 반쯤 내리떴던 눈꺼풀을 천천히 밀어 올렸다.

동생은 예전엔 한 번도 지은 적이 없는, 부드럽고 온화한 얼굴로 언니의 흔들리는 눈빛을 지그시 들여다보았다.

"언니는 당사자라서 이 결혼이 많이 불안하고 불안전하게 느껴지겠지만 내 생각은 달라. 언니랑 형부는 서로를 존중하고 좋아하잖아. 같은 직종에서 같은 목표를 향해 달리고 있고. 그건 앞으로 사랑에 빠질 가능성이 높다는 뜻이야."

"남편과 조만간 사랑에 빠질 거다? 거참, 가슴 되게 두근거리는 말이네."

이래는 삐쭉하게 말하고서 슬쩍 입술 꼬리를 끌어 올렸다. 비록 표현은 퉁했지만 마음만은 고마웠다. 동생이 언니를 걱정하고 격려하는 마음이 제대로 전달되고 있었다.

"언니는 이제 결혼한 몸이야. 언니랑 형부는 평생의 반려로 서로를 선택했고, 어찌 됐든 하나의 목표를 향해 전진해야 해. 행복한 결혼 생활을 위해서라도 서로 마음을 터놓고 지내는 게 좋아. 조금이라도 마음에 걸리거나 서운한 점이 있으면 곧바로 형부와 상의해. 가슴에 앙금이 남지 않도록 서로 대화해서 꼭 풀어."

"……"

"처음엔 어색하겠지. 하지만 귀찮아서, 너무 유난스러워 보일까 봐, 혹은 불필요한 논란이 싫어서 찜찜한 문제를 그냥 덮어버리면 안 돼. 외면하지 마. 의도치 않게 오해가 쌓이면 결국엔 서로를 불신하게 될 뿐이니까. 굳이 내가 이런 말하지 않아도 언니는 워낙 똑똑해서 잘 헤쳐 나가겠지만."

"내가 뭐가 똑똑하니? 똑똑한 건 너지."

웃음을 터트리며 이래는 절레절레 고개를 가로저었다. 아이큐가 150인 동생한테서 똑똑하다는 칭찬을 들으니 머쓱했다. 이진은 이래를 따라 웃으며 '언니의 똑똑함과 내 똑똑함은 달라. 언니의 스마트함은 내 아이큐와는 비교도 할 수 없을 만큼 월등하다고.' 하고 재잘거렸다.

어려서부터 탁월한 두뇌로 공부에만 몰두한 나머지 친구들과 잘 어울리지 못했던 이진과는 달리, 이래는 성적도 좋고 인기도 많았던 걸 말하고 싶은 듯했다. 이래는 초면에 낯을 가리고, 친구도 가려가며 사귀고, 싫어도 좋은 척 가식 떨지 못하는 자기 자신을 사회성 부족이라고 생각했지만 이진은 그리 생각하지 않는 듯했다. 한없이 부족한 언니인데도 이진의 눈에는 최고로 멋진 언니인 모양이다.

"난 형부가 좋아. 마음에 들어. 언니랑 정말 좋은 연분이 되었으면 좋겠어. 그동안 언닌 우리 대신 너무 많은 짐을 짊어져 왔잖아. 이젠 행복해져야지. 내 맘 알지?"

"응."

왠지 눈물이 나올 것만 같아 이래는 애써 미소를 지었다.

"알아. 나도 이 결혼에 인생을 걸었어. 대충 아무렇게나 살고 싶지 않아. 잘해내고 싶어. 성공을 위해 최선의 노력을 다할 거야."

"난 언니의 노력이 온전히 자신만을 위한 노력이었으면 좋겠어. 집안이나 회사를 위한 게 아니라."

"그거야 기본이지. 나도 내가 소중해. 집안과 회사에 헌납한 인생이라도 결국은 내 인생이야. 사랑은 없지만 네 말대로 우린 서로를 존중하고 좋아해. 불행 중 다행이라고 봐야지. 그나마 연대의식 정도는 쌓을 수 있을 테니까."

"연대의식?"

"이를 테면 동업자 정신. 우린 서로가 서로에게 필요한 존재임을 인정하고 받아들임으로써 같은 편에 서게 되었어. 힘을 합하면 더 높은 목표에 도달할 수 있음을 아니까 서로에게 협조할 수밖에 없지. 기본적으로 같은 목표를 향해 달리는, 정체성이 비슷한 사람들이라 다른 커플들보다는 동질감과 일체감을 쉽게 느낄 거야. 그게 비록 영업이익, 회사 발전, 후계자 승계와 같은 계산적인 부분에서의 동질감이라 할지라도. 끈끈함만 따지면 사랑해서 결혼한 커플 못지않을걸."

"글쎄, 그건 좀······."

이래의 설명이 너무 차갑게 들렸을까. 이진이 걱정스러운 표정으로 미간을 찡그렸다. 이래는 이진의 손 밑에서 제 손을 쏘옥 빼내어 이진의 손을 토닥토닥 두드려 주었다.

"걱정 마, 우리 둘째. 난 너희들이 걱정할 만한 일은 절대 안 해. 선배도 마찬가지이고. 안전한 동맹관계를 깨뜨리면 우린 서로 잃는 게 너무 많아. 선배도 나도 그런 무모한 짓을 벌일 만큼 멍청하지는 않아. 그러니까······."

이래가 이진의 표정이 점점 굳어지는 것도 모른 채 제 딴엔 안심시킨답시고 이런저런 말들을 늘어놓고 있을 때였다. 주방 밖에서 이은의 발랄한 목소리가 날아들었다.

"어? 큰형부! 여기서 뭐 하세요?"

"……!"

"……!"

이래는 두 눈을 번쩍 떴다. 이래를 마주 보고 있던 이진의 눈도 크게 떠졌다. 큰형부라면 하경우가 아닌가. 이은의 목소리가 이렇게 가까이 들려온다는 건 하경우 또한 근처에 있다는 뜻이었다.

"진토닉에 넣을 얼음이 필요해서."

굵고 나직한 하경우의 목소리가 뒤를 이었다. 이은이 상황의 심각성을 전혀 눈치채지 못한 듯 활달하기만 한 어투로 대꾸했다.

"그거라면 제가 가져다드릴게요. 가서 앉아 계세요."

"아니야. 괜찮아. 내가 가져갈게."

하경우는 자상하게 막내 처제를 돌려세우고 직접 주방으로 들어왔다. 거짓말은 절대 못하고, 거짓된 연기도 죽어도 못하는, 주변머리 제로의 이진이 화들짝 놀라 벌떡 일어났다. 새빨갛게 얼굴 붉히는 모양새가 딱 '당신 없을 때 당신 얘기함'이었다.

이래는 지그시 입술을 깨물며 천천히 몸을 일으켜 세웠다.

"얼음이 필요하세요? 가져다 달라고 하지 않고요. 제가 준비해 가면 되는데."

"됐어. 내가 할게. 처제랑 하던 얘기, 마저 해. 얼음만 챙기면 곧바로 나갈 거니까 신경 쓰지 말고."

하던 얘길 마저 하라니. 자기 얘기 중이었다는 걸 알고 하는 말이야? 모르고 하는 말이야?

경우의 표정은 평소와 다를 바가 전혀 없었다. 지독한 포커페이스답게 완벽한 무표정인 그에게선 아무런 징조도 발견할 수 없었다. 무슨 생각을 하는지 대충 넘겨짚는 것조차 불가능했다.

한데 왜일까, 자꾸 그가 듣지 말아야 할 부분까지 들어버린 기분이 드는 건. 딱히 거짓이나 못된 소릴 한 것도 아닌데 괜히 미안해졌다. 그에게 상처를 줘버렸다는 말도 안 되는 생각까지 들기 시작했다.

논리로는 설명되지 않는 참으로 별스러운 기분이었다.

신혼여행에서 돌아온 지 3일째 되는 날 새벽.

일찍 일어나 난생처음 아침식사 준비를 하고 있던 이래는 잠시 인터넷에서 찾아낸 '집에서 간편하게 해 먹는 토종식 김치찌개 레시피'를 들여다보다가 깊은 한숨을 내쉬었다.

아직 일주일이라는 적지 않은 휴가 기간이 남아 있었기에 열심히 노력해서 이 기간 동안, 하경우와의 결혼 생활에 완벽 적응하리라 단단히 결심했던 이래였건만. 불행히도 야심찬 그녀의 계획은 시간이 갈수록 실패 가능성이 점차 높아지고 있었다.

아니, 김치찌개 레시피 주제에 뭐가 이렇게 복잡한 거냐고!

다진 마늘은 어디에 있으며 새우젓은 또 어디에 있나. 한 큰술은 얼마만치를 말하며 반 큰술은 또 얼마만치인 건가. 고운 고춧가루는 뭐고, 굵은 고춧가루는 또 뭔데?

이상한 나라에 뚝 떨어진 앨리스의 기분이 이럴까.

낯선 남자와의 낯선 결혼 생활은 이래를 정말이지 날마다 새로운 분야에 도전하게 만들었다. 그녀의 매일매일은 어색하고 무섭고 긴장의 연속인 나날이었다. 평소 꿈꾸던 일사천리의 매끄럽고 원숙하고 안락한 생활과는 거리가 멀어도 너무 먼, 어설픔과 낙담의 행진이었다. 무엇이든 똑 부러지게 해내어 살면서 늘 칭찬만 받아왔던 이래의 삶이 난생처음 좌절과 패배로 가득 차게 된 것이었다.

결혼 생활이 마냥 순조롭지만은 않을 거라는 건 처음부터 잘 알고 있었다. 30년 이상 각자의 방식대로 살아온 남녀가 어느 날 갑자기 한집에서 한 이불을 덮고 살게 되었는데, 아무런 트러블도 생기지 않는다면 외려 그게 더 이상한 일 아니겠는가. 벗은 옷가지를 아무 곳에나 걸쳐 놓는다든지, 잘 때 이를 간다든지, 치약을 중간부터 짠다든지, 하는 하찮은 습관에서부터 부딪치고 그 때문에 만만찮은 스트레스를 받을 거라고 생각했었다.

하지만 웬걸. 의외로 생활면에서는 불편한 점을 거의 느끼지 못했다. 아직도 어렵기만 한 선배 하경우와 부부로서 한 침대를 써야 하는 어색한 상황만 빼면 모든 것이 괴이하달 정도로 편안했다.

밖에서 과묵한 하경우는 집에서조차 말이 없었다. '밥 먹을까?' 물으면 '밥 먹자'로 대화를 끝내는 타입이었다. 그녀 쪽에서 말을 걸지 않은 이상은 입을 열지 않았고, 대답할 때에도 불필요한 말은 덧붙이지 않았다. 게다가 놀랄 만큼 박이래라는 존재를 의식하지 않았다. 이래를 거부감 없는 동거인쯤으로 여기는 듯 그녀가 집에서 무엇을 하든 신경 쓰지 않았다. 덕분에 그를 의식한 나머지 한시도 긴장감을 늦추지 못했던 이래는 시간이 갈수록 자신의 페이스를 찾아갈 수 있었다.

문제는 다른 곳, 상상치도 못했던 의외의 곳에서 터졌다.

"시댁. 시집살이. 비관적."

혼잣말을 중얼거리며 이래는 이틀 전 시댁에서 겪었던 일들을 조심스럽게 곱씹었다.

도발. 시험. 기 싸움. 전쟁 발발을 알리듯 싸움을 걸어온 시어머니, 그 때문에 의도치 않게 '며느리의 자질 평가'라는 시험대에 오른 자기 자신의 딱한 처지……

딱. 딱. 딱.

"아얏!"

손가락에 날 선 통증이 따끔하게 스치자 이래는 인상을 찌푸렸다. 멀리 4차원의 세계에 가 있던 정신이 곧바로 소환되었다. 손가락에서 피가 나고 있었다. 딴생각하며 칼질을 하다가 손가락을 베다니, 이래는 냉큼 칼을 내려놓고 상처를 손으로 누르며 쯧쯧, 속으로 혀를 찼다.

"무슨 일이야?"

피가 똑똑 떨어지는 개수대를 내려다보고 있는데, 하경우가 불쑥 주방에 들어섰다. 이래는 냉큼 손가락을 뒤춤에 감추었다.

그에게 다친 손가락을 보여주고 싶지 않았다. 하경우에게만큼은 이런 어설프고 맹한 모습 보여주기 싫었다. 똑똑한 척은 혼자 다 하더니만, 알고 보니 혼자선 아무것도 못하는 칠칠치 못한 여자라고 비웃을까 봐 겁이 났다.

"깼어요? 더 자지 않고요. 아직 시간이 이른데."

"그거 피잖아."

하경우의 눈썰미는 가히 독보적이었다. 상처를 들키지 않으려는 이래의 필사적인 노력에도 불구하고, 그는 대번에 피가 흐르는 것을 알아보았다.

이래는 헤벌쭉 웃으며 무슨 말이든 해보려고 했다. 전혀 아프지 않다거나, 정말 대수롭잖은 상처라거나, 그냥 모르는 체해줬으면 좋겠다와 같은 상처가 심각하지 않음을 이해시키는 말이면 뭐든 좋다고 생각했다. 하지만 그가 단 한 걸음 만에 두 사람 사이의 거리를 좁히며 다가오자 그녀의 머릿속은 순식간에 하얘져 버렸다. 경우의 향긋한 로션 향이 콧속으로 스며들어 가슴 가득히 들어찼다.

"괜찮아요. 별거 아니에요."

"피가 나는데 별거 아니라니."

그는 이래와는 눈도 마주치지 않고 중얼거리더니, 피나는 그녀의 손을 덥석 붙들어 입술로 가져갔다. 조금의 망설임도 없이 그는 곧장 붉은 피가 선연히 배어 올라오는 상처를 입에 물었다. 너무 갑작스럽고 친밀한 그의 행동에 이래는 숨이 막히는 것을 느꼈다.

"이게 다 뭐지?"

상처를 입에 머금은 채로 그가 자그맣게 중얼거리자 이래는 흠칫 놀랐다. 그의 눈이 주방의 면면을 샅샅이 훑고 있었다.

조금 전부터 보글보글 끓기 시작한 냄비. 달그락달그락 김 뺄 준비하는 밥솥. 설거지하다가 만 개수대. 양파와 파를 다듬은 흔적들. 썰다가 만 양파와 부엌칼. 전반적으로 주방은 구석구석이 너저분했다.

도저히 품행 방정하게는 보이지 않는, 누가 봐도 부엌일에 서툴고 부족해 보이는 광경이어서 이래는 다시금 극심한 좌절감에 빠져들었다. 어쩌면 이렇게 무능력할 수가 있을까. 이런 채로 결혼이란 걸 했다니 참으로 뻔뻔스러운 노릇이다. 생각하며 질끈 눈을 감았다.

주방 일을 만만하게 본 실수였다. 요리 그까짓 것. 다른 모든 일들처럼 매뉴얼대로 차근차근 해나가면 얼마든지 뚝딱뚝딱 제대로 된 요리를 만들어낼 수 있을 줄 알았다. 주어진 일이라면 뭐든 엽렵하게 해내왔던 '똑순이' 박이래였으니 이깟 밥상쯤 문제없이 차려낼 수 있다고 자신했다. 해고한 화순댁이 만들어놓은 밑반찬들이 소진될 때까지 조금만 노력하면, 그럭저럭 괜찮은 실력자가 될 수 있을 줄 알았는데…….

이래가 터지는 한숨을 푸욱 내쉬는데, 경우가 찌개를 끓이던 가스레인지의 불꽃을 훅 꺼버렸다.

"이, 이거 아직 덜 끓었……."

레인지를 다시 켜려고 했지만 실패했다. 그는 그녀의 손목을 단단히 그러쥐고는 폭풍 같은 기세로 걷기 시작했다.

뭐라 대꾸하기도 전에 그는 그녀를 거실 소파에 앉혔다. 서랍에서 구급약품을 챙겨와 그녀의 옆자리에 털썩 주저앉았다. 그리고 한마디 말도 없이 묵묵히 상처를 소독하고 약을 바른 후 밴드로 꼼꼼히 상처를 감아주었다. 엉망으로 아팠던 손가락이 순식간에 말끔해졌다. 이래는 거짓말처럼 아무렇지도 않은 손을 물끄러미 내려다보다가 천천히 고개를 들었다.

경우는 말없이 그녀를 응시하고 있었다.

속을 알 수 없는 그의 눈을 마주하니 가슴으로 조그마한 통증이 스쳤다. 갑자기 울고 싶어졌다. 이래는 어금니를 꽉 깨물었다. 씨익 미소까지 지으며 아무렇지도 않은 듯 예의 바르게 인사치레를 했다.

"고마워요, 선배."

"인사는 됐어. 말해봐, 이게 다 뭔지."

끝없이 아득한 눈으로 그가 재차 설명을 요구했다. 딱딱하기 그지없는 말투로 추정컨대 그는 아주 많이 화가 난 듯했다. 주방을 멋대로 어질러 놓아 짜증이 났을지도. 그거라면 이래도 딱히 할 말은 없었다. 일의 순서를 정해놓고 계획적으로 차근차근 하나씩 처리하는 경우와는 반대로, 이래는 손에 잡히는 대로 해치우는 스타일이니까. 요리도 앞뒤 재지 않고 뒤죽박죽 주먹구구식으로 하다가 주방만 잔뜩 어질러 놓은 셈이 되어버렸다.

이래는 앞니로 입술을 잘근잘근 깨물며 초조한 심경으로 어물쩍 응수했다.

"……뭘요?"

"이 난리법석에 대한 해명. 도대체 주방에서 뭘 하고 있었지?"

"아침 준비하고 있었죠. 보다시피."

"화순댁 아주머니는?"

"오늘부로…… 그만두셨어요."

"왜?"

"제가 그만두시게 했으니까요."

"네가?"

"죄송해요. 제 마음대로 해고해서. 선배가 집안 살림에 대한 권한은 전적으로 제게 일임하겠다고 하셔서 그랬어요."

"……."

"화순댁 아주머니가 오랫동안 선배의 집안일을 봐주셨다는 거알아요. 그 점에 대해서는 따로 감사 인사 드렸어요. 성의 표시도했고요. 세 달치 급여에 보너스도 넉넉히 챙겨 드리고, 아주머니를 해고해야만 하는 제 사정도 제대로 설명드렸어요. 아주머니도충분히 상황을 납득하고 그만두신 거니까, 너무 마음 쓰지 않아도돼요. 물론 선배는 그래도 마음이 안 좋겠지만……."

"네 말대로 난 살림에 대한 권한을 전적으로 네게 일임했어. 아주머니를 해고하는 문제도 네 권한을 행사한 것뿐이니, 그걸로 내게 미안해할 이유는 없지."

"제 나름대로 사정이 있었어요."

"그랬을 테지. 아주머니가 마음에 안 들었거나, 일솜씨가 네 성에 차지 않았거나. 하다못해 성격 차이라도. 그분과 난 문제없이잘 지내왔지만 너와는 또 다른 문제니까."

"딱히 문제가 있어서 해고한 건 아니에요. 그분에 대해 잘 알지도 못하는걸요. 문제가 생기래야 생길 시간도 없었고요. 어제 하루 지켜본 게 다지만, 일하는 스타일은 오히려 마음에 쏙 들었어요. 음식 솜씨도 꽤 좋으시고, 청소나 다른 집안일들도 꼼꼼하게잘하셨어요. 성격도 화통하셔서 초면에 낯가리는 저로선 대하기도 수월했고요."

"아주머니가 마음에 들었다고?"

"솔직히 집안일에 대해서 제가 뭘 얼마나 알겠어요? 해본 적도 없는데. 화순댁 아주머니가 일을 잘하는지 못하는지 평가할 주제도 못돼요. 알다시피 전 이쪽 방면엔 소질이 제로예요. 어려서부터 아버진 유독 저한테만 엄격하셨어요. 집안일에는 손도 못 대게 하시고, 오로지 공부만 하게 하셨죠. 그래서 이 모양이 됐고요."

이래는 상처 난 손가락을 들어 그에게 보여주고는 이 정도쯤은 대수롭지 않다는 듯 입술 언저리를 빙긋, 한 번 끌어 올렸다. 경우는 밴드에 감긴 이래의 작은 손가락을 응시하다가 그녀의 눈을 가만히 들여다보았다. 뚫어질 듯 바라보는 그의 시선에 이래는 얼어붙었다. 손을 내리지도, 미소를 거두지도 못한 채 슬슬 눈치만 보았다.

경우는 작게 한숨을 내쉬며 자신이 대체 뭘 하고 있는지 모르겠다고 생각했다.

박이래가 익숙하지 않은 부엌일에 나섰다면 그만한 이유가 있었을 것이다. '남편에게 맛있는 밥상을 차려주고 싶어서' 따위의 말도 안 되는 이유가 아닌, 그보다 더 합당하고 타당한 이유가. 처음부터 쭉 이 결혼을 원하지 않았고, 현재도 그를 사랑하지 않는다고 분명하게 말하는 박이래이니까.

그걸 알면서 왜 자꾸 부질없는 기대를 하는 것일까. 경우는 마음속에서 무럭무럭 자라나는 가당찮은 열망을 조용히 짓뭉갰다.

어정쩡히 허공에 떠 있는 그녀의 손가락을 가만히 쥐었다. 차가운 그녀의 손끝이 손안에 쏙 들어왔다. 그것만으로도 슬프도록 가슴 가득 만족감이 밀려들자 경우는 그만 피식 웃음을 흘리고 말았다.

"그런데?"

그녀의 손을 부드럽게 잡은 채로 그는 조용히 물었다.

"마음에 들지 않았던 것도 아니고, 부엌일을 직접 할 만큼 능숙한 것도 아닌데, 아주머니를 왜 해고했지?"

"그건…… 말하고 싶지 않아요."

"왜?"

"쓸데없이 분란을 일으키고 싶지 않으니까요."

"무슨 분란?"

"대단찮은 거예요. 선밴 신경 쓰지 않아도 돼요."

"그러면 더 궁금해지는데. 내가 무슨 수를 써서든 알아내겠다, 작정이라도 하면 어쩌려고 그래?"

"아아……."

이래는 무언가 그럴싸한 대답을 내놓기 위해 입을 벌렸다. 하지만 무슨 변명도 경우에겐 통하지 않을 것 같았다. 그가 여기저기 들쑤시고 돌아다닌다는 상상만으로도 머리가 지끈지끈 아파오는 듯했다. 쓸데없는 분란을 피하려고 지금 고집스럽게 입을 다문다면, 자칫 더 큰 오해를 불러일으킬 수 있었다. 이래는 포기의 한숨을 내쉬고는 어깨를 으쓱했다.

"진짜 별거 아니에요. 그냥 제가 너무 서투니까, 집안일에 대해선 아무것도 모르니까…… 어머님께선 제가 걱정된 나머지……."

"어머니? 본가에서 무슨 일 있었어?"

"음, 저기 그러니까……."

일이 있긴 있었다. 일이라면 일이고, 아니라면 아닌 일.

그들은 그끄제 친정집에서 하룻밤을 보낸 후, 다음날 인천의 시댁을 방문했었다. 신혼여행 잘 다녀왔다고 시댁 어른들께 인사를 올리고 오붓하게 식사 시간도 가졌다. 다음날까지 시댁에서 지내다가 점심 이후에야 신혼집에 도착했으니 시댁에 머무른 시간은 만 하루가 전부. 짧은 시간이었지만 경우의 가족들이 어떤 사람들이고, 자신을 어떤 식으로 받아들이는지를 파악하기에는 부족함이 없었다.

시아버지인 하정세는 점잖고 근엄한 신사였다. 시어머니인 유현정 여사는 온화한 품성에 화사한 미소를 지닌 미인이었고, 경우와 6살 차이가 나는 여동생 하지우는 디자이너로 활약 중인 발랄하고 세련된 아가씨였다. 모두 좋은 사람들이고 그녀를 새 식구로서 환영해 주었지만, 이래를 썩 마음에 들어 하는 것 같지는 않았다.

시종일관 유한 태도를 보인 유현정 여사의 눈빛에서 기계적인 차가움이 엿보였다. 방글방글 웃는 동생 하지우의 미소에선 가식이 느껴졌다. 이래는 자신이 착각했기를 바랐지만, 불행히도 그녀의 작은 소원은 이뤄지지 않았다. 우연히 주방에서 마주친 유 여사가 가시 돋친 음성으로 한마디 했을 때, 그녀는 자신이 험난한 시집살이의 문턱에 와 있음을 절감했다.

"너흰 두 식구뿐이니 도우미가 필요 없겠구나."

다음날, 신혼집에 도착한 이래가 제일 먼저 한 일은 도우미 아주머니를 내보내는 것이었다. 썩 달가운 일은 아니었다. 오랫동안 경우의 집안일을 봐준 사람을 한순간에 내쳐 버리고 싶진 않았다.

그러나 고작 고용인 문제로 시어머니에게 미운털이 박히고 싶은 마음 또한 없었다. 동생에게 선언한 대로, 이래는 결혼 생활을 아주 잘 꾸려가고 싶었다. 괜한 빌미를 제공해, 안 그래도 자신을 마음에 들어 하지 않는 시댁 식구들의 미움을 사고 싶지는 않았다. 이런 미묘한 상황을 굳이 남편에게 알려 고부갈등의 불씨를 제공하고 싶은 생각도 물론 없었다.

그런고로, 이래는 애써 아무렇지도 않은 듯 쾌활하게 굴었다.

"진짜 별거 아니에요. 그냥 가볍게 조언해 주신 것뿐이에요."

"어머니가 그냥 가볍게, 뭐라고 조언하셨는데? 아주머닐 해고하라고 시키기라도 했어?"

"그, 그게 아니라."

이래는 그가 더 이상 묻지 말아줬으면 좋겠다고 생각했다. 사실대로 말할 수도 없고, 그렇다고 거짓말할 수도 없으니 그냥 아무것도 묻지 말고 지나쳐 주면 좋겠다고. 간절한 마음을 담아 눈빛을 발사했다. 하지만 매정한 하경우는 조금도 물러설 생각이 없는 듯했다. 이대로 끝까지 가겠다는 결의가 담긴, 지극히 엄격한 눈으로 그녀의 답을 기다렸다.

이래는 점점 울상으로 변해가는 얼굴로 후욱 한숨을 뿜어내고는 애원하듯 말했다.

"제발 이번 일은 모르는 척 넘어가 주면 안 돼요? 선배가 끼면 일이 더 복잡해지기만 할 거예요."

"안 되겠는데."

철벽 하경우. 단호박 하경우.

"아무 일 없었으면 나도 그냥 지나쳤을 거야. 네가 다치지만 않앗어도, 저렇게 무리하지만 않았어도 모르는 척 넘어갔어. 하지만 아니잖아. 네가 다쳤잖아. 이걸 보고 어떻게 무심히 넘겨?"

"이게 뭐라고요. 제가 다친 건 어머님 때문도 아니고, 아주머닐 해고해서 생긴 일도 아니에요. 그냥 제가 부주의해서 저지른 실수 예요. 이젠 별로 아프지도 않아요. 크게 다치지도 않았는데 소란 떨 것 뭐 있어요? 선배가 남자라서 잘 모르는 것 같은데요. 이런 일은 여자들 사이에선 흔한 일이에요. 여자들끼리는 어떤 관계에 서든 미묘한 기 싸움 같은 게 존재한다고요. 지극히 본능적인 거 죠. 상대를 싫어하거나 미워해서가 아니라 저절로 그렇게 되는 거 예요. 그러니까 남자인 선배가 할 일은 조용히 옆으로 빠져 주는 거죠. 그게 절 돕는 거라고요."

"난."

이래가 뭔지 모를 급박함에 휩싸여 주저리주저리 그를 설득했 다. 그러나 경우는 이래의 손을 꼭 움켜쥐며 단호하게 그녀의 말 을 잘랐다.

"네가 다쳤다는 사실 자체가 싫어. 굳이 하지 않아도 될 일을 무 리하게 벌였다는 것도 싫고, 그게 내 가족 때문이었다는 사실도 마음에 안 들어. 네 마음이 다치는 거 싫단 말이야."

"선배⋯⋯."

여기서 더 어떻게 버티겠는가. 주책없이 눈물이 핑 돌자 이래는 그대로 그의 품 안으로 스러지고 말았다.

제4장 저랑 같이 가실래요?

[그러니까 이렇게 득달같이 전화한 게 네 안사람 때문이라는 거니? 요리하다 손가락 베인 게 너무도 가슴 아픈 나머지, 이 어미한테 항의할 셈으로?]

유현정 여사의 날 선 목소리가 귓전을 때리자 하경우는 이마 위로 흘러내려 흐트러진 머리카락을 천천히 긁어 올렸다. 낯선 피로감이 덮치듯 찾아왔다. 은근한 짜증도 스멀스멀 밀려든다. 흘낏 곁눈질로 침실 쪽을 돌아보았다.

꼭 닫힌 방 문 너머에 아내가 잠들어 있었다. 새벽부터 아침 밥상을 준비하다가 다치고, 무슨 일인지 추궁당하면서도 시어머니와의 일을 숨기려다 끝끝내 눈물까지 보이고 만 초보 아내가.

겁먹은 사슴 같은 그녀의 눈동자, 그 눈에 그렁그렁 맺혔던 말간 눈물을 떠올리며 경우는 곤두선 신경을 서서히 가라앉혔다.

박이래는 결혼 직후부터 지금껏 한시도 긴장을 늦추지 않고 있었다. 그의 약혼녀로서 2년을 보냈지만 진정으로 누군가의 여자가 된 것은 처음이니 그럴 수밖에 없었다. 아내라는 자리, 남편의 존재, 공동생활 및 전선, 시댁이라는 낯선 커뮤니티. 그 모든 것이 그녀에게는 어렵고 불편한 문제들이었다. 며칠 전 우연히 들은 이래와 이진의 대화에서도 이래가 얼마나 바짝 얼어붙어 있는지 알 수 있었다.

　"나도 이 결혼에 인생을 걸었어. 대충 아무렇게나 살고 싶지 않아. 잘해내고 싶어. 성공을 위해 최선의 노력을 다할 거야."

　그녀는 그를 사랑하지는 않지만 좋아한다고는 했다. 존중하고 신뢰한다고 했다. 뜨거운 감정은 교류하지 못하겠지만 공동의 목표를 향한 연대는 가능하다고 했다. 그로서는 백퍼센트 만족스럽지는 않지만 나쁘지만은 않은 반응이라고 생각했다. 적어도 달아날 생각은 없어 보였으니까. 그는 그거면 됐다. 박이래가 떠나지 않을 거라는 믿음 하나만으로도 충분히 행복했다.
　감정이란 본디 쌓아올리는 것.
　앞으로 남아 있는 수많은 시간 동안, 그는 그녀에 대한 감정을 차곡차곡 쌓아 올릴 것이다. 그가 조금씩 애정을 키우는 사이 이래는 믿음과 신뢰를 쌓으면 된다. 신뢰가 깊어지면 우정이 되고, 우정이 깊어지면 사랑이 된다. 끊임없이 그녀를 사랑하다 보면 그에 상응하는 보답도 돌아올 것이다.
　문제는, 이래가 의욕만 충천하고 요령이 없다는 것이다.

갑작스럽게 결정된 결혼, 달라진 그와의 관계, 또 다른 수많은 관계들, 그 속에서 끊임없이 발생하는 자잘한 갈등들을 어찌 대처해야 할지 이래는 몰랐다. 잘하고는 싶으나 어떻게 해야 잘할 수 있는지 몰랐다.

시어머니와의 관계도 혼자서 씩씩하고 현명하게 헤쳐 가고 싶겠지만 그 방법은 알지 못한다. 모르면 잔머리라도 굴릴 것이지. 시어머니의 간섭쯤 대충 흘려버려도 될 것을. 곧이곧대로 아주머니를 해고하고, 혼자서 요리한답시고 새벽부터 끙끙거리다가 그에게 딱 걸린 것이었다.

경우는 피가 뚝뚝 흐르는 손가락을 뒤춤에 감추고, 아무것도 아니라며 연신 고개를 가로젓던 이래를 떠올리며 미간을 찡그렸다. 박이래답지 않게 잔뜩 겁먹은 그 표정이 머릿속에서 지워지지 않았다. 그녀가 눈물을 떨구던 모습을 생각하면 자꾸 화가 치밀었다.

낯선 감정이었다.

이번에야말로 그녀를 위해 행동해야 한다고 생각했다.

경우는 이래를 침대로 데려가 눈물을 닦아주고, 잠들 때까지 꼭 안아주었다. 함께 까무룩 잠이 들었다가 9시께에 눈을 떴다. 새벽 일찍부터 움직였던 탓인지 이래는 여전히 곤히 꿈나라를 헤매고 있었다. 그녀가 깨지 않게 조용히 거실로 나와, 그는 제일 먼저 어머니께 전화를 드렸다. 그리고 그들 부부의 일에 더 이상 끼어들지 말아달라고 부탁했다.

[유학 시절에도 한 달에 한 번 전화를 할까 말까. 지금도 엎어지면 코 닿을 데에 살면서 얼굴 보기가 하늘에 별 따기 수준. 내가

널 얼마나 그리워하는데! 그걸 알면서도 이 어미한텐 그토록 무정하게 굴면서. 마누라가 손가락 좀 베었다고 쪼르르 전화해서 뭐? 간섭하지 마? 얘! 난 걔 시어미야. 내가 내 아들 생각해서 이런저런 조언하는 게 뭐가 나빠? 시어미인데 그것도 못하니?]

유 여사의 반응은 예상대로 날카로웠다.

휴대폰 너머로 뾰족한 목소리가 쉴 새 없이 날아들었다. 무척이나 서운한 모양이었다. 아들이 직접 전화해 끼어들지 말아달라니, 충격이 이만저만이 아니었을 것이다. 살갑고 곰살궂은 아들은 아니었어도 성실하고 다감한 품성 때문에 그는 언제나 효자 소리를 듣는 아들이었으니까.

그러나 서운한 건 이쪽도 마찬가지다. 경우는 유 여사가 이래를 아껴주길 바랐다. 모든 것이 서툴고 낯선 초보 아내, 박이래를 보듬고 감싸주기를 바랐었다. 아들의 아내이니까. 자신의 며느리이니까. 마음 따뜻하고 정 많은 유 여사라면 충분히 그리해 줄 것이라 믿어 의심치 않았었다. 그랬기에 자초지종을 알았을 때 그가 느낀 배신감도 컸다.

"그런 뜻으로 말씀드린 거 아니에요."

복잡한 심정이었지만 경우는 꽤 차분히 대응했다.

[아니긴 뭐가 아니니? 너 솔직히 말해봐. 걔가 너한테 뭐라 그랬지? 내가 짜증 난다 그러디? 자기가 뭔데 이래라저래라 간섭이냐 그래? 그래서 이렇게 득달같이 어미한테 전화했니?]

"이래는 그런 짓 못하는 애예요."

[못하긴. 벌써 이렇게 고자질했는데. 꼴랑 이틀 전이다. 이틀 전에 잠깐 스치듯 얘기했던 게 다야. 강요한 것도 아니었어. 그저 내

생각은 이렇다, 가볍게 얘기했던 것뿐이었다고. 싫고 못하겠으면 안 하면 되는 일이지!]

"어머닌 그랬을지언정 이래 입장에선 마냥 가볍게 생각할 수만은 없죠. 어머닌 시어머니고, 이래는 며느리잖아요."

[그거야 뭐.]

아들이 달래는 말투로 말하자 유 여사는 슬쩍 꼬리를 내렸다. 솔직하고 직선적이면서도 단순한 성격의 유현정 여사는 원래 쉽게 토라지고 쉽게 풀어지는 스타일이었다. 특히 사랑하는 가족들의 말 몇 마디면 아무리 크게 분노했다 해도 금세 풀어지곤 했다.

[근데 내가 딱히 잘못한 건 없지 않니? 아들 집밥 먹게 해주고 싶은 욕심은 대한민국 엄마들이라면 다 갖고 있는 건데. 지나가는 시어머니들 붙잡고 물어봐. 내가 유난스러운 건지 아닌지.]

다정한 아들의 태도에도 불구하고 유 여사는 여전히 억울한 듯했다. 남편에게 투정부릴 때만 나오는 특유의 애교스러운 콧소리로 중얼거렸다.

[솔직히 나 이번 결혼 못마땅했다. 결혼 날짜, 신접살림, 예식 절차, 심지어 예단까지. 내 뜻대로 된 게 하나도 없잖아. 내가 네 결혼시킬 날을 얼마나 손꼽아 기다렸는지 알아? 남들 보란 듯이 최고로 치르고 싶었어. 근데 이것도 생략, 저것도 생각. 얼마나 허탈한지! 아무리 요즘 심플하고 간략한 결혼식이 유행이라지만, 주위 둘러보면 아직도 격식 차려 제대로 결혼시키는 집 많아. 내 동창들은 다 자식들 혼사 빽적지근하게 치렀단 말이야. 명색이 재벌집 사위로 결혼시키는데 이게 뭐냐고, 주위에서 얼마나 말들이 많았는지 아니?]

"많이 서둘렀던 결혼이잖아요. 시일이 촉박해서 차분히 정식 절차 밟아가며 진행할 수 없었어요."

[어쨌든! 마음에 안 드는 게 수없이 많음에도 불구하고 내가 긍정적으로 생각했어. 걔한테서 좋은 면만 보려고 노력했다고. 한데 지금 하는 짓을 봐. 내가 한 말을 너한테 쪼르르 일러바쳤잖아. 이게 뭐니? 남편과 시어미 사일 이간질하는 거지.]

"어머니, 이래 그렇게 어리석은 여자 아니에요. 어머니랑 제 사이가 말 한마디로 쉽게 이간질될 만큼 만만하지 않다는 거, 이래도 잘 알아요."

[그건 그렇긴 하지.]

꼬리를 살그머니 내리는 어머니의 음성을 들으며 경우는 씩 미소를 지었다.

"어머니가 어떤 마음인지, 왜 이래에게 그런 말씀하셨는지, 잘 알아요. 하지만 저흰 그렇게는 못 살아요. 제가 바쁜 만큼 이래도 회사에서 중요한 역할을 맡고 있어요. 양쪽 다 바빠서 집안일까지 세세히 신경 못 써요. 서로 회사에서 밤새는 날도 많을 거고, 어쩌면 집에까지 일거리 갖고 와야 할지도 몰라요. 저도 이래도 집에서 요리할 시간 없어요."

[걘 대체 2년 동안 신부 수업도 안 받고 뭐 했다니? 여자가 밥 한 끼 제대로 못해서 결혼 첫날부터 이 난리법석을 떨고.]

"여자라고 다 요리 잘하라는 법 없죠. 어머니도 요리 솜씨로는 할 말 없으시잖아요."

부잣집 딸로 나고 자라 스무 살에 시집 온 유 여사도 딱히 요리에는 소질이 없었다. 자랄 때 남이 해주는 음식만 먹어서인지 솜씨가 꽝이었다. 요리 특강은 열심히 들으러 다니는데 요리 솜씨는 조금도 늘지 않아 아버지도 이제는 포기한 상태였다. 유 여사는 아직도 이래에 대한 반감이 누그러들지 않은 듯 새침하게 말했다.

[애! 난 그래도 시집 올 때 걔 수준까진 아니었거든. 요리 두어 가지는 만들 줄 알았었어. 내가 친정에서 얼마나 많이 연습해갔는데. 걔랑 똑같이 취급하지 말아줄래?]

"어머니. 이래는 장점이 많은 여자예요."

경우는 거실의 전면 유리를 통해 내려다보이는 도시의 풍광에서 시선을 거두며 사뭇 진지하게 입을 열었다.

"요리는 잘 못하지만, 그것 때문에 결혼한 게 아니니까 전 상관없어요. 사람은 저마다 잘하는 게 따로 있잖아요. 이래는 요리가 아니라 다른 걸 잘해요. 예쁘게 봐주세요."

[예쁘고 봐주려고 노력한다니까. 하나밖에 없는 아들 와이프야. 내 며느리라고. 난 누구들처럼 며느리 괄시 안 해. 며느리도 사위도 다 내 자식이라고 생각하는 사람이야. 그런 내가 오죽하면 이러니? 걔가 예쁜 짓을 해야 나도 예뻐하지.]

"예쁜 사람이에요. 굳이 예쁜 짓 하지 않아도 마음이 예쁘고, 진심이 우러나는 행동이 예뻐요. 조금만 더 긍정적인 시선으로 바라봐 주신다면 어머니도 금세 알아채실 거예요."

[넌 걔가 그렇게 좋니?]

유 여사가 뚱한 목소리로 묻는다. 아들이 박이래한테 쩔쩔매는 게 못마땅한 듯했다. 이해가 되지 않는 것이다. 그녀의 눈으로 본 박이래는 미스코리아 뺨치게 아름다운 타입도, 살살 녹아나게 애교가 넘치는 타입도, 헌신적으로 노력 봉사해 남자에게 감동을 선사하는 타입도 아니었으니까.

차갑고 뻣뻣한, 여자로서 매력이라곤 눈 씻고 찾아봐도 없는 박이래가 대체 뭐가 좋다고 아들이 이렇게까지 목을 매는지 유 여사는 납득할 수 없을 것이다. 하지만 사랑은 원래 비논리적인 것. 경우도 자신이 왜 박이래에게 집착하는지 잘 몰랐다. 그저 사랑을 멈출 수 없을 뿐.

[부모 뜻 거스르고 박이래랑 결혼해서 좋아? 입이 찢어져?]

한심스러운 듯 유 여사가 혀를 끌끌 차자 경우는 웃음을 터트리고 말았다. 그는 어머니의 질문에 아무 대답도 하지 않았다. 하지만 유 여사는 정답을 알고 있었다. 유 여사는 가슴 한가운데가 애잔함으로 찡해지자 뾰루퉁하니 중얼거렸다.

[내 앞에서 걔 얘기하며 실실대지 마, 이 녀석아. 난 아직 걔 마음에 안 들어.]

"이래도 노력하고 있어요. 차차 나아질 거니까 시간을 두고 지켜봐 주세요."

[알고 있어! 엊그제 부엌에서 일하는 걸 봤는데 적극적으로 배우려는 것 같긴 하더라. 아주머니가 가르쳐 주는 대로 곧잘 따라 하기도 하고. 그 정도의 열과 성이면 걱정 없겠다 싶었어.]

"맞아요. 감각적이고 두뇌회전이 빨라요. 영리해서 뭐든 금방 배울 거예요."

[아이고! 그래. 알았다, 알았어. 이제 고만 좀 해. 넌 누굴 닮아서 그리 팔불출이니? 으휴! 너희 아버지가 네 반만 했어도, 내가 이렇게 속 썩진 않았을 거다. 지지리 복도 없지. 남편은 목석에 독

101

불장군, 제 잘난 맛에 사는 독재자. 아들은 제 마누라한테 꽉 잡혀 살면서 어미한테 잔소리나 해대는 애처가. 대체 난 누굴 믿고 사니?]

"왜요. 아버지께서 어머닐 얼마나 아끼시는데. 표현을 안 하시는 것뿐이잖아요."

[그놈의 애정, 표현 못하면 그게 다 무슨 소용이니. 속에다만 담아놓은 사랑은 아무짝에도 쓸모없어. 됐다! 알았으니까 할 말 다 했으면 이만 끊자. 너희 아버지가 무슨 통화를 이리 오래하느냐고 옆에서 구시렁댄다.]

"그래요. 그럼 쉬세요."

달깍. 통화가 끊기는 소리를 듣고서야 경우는 안도의 한숨을 내쉴 수 있었다. 유 여사의 심기를 건드리지 않고도 무사히 제 뜻을 전했다고 생각하니 전신을 팽팽하게 조이던 긴장감이 썰물처럼 빠져나가는 듯했다.

다행히 유 여사가 자신의 뜻을 곡해하는 일은 벌어지지 않았다. 그녀는 아직 며느리에 대한 판단을 보류하고 있는 듯했다. 무작정 미워한다기보다 좀 더 지켜보자는 쪽인 것이다.

욕심 같아선, 지금 당장 온가족이 이래를 환영하고 사랑했으면 싶었다. 하지만 그것은 말 그대로 그의 욕심이었다. 그의 가족 입장에서 보면 박이래는 어마어마한 재산으로 남편을 손에 넣은 여자였다. 아주 오랫동안 첫사랑의 애달픔을 간직한 채 살아온 경우를 싸구려 돈과 권력으로 짓밟은 악녀에 불과했다.

경우는 아무래도 좋았다. 박이래가 TX그룹을 미끼 삼아 자신을 낚았다 해도, 그리하여 그의 순애보를 짓밟았다고 해도, 당사자인 그는 상관하지 않았다. 사랑에 대한 기대는 처음부터 없었다. 조금쯤 있었다 해도 그건 지루했던 2년의 약혼기간을 거치는 동안 깨끗이 사라졌다. 지금은 그녀와 가정을 꾸렸다는 사실만으로 충분히 기뻤다. 그는 끝까지 이 가정을 잘 지켜내고 싶었다.

"생각했던 대로야……."

생각했던 대로 아내와 함께하는 시간은 따뜻했다. 눈을 감으며 경우는 입가에 기분 좋은 미소를 띠었다. 집 안에 그녀가 끓이다 만 김치찌개 냄새가 가득했다. 거실은 제법 따가운 햇살의 환한 빛으로 채우고, 그의 가슴은 아내라는 존재, 그이의 온기로 가득 찼다.

모든 것이 완벽했다.

느릿느릿 흘러가는 일상의 순간순간이 마치 한 편의 판타지 영화처럼 아름답고 극적이었다. 이런 게 행복일지도 모른다고, 어쩌면 자신도 영원히 행복할 수 있을지도 모른다고 생각될 만큼 감동적이었다. 이것으로도 좋지 아니한가.

"어머님과 다툰 건 아니죠?"

느긋하게 몸을 뉜 채 정적이 주는 편안함과 안정감을 기분 좋게 즐기고 있을 때, 머리맡으로 허스키한 이래의 음성이 내려앉았다.

경우는 감았던 눈을 천천히 떴다. 곧장 빨간 눈농자와 눈이 마주쳤다. 언제 깼는지 이래가 서 있었다. 소파 뒤쪽에서 경우를 향해 고개를 숙인 채로. 한순간 경우는 심장이 멎는 듯했다.

"다투다니, 무슨 그런 험한 말을."

빙긋. 입술 꼬리를 끌어 올리며 경우는 아무렇지도 않게 중얼거렸다. 이래는 자신이 경우의 심장에 얼마나 치명적인 쇼크를 던졌는지 전혀 모르는 듯, 계속해서 그를 빤히 들여다보았다.

"휴대폰 너머로 어머님 목소리가 들렸어요. 화내시는 것 같던데."

"쑥스러워서 까칠하게 구시는 거야. 화나시지 않았어. 손은 어때?"

"괜찮아요. 이제 아무렇지도 않아요. 애초에 가벼운 상처였잖아요."

"가벼운 상처라도 덧날 수 있어. 당분간 주방엔 얼씬거리지도 마. 오후부터 아주머니 나오시게 했으니까 그렇게 알고."

"그것 때문에 어머님과 다퉜군요?"

"안 다퉜다니까. 앞으로 우리 일에는 간섭하지 말아달라고 말씀드렸을 뿐이야."

"설마요! 정말이에요? 정말로 그렇게 말씀드렸어요?"

"왜? 그러면 안 돼?"

"그걸 지금 말이라고 해요?"

이래는 경악에 가까운 심정으로 발끈하며 두 눈을 부릅떴다.

세상에! 아무리 간섭이 싫다고 해도 그렇지. 무슨 아들이 자기 엄마한테 그런 식으로 얘기한담.

시어머니가 분명히 상처받았을 것이다. 딴엔 아들 걱정에 한마디 했던 것인데, 아들로부터 선 긋는 듯한 말을 들었으니까. 아무리 다 큰 자식이고 결혼해서 한 집안의 가장이 되었다지만. 부모님에게 자식은 그저 자식일 뿐이잖은가.

"선배, 전요, 이런 문제에는 선배가 나서지 않았으면 좋겠어요. 어머님과 저 사이의 일이잖아요. 괜히 선배가 끼면 오해가 생길 거예요. 당사자들끼리 직접 부딪치며 풀어가는 게 순리라고 생각해요."

"보통은 남편이 나서서 정리해 주길 바라지 않아?"

"다른 여자들이 어떤지는 별로 궁금하지 않아요. 중요한 건 제 생각이니까. 전 어머님과 잘 지내고 싶어요. 그럭저럭이 아니라 굉장히 잘요. 엄마가 돌아가신 후에 생긴 일종의 로망이에요. 시어머니한테 듬뿍 사랑받는 며느리가 되고 싶어요. 시어머니랑 친구처럼 수다도 떨고 쇼핑도 하고, 남편 흉도 막 볼 수 있는 편한 사이가 되었으면 좋겠어요."

"친구처럼 편한 시어머니를 갖는 게 네 로망이라고?"

그의 눈썹 하나가 훌쩍 추켜 올라갔다. 속내를 꿰뚫기 어려운 검고 아득한 눈동자에 의외로움이 스쳐 갔다. 반듯한 입가에는 웃음기가 떠올랐다. 혹시 비웃는 걸까. 괜한 생각이 떠오르자 이래는 입술을 꾹 앙다물었다.

고집스럽게 꽉 다물리는 그 입술로 그의 시선이 뚝 떨어졌다.

"그냥 희망사항이에요. 그게 얼마나 어려운 일인지는 저도 알아요."

이래는 조금은 방어적으로 중얼거리곤 멍하게 생각했다.

어쩌자고 이런 자세로 선 것일까, 하고.

아무리 생각해도 이건 입술을 덮치기 일보 직전의 자세였다. 이대로 고개를 살짝만 수그리면 키스 성립. 그와의 거리가 지척이었다. 조금만 움직여도 입술을 겹칠 수 있다는 사실이 의식되자 가슴이 조금씩 두근거리기 시작했다.

콩. 콩. 콩. 콩.

"그 정도까진 아니더라도 어머님과는 좋은 사이로 지내고 싶어요. 괜히 선배를 두고 삼각관계를 형성해서 서로 으르렁거리는 추태는 보이기 싫어요. 그러려면 선배의 포지셔닝이 아주 중요해요. 이렇게 사사로운 일에까지 일일이 끼어들어 누군가의 편을 들면, 어머님도 저도 상대방을 적으로 생각하게 될 거예요."

"……."

"이번만 해도 그래요. 며느리한테 한마디 했더니 돌아온 건 아들의 차가운 통보잖아요. 내 편이라고 생각했던 아들한테서 간섭하지 말라는 소릴 들었으니, 어머님 입장에선 배신당한 기분일 거예요."

"우리 어머니, 그렇게 속 좁은 분 아닌데."

경우가 아주 낮은 목소리로 중얼거렸다. 기분 탓일까. 그의 입술이 아주 조금 가까워진 것 같았다. 그의 턱이 위쪽으로 떠오른 것 같기도, 그의 입술이 조금 더 벌어진 것 같기도 했다. 그가 너무나 유혹적이어서 침샘이 아파왔다. 당장이라도 그를 덮치고 싶은 경악스러운 충동이 일었다.

이래는 애써 태연하게 가벼운 어조로 중얼거렸다.

"그런 감정은 속 좁은 것과는 상관없다고 생각해요. 분리불안 심리 같은 거랄까. 나만 아끼고 사랑해 주던 아들이 아내를 챙기는 걸 보면서 불안감을 느끼는 거죠. 당연한 감정이라고 생각해요. 내 분신과도 같은 존재가 나한테서 떨어져 나가려고 한다면, 저도 싫을 것 같아요."

"바람직한 감정은 아니로군."

"하지만 마냥 나쁜 것으로 매도하고 비난해서도 안 되죠. 부모가 자식한테 뭔가를 기대하는 게 죄는 아니잖아요. 나이를 먹은 자식도 품는 게 우리네 부모님들이기도 하고요. 전 어머님과 친자식만큼이나 끈끈한 애착관계를 형성하고 싶어요. 어머님께서 아들을 빼앗긴 게 아니라 딸을 얻었다고 생각해 주셨으면 좋겠어요."

"그래?"

더욱 낮아진 목소리 톤. 너무나 달콤하고 그윽하게 들렸다. 강렬한 이끌림을 참기 힘들었다. 고통스러우리만치 그를 원했다. 그의 입술에 입술을 겹치고 싶었다. 그의 숨결을 삼키고 싶었다. 따뜻함과 부드러움과 감미로움을 간직한 그의 입술에 입술을 묻고 그의 달콤한 모든 것을 음미하고 싶었다. 그 강렬한 욕망에 이래는 자꾸만 신음하고 싶어졌다.

"노력할 거예요. 어머니께서 절 딸처럼 대해주실 때까지. 그러니까 우리 사이에 끼어들지 말아야 할 사람은 어머님이 아니라 선배라고요. 빠져 주세요. 그래 주실 거죠?"

"네가 그렇게까지 원한다면."

"원해요."

선배를……

이래는 꿀꺽 마른침과 함께 뒷말을 삼켰다.

"……"

"그럼 전 이만……"

씻으러 가겠다고 말할 셈이었다.

하지만 바로 그때, 하경우의 네모진 턱이 불쑥 위로 솟았다. 아슬아슬하게 마주하고 있던 두 입술이 드라마틱하게 포개졌다.

◈

"집들이요?"

이래는 오늘로서 남편 경력 일주일 차에 접어든 하경우를 바라보며 의미 없는 반문을 던졌다.

서재 문턱에 서서 불편할 정도로 지긋한 눈빛으로 그녀를 내려다보는 경우는 늘 그러하듯 조금의 흐트러짐도 없이 말끔했다. 이미 반한 여자도 재차 반할 만큼 완벽한 외모, 슬랙스와 폴로셔츠만으로도 세련됨을 연출하는 감각적인 체형, 배려심이 돋보이는 단정한 말투까지 무엇 하나 거슬리는 게 없이 깔끔하기만 했다.

"좀 이른 것 같기도 한데. 꼭 거쳐야 할 필수코스라면 비교적 한가한 때에 해치워 버리는 게 나을 것 같아. 네 생각은 어때?"

"딱히 반대할 마음은 없어요."

"잘됐네. 네가 싫다고 하면 어쩌나 걱정했는데."

그는 일정한 거리를 유지하려는 듯 문턱에 그대로 선 채로 말했다. 그녀가 요 며칠 계속해서 그를 피하고 있음을 눈치챈 게 틀림없었다.

"싫을 리가 있나요."

업무용 안경을 벗으며 어깨를 으쓱하고는 이래는 아랫입술을 지그시 깨물었다.

거실에서 달콤한 버드 키스를 나눈 그날 이후, 이래의 내부에서 무언가가 꿈틀거리기 시작했다. 정체 모를 감정과 감각들이 조금씩 자라났다. 무성하고 강렬한 감각들. 지금까지 살아온 그녀의 발자취, 그녀의 정체성을 단번에 무너뜨릴, 발칙하고 야성적이고 근본적인 그 무엇이었다. 그 생경한 변화에 어떻게 대처해야 할지 모르겠어서 이래는 내내 그를 피해 다닐 수밖에 없었다.

"내 친구들이 단단히 벼르고 있어. 집들이까지 안 하면 절대로 가만두지 않겠대. 그 녀석들, 우리가 결혼식을 너무 서두르는 바람에 이것저것 소소한 재미를 아쉽게 놓쳤다고 생각해. 총각파티나 함 팔기 같은 것. 서운한가 봐. 다른 친구들 결혼식 땐 시늉이라도 조금씩은 했거든."

"선배도 총각파티에 참석한 적 있어요?"

"두어 번 정도?"

"두어 번이나요?"

이래는 무의식중에 눈동자를 또르르 굴려 그를 바라보았다. 머릿속으로 퇴폐적인 광경들이 연달아 스쳐 갔다. 총각파티라는 미명하에 저질러지는 수많은 음란 행위들. 선입견일지도 모르지만 왠지 총각파티는 성적으로 문란할 것 같았다. 결혼 전 총각으로서 갖는 마지막 자유 시간이니만큼 양 옆구리에 여자를 끼고 온갖 서비스를 즐기는 분위기가 연상되었다. 설마 하경우도 그런 분위기에 휩쓸렸던 걸까?

왠지 그건 싫다.

"없었어."

이래의 미간이 희미하게 찌푸려지는 것을 알아챘을까? 그가 마치 그녀의 마음을 꿰뚫어 본 양 불쑥 입을 열었다.

"네가 상상하는 그런 파티는 해본 적 없어. 내 친구들 의외로 음전해."

그렇게 말하는 그의 입가에 부드러운 미소가 걸렸다. 양쪽 뺨이 순식간에 뜨끈해졌다. 부끄러움이 폭풍처럼 휘몰아쳤다. 어쩌다가 생각을 들켜 버린 걸까? 아니, 애초에 그런 생각은 왜 했지? 그가 총각파티에서 여자들과 어울려 놀면 어때서? 어차피 결혼 전의 일인데.

이래에겐 결혼 전에 그가 했던 일을 꼬투리 잡을 그 어떠한 권리도 없다. 그녀 자신도 그와 결혼하지 않기 위해 전력으로 발버둥을 치던 때였으므로. 그가 무슨 짓을 하든 관심두지 않았고 상관하지 않았다. 이제 와서 그때의 일들이 신경 쓰인다며 마누라 노릇하려 한다면 그거야말로 코미디. 혼전에 있었던 일에 대해선 무념무상만이 정답이었다. 이렇듯 과거가 음전했다는 그의 말 한마디에 기분이 싹 풀어져 낯빛이 해낙낙해지는 민망한 반응은 금물인 것이다.

"대신 아주 짓궂지."

경우는 뭐가 그리 좋은지 입술 끝을 양쪽으로 찌익 늘인 채 흐뭇하게 말했다.

"어쩌면 내 발바닥을 때리겠다고 으름장 놓으며 너한테 노래나 춤을 요구할 수도 있어. 각오해 두는 게 좋을걸."

"노래랑 춤이요?"

약간 벙찐 얼굴로 그녀가 묻자 경우의 미소는 더욱 깊어졌다.

"넌 그거 하면 되겠네. 의자에 앉아 손가락 튕기는 춤. 잘하잖아."

"네?"

의자춤은 이래가 학창시절 열광했던 아이돌의 트레이드마크였다. 의자라는 소품을 이용한다는 점, 절도 있고 통일된 군무가 매력적인 안무로 팬이 아니라도 누구나 한 번쯤 따라 춰봤을 만한, 대중적으로 꽤 널리 알려진 춤이었다.

팬클럽 회장 출신인 만큼 이래도 당연히 춰본 적이 있었다. 고교 1학년 축제 때 '신(新) 매화'라는 팀을 결성해 나가게 된 학년 대표 무대에서였는데, 그녀의 팀은 미니 한복과 가채를 이용한 기생 코스프레로 1차 주목을 받은 후, 완벽하게 일체된 안무로 2차 대환호를 받았다. 경쟁팀이었던 '어머니는 짜장면이 싫다고 하셨어' 팀의 가열한 추격을 따돌리고 끝내 인기투표 1위를 거머쥐었더랬다. 얼마나 짜릿했던지!

이래는 경쟁 팀의 멤버였던 절친 심효원이 철가방을 든 채 멋들어지게 랩을 소화하던 기억을 떠올리며 픽 웃음을 터트렸다.

"제가 그거 잘 추는 건 어떻게 알았어요?"

"축제에서 봤어. 네가 메인이었잖아."

"좋아하는 가수의 무대라 안무를 제일 잘 외우고 있었거든요. 자연스럽게 센터가 되었죠. 근데 선배 10년도 더 된 그 일을 잘도 기억하시네요?"

"너희 무대가 하이라이트였으니까. 피날레였던 그룹사운드보다 더 인기가 많았잖아."

"그거 아세요? 경쟁 팀이었던 효원이가 HJ그룹 현무열과 결혼한 친구라는 거. 걘 다른 가수 팬클럽 회장이었어요. 난 주홍색 풍선. 걘 하늘색 풍선. 중학교 때부터 서로 라이벌이었죠. 만날 때마다 서로 내 오빠가 낫네, 네 오빠가 낫네, 하다가 정들어 버렸어요."

"아하. 그렇게 된 사이였군."

"효원이랑은 어려서부터 라이벌 의식이 굉장했어요. 무슨 일이든 경쟁적으로 했었죠. 대학 진학도 연애도. 결혼까지 이렇듯 한 달 사이에 앞다퉈 하게 될 줄 꿈에도 몰랐어요."

효원은 자신을 한없이 사랑해 주는 남자와 결혼했고, 자신은 그러지 못했으니 이번 게임의 승자는 효원인가. 생각하니 욱신욱신 가슴이 저몄다. 이래는 사그라지는 기운을 애써 추스르며 밝게 웃었다.

"효원이가 조만간 한국에 들어온다나 봐요. 한국에서 정식으로 다시 결혼식을 올리려고요. 선배랑 꼭 같이 와달라고 신신당부했어요. 같이 갈 거죠?"

"그럼. 네 절친의 결혼식인데 당연히 가야지."

"집들이는 언제 할 계획이에요? 내일? 모레?"

"이번 주말. 다들 직장 생활하는 녀석들이라 주말이 좋을 것 같아. 괜찮겠지?"

"전 아무 때나 상관없어요. 몇 명이나 초대하실 거예요? 준비해야 할 게 많을 것 같은데. 뭐가 필요하죠?"

"가까운 친구들만 부를 거야. 대략 10명쯤. 특별히 준비해야 할 건 없지 않을까? 일반적인 집들이니까 음식이랑 음료, 술, 그런 거면 되겠지. 집들이라는 게 새집에 모여서 새 출발을 축하하는 거잖아. 간단한 파티라고 생각하면 될 것 같은데."

"열 명…… 이요?"

이래의 얼굴에서 핏기가 싹 가셨다. 인상이 저절로 구겨졌다.

미소를 유지하기 위해 안간힘을 쓰며 눈동자를 불안하게 굴렸지만 그게 제대로 될 리가 없었다. 어찌나 우스꽝스럽던지 그녈 빤히 내려다보던 경우의 입가에 살포시 미소가 떠올랐다.

"갑자기 왜 그러는데?"

"저기, 선배."

"음?"

"이진이한테 도와달라고 해도 되…… 겠죠?"

"왜? 걱정돼?"

"조금요……."

이래는 말끝을 흐리며 히쭉 눈웃음을 지었다. 경우의 눈에 측은함이 떠올랐다. 그깟 파티가 뭐라고. 회사에서는 언제나 당당하고 자신만만하게 굴던 박이래가 어쩌다가 이렇게 기가 잔뜩 죽었나 생각하는 듯했다. 이래는 아껴두었던 한숨을 포옥 내쉬곤 어깨를 으쓱했다.

"실은 조금이 아니라, 아주 많이 자신 없어요. 혼자서는 죽어도 못할 것 같아요. 특히 요리는……."

"그건 됐어. 어차피 출장 부르려고 했으니까."

"출장이요?"

"출장 요리."

"하지만……."

이건 또 무슨 심리일까. 출장 요리를 부르겠다는 그의 말에 뛸 듯이 기뻐해야 하는데. 기분이 끝없는 낭떠러지로 추락하는 듯했다. 중요한 게임에서 처참히 발린 기분이었다. 자존심이 무진장 상했다.

물론 요 전날 양파 썰다가 손가락까지 썰던 그 난리법석을 목격한 경우의 입장에서는 출장 요리를 선택하는 게 당연한 일이겠다. 하지만 그날 이후 끔찍한 패배감에 시달리며 투지를 불태우고, 날이면 날마다 화순댁 아주머니를 괴롭혀 가며 요리를 배우고 있는 이래의 입장에서는 또다시 패배의 늪에 풍덩 빠지는 격이었다.

"요즘은 다들 그렇게 해. 힘들고 바쁘잖아. 누가 직접 요리해? 다 출장 요리 부르지."

"그렇긴 하지만."

"왜? 뭐 걸리는 거라도 있어?"

"선배 친구들이 뭐라고 할지도 모르니까요. 명색이 집들인데 집주인이 손가락 하나 까딱하지 않았다고 흉볼지도 모르고."

"그럴 리 없어. 그런 거 기대하고 오는 녀석들 아니니까 걱정 마. 내 친구들, 입맛 까다롭지 않아. 대충 배만 채워지면 마냥 행복한 녀석들이니까 아무거나 대접해도 상관없어. 굳이 바쁜 처제한테 도움 요청할 필요도 없고. 그냥 친구들끼리 밥 한 끼 먹는 거야. 예의 차리고 자시고 할 필요도 전혀 없어. 가볍디가벼운 자리니까 전혀 부담 갖지 마."

"그래도 두어 가지 정도는 직접 만든 요리가 있어야 하지 않아요? 다들 그러던데……."

비록 바쁘다는 핑계로 잠깐씩 얼굴 비춘 게 다였지만, 이래도 집들이에 초대되어 가본 적이 있었다. 다른 손님들과 어울리거나 파장까지 참여하진 못했어도 '여주인의 음식 솜씨 칭찬하기'가 집들이 행사의 하이라이트라는 것 정도는 알았다.

게다가 이래는 그의 친구들이 자신을 뭐라고 평할지 무지 신경 쓰였다. 그들이 자신들의 정략결혼에 대해 아는지 모르는지 궁금한 것만큼이나 무척. '역시! 남편을 돈으로 사간 부잣집 딸이라더니 할 줄 아는 게 아무것도 없구나' 하고 흉볼까 봐 조바심이 쳐졌다.

도대체 화순댁이 말하는 그 '손맛'이란 건 언제 생기는 거야? 왜 몇 날 며칠을 연습해도 맛이 그 모양인 거냐고!

"정 신경 쓰이면 자신 있는 걸로 몇 가지 해보든지."

점점 표정이 일그러지는 이래를 가만히 내려다보더니 경우가 불쑥 말했다.

"자신 있는 거요?"

"뭐가 자신 있어?"

"아."

그게 문제구나. 자신 있는 게 없어. 성공한 요리가 없으니까.

멍하게 입을 벌리고 생각하던 이래는 땅이 꺼져라 한숨을 내쉬며 고개를 푹 꺾었다. 책상에 이마를 콩 찧었다. 이마 정중앙에 찌릿한 통증이 일었다. 박이래의 가슴에도 저릿저릿 통증이 응어리졌다.

"또 왜?"

내내 서재 문턱에 서 있던 경우기 슬슬 움직이는 것이 느껴신다. 이래는 터져 나오는 절망과 탄식을 삭이며 휙휙 고개를 가로저었다. 마호가니 책상의 무늬에 맹렬히 이마를 문지르며.

"별거 아니에요. 그냥 좀 문제가……."

"무슨 문제?"

"자신 있는 요리가 없어요. 지금까지 살면서 해본 요리가 라면 끓이기랑 달걀 프라이뿐이었거든요. 요즘 화순댁 아주머니랑 계속 요리 연습 중이긴 한데, 아직까지는 구제 불능 수준이라서. 시도할 때마다 대실패를 거듭 중이에요. 그런 음식을 내놓았다가는 살인미수 죄로 잡혀가기 십상일 거예요."

"……."

경우는 출입문과 책상 중간 어디쯤에서 걸음을 딱 멈추었다. 라면에 달걀 프라이밖에 할 줄 모른다는 말에 혹시 충격 먹었나?

'그랬다고 해도 할 말 없지.'

아무리 TX그룹 재벌가에서 경영 수업에 전념하며 살아온 여자라도, 나이를 무려 서른둘이나 먹은 어엿한 신부가 아닌가. 이렇게 아무 준비 없이 결혼했을 줄은 몰랐을 것이다.

또래 재벌가 친구들도 자랄 때는 손에 물 한 방울 안 묻혔어도 결혼 직전에는 하나같이 신부 수업을 받는다며 요리나 꽃꽂이 등을 배우러 다녔었다. 그런 친구들을 향해 '여자가 결혼해서 할 게 그깟 살림뿐이냐'며 한껏 비웃었던 사람이 박이래, 바로 자신.

도대체 그땐 왜 그랬는지 후회가 밀려들었다. 진한 자괴감이 밀려들었다. '회사 일〉집안일'이라며 한껏 허세를 부리던 과거의 자신이 너무도 부끄럽고 창피했다.

"라면과 달걀 프라이를 요리라고 내놓긴 좀 그렇긴 하네."

이윽고 그가 찬찬히 입을 열었을 때, 이래는 가슴이 알싸한 감정으로 물드는 것을 느꼈다. 주책없이 코끝이 찡해졌다. 간신히 말문을 틔웠을 때는 요동치는 마음을 겨우 수습하고 난 뒤였다.

"미안해요."

"뭐가."

"할 줄 아는 게 그것뿐이라서요. 이럴 줄 알았으면 남들처럼 요리학원에라도 다닐걸. 그럼 지금쯤 그럴싸한 파티 음식 몇 가지 정돈 문제없이 해낼 수 있을 텐데. 무의식중에 주방은 내 담당이 아니라고 생각했던 것 같아요. 회사 일로 바쁘기도 했지만 시간이 있었더라도 요리 학원 따윈 거들떠보지도 않았을 거예요. 부엌일에는 아예 관심이 없었으니까요."

"……."

"한심하죠? 이런 나."

"아니. 전혀 한심하지 않은데. 여자라고 다 요리를 잘할 필욘 없어. 사람은 제각각 다른 재능을 타고 나는 거니까."

"이진이는 공부에 소질이 있어도 요리를 잘해요. 이은이도 예쁜 것, 꾸미는 것에 관심이 있지만 역시 저보단 잘하고요. 소질이나 재능의 문제가 아니에요. 관심의 문제지. 전 결혼 직전까지도 집에서 손가락 하나 까딱하지 않았어요. 일하시는 아주머니에게 모두 맡기고서 언제나 난 못한다, 바쁘다는 핑계로 외면했어요."

"그건 핑계가 아니잖아. 넌 진짜 바빴어. 회사에서 눈코 뜰 새 없이 일했으니 당연히 집에서는 쉬고 싶었겠지."

"후회돼요. 배워놓을걸. 미리 연습해 놓을걸. 그랬다면 선배 친구들한테 소금쯤 면목이 섰을 텐데. 선배한테 식섭 차린 밥상도 차려줄 수 있을 텐데. 손을 베거나 집들이 상을 출장 요리로 도배하는 바보짓도 안 할 수 있을 텐데."

"그럼……."

한순간 청결한 향기가 코끝을 적시는가 싶더니 그의 그윽한 목소리가 머리맡으로 상큼하게 떨어졌다. 그가 아주 가까이에 있었다. 다가오는 소리는 듣지 못했지만 느낌으로 알 수 있었다. 그의 존재를 감지했을 뿐인데도 그녀의 몸은 즉시 바짝 긴장되었다.

두근두근.

심장이 단거리 달음박질을 시작했다.

"지금이라도 잘하면 되지. 뭐가 걱정이야?"

그가 중얼거리며 이래의 머리에 가만히 손을 올렸다.

이래는 움찔했다.

"인터넷에 널린 게 레시피잖아. 레시피대로만 하면 끝내주게 맛있진 않더라도 그럴싸한 요리는 나올 거야."

"그게…… 레시피대로 했어도 맛이 없는 경우가 있더라고요."

"아까도 말했지만 내 친구들, 입맛 까다롭지 않아. 미식가와는 거리가 한참이나 먼 촌놈들이야. 터무니없는 맛만 아니면 허겁지겁 게걸스럽게 먹어치우는 녀석들이니까 겁먹지 마. 원한다면 맛은 내가 평가해 줄게. 같이 해보자."

심장이 마구 뛰고 있었다. 오목가슴 근처가 움찔움찔 흔들렸다. 울고 싶었던 기분이 사라진 건 벌써 오래전. 왠지 어색해서 얼굴을 들 수가 없었다. 가슴이 터져 버릴 것 같아서 숨을 제대로 쉴 수조차 없었다.

아, 어쩌지.

그에게 폴짝 안기고 싶은데 이를 어쩌지?

"나랑은 하기 싫어?"

그가 엄지 밑동으로 그녀의 뒤통수 언저리를 천천히 부드럽게 문지르기 시작한다. 마치 그녀의 자격지심, 다친 마음, 한없이 작아진 자아를 어루만지는 듯. 이래는 휘적휘적 고개를 가로저었다.

"아니요."

그리고서 책상 모서리를 꽉 움켜쥐고 있던 손을 슬그머니 내밀었다.

"저랑 같이 장보러 가실래요, 선배?"

제5장 선배의 여자

"송세련이라고 합니다."

집 안에 들어서자마자 현관에 서서 자신을 송세련이라고 소개한 여자는 처음 보는 사이임에도 불구하고 씩씩하게 먼저 악수를 청했다.

"박이랩니다. 어서 오세요. 와주셔서 감사합니다. 차 많이 막히죠?"

이래는 밝게 대꾸하며 세련의 가냘픈 손을 마주 잡았다. 속에서는 예쁜 여자에 대한 경계심이 거의 본능적으로 발동하고 있었지만, 입가에는 깍듯한 환영의 미소를 띠었다.

송세련은 자신감 넘치는 태도만큼이나 외모가 눈에 띌 만큼 예쁘고 화려했다. 170㎝가량의 늘씬한 체형, 뚜렷하고도 시원시원한 이목구비, 깔끔하고 세련된 오피스 룩, 사회적으로 인정받은 여자 특유의 자신감 넘치는 포스 등등이 여자가 봐도 반할 만큼 멋져 보였다.

이래는 궁금해졌다. 송세련이 하경우와 무슨 관계인지. 그와 친한 사람들만 모인 집들이에 초대되었다는 것은 일단 꽤 가깝다는 뜻인데, 어떻게 알게 되었고 얼마나 돈독한 관계인지 묻고 싶었다. 하지만 초면에 너무 직설적으로 묻는 건 실례겠지?

이래는 흘낏, 어깨 너머로 시끌시끌한 집 안쪽을 돌아보았다.

거실은 이제 막 도착한 후배 김민호와 먼저 도착해 있던 지인들이 엉망진창으로 뒤엉켜 서로서로 인사를 나누느라 거의 도깨비 시장이 돼 있었다. 사회생활에 충실한 나머지 자주 못 보는 얼굴들을 오랜만에 한자리에 만나다 보니, 다 큰 남자들이라곤 상상도 못 할 만큼 정신없이 서로를 반기는 모습이었다.

음. 저들 중엔 송세련을 정식으로 소개시켜 줄, 생각 있는 남정네가 한 명도 없는 걸로.

"아뇨. 생각보단 괜찮았어요. 저야말로 참석하게 돼서 영광이에요. 늦었지만 결혼 축하드립니다."

세련이 산뜻하게 미소 지으며 예의 바르게 축하 메시지를 던졌다.

그녀의 손은 차가웠다. 그리고 생각했던 것보다 훨씬 힘이 있었다. 이래의 손을 착 감고 지그시 눌러오는 악력이 은근히 셌다. 단순한 악수라기엔 뭔가 많이 이상하다는 생각이 들자, 이래는 시선을 아래로 떨어뜨렸다. 화이트와 실버펄 스톤의 네일아트로 장식된 세련의 예쁜 손이 자신의 밋밋한 손을 꼭 쥐고 있었다.

이게 뭐지?

"아. 네. 고맙습니다."

"……."

"……."

불편한 정적이 흐르고 이래는 어색한 몸짓으로 잡힌 손을 뺐다. 세련은 아무 일도 없었다는 듯 태연하게 이래를 놓아주었다. 빙긋 상냥한 미소까지 입술에 걸어둔 채. 이래는 희미하게 미간을 찌푸렸다. 특별한 악의는 없어 보이는데 왜 맘이 이렇게 계속 찜찜한 걸까.

"엇! 두 사람 벌써 통성명까지 했나 보네? 내가 직접 소개해 주려고 했는데."

때마침 민호가 호탕한 성격만큼이나 호쾌하게 소리치며 다가왔다. 이래에게는 1년, 경우에게는 3년 후배인 민호는 조금 전 세련과 함께 도착했었다. 도착은 함께였지만 도착하고부터 줄곧 각자 행동했기에 당연히 일행이 아닌 줄로만 알았다. 우연히 비슷한 시간에 도착한 것뿐이겠거니 생각하고 있었는데, 실은 정말로 일행이었던 모양이다.

"두 사람, 내가 다시 정식으로 소개할게. 이쪽은 박이래 선배! 내 대학 1년 선배이시고, 지난주에 내 인생의 롤모델인 하경우 선배의 아내가 되신 분. 그리고 이쪽은 송세련! 잘나가는 패션 디자이너이자 내 여자친구야."

민호는 특유의 쾌활한 어조로 두 여자를 서로에게 소개시키고는 세련의 어깨를 힘껏 끌어안으며 헤벌쭉 함박웃음을 지었다.

이래는 깜짝 놀랐다.

"여자친구?"

"어때, 선배? 내 여자친구 예쁘지?"

"그, 그러네. 엄청 미인이시다. 네가 어쩌다가 이렇게 과분한 여자분을 만났을까?"

놀란 속내를 들키지 않기 위해 이래는 얼굴 가득 미소를 지으며 최대한 평정심을 유지했다. 두 사람이 커플이라는데 너무 크게 놀란다면, 그것도 큰 실례라고 생각해서였다. 하나 아무리 웃어봐도 마음속에서 자꾸만 고개를 쳐드는 한 가지 또렷한 의문만은 무시할 수가 없었다.

송세련이 민호의 여자친구라는 게 쉽사리 믿기지 않았다. 연인이라기에는 무언가, 어딘지, 묘하게 어긋나 있는 기분이었다.

대부분의 연인들은 일말이라도 공통분모를 가지고 있고, 그것이 외적으로 표출돼 남매처럼 닮아 보이기까지 한다. 하나 이들에게선 닮은 구석을 눈곱만큼도 찾아볼 수 없다. 서로가 상당히 이질적이었다. 표면적으로는 선남선녀, 꽤 잘 어울리는 커플처럼 보일 수는 있겠으나 가장 결정적인 내면의 성향에서 두 사람은 전혀 달라 보인다. 민호가 밝고 건전한 느낌이라면 송세련은 의뭉하고 계산적인 느낌이랄까.

그저 첫인상이 안 좋아서 생긴 선입견일까?

"선배 몰랐어? 경우 선배가 얘기 안 해줬나? 우리, 지우가 다리 놔줬잖아."

"지우 아가씨가?"

"세련이가 지우의 직장 상사야. 대진어패럴 수석 디자이너. 하지우 고 귀여운 게, 이 오라버니가 오랫동안 솔로라는 사실이 가슴 아팠다나 봐. 민호 오빠한테도 좋은 사람 생겼으면 좋겠다고 노래를 부르더니, 어느 날 갑자기 이렇게 떡! 예쁜 사람을 소개해 준 거 있지. 세련이랑 사귄 지는 2년 조금 더 됐어."

"그렇구나. 한창 좋을 때네."

2년 전이라면 그녀도 꽤나 발버둥치고 있을 때다. 지금은 제부가 된 한동원과의 혼담이 깨지고 아버지로부터 경우와 맞선을 보라는 압박을 받던 차. 경우가 자신을 극도로 싫어한다는 사실을 알고 있음에, 이래는 어떻게든 혼담만은 피하려 버둥거렸었다. 하지만 자신이 혼담을 거부하면 막내가 대신 정략결혼의 피해자가 될 거라는 사실을 깨닫고, 곧장 찾아가 그에게 부탁했더랬다.

"저랑 결혼해요, 선배."

"동생들이 사랑하는 사람과 행복한 결혼을 할 수 있게 네가 희생을 자처하겠다?"

"희생이라는 표현은 제 처지에 어울리지 않네요. 전 어차피 누군가와 정략결혼을 해야 하거든요. 선배가 결혼해 주지 않으면 아버진 다른 상대를 들이미실 거예요. 제 입장에선 선배든 다른 누구든 똑같아요. 어차피 정략결혼이니까."

"그것참 낭만적인 발언이네. 결혼하고 싶은 생각이 절로 나."

그렇게 비꼬면서도 경우는 이래의 부탁을 들어주었다. 절박한 상황에 내몰려 있던 이래에게는 구원과도 같은 일이었다. 그가 청혼을 거절했다면 그녀는 분명 끔찍한 일련의 과정들을 또다시 겪어야 했을 것이다. 다른 누군가와 맞선을 보고, 결혼을 하고, 또 다른 사생활과 엮이고. 결혼에 관한 수많은 절차와 공정을 다시 밟는다는 생각만으로도 귀찮고 짜증스러웠다.

"진짜 몰랐어? 우릴 지우가 소개해 준 거. 지우, 내 친구 세혁이 랑 사귀잖아. 세혁이 기억하지? 법대 XX학번. 우리랑 같은 동아 리였잖아."

"당연히 기억하지. 지우 아가씨랑 사귀는 것도 알고 있었어."

불과 5시간 전에 하경우가 알려줬으니까. 속으로 꽁한 소리를 중얼거리며 이래는 눈썹을 열렬히 씰룩씰룩, 입가에 활짝활짝 미 소를 머금었다.

애써 '파워업' 해 보았지만 구멍 난 타이어마냥 기운이 솔솔 빠 져나가는 것을 막을 수는 없었다. 명색이 하경우의 아내인데, 그 에 대해 민호만큼도 모른다는 사실이 이래를 낙심하게 했다. 이렇 게 아는 게 없어서야 어디 하경우의 아내라고 자신 있게 말할 수 있겠나 싶어졌다.

"이래 선배도 알다시피 세혁이랑 내가 친하잖아. 세혁이가 지 우랑 워낙 오랫동안 닭살 돋게 잘 지내니까 상대적으로 박탈감이 심했어. 솔로에서 벗어나려고 안간힘을 썼지. 근데도 웬일인지 인 연이 영 안 생기더라고. 지우 녀석이 세련이 소개해 주지 않았다 면 난 아직도 솔로였을 거야."

민호는 나사가 하나 빠진 녀석처럼 헤헤거리며 머리를 긁적거 렸다. 얼굴을 붉히는 모습이 천생 사랑에 푹 빠진 남자였다. 반면 세련은 좋지도 싫지도 않은 무표정이었다. 인형처럼 예쁜 여자의 무표정은 어쩐지 무섭게 느껴졌다. 이것도 역시 기분 탓이겠지?

"듣고 보니 대단하네. 남친의 절친한테 직장 상사를 소개해 주 다니. 둘 모두에게 좋은 사람이라는 확신이 없다면 절대로 못하는 일이잖아. 지우 아가씨가 널 되게 많이 신뢰하나 보다?"

"하하! 지우가 날 많이 좋아하긴 하지. 걔넨 내후년쯤 결혼할 예정이야. 사귄 지 벌써 5년째잖아. 처음 2년간은 비밀 연애였지만 이후론 쭉 경우 선배와 가족들한테 허락받고 진지한 만남을 갖고 있어. 올해는 세혁이도 직장에서 자리도 잡았고 그동안 둘이 함께 모은 결혼 자금도 있으니까 더는 기다리기 싫겠지."

"그러겠네."

"아이! 부러워 죽겠다. 벌써부터 어디에 신혼집을 구하네, 가구는 어디 브랜드를 사네, 아주 깨가 쏟아져. 어찌나 난리 블루스인지. 경우 선배도 걔들 때문에 결혼을 서두른 거잖아."

"음?"

"뭐야, 그 금시초문이란 표정은? 아니야? 난 그렇게 알고 있는데."

아아, 그렇구나. 그래서 결혼을 서두른 거구나.

이제야 납득이 간다. 세상 꼼꼼하고 계획적인 남자가 왜 그토록 갑자기 결혼해야 한다고 우겨댔었는지. 원래 하경우는 한 치의 어긋남 없이 깨끗하고 모범적인 삶을 지향하는 남자다. 자기 사람들을 챙기고 배려하고 소중히 여기는 타입이기도 하다. 그런 그라면 동생을 위해 자신의 결혼식을 무자비하리만치 앞당기는 것쯤 일도 아닐 것이다.

그럼 그건 뭐였을까?

"난 이제 결혼해서 가정을 꾸리고 싶어. 흔히들 말하는 여우 같은 마누라에 토끼 같은 자식. 평범하고 소박한 바람이지. 너도 알다시피 가정을 꾸리려면 일단 결혼이라는 걸 해야 하잖아?"

진짜처럼 들렸었는데…….

이래가 잠깐 샛길로 빠진 생각으로 골몰해 있을 때였다.

"자기야, 이제 그만해. 선배님도 다 아는 얘기일 텐데."

세련이 가볍게 눈웃음치며 말하더니, 자신의 어깨에서 민호의 손을 가만히 떼어냈다. 우연히 그 장면을 목격한 이래는 눈살을 찌푸렸다. 사랑하는 남자의 스킨십을 저렇게 제지하는 게 당연한 일은 아닌 것 같은데, 그런데도 민호는 아무렇지도 않은 양 헤실헤실 떠들었다.

"그런가? 미안, 선배. 내가 너무 설명충처럼 굴었다."

"아니야. 오랜만에 만났으니까 이런저런 얘기도 하는 거지. 그러려고 모인 거잖아. 들어가서 놀아. 음식 내갈게. 세련 씨도 어서 들어오세요."

민호와 세련 커플을 거실로 들여보내고 이래는 서둘러 주방으로 향했다. 상차림을 마무리하기도 전에 손님들이 밀어닥쳐서 마음이 성큼 바빠졌다.

이게 뭐라고. 경우의 아내로서 정식으로 소개되는 첫 번째 자리라는 부담감이 그녀를 압박했다. 모임이 시작되기도 전에 초장부터 일이 계획과 어긋나니 더욱 초조해졌다. 그나마 화순댁이 옆에 있었으니 망정이지. 혼자였다면 이래는 벌써 초주검이 되어버렸을지도 모를 일이었다.

화순댁은 이런 일은 식은 죽 먹기인 양 착착 일을 순서대로 매끄럽게 진행했다. 이래가 손님들을 맞이하러 간 사이에도 새로 내갈 음식들을 착착 접시에 담아내고 있었다. 훈제오리부추샐러드, 돼지갈비찜, 불고기, 칠리탕수육, 골뱅이 무침······.

어찌나 정갈하고 예쁘게 담는지! 서둘러야 해, 음식을 늦게 내가면 손님들이 불평할 거야, 실수라도 해서 남편 얼굴에 먹칠하면 어쩌지, 별의별 걱정으로 머리가 터질 것 같았던 이래의 불안감이 순식간에 해소되었다.

이래는 수레형 3단 트레이에 놓인 수많은 음식 접시들을 살피며 감탄사를 연발했다.

"아주머니! 어떻게 이걸 혼자 다 하셨어요?"

"이깟 게 뭐 얼마나 된다고."

"어쩜 그리 손이 빨라요? 존경스러워요. 저였으면 아직도 헤매고 있었을 텐데."

"대단찮다니까 그러네. 원래 이런 일은 요령만 생기면 잘하는 법이야. 난 새댁이 더 존경스러운걸. 밤이고 낮이고 꼬부랑 글자 적힌 서류를 들여다보잖아."

"그거야말로 대단한 거 아니에요. 전 이게 훨씬 더 어렵다고요."

"신소리는. 됐고. 이건 내가 내갈 테니까 새댁은 술이랑 술잔 좀 챙겨."

"네!"

주객이 전도되어 고용인한테 지시를 받으면서도 이래는 말 잘 듣는 강아지처럼 해맑게 대답하고는 서둘러 밖으로 내갈 술과 술잔을 챙겼다. 화순댁이 나간 지 얼마 안 돼 주방으로 들어온 사람은 세련이었다.

"저도 도울게요, 선배님."

"어? 아니에요! 괜찮아요. 그냥 앉아 계세요. 아무리 바빠도 손님한테는 일 안 시켜요."

"일손도 부족한 것 같은데 돕게 해주세요. 여기가 편할 것 같아서 그래요. 저긴 남자 소굴이잖아요. 여잔 저뿐이라서 혼자 덩그러니 앉아 있으려니 어색해요."

"아아."

"여기서 일하다가 선배님이랑 같이 자리에 앉을게요. 아! 선배님이란 호칭, 좀 이상하죠? 제 선배님도 아닌데. 이래 언니라고 부르면 안 될까요?"

"아…… 그, 그러세요."

"뭐부터 할까요? 팍팍 시켜주세요. 이래 봬도 자취 경력 10년째라 주방 일은 자신 있어요."

"그럼, 이것 좀 저어줄래요? 눌어붙지 않게."

냄비에서 보글보글 끓고 있는 음식을 가리키며 이래는 싱긋 웃었다. 딱히 도움이 절실하지는 않았지만 돕겠다는 사람을 그냥 돌려세우는 것도 도리가 아니지 싶어 적당하게 타협을 본 것이었다.

사실, 이래에게는 낯선 사람과 스스럼없이 친분을 교류하는 게 좀 힘든 일이다. 금전적인 이익을 노리고 접근하는 사람들한테 자주 데이기도 했고, 성격상 타인과 허물없이 지내는 게 어렵기도 했다. 후배의 여자친구라지만 어쨌든 송세련은 오늘 처음 만난 '낯선 사람'이고, 이래는 낯선 사람이 자신을 친근하게 대하는 게 부담스러웠다.

"너무 묽지 않을 때까지만 저어주세요. 국과 죽 사이쯤? 아! 서랍 안에 앞치마 있으니까 착용하세요. 블라우스에 튈지도 모르잖아요. 크림색이라 얼룩이 묻으면 잘 안 질 것 같은데."

평소보다는 편안한 말투로 설명해 주고서 이래는 자신의 일에 집중했다. 찬장에서 크고 작은 술잔들을 꺼내어 개수대에 차곡차곡 쌓았다. 그사이 세련이 다가와 서랍을 뒤적거리며 살갑게 말을 붙였다.

"남자들은 참 좋겠어요. 부엌일은 나 몰라라 할 수 있으니. 혼자서 힘드시죠? 많이 장만하신 것 같은데."

"네, 조금. 며칠 전부터 메뉴 정하고, 장보고 요리하고, 정신이 하나도 없네요. 부끄럽지만 이런 일은 처음이거든요. 그래도 경우 씨가 있어서……."

무심결에 웃으며 경우가 든든한 힘이 되어주었다는 둥, 그가 곁에 있어서 얼마나 다행이었는지 모른다는 둥, 낯부끄러운 소릴 주절거리기 직전!

이래는 간신히 말을 멈추었다. 아무리 민호 여친이라지만 생판 남인데, 그런 사람한테 주책없는 아줌마처럼 남편 자랑 주저리주저리 할 뻔했다고 생각하니 눈앞이 아찔해졌다. 손끝으로 입술을 꾸욱 눌렀다.

휴. 안도의 한숨을 내쉬고 가슴을 쓸어내리자니 불쑥 어제오늘 경우와 함께했던 시간들이 조각조각 머릿속에 떠올랐다. 대형마트에서 카트를 밀며 함께 장 보던 순간, 같은 맨션 주민이 '여자친구인가 봐요?' 하자 그가 '아내예요, 지난주에 결혼했거든요.' 했던 순간, 자기가 만든 요리를 맛보라며 입안에 쏙 넣어주던 순간 등등…….

"괜찮으세요?"

세련이 이래의 붉어진 얼굴을 들여다보며 묻는다. 이래는 빙긋이 입술 끝을 양쪽으로 끌어당기며 고개를 숙였다.

"아무것도 아니에요."

"……."

세련은 더 이상 캐묻지 않았다. 말없이 냄비의 음식을 뒤섞기만 했다. 이래도 묵묵히 자기 일에 전념했다. 손님 숫자에 맞춰 맥주잔, 소주잔, 와인 잔까지 꺼내 물에 헹구고 닦아 넓은 트레이에 차곡차곡 담았다. 기분이 한결 상쾌해져 입에서는 좋아하는 팝송 구절이 저절로 흘러나왔다.

"근데 그거 아세요, 이래 언니?"

이래가 꽤나 묵직해진 트레이를 양팔 가득 안고 조심스럽게 주방을 나서려고 할 때였다. 기분 나쁘도록 친근한 세련의 목소리가 이래의 발목을 붙들었다.

이래는 제자리에 우뚝 못 박혀 섰다.

냉랭하고도 호전적인 세련의 말투가 어쩐지 등골을 오싹하게 했다. 뒤통수가 꼿꼿해지고 오소소 피부에 소름이 돋았다.

"경우 오빠랑 저, 사귈 뻔한 거."

"네……?"

천천히 뒤로 돌자 멀지 않은 곳에 그녀를 똑바로 주시하고 있는 송세련이 있었다. 언제 챙겨 입었는지, 크림색 블라우스 위에 푸른색 땡땡이 무늬의 앞치마를 겹쳐 입은 채 양손을 주머니에 찔러 넣고 있었다.

푸른색 땡땡이 앞치마는 경우의 것이었다.

불길한 예감이 칼날처럼 스쳐 갔다.

세련은 앞치마를 한 번 내려다보고는 픽 코웃음을 흘렸다. 그러고는 만족감에 물든 얼굴로 두 손을 주머니에서 꺼내 앞치마를 가만히 쓸어내리기 시작했다.

"일이 꼬이지만 않았더라도 언니의 자리는 벌써 내 것이었어요."

"뭐 더 필요한 거 없어요?"

빈 접시를 치우고 대신 새로 내온 갈비찜 접시를 내려놓고서 이래는 접대용 미소가 가득한 얼굴로 술자리를 둘러보았다.

이래의 말에 귀 기울이는 사람은 거의 없었다. 술자리는 아까부터 송세련의 주도하에 화기애애하니 얘기꽃을 피우느라 여념이 없었다. 몇 시간 동안 제대로 앉아보지도 못한 이래와는 반대로 세련은 단숨에 대화의 꽃으로 등극, 좌중의 시선을 독점하며 분위기를 주도하고 있었다.

얘기꽃의 메인 테마는 경우의 애지중지 여동생 하지우.

하경우의 여동생으로서 그의 대학 후배인 오세혁의 연인이 된 사연 때문에 하지우는 모두의 공통 관심사일 수밖에 없었는데, 세련이 자신만 아는 지우의 회사 생활이나 사생활 관련 에피소드를 아낌없이 방출하니 자연스레 관심을 독점하지 않을 수가 없었던 것이다.

심지어 경우까지도 흥미를 보이며 귀를 쫑긋 세우게 만들었으니 과연 송세련은 보통내기가 아니었다. 저녁 내내 호스트인 이래를 교묘히 따돌리고, 그럼에도 불구하고 아무도 그걸 눈치채지 못하게 했다는 것만으로도 그녀가 얼마나 대단한 여자인지 짐작할 수 있었다.

이래가 대화에 낄 것 같으면 세련은 정말로 놀랄 만큼 자연스럽게 훼방을 놓곤 했다.

"이래 언니! 반찬이 다 떨어졌는데 이거 어디에 있어요? 제가 가져올게요."

"아! 그냥 있어요. 내가 가져올게요."

"아휴! 제가 할게요. 가만히 앉아서 받아먹기만 하고. 너무 미안하잖아요."

"주인이 손님 대접하는 건 당연하죠. 나도 내가 하는 게 편해요."

"그래요? 그럼 부탁 좀 드릴게요."

이런 식이거나.

"박이래, 너 좀 쉬어. 피곤해 보인다. 주방은 이제부터 내가 맡을게."

"됐어요. 선배가 빠지면 다들 재미없어할 거예요. 전 딱히 나눌 얘기도 없고. 일하는 게 맘 편해요."

"나눌 얘기가 왜 없어? 대부분 우리 학부 선후배라 너와도 친한데. 모르긴 몰라도 저 녀석들, 너랑 얘기하고 싶어서 안달이 났을걸. 내가 우리 결혼 스토리를 전혀 풀지 않았거든. 궁금한 건 못 참는 녀석들이잖아. 너한테서 캐내려고 단단히 벼르고 있어."

"그래도……."

"경우 오빠! 찬영 오빠가 찾아요. 빨리 오세요! 아! 언니! 언니가 직접 요리했다는 잡채 말이에요. 너무 맛있어서 벌써 접시가 비어버렸는데. 혹시 더 남았어요?"

"아, 네. 있어요. 갖다 드릴게요."

이런 식이었다.

덕분에 이래는 엉덩이 붙이고 앉을 새도 없이 끊임없이 일했다. 경우는 술자리에 붙박이처럼 붙들려 앉아 있어야 했고. 밤 10시가 넘으면서부터는 일거리가 더욱 넘쳐 났다. 흥청망청한 분위기에 탄력이 붙어 남자들은 더 빠른 속도로 술을 마셔댔다. 그 와중에 화순댁 아주머니가 퇴근하여 이래는 더 많은 일거리를 고스란히 떠안았다.

옴짝달싹 못하고 부엌데기처럼 꼬박 일만 해야 했지만, 송세련과의 우습지도 않은 기 싸움에서 해방되어서일까. 마음은 도리어 편안했다. 세련 때문에 오르락내리락 널뛰던 심사도 시간이 갈수록 차차 안정을 찾아갔다.

"없어."

하지만 경우는 식당 종업원 같은 그녀의 태도가 무지 싫은 모양이었다. 더 필요한 것이 없냐는 이래의 질문에 그는 가차 없이 즉답했다. 그러고는 이래의 손목을 엄청난 기세로 휙 잡아당겼다. 그야말로 기습공격.

"어, 어, 어……."

이래는 쓰러지지 않기 위해 필사적으로 버둥거렸다. 사람들 앞에서 밥상에 꼬꾸라지는 추태를 보일 수는 없었다. 하지만 미력한 인간의 몸으로 중력의 힘을 거스를 수 없는 일이었다. 이래는 비명을 지를 새도 없이 순식간에 엎어지고 말았다. 그의 무릎 위로.

윽!

"없을 거야. 아마도. 저 녀석들은."

질끈 눈을 감은 그녀의 귓가에 경우의 나른한 음성이 스쳐 지나 갔다. 그와 동시에 경우의 단단한 팔이 넝쿨처럼 뻗어와 그녀의 몸을 휘감았다. 이래는 당황한 나머지 그대로 꽁꽁 얼어붙고 말았 다.

"난 있어, 박이래."

그가 다시 어딘지 들쩍지근하게 들리는 속삭임을 쏟아냈다.

온몸의 솜털이 오소소 솟았다.

"너."

"……?"

"난 네가 필요해."

"……!"

뭐? 뭐가 필요하다고?

이, 이 남자 대체 왜 이래?

'취한 건가?'

하지만 아무리 취했어도 이 사람은 하경우다. 하경우는 이렇게 노골적으로 말하는 스타일이 아니란 말이다. 이래는 경우를 밀어 내며 두 다리에 불끈 힘을 주었다. 그에게서 벗어나려는 나름대로 의 소소한 노력이었다.

그러나 그녀의 작은 저항은 금세 수포로 돌아갔다.

경우는 허무할 정도로 쉽사리 그녀를 꽁꽁 묶은 것도 모자라, 성큼 끌어다가 제 몸에 더욱 바싹 붙여놓아 버렸다. 이래는 그대로 석고상이 되어버렸다.

그는…… 이미 서 있었다.

아주 불끈.

"제발."

경우가 고개를 끌어내려 그녀의 어깨에 얹고서, 조금은 지친 듯 허스키해진 목소리로 중얼거렸다.

"잠깐이라도 좋으니까 이대로 있어줘."

"……."

"나한테서 도망치지 마. 네가 옆에 없으니까 홀아비가 된 기분이라고."

"서, 선배."

"저 눈치 없는 자식들은 이제 그만 챙겨. 녀석들도 손발이란 게 있잖아. 필요한 게 있으면 지들이 직접 갖다 먹겠지."

하경우는 아무리 취해도 노골적인 말 못한다는 소린 취소해야겠다. 하경우는 확실히 취했고, 기분 좋게 취하면 가끔은 이런 마음에도 없는 닭살 멘트를 마음대로 지껄이기도 하는 듯. 그렇지 않고서야 주위를 살피지도 않고 이렇게 마구 멋대로 지껄일 리가 없었다.

이래는 진땀이 났다.

좌중은 모조리 홀린 듯 세련의 얘기에 집중하고 있었지만 이래는 도무지 그럴 수가 없었다. 다른 무엇에도 눈길을 두지 못했다. 어느 누구도 눈에 들어오지 않았다. 허벅지 아래로 느껴지는, 무시무시하게 커다란 물체만이 의식될 뿐이었다.

음탕하기 짝이 없는 욕망이 차마 입에 올릴 수 없는 부위로 빠르게 몰렸다. 욱신거렸다. 따끔거렸다. 열기가 일렁이고 갈급함이 입을 벌렸다. 그 기세가 너무나도 거세어 옆자리의 민호가 눈치채고 돌아볼 때까지 이래는 얼굴을 붉힌 채 꼼짝하지 못하였다.

"어라? 선배님들! 지금 거기서 뭐 하시는 거예요?"

민호가 진기명기의 한 장면을 본 듯 두 눈을 휘둥그레 뜨며 물었다. 민호의 옆에서 화려한 미모와 화술로 좌중을 휘어잡고 있던 세련이 뚝 하던 말을 그쳤다. 테이블을 둘러싸고 앉은 스무 개의 눈동자가 약속이나 한 듯 일제히 이래와 경우로 향했다.

"뭐야. 뭐야. 이게 웬 염장질? 지금 신혼부부 티 내시는 거예요?"

"아니야! 그냥 자리가 없어서 포개 앉은 것뿐이야. 절대로 염장질이 아니……."

두 손바닥을 허공에서 맹렬히 내저으며 이래는 사실을 부정했다. 그래야만 할 것 같았다. 어쨌든 그들은 남의 염장을 지를 만큼 진한 사이가 아니니까. 하지만 경우의 지인들 누구도 속아 넘어가지 않았다.

"에이! 아니긴 뭐가 아니에요? 자리가 왜 없어요? 충분하구만."

"그렇게 위험한 포즈로 앉아 계시면서 염장질이 아니라시는 건, 후배 기만입니다. 기만."

"두 분 장난 아니시네. 선배님이 이런 분인지 정말 몰랐습니다. 우리 총각들이 안 보이십니까? 우린 어쩌라고 이러시는 겁니까?"

"야! 하경우! 박이래! 너희 원래 이런 애들이었어? 둘 다 대학 때는 하트브레이커였잖아. 고백받으면 받는 대로 몽땅 거절해서 상대의 맘을 찢어놓는 상사병의 주범! 박이래, 넌 사랑 같은 거 안 믿는다고 하지 않았냐? 언제부터 이렇게 닭살 짓을 떨기 시작했어?"

"그게 무슨. 제가 언제……?"

경우의 동기인 서경수가 쏟아내는 야유에 이래는 벌게진 얼굴로 말을 더듬었다. 하경우가 하트브레이커인 건 두말하면 잔소리였지만 자신이 상사병의 주범이었다니, 말도 안 된다고 생각했건만.

갑자기 떠오르고 말았다. 대학 시절 무려 2년 동안이나 자신을 쫓아다니던 훈남 법대생의 존재를. 고지훈이라는 이름의 그 법대 훈남은 교내에서 꽤 인기 있는 남학생이었는데, 이래에게 한 번 퇴짜를 맞은 후에도 '열 번 찍어 안 넘어가는 여자 없다'며 '내가 박이래를 통해 증명하겠다'고 공공연하게 떠들어대며 대시했었다.

그때만 해도 세상 여자들 모두 제 발밑에 엎드려야 직성이 풀리는 부류의 남자를 치 떨리게 혐오했었기에 이래는 그를 잔인하게 거듭거듭 걷어차 통렬히 응징했었다. 그때부터였다. 이래의 이름 앞에 '얼음공주'라는 얄짤없는 수식어가 붙기 시작한 것은.

"그러고 보니 두 사람, 참 죄 많은 커플일세. 둘 다 인기가 있었잖아. 경우한테는 타 대학 여학생들도 찾아오지 않았냐? 얼굴 한 번 구경해 보겠다고 교문 앞에서 몇 시간씩 기다리고."

"맞다. 그런 일도 있었지. 그땐 어찌나 부러웠던지. 넌 모르겠지만 남학생들 대부분이 널 저주했어. 예쁘장한 여자애들은 죄다 너한테 푹 빠져 있었거든. 차라리 네가 그중 아무나와 사귀었으면 그나마 나았을 텐데. 넌 그 수많은 예쁜이들을 거들떠보지도 않았잖아. 그러면서도 모두에게 공평하게 친절히 대해주고."

"상대의 마음을 알면서도 사귀어주지는 않고, 사귀어주지도 않을 거면서 친절하게 잘 대해주는 너를 두고 여자들은 '악마의 유혹'이라고 했지. 나중에는 누가 하경우를 함락할 것인가 내기도 했었지, 아마?"

"잠깐! 혹시 그 내기, 아직도 유효해? 그럼 나 완전 대박인데. 난 이래 선배한테 걸었거든."

민호가 손가락으로 자신을 가리키며 모두를 향해 벙싯 웃었다. 민호의 갑작스러운 선언에 여기저기에서 엑? 왓(What)? 헐! 미친! 정말이냐? 믿을 수 없어! 거짓말 마! 등등 온갖 반응이 쏟아졌다.

이래는 어안이 벙벙해졌다. 하경우의 친절한 미소를 두고 '악마의 유혹'이니 뭐니 쑥덕거렸던 건 알고 있었으나, 그런 유치한 내기까지 했었다는 건 몰랐으니까. 그 내기에서 민호가 자신에게 베팅했다는 것도.

아니, 대체 왜? 어째서?

이래는 치밀한 성격의 소유자였다. 하경우를 고교 때부터 동경했고 대학 시절엔 내내 짝사랑했었지만, 그렇다는 걸 누군가에게 들킨 적은 한 번도 없었다. 아무도 그녀의 마음을 눈치채지 못했다. 혹시라도 낌새를 알아챌까 염려하여 당사자인 경우에게조차 철저히 냉담하게 굴었다. 한데 무슨 근거로 민호는 경우를 함락할 여자로 이래를 꼽았던 깃일까?

"훗!"

그녀가 멍 때리고 있을 때, 머리 위에서 작은 웃음이 흩어졌다. 따스한 숨결과 잠긴 듯한 그윽한 목소리도 공기 중으로 샤르르 흘러들었다.

"그러네. 네가 이겼네. 결과적으로 난 박이래한테 함락됐으니까."

"……."

"……."

순간 시끌벅적했던 주위가 조용해졌다.

닭살부부라고 놀리던 서경수도, 죄 많은 커플이라고 타박하던 이명재도, 악마의 유혹 운운하던 이우람도, 이래에게 돈을 걸었다는 민호도, 모두 할 말을 잃은 듯 놀란 얼굴로 경우를 바라보았다. 눈앞에 있는 하경우가 진짜 하경우인지 믿을 수 없다는 듯.

뭐지? 싶어 이래도 돌아보았으나 경우의 표정을 확인할 수는 없었다. 그럴 새도 없이 그가 주위를 빙 돌아보며 농담을 던졌고, 좌중은 금세 웃음바다로 변했다. 그의 농담 하나에 분위기는 급변했다. 곧바로 각자의 술잔을 채우고 새롭게 출발하는 신혼 커플의 행복을 위해 건배를 들었다. 이래가 거침없는 원샷을 들이켰고 분위기는 점점 무르익었다.

모두들 와자지껄 떠들고 환호하며 즐겼다. 주인공 포지션을 빼앗겨 버린 한 사람, 송세련만이 찌뿌둥하게 앉아 있을 따름이었다.

이래는 저녁 내내 마음속에 묻어두었던 세련과의 대화를 떠올렸다.

"그거 아세요? 경우 오빠랑 제가 사귈 뻔했다는 거. 일이 꼬이지만 않았어도 언니의 자리는 벌써 내 것이었어요."

"그게 무슨 소리예요?"

"역시 모르시는구나. 나와 오빠의 특별한 인연. 오빠가 아무 말도 안 해요? 이상하다. 왜 그랬지? 정직하고 솔직하기론 둘째가라면 서러울 경우 오빠가 왜 그런 중요한 문젤 언니한테 숨겼을까나?"

"그럴 만한 이유가 있었겠죠. 내가 알아둬야 할 만큼 특별하지 않거나, 한때 특별했더라도 지금은 그렇지 않거나."

"2년 전에 오빠랑 소개팅할 뻔했어요. 지우가 소개해 주겠다고 하더라고요. 자기 오빠랑 내가 찰떡궁합으로 잘 어울릴 거라나 뭐라나. 한데 약속 시간 30분 전에 갑자기 만남이 취소되었어요. 나중에 안 사실인데, 공교롭게도 그날 어떤 재벌 아가씨가 경우 오빠한테 청혼을 했다더군요."

"……."

"그땐 화가 많이 났어요. 나랑 만나기로 해놓고서 어떻게 다른 여자의 청혼에 홀딱 넘어갈 수 있는지. 경우 오빠가 많이 실망스러웠죠. 하지만 상대 여자의 스펙을 듣고서 납득하지 않을 수가 없었어요. TX그룹 첫째 따님이 결혼하자는데 흔들리지 않을 남자가 세상에 어디 있겠어요?"

"하고 싶은 말이 뭐예요?"

"부디 오빨 꼭 붙잡아두시길 바라요. 두 사람 사이에 조금이라도 빈틈이 보이면 내가 욕심낼지도 모르니까. 하고 싶은 말은 그게 다예요."

애써 쿨한 척했다. 아무것도 아니라고, 송세련이 일방적으로 연

141

심을 품은 것뿐이니 걱정할 건 전혀 없다고. 하지만 내심으로는 조마조마했다.

세련이 그를 '오빠'라고 부르는 게 거슬린다. 그가 이래의 배경에 혹해 결혼했다는 투의 말도 기분 나쁘다. 아무리 사실이라도 송세련에게 그들 부부 사이의 일들에 대해 이러쿵저러쿵 얘기 듣고 싶지 않았다.

그녀는 지우의 직장 상사로, 민호의 여자친구로, 경우의 주위를 꾸준히 맴돌고 있었다. 경우가 아끼는 여동생과 부대끼며 일하고, 경우가 좋아하는 후배와 사귀면서 끊임없이 자신의 존재를 각인시킨 것이다. 이래가 짜증나는 건 바로 그 점이었다. 경우를 좋아하면서 민호와 사귀고 있는 그녀의 행태!

그건 그저 경우의 주위에 머물기 위한 수단으로 민호를 이용하는 것뿐이잖은가. 민호를 아끼는 선배로서 불쾌하고 화가 났다. 그런 세련의 야비한 놀음에 경우가 엮여들어 있는 것 자체만으로도 기분이 나빠졌다.

"그나저나 이래는 이제 하늘 같은 선배님의 아내니까 형수님이라고 불러야겠네? 아아, 어색해. 이래를 보면 MT 때 숙소를 함께 뒹굴던 때가 생각나서 말이지. 얘가 무슨 여잔가 싶다니까. 지금은 얼음공주니 뭐니 차도녀 이미지인데, 1학년 때만 해도 완전 선머슴이었잖아. 조그만 게 쇼트커트에 새까맣게 타서는 어찌나 씩씩하게 돌아다녔던지. 참! 선배는 그때 없었죠?"

"군에 있었지."

이래의 동기인 이정훈의 넉살 좋은 수다에 경우가 간단히 대답했다. 음? 이래는 눈썹을 휙 추켜세우며 또르르 하경우에게로 눈동자를 굴렸다. 생각 탓인지 그의 말투가 썩 유쾌하지만은 않게 들렸다.

"맞다. 기억난다. 선배가 제대하고부터 여자애들이 죄다 머리를 기르기 시작했지. 선배한테 잘 보이려고. 가만있자. 내 기억엔 이래도 그때부터 길렀던 것 같은데. 야, 박이래! 설마 너도 그때부터 선배한테 마음 있었냐?"

있었지. 아주 많이.

끔찍하게도.

이래는 순식간에 홍당무가 되었다. 정훈을 비롯한 모두가 '진짜냐' 며 깔깔 웃어댔다. 딴에는 웃음폭탄을 터트리려고 실없이 내뱉은 우스갯소리에 불과했을 터이지만 덕분에 이래는 바보가 되어버렸다.

모두가 자신을 놀리는 것만 같았다.

허구한 날 무시당하면서도 짝사랑을 멈추지 못한 여자. 한 번도 돌아봐 주지 않는 남자를 잊으려고 긴 머리를 싹둑 자르고, 결국은 잊지 못해 자른 머리를 또다시 길렀던 한심한 바보. 10년에 가까운 어마무시한 짝사랑을 극복하지 못해 결국은 정략결혼까지 감행한 무서운 여자라고…….

"미, 미쳤니? 내가 그런 짓을 하게!"

극도의 좌절감에 낙담한 나머지 이래는 저도 모르게 발끈했다. 대차고 얄궂게 쏴붙여 주고서 있는 힘껏 경우의 손길을 뿌리치고 일어났다.

"나 화장실 좀 다녀올게."

제6장 선배는 절대 안 돼요

쏴아아—

이래는 쏟아지는 수돗물을 물끄러미 내려다보며 스스로를 다잡기 위해 애썼다. 속이 울렁거렸다. 머리가 어지럽고 손발이 후들거렸다. 가슴에 구멍이 난 듯 마음이 허전하고 쓰라렸다.

충격이었다. 아직도 그 시절을 극복하지 못했다는 사실이. 벌써 10년이나 지났는데. 그렇게나 해묵은 감정인데. 어째서 아직도 청산하지 못한 것일까. 왜 이다지도 괴로운 것일까? 한 줌도 안 되는 과거 때문에 괴로워하는 자신이 마음에 안 들었다.

밀려오는 좌절감에 시큰거리는 눈가를 손끝으로 가만히 누르니, 문득 빛바랜 기억 한 자락이 머릿속을 스쳐 간다.

강산이 한 번 바뀔, 기나긴 시간을 뛰어넘은 어느 해의 푸르른

유월.

대학가 한 클럽 안에서, 대학생 하경우와 대학생 박이래가 가만히 서로를 마주 보고 있었다.

커다란 음악 소리와 사람들의 환호성, 비명 소리가 뒤엉켜 클럽은 그 어느 때보다도 더 시끄러웠지만 그들은 주변 소음 따위 하나도 귀에 들어오지 않았다. 그만큼 서로가 서로에게 깊이 집중하고 있었다.

그날은 하경우의 생일을 축하하기 위해 마련된 모임의 날이었다. 누구에게든 인기 만점인 하경우의 생일인 만큼 과동기 및 선후배들이 빠짐없이 출석해 생일파티를 열었다. 혼자만 모임에 빠지는 모양새도 이상했기에 이래도 별수 없이 모임에 참석했다.

대신 그의 눈에 띄지 않도록 구석 자리에 조용히 쭈그러져 있었다. 그가 자신을 달가워하지 않을 것을 누구보다도 더 잘 알았으니까. 기우는 아니었다. 그는 두어 번 우연히 눈이 마주쳤음에도 그녀를 싹 무시했다.

이래는 좌절감에 치를 떨며 조용히 잔을 비워갔다.

클럽 반대편에서 작은 소요가 일어난 건 한참 뒤, 꽤 많은 잔을 비웠을 때였다. 저녁 내내 경우를 둘러싸고 아양 떠느라 바쁘던 여학우 무리들이 싸움 구경한답시고 화급히 자리를 이동했다. 조금씩 취기가 올라온 남학우들도 이런 스펙타클 액션 무비 같은 상황을 놓칠 수 없다며 술병을 내던지고 신나게 달려갔다. 테이블은 순식간에 썰렁해졌다. 술에 취해 아슬아슬 위험수위를 넘나드는 박이래와 평소와 다름없이 차분하기만 한 하경우만이 제자리를 지키고 있었다.

"선배! 선배는 왜 맨날 저만 미워하세요?"

정신이 가물가물하니 심하게 취해 있었던 이래는 경우를 보자마자 당당하게 따졌다. 그녀 딴에는 비장한 선전포고. 경우의 눈에는 볼 빨간 주정뱅이 그 이상도 이하도 아니었을 것이다. 그녀는 벌써 혀가 풀리고 발음도 꼬이고 동공까지 풀려 있었다.

"왜 저만 싫어하시는 거예요? 편애는 완전— 나쁜 거잖아요."

"뭐?"

"누굴 더 많이 예뻐하는 것도 편애지만, 더 많이 싫어하는 것도 편애의 일종이라고요. 아니! 편애보다 더 나쁜 짓이에요. 좋아하는 감정보다 싫어하는 감정이 훨씬 못됐으니까. 저만 싫어하는 선배도 엄청— 나쁜 사람인 거라고요. 아시겠어요?"

이래는 벌겋게 달아오른 얼굴을 경우의 코앞에 들이밀고서는 살짝 맛이 간 눈을 껌뻑껌뻑, 감았다 떴다 하며 꼬부랑꼬부랑 알아들을 수 없는 말투로 주정을 해대었다. 밑도 끝도 없이 들이대는 후배의 불경스러움에 혈압이 치밀 법도 하건만 경우는 여느 때와 다름없이 차분히 이래를 대적했다.

"누가 그래? 내가 널 싫어한다고."

"아니란 말은 하지 마세요. 저도 눈치는 귀신이니까. 어떻게 모를 수가 있겠어요? 선배가 그렇게 티를 내셨는데."

"티를 냈다고? 내가?"

"다른 여자 후배들은 엄청 챙겨주면서 저한테만 차갑게 구셨잖아요. 특별한 이유도 없이. 하긴, 주는 것 없이 미운 사람이 세상에 한 명쯤은 있겠죠. 그것도 이유라면 이유이려나. 생각해 보면 고등학교 때부터 그랬어. 내가 말을 걸면 차갑게 무시하고, 다른 여자애들한테는 잘만 웃어주고. 내 밸런타인 초콜릿은 받아주지도 않았으면서 다른 애들 것은 다 받아주고."

"……"

"오늘만 해도 그래. 한번쯤은 웃어줄 수도 있잖아. 눈인사만이라도 받아줄 수 있었잖아! 다른 애들이랑은 웃음도, 눈인사도, 잘만 나눠놓고. 얘기도 곧잘 해놓고서. 왜 나한테만 안 해주는데? 내가 뭘 그렇게 잘못했는데! 왜 그러는 거예요? 왜 나한테만 이래요? 네?"

"너, 내가 왜 그러는지 정말 몰라?"

"말해준 적 없잖아요. 선배가 말하지 않은 걸 내가 어떻게 알아요?"

"……"

"몰라요. 말해줘요. 마음에 안 드는 거 있으면 고칠게요. 부족한 게 있으면 노력할게요. 선배 마음에 들 수 있도록."

"……해. 널."

그때 이래는 분명히 답을 들었다. 경우가 어떤 식으로든 대답을 내놓았고, 그녀 역시 그 순간만큼은 알아듣고 이해했던 것 같다.

하지만 다음날 아침 깨어났을 때는 아무것도 기억해 내지 못했다. 아무리 기억을 쥐어짜고 또 짜내봐도 그의 대답이 무엇이었는지 떠오르지 않았다. 직후에 벌어졌던 해프닝 탓으로 추정된다. 인생 통틀어 가장 경악스러운 키스 사건을 겪은 탓에, 그 직전에 들은 그의 말 몇 마디는 잠재의식 속에 푹욱 가라앉아 영원히 사장되어 버린 것이다.

키스 역시 어쩌다가 그런 일까지 벌어졌는지까지는 떠오르지 않았다. 다만 자신이 경우의 무릎에 앉았던 것, 그의 입술을 덮쳤던 것, 그 장면을 수많은 동급생 및 선후배들에게 목격당했다는 것만은 선연히 기억해 냈을 따름이었다.

단체로 얼음이 되어버린 구경꾼들.

그제야 정신이 번쩍 든 그녀.

무슨 생각을 하는지 전혀 가늠할 수 없는 무표정의 하경우…….

정말 끔찍한 사건이었다. 쥐구멍이라도 있으면 당장 숨어들고 싶을 만큼 최악의 순간이었다. 수치스러워 고개를 들 수조차 없었기에 그녀는 경우가 유학을 떠날 때까지 근 6개월간 줄기차게 그를 피해 다녔다. 캠퍼스에 사건 목격담이 급속도로 퍼져 둘 사이에 대한 의뭉스러운 소문들이 떠돌았지만, 이래는 필사적으로 외면했다.

다행히 하경우는 그녀가 졸업할 때까지 돌아오지 않았다. 세월이 지나 흉흉했던 소문도 가라앉고 사건의 무게감도 훨씬 줄어졌지만 친구들은 여전히 그때의 사건을 기억하고 있을 것이다. 이래가 민망해할까 봐 노골적으로 묻지 못할 뿐, 아마도 속으론 사건의 진위를 캐묻고 싶어 입이 근질근질할 것이다. 어쩌면 하경우도 그때의 일을 묻고 싶을지도.

너 그때 왜 그랬어? 정말로 그때부터 날 좋아했었니?

'…….'

말 못한다. 사실대로는 죽어도 얘기할 수 없다.

어떻게 하나? 그가 눈길 한 번 주지 않음에 가슴 아파했다고, 그와 말을 섞는 여자한테는 마음속으로 무시무시한 저주를 내렸다고, 행여 좋아하는 마음을 들킬까 봐 겁나 관심 없는 척 굴었다고 어떻게 실토하나. 못한다. 말 못한다는 말조차 못한다. 그게,

이래가 지금 이 순간 죽을 만큼 부끄럽고 괴로운 이유였다.

똑똑.

"나야. 문 열어봐."

경우가 욕실 문을 두드렸다. 이래는 천천히 수도꼭지를 닫았다. 쏟아지던 물소리가 뚝 그치고 주위가 쥐 죽은 듯 조용해지자, 때마침 거실에서 웃음소리가 단체로 '와아아악!' 터졌다. 이래의 우려와는 달리 그의 친구들은 그녀의 돌발행동을 전혀 이상하게 여기지 않는 모양이었다. 이래는 안도의 한숨을 내쉬며 손잡이를 비틀어 욕실 문을 열었다.

"무슨……?"

잠긴 문이 열리자마자 그가 불쑥 안으로 들어왔다. 조그맣게 벌어진 문틈이 덩치 큰 그의 몸집으로 가득 찼다. 동그래진 그녀의 시야에도 하경우가 가득 들어찼다.

이래는 잠시 넋을 놓고 그를 바라보았다.

이마 위로 흩날리듯 늘어뜨려진 하경우의 머리카락. 살짝 상기된 하경우의 얼굴. 술기운이 스며든 흐릿한 하경우의 눈동자. 평소와는 달리 단추가 두 개나 풀어헤쳐져 있는 하경우의 가슴. 팔꿈치까지 걷어 올려진 하경우의 와이셔츠. 힘줄이 도드라진 하경우의 팔뚝.

평소와 달리 잔뜩 흐트러진 낯선 하경우임에도 이래에게는 여전히 매력적이고 사랑스러운 남자로 보였다. 심장이 욱신 아파왔다.

"뭐예요? 왜 갑자기?"

"참을 수가 없어."

경우는 대뜸 수수께끼 같은 말을 던졌다. 그러곤 그녀가 소심한 뒷걸음질로 넓혀 놓은 둘 사이의 간격을 성큼 좁히며 다가섰다.

톡. 그가 손을 등 뒤로 돌려 문을 잠갔다. 이래는 깜짝 놀라 두 눈을 홉떴다. 아무리 생각해 봐도 그가 문을 잠그는 이유는 하나밖에 없었다.

"설마 여기서 그, 그러려는 건 아니죠?"

"안 돼?"

그가 뻔뻔하게 되물었다. 도무지 정상이 아니라곤 생각되지 않는 매우 멀쩡한 낯빛이었지만, 그래도 이래는 그가 술에 취했음을 확신했다. 제정신이라면 절대로 이런 소리 못할 사람이니까. 경우는 아무리 취해도 흐트러지지 않기로 유명하다. 지금이 바로 그런 상태일 것이다.

"누, 누가 들으면 어쩌려고요."

"뭐 어때. 못할 짓한 것도 아닌데."

"사람들한테 들켜도 상관없다는 거예요?"

"부부잖아. 여기서 그런 짓을 해도 이상할 것 없는 사이. 혹시 눈치채더라도 그러려니 넘어가 줄 거야. 우린 신혼부부니까."

"……!"

정말로 들켜도 좋다고 생각하는 걸까? 난 이렇게 끔찍한데.

누군가에게 은밀한 행위를 들키는 건 싫다. 평생의 트라우마를 남긴 키스 사건을 차치하고도, 그런 사적인 순간을 타인에게 목격당하는 경험을 편하게 웃어넘길 배짱이 이래에겐 없었다. 그의 친구들이 그들을 상대로 이런저런 야시시한 상상의 나래를 펼칠지도 모르지 않나. 그럴 가능성을 떠올리는 것만으로도 이래는 마음이 불편해졌다.

"내 말은……."

아연실색한 그녀를 가만히 내려다보던 경우는 잠시 멈칫하더니 이내 한숨 비슷한 날숨을 내쉬었다. 그리고 왠지 쓸쓸해 보이는 미소를 슬며시 짓는다.

"다른 사람들의 눈치는 볼 필요가 없다는 뜻이야. 들켜도 크게 창피하지 않다는 거지 아무렇지도 않다는 말은 아니었어. 애초에 키스 장면을 들키고 싶은 사람이 어디 있냐? 변태가 아니고서야."

"……."

"그나저나 마음에 안 드네. 그 들킨다는 표현. 무기력했던 십대 시절로 되돌아간 것 같아 기분이 별로야."

"선배가 무기력했다고요?"

말도 안 돼. 그는 학생회장에 3년 내내 성적 톱을 놓친 적 없는 우등생으로서 선생님들의 신뢰를 한 몸에 받던 모범생이었다. 남학생들에겐 선망의 대상, 여학생들한테는 연애 대상으로 두루두루 인기가 많았다. 스포츠, 미술, 음악, 어느 분야에서든 빠짐없이 두각을 나타내는 팔방미인이었고. 그는 못할 게 없어 보이는 실로 대단한 사람이었다. 부모의 도움 없이는 아무것도 못하는, 진짜 무기력했던 십대 박이래의 눈에는 명백한 히어로였다.

"십대였잖아. 십대는 원래 무기력한 법이야. 그래서 그 시절이 더욱 치명적인 거지."

"학창시절에 무슨 일 있었어요?"

"누굴 좀 좋아했어. 아주 많이."

"아아……."

"한데 고백조차 못하고 졸업하고 말았지. 그 친구한테 남자친구가 있었거든. 빼앗고 싶었지만 그러지 못했어. 빼앗지도 못할 거면 깨끗이 잊었어야 했는데 그것조차 제대로 못했지. 그러면서도 내 마음을 그 애에게 들킬까 봐 꽁꽁 숨기기에 급급했고. 한심했지. 그런 시절의 나로는 절대 돌아가고 싶지 않아."

"……그때도 이랬던 거예요?"

"음?"

"그 여자한테도 이런 짓…… 했어요? 그래서 갑자기 그게 생각난 거예요?"

"이런 짓?"

이래의 질문이 내심 흥미로웠던가. 그가 입가에 알 듯 말 듯 묘한 미소를 걸고는 불쑥 상체를 들이밀었다. 희미한 알코올 향이 그의 특유한 체취에 묻어 이래에게로 훅 달려들었다.

이래는 반사적으로 몸을 뒤로 젖혔다. 어떻게든 그와 몸을 겹치지 않으려는 절박한 몸부림이었다. 경우는 조금도 봐주지 않았다. 토끼몰이를 하듯 계속해서 밀어붙여 그녀를 세면대와 자신의 단단한 육체 사이에 가둬 버렸다. 순식간에 이래는 옴짝달싹할 수 없는 신세가 되고 말았다.

"아직 우린 아무 짓도 안 한 것 같은데."

나직하고 그윽한 경우의 목소리가 그녀의 가슴으로 흘러들었다.

"내가 잘못 알았나? 아니면, 실은 하고 싶은 거야?"

유혹적인 그의 입술이 코앞까지 다가왔다. 이래는 당장 고개를 가로저어야 한다는 걸 알면서도 꼼짝하지 못했다. 온몸이 쇠사슬에 묶인 듯 움직일 수가 없었다. 숨 쉬는 것조차 힘들 지경이었다.

"할까?"

"……."

"하게 해줄래?"

"안 돼요."

"되는지 안 되는지 묻는 게 아니야. 네가 원하는지 원하지 않는지를 물은 거지. 난 널 원해. 지금 당장 갖고 싶어. 아까부터 계속 그랬어."

"선배."

"넌 어쩌고 싶어? 내가 어쩌길 원해? 내가 어떻게 해줄까?"

"저, 전……."

"너도 원하지? 그런 짓."

경우는 세면대에 두 손을 짚고 서서히 몸을 기울였다. 단단한 그의 두 팔 사이에 갇힌 이래는 작은 새처럼 파르르 떨었다. 뻣뻣하게 굳어 어찌해야 할 바를 모르면서도 사랑스러운 입술을 봉긋 벌리었다.

경우는 장밋빛 예쁜 이래의 입술에 제 입술을 꾸욱 눌렀다.

그의 입술에서는 달콤한 샴페인 향기와 알싸한 맥주 맛이 났다. 이래는 그 유혹적인 맛에 이끌리는 자신을 억누르며 입술을 꾹 다물었다. 고개를 내저었다. 그를 느끼지 않기 위해 안간힘을 썼다. 하나 경우의 입술은 집요했다. 끈질기게 안으로 파고들어 도저히 저항할 수 없는 관능으로 그녀를 물들였다.

"으음……."

눈을 감으며 이래는 다급하게 그의 팔에 매달렸다. 온몸에서 힘이 빠져나갔다. 가슴이 쿵쾅쿵쾅 뛰어댔다. 정신을 잃지 않기 위해 갖은 애를 썼다. 하지만 그가 옷 위로 가볍게 가슴을 움켜쥐자

간당간당했던 이성의 게이지는 단박에 위험 수치로 치달았다.

"하웃!"

"잔뜩 민감해졌네. 키스만 했는데도."

입술을 마주 댄 채 나지막하게 속삭이고, 경우는 부드럽게 이래의 입술을 머금었다. 나른하고 관능적인 감각 속에 깊고 깊은 유혹의 몸짓이 이어졌다.

혀와 혀가 타락적으로 뒤엉키는 동안, 경우는 손안에 들어온 몽글몽글한 젖무덤을 희롱했다. 움켜쥐었다가 놓아주고, 또다시 움켜쥐었다가 놓아주었다. 주무르기를 반복하다가 엄지와 검지로 꼬집듯 젖꼭지를 비틀었다. 보드랍게 출렁이는 가슴살을 한 움큼 움켜쥐고 빙글빙글 원을 그렸다.

쉼 없는 그의 유혹 속에서 이래의 몸이 서서히 피어났다. 봉오리를 틔우는 꽃송이처럼 관능과 쾌락을 향해 문을 열었다. 아플 정도로 예민한 감각이 옷감 아래에서 너울너울 춤을 추었다. 낭창낭창 부드러웠던 가슴이 단단히 긴장했다. 강한 열망이 아지랑이 피어오르는 중심의 열꽃은 시간이 갈수록 점점 더 촉촉해져 갔다.

"아아……."

이래는 흘러넘치는 열감을 억누르지 못하고 신음을 흘렸다. 기다렸다는 듯 그가 입술을 뗐다. 두 입술이 쪼옥, 하고 쫀득한 소리를 자았다. 얼얼한 감촉과 함께 그의 향기로운 체취가 스르르 멀어졌다.

이래는 감았던 눈을 팟 떴다. 가물가물하던 정신이 갑자기 번쩍 들었다. 커다래진 눈으로 경우를 바라보았다. 욕망으로 인해 잔뜩 흐려지고 흐트러진 그의 시선이 뚫어질 듯 그녀를 응시하고 있었다.

"선배."

그녀는 한없이 잠긴 목소리로 웅얼거렸다.

그는 대답하지 않았다. 무슨 생각을 하는지 감히 짐작할 수조차 없는 지독한 포커페이스로 묵묵히 그녀를 내려다볼 따름이었다. 이래를 집어삼킬 듯 뜨겁게 열기를 내뿜는 시선만이 진정으로 원하는 바를 얘기하고 있었다. 그 역시 그녀가 원하는 것을 원하는 것이 틀림없다. 뜨겁고 격렬한 그 무언가를.

문득 이래는 울고 싶어졌다.

"내 앞에서 그런 표정 짓지 마, 박이래. 마음에 안 들어."

경우는 희미하게 미간을 접으며 무겁게 중얼거렸다.

스르르 미끄러지듯 올라온 그의 손길이 차분히 이래의 볼을 감쌌다. 따스한 온기가 이래의 차가운 피부에 스며들었다. 이래는 마치 영혼을 강탈당한 양, 그의 사악하리만치 새까만 눈동자에 시선을 사로잡힌 채 대꾸했다.

"제 표정이 어떤데요?"

"하얗게 질렸어."

"제가요?"

"겁먹은 표정. 당하기 직전 같아."

"……."

"넌 언제나 그래. 첫날밤에도 그랬어. 섹스가 능숙한 척 아무리 연기해도 내 눈엔 다 보여. 넌 날 싫어하지? 내가 부담스럽지? TX그룹이 선택한 남편감이 아니라면 나와 결혼하지 않았을 테지?"

"선배."

"나랑 하는 게 그렇게 싫어? 내가 그렇게 무서워?"

쏟아지는 경우의 물음에 이래는 잠시 멍해졌다. 하경우가 무섭다니, 말도 안 되는 소리였다. 그럴 리가 없지 않나. 아무리 못됐다지만 하경우는 폭력적인 성향이라곤 눈곱만큼도 찾아볼 수 없는 사람이다.

그녀가 조금 겁먹은 건 사실이지만, 어디까지나 그건 자기 자신에 대한 두려움이었다. 그를 다시 사랑하게 될까 봐 겁났다.

철없고 순수했던 학창시절, 고통스러울 만큼 온 마음을 다해 그를 사랑했던 그 마음으로 되돌아가게 될까 봐. 서럽고 애달프고 원망스러웠던 그때의 힘든 경험을 재탕하게 될까 봐 잠시 무서워진 것뿐이었다. 영원히 그에게 사랑받지 못할까 봐, 결국 육체적으로만 이어진 껍데기 같은 관계로 끝날까 봐, 그래서 죽을 때까지 완전한 부부가 될 수 없을까 봐, 지레 겁먹은 나머지 울고 싶어진 거였다.

"내가 정말로 그렇게 싫어?"

"아니에요."

"내가 지금 키스하면, 또다시 그 표정 지을 거야?"

"……."

이래가 더 무슨 말을 할 수 있을까? 어떻게 말해야 그의 오해를 풀어줄 수 있을까? 실은 그의 키스 한 번만으로도 이렇게 죽을 것처럼 들떠 버린다는 것을, 그게 자신의 진심이라는 것을, 어떻게 하면 제대로 전할 수 있을까?

아무리 생각해도 모르겠기에 이래는 그저 휙휙 고개를 가로저을 따름이었다.

"아, 아니요……."

다 죽어가는 목소리로 중얼거리고서 이래는 입술 끝을 양쪽으로 쭉 잡아당겨 자신이 만들어낼 수 있는 가장 큰 미소를 지었다. 그리고 그가 또다시 이해할 수 없는 얘길 꺼내기 전에 냉큼 그의 입술을 훔쳐 버렸다.

"지금 당장 하고 싶어요. 그 짓."

경우의 숨결을 강탈하기 직전, 이래가 자그맣게 속삭인 고백이었다.

그는 눈 깜짝할 새에 이래를 덮쳤다.

빠르고 격렬하게. 무모하리만치 다급한 손길로.

언제나 느긋하게 굴던 경우도 그 순간만큼은 자제력을 모조리 내던져 버렸다. 그들은 옷조차 제대로 벗지 못했다. 옷을 벗는 시간조차 참기 힘들다는 듯 허겁지겁 필요한 부분만을 드러낸 채 몸을 겹쳤다.

문밖에 사람들이 있다는, 이들이 언제 들이닥칠지 모른다는 불안감이 그들을 더욱 타오르게 했다. 심지어 이래는 채 준비되지 않은 상태였음에도 경우를 받아들이자마자 곧장 젖어들었다.

그는 실로 짐승처럼 격렬하게 그녀를 침범했다. 쏜살같이 내달리는 그의 속도를 따라잡기 위해 이래는 안간힘을 써야 했다. 달려드는 그를 향해 똑같이 달려들고, 모조리 앗아가는 탐욕스러운 그에게서 똑같이 빼앗았다. 그가 아무리 윽박질러도 물러서지 않았다. 오히려 더욱 가열치게 덤벼들어 그를 자극하고 자극했다.

덕분에 경우의 욕구는 풀어지기는커녕 점점 더 쌓이기만 했다.

참다못한 경우는 숨을 헐떡이며 경고를 던졌다.

"이러면 곤란해. 내가 지금 꽤 위험한 상태거든. 컨트롤하지 못할지도 몰라."

"뭐가 문제예요? 우린 이래도 되는 사이인데. 컨트롤 못하겠으면 하지 마요."

되돌아온 것은 박이래의 도전장이었다.

경우는 당황했다. 지금껏 이래는 초보자답게 섹스에 있어 조금은 조심스럽고 소극적인 편이었으니까. 그러나 열에 들뜬 두 눈으로 당당히 '뭐가 문제냐'고 맞받아치는 이래에게서는 그 어떤 소극적임도 찾아볼 수 없었다. 그 모습이 참기 힘들 정도로 먹음직스러웠다.

이성을 잃지 않기 위해 그는 무던히도 노력했다. 하지만 끈질기게 엉기고 달라붙고, 안으로 침잠하는 족족 그를 꼴깍꼴깍 집어삼키는 이래의 적극적인 몸짓을 견디기란 결코 쉬운 일이 아니었다. 애초에 그녀를 갖고 싶어 안달한 나머지 욕실에까지 숨어든 주제에 참을 수 있을 리가 없었다. 얼마 못 가 경우는 여유로운 척하기를 깨끗하게 포기했다.

폭주…….

10분도 안 되는 짧고 격렬한 행위의 끝은 완벽한 절정이었다. 간발의 차이였지만 둘은 거의 동시에 환희의 저 끝까지 날아올랐다. 어딘지도 모를 저 높은 쾌락의 정점에서 경우는 이래를 끌어안고 속삭였다.

"이런 짓을 하고 싶은 건 너뿐이야. 그때나 지금이나."

그가 모든 것을 쏟아내자, 이래는 바보처럼 흐느끼지 않으려고 입술을 깨물었다. 자꾸만 눈물이 나오려고 했다. 이 순간이 감격스럽고 경이로운데, 그래서 가슴이 지끈거렸다. 넋이 나가버린 듯 머릿속이 엉망진창이었지만 경우의 뜨거운 속삭임만큼은 또렷하게 기억 속에 새겨졌다.

쿵쾅쿵쾅. 쿵쾅쿵쾅.

이래는 비정상적으로 세차게 가슴이 뛴 채로 그에게서 몸을 뗐다.

잠시 후, 둘은 시간차를 두고 차례대로 욕실을 나섰다.

친구들은 각자의 일 얘기에 열을 올리고 있었다. 최근 승진에 성공한 정훈이 거들먹거리자 이제 질세라 민호가 회사에서 올린 성과로 맞받아쳤다. 이래는 아무도 눈치채지 못하도록 조용히 경우의 곁에 앉았다. 경우는 테이블 아래로 손을 뻗어 가만히 이래의 손을 잡아주었다.

친구들이 모두 자리를 뜬 건 새벽 2시쯤이었다.

이래는 난장판이 된 집을 치우지 않고선 잠자리에 들 생각이 전혀 없었지만, 밀려드는 피곤함과 기분 좋게 취한 하경우로 인해 다음날로 청소를 미룰 수밖에 없었다. 술 취한 하경우는 그야말로 천하무적. 그녀의 얼굴을 붙들고 쪽쪽 입술을 찍어대며 '지금 당장 하지 않으면 죽을 것 같다'며 달려드는데, 이래로선 도저히 당해낼 재간이 없었다.

결국 그날 밤, 그녀는 경우를 죽음의 늪에서 건져 주고 새벽녘에야 겨우 지쳐 곯아떨어졌다. 이래가 눈을 떴을 때는 해가 중천이었고, 경우는 벌써 일어나 전날의 난장판을 수습하고 있었다.

"선배?"

"깼어?"

앞치마를 매고 설거지하던 경우가 이래를 돌아보며 씨익 웃었다.

그와 눈이 마주치자 음탕하기 짝이 없었던 어젯밤의 일들이 눈앞에 영화처럼 선명하게 펼쳐졌다. 새삼스레 부끄러워졌다. 붉어지는 얼굴로 합죽이가 되려는 듯 꾹 입을 다물자, 경우가 웃음을 터트렸다.

길게 휘어지는 상냥한 그의 눈매를 바라보며 이래는 콧잔등을 찡그렸다. 어쩐 일인지 경우는 어제보다 더 싱그러워진 듯. 어젯밤에 술도 많이 마시고 밤새 정욕을 발산했으니 지쳐 쓰러질 법도 한데, 오늘의 하경우는 어제의 하경우보다 훨씬 더 젊고 탱탱해 보였다. 숙취마저 없는 듯 안색도 좋다. 당장 침대로 기어들고 싶은 이래와는 딴판으로 원기와 활력이 넘쳐흘렀다. 설마 밤샘 줄다리기 섹스가 그에게는 보약이었던가.

문득, 어제 그가 욕실에서 속삭였던 말이 떠올랐다.

"이런 짓을 하고 싶은 건 너뿐이야. 그때나 지금이나."

그때나 지금이나라니…….

대체 그게 무슨 말일까. 그때라는 게 대체 언제란 말인가. 특정한 속뜻을 함의한 의미심장한 말일까, 아니면 그냥 단순히 달아올라 아무렇게나 내뱉은 밀어일까. 곰곰이 생각해 봤지만 답이 안 나왔다. 그나마 확실한 건 그가 그녀와 '그런 짓'을 하고 싶어한다는 것. 어젯밤 상태로 보건대 그것만큼은 의심할 여지가 없었다.

"몸은 어때? 컨디션 괜찮아?"

"괜찮아요."

이래는 쭈뼛쭈뼛 어색하게 답했다. 한 마리의 짐승처럼 으르렁거리며 쉬지 않고 끊임없이 그녀의 체력을 약탈하던 어제의 하경우와는 180도 달라서인지, 조용하고 차분한 일상의 하경우가 낯설게 느껴졌다. 사실은 이것이 그녀가 오랫동안 봐왔던 그의 진짜 모습인데도 불구하고 조금은 멀게 느껴졌다.

"혼자 뭐 해요? 깨우지."

"어제 너 혼자 고생 많았잖아. 치우는 건 내가 해야지. 아직 피곤할 텐데 들어가서 더 자지 그래?"

"많이 잤어요. 같이해요."

"됐어. 나도 양심이 있지. 어제 그렇게 괴롭혔는데 어떻게 일을 시켜? 그러지 말고 좀 더 쉬어. 네 덕분에 난 백퍼센트 충전된 상태니까 걱정하지 말고. 주방에 나온 김에 커피나 한잔 마시고 들어갈래? 아침에 원두 내려둔 게 있는데."

"그럼 부탁드릴게요……."

혼자 치우겠다는데야. 커피를 대령해 주겠다는데야. 딱히 거절할 명분이 없었으므로 이래는 머뭇머뭇 식탁 앞에 자리를 잡았다. 오래지 않아 경우가 자신의 기호대로 블렌딩된 따끈하고 향긋한 커피를 이래의 앞에 내놓았다.

"다들 잘 들어갔대요?"

단 한 모금만으로도 왠지 살 것 같은, 맛 좋은 커피를 목 뒤로 넘기고 이래는 평상시처럼 자연스럽게 말을 걸었다. 가만히 앉아

멍 때리노라니 설거지하는 경우의 등이 참 넓다는 생각이 들었다.

"그 녀석들? 글쎄."

"몰라요? 연락 안 해봤어요?"

"알아서 잘 들어갔겠지."

"걱정 안 돼요?"

"시커먼 사내 녀석들을 무슨 걱정씩이나. 세련이라면 민호가 데려다줬을 거야."

"아⋯⋯."

하경우는 세련을 '세련'이라고 부르는구나. 후배의 여친이자 동생의 직장 상사인데도 그렇게나 편히 대하는구나. 하긴. 송세련이 그를 '오빠'라고 부르는데 경우만 격식 차려가며 '세련 씨'라고 부르는 것도 애매하긴 하다. 모임에 당당히 초대받을 만큼 다른 친구들과도 가깝게 지내니 더더욱 그럴 듯.

충분히 이해는 되지만 썩 기분이 좋지는 않다. 경우가 세련을 편하게 부르는 건 그만큼 그녀를 가깝게 여긴다는 뜻이니까. 이래는 잠시 내려두었던 커피 잔을 들어 올리며 불쑥 물었다.

"근데 선배, 세련 씨랑 소개팅할 뻔했던 게 사실이에요?"

"음?"

고무장갑을 낀 채 부지런히 거품을 비비던 그의 손길이 순간 딱 멈추었다. 아주 잠깐이지만 돌처럼 굳어버린 그 모습에서 안 좋은 예감이 감지되었다. 그는 곧장 아무 일도 없었다는 듯 다시 맹렬한 손길로 접시를 닦기 시작했고, 이래는 꼼짝하지 않고 그 모습을 지켜보기만 했다.

"맞아요? 정말로 소개팅할 뻔했어요?"

"맞아. 그랬어. 어떻게 알았어?"

경우가 평범하게 대꾸하며 흘낏 뒤를 돌아본다. 눈썹을 조금 밀어 올리고, 입술 언저리를 살짝 삐뚜름하게 기울이고 있었다. 언뜻 보아선 이상한 점을 찾을 수 없는 평이한 얼굴. 하지만 오랫동안 그를 스토커마냥 관찰해 온 이래는 금세 그의 변화를 눈치챘다. 다년간 포커페이스 하경우만 바라보며 온갖 망상과 추측을 해왔던 박이래였으니 그의 표정 변화 정도는 쉽게 간파할 수 있었다.

경우는 지금, 긴장했다.

"세련 씨한테서 들었어요. 하마터면 선배랑 결혼할 뻔했다던데요."

"그래?"

"정말이에요? 세련 씰 결혼까지 염두에 두고 만나려 했었어요?"

"그땐 아무하고나 빨리 결혼하고 싶었으니까. 내가 말 안 했나? 결혼이 무척 고팠다고. 당시 내 주위에 유독 커플들이 많았어. 여자친구를 사귀거나 결혼하거나. 군대 동기 중 한 명은 득남까지 했었지. 행복한 커플을 곁에서 지켜보니까 결혼에의 의지가 불끈불끈하더군. 네기 시기적절하게 청혼해 주시 않았다면, 아마도 적당히 괜찮은 여자 소개받아 결혼했을지도 몰라. 그 상대가 어쩌면 세련이었을 수도."

"제가 청혼했던 날이 소개팅 당일이었다면서요."

"정말 기억 안 나? 그날 얘기했잖아. 약속 있다고."

"기억해요. 제가 갑자기 들이닥쳐 퇴근하려는 선밸 막아 세웠죠."

"그 자리에서 네 청혼을 받아들이고 약속을 취소했어. 지우가 아주 펄펄 뛰었지. 날 죽이려고 들었어. 세련이한테 너무 미안했는지, 나중에 남자친구의 절친인 민호를 소개해 주었더군."

"지우 아가씨는 세련 씨를 많이 좋아하나 봐요."

"회사에서 도움을 많이 받나 봐. 처음 입사할 때부터 힘들 때마다 꾸준히 챙겨주고 이끌어준 선배라서 아무리 잘해도 부족하다고 해. 성격도 취향도 잘 맞아서 사적으로도 자주 만나고, 가끔씩 커플들끼리 여행도 다닌다더군."

"단순히 직장 상사인 것만은 아니네요. 얼마나 좋아하고 아끼는지 짐작이 가요. 자기 오빠를 소개하려고까지 했잖아요. 그럼 진짜 좋아하는 거예요. 사실 좀 뜻밖이에요. 아가씬 누군가에게 쉽게 마음을 내주지 않는 새침한 타입이라고 생각했거든요. 가족이 아닌 사람을 그렇게까지 위하는 거 솔직히 의외예요."

지난주, 시댁에 갔을 때 만났던 하지우를 떠올리며 이래는 스르르 눈을 내리떴다. 지우는 웃으며 다가서려는 이래를 경계심 가득한 눈길로 저지하고는, 고개 한 번 까딱하는 것으로 인사를 끝냈다. 그땐 그저 '과연 하경우의 동생답게 까칠하구나' 생각하며 대수롭잖게 넘겼는데 이젠 알 것 같았다. 그녀가 왜 그랬는지. 지우는 송세련이 자신의 올케가 되길 바랐던 것이다.

"어색하지 않아요? 세련 씨와 이런 식으로 얽힌 거. 세련 씨 말대로, 세련 씬 선배의 아내가 되었을지도 모르는 여자잖아요."

"별로. 난 잘 모르겠는데. 한 번도 그런 식으로 생각해 보지 않아서."

"한 번도요?"

"너와 한동원에 비하면 약과 아닌가. 세련인 고작 내가 소개팅할 뻔했던 여자지만 한동원은 네 전 약혼자잖아."

"네?"

경우에게서 난데없는 단어가 흘러나오자 이래는 한쪽 눈썹을 스윽 밀어 올렸다. 난데없이 웬 한동원? 웬 약혼자?

이래는 동원과 약혼한 적이 없다. 약혼할지 말지 간봤던 건 사실이지만 그건 어디까지나 정략결혼이 가능한지 타진하기 위함이었다. 동원도 이래도 태어날 때부터 정략결혼의 팔자를 타고났기에 순순히 상대를 받아들였던 것뿐, 사랑이나 그 비슷한 감정은 전혀 없었다. 동원이 이진을 선택해도, 두 사람이 결혼해도, 행복하게 잘살아도, 이래가 아무렇지 않을 수 있는 것도 모두 그 때문이었다. 한데 이 남자는 뭐래는 거야?

이래는 그의 넓디넓은 등판을 골똘히 바라보며 넌지시 중얼거렸다.

"죄송한데요. 제부와 전 약혼한 적 없거든요. 약혼 얘기가 오갔던 건 맞지만 시험 삼아 데이트 몇 번 한 게 다예요."

"그게 그거지. 약혼식만 올리지 않았을 뿐 결혼을 전제로 사귄 건 틀림없는 사실 아닌가."

경우가 천천히 중얼거리며 이래에게로 고개를 돌렸다. 따가울 만큼 진한 경우의 시선이 이래에게로 쏟아졌다. 마치 그녀의 마음 가장 깊은 곳까지 꿰뚫는 듯.

한여름 뙤약볕처럼 강렬한 그의 눈빛을 이래는 피하지 않았다. 대담하게 마주 보고 탐색을 받아들였다. 거리낄 게 없었으니까.

"제 생각은 달라요, 선배. 정략결혼에선 약혼식이나 결혼식 같은 공식적인 선포가 아주 중요하거든요. 그 이전의 과정들은 사실상 아무런 의미가 없어요. 이 남자가 우리 집안에 도움이 될까 말까. 이 결혼이 나한테 이익일까 손해일까. 예측하고 가늠하는 절차일 뿐이니 데이트라고 말하는 것도 부적절하죠. 무슨 말을 하고 싶은 것인지는 모르겠지만 선배의 생각은 틀렸어요."

"그렇다고는 하지만……."

경우가 말끝을 흐리며 살포시 눈을 내려뜬다. 강렬한 그의 눈빛에 질식할 것만 같았던 이래는 잠시 안도의 숨을 내쉬었다. 하나 그것도 잠시. 경우의 새까만 눈동자는 또다시 이래의 눈에 머물렀다.

"왜일까? 아직도 내겐 그게 그것처럼 느껴지는 건."

"선배의 마음이 순수하지 못해서가 아닐까요? 뭐든 삐딱하게 보자면 한도 끝도 없죠. 전 동생을 사랑해요. 동생 부부의 행복을 바라고 응원해요. 우리 이진이, 어려서부터 이성 문제에는 유독 자신 없어 했어요. 처음으로 사귄 남자가 쓰레기였거든요. 거절당하고 얼마나 아파했는지 몰라요. 그런 이진일 보듬어준 남자가 제부예요. 전 정말 우리 이진이밖에 모르는 제부가 너무 고마워요. 그게 전부예요. 제부한테는 다른 감정, 일절 없어요. 하지만 세련 씨는 좀 다를걸요?"

"무슨 말이지?"

경고받았어요. 남편 간수 잘하라는.

이래는 목구멍까지 치미는 말을 꾹 누르고 가볍게 어깨를 으쓱했다.

"조금 배 아파하는 것 같더라고요. 큰 기회를 놓친 사람처럼 절

원망하는 것 같았어요. 민호가 알면 기겁할 소리죠. 알아요. 하지만 그게 제 솔직한 느낌이에요."

"······."

"딱히 세련 씨를 탓하고 싶진 않아요. 자연스러운 흐름이라고 생각해요. 선배는 언제나 인기가 많았잖아요. 세련 씨도 선배를 좋아했겠죠. 알면 알수록 욕심이 생기고, 가운데서 선밸 가로챈 제가 밉겠죠."

"그러니까 넌 세련이가 날 좋아한다고 생각하는 거야?"

경우가 눈썹을 씰룩거리며 피식 웃는다. 말도 안 된다는 듯.

정말로 모르는 걸까? 알면서도 모르는 척하는 걸까?

송세련은 아직 경우에 대한 미련을 버리지 못했다. 경우의 주변을 맴돌며 놓친 고기를 아쉬워하고 있다. 어쩌면 지금껏 내내 경우를 차지할 기회를 노리고 있었는지도 모른다. 그들의 약혼 기간만 무려 2년, 특별한 이유도 없이 결혼을 질질 끌었으니 세련의 입장에선 도저히 포기하기 힘들었던 건지도 몰랐다.

'난 딱 보니까 알겠더구만.'

남자들은 그런 거 눈치 못 채나? 점점 더 삐딱해지는 마음으로 이래는 고개를 기우뚱 옆으로 꺾었다. 가슴 아래로 척 팔짱도 꼈다. 뾰루퉁하게 찌푸린 얼굴로 결혼 후 처음으로 마누라다운 잔소리를 주절주절 늘어놓았다.

"세련 씨가 선밸 좋아하는지 안 좋아하는지 제가 어떻게 알아요? 남의 마음까지 읽는 재주는 없거든요? 설령 세련 씨가 선밸 좋아한다고 해도 저로선 어쩔 수가 없죠. 누구나 사람을 좋아할 권리쯤은 있으니까요. 겉으로 드러내지만 않으면 세련 씨가 얼마든지 선밸 좋아해도 상관하지 않을 거예요. 하지만 선밴 안 돼요."

"나?"

"선밴 다른 누군가를 좋아하면 절대로 안 된다고요. 저랑 결혼했으니까."

"아하. 그렇군."

경우가 또다시 눈웃음을 친다. 화알짝.

햇살 같은 미소가 눈이 멀 정도로 잘생긴 그의 얼굴에 두둥실 떠올랐다. 잘생긴 남자의 살인 미소를 접하면 어떤 여자라도 그러하듯 이래의 심장이 벌컥거렸다. 맥박이 빨라지고 얼굴이 붉어지는 게 느껴졌으나, 절대 아닌 척 이래는 쌀쌀하기 짝이 없게 말을 이었다.

"임자 있는 주제에 아무 여자들한테나 잘해주지 마세요. 친절하고 상냥하게 굴지도 마시고요. 조금이라도 여지를 주면 여자 쪽에선 가능성이 있다고 생각하게 되거든요. 포기를 하고 싶어도 못하게 되는 거죠. 그런 건 나쁜 짓이에요. 어장 관리예요."

"어장 관리? 내가?"

"그런 비난 듣기 싫으면 저 이외의 여자한테는 철벽을 치세요. 선 딱 그어요. 유부남이라는 것을 자각하고, 괜히 여자들한테 생글생글 웃어서 사람 마음 싱숭생숭하게 하지 마요. 무표정. 무대응. 시니컬. 그동안 저한테 하던 대로 하시면 될 것 같네요."

"그래?"

딱히 군말 없이 경우는 또다시 생긋 웃었다.

왜 자꾸 웃는 걸까. 뭐가 그리 기분 좋아?

괜스레 속이 부글부글 끓어올랐지만 이 타이밍에선 화를 낼 수도 없었다. 왠지 진 것 같아서. 이래는 화나는 만큼이나 방긋방긋, 그와 똑같이 마주 웃어주었다. 그러자 경우가 더 환히 생글거리기 시작했다. 이래는 이에 질세라 더 크게 벙실벙실했고, 또다시 경우는 지지 않고 눈이 안 보이게 벙싯벙싯 웃었다.

　소리 없는 웃음전쟁이 오랫동안 이어진 후, 얼굴 근육이 아파올 때쯤이었다. 그가 이보다 더 즐거울 수 없다는 듯 달콤하고 흔흔하게 물었다.

　"근데 박이래, 너 질투하니?"

제7장 필사적인 게 누군지?

주말을 지내고 새로운 한 주가 스타트되었다.

결혼식 휴가에 마침표를 찍은 박이래와 하경우, 두 신혼부부는 월요일부터 다시 회사에 출근하기 시작했다. 두 주간이나 쉬었던 탓에 회사 일은 산더미처럼 쌓여 있었다. 시일을 다투는 사안들은 휴가 전에 미리미리 처리해 두었음에도 그동안 쌓인 안건과 서류들이 쉴 새 없이 밀려들었다. 이래는 산재한 일들을 처리하랴, 조만간 맡게 될 '사업지원TF' 팀 준비하랴, 정신이 하나도 없었다.

조만간 그룹은 대대적인 조직개편을 단행할 예정이었다.

이래와 결혼한 경우에게는 그룹 내의 입지가 강화될 것을 감안, 적당한 자리로의 승진이 예상되었다. 당사자인 경우는 그다지 자리에 연연하지 않았지만─사실 그에게는 기획실 업무가 훨씬 편하다─ 박 회장의 체면도 있고 주위 시선도 무시 못하니 오너의 맏사위라는 신분에 걸맞게 인사이동을 시키는 것이었다.

　그는 아마도 TX전자 사장단에 합류할 것으로 보인다. 전자업은 TX그룹의 기반이자 주력사업이며 자존심이기에, 맏사위인 그가 TX전자의 대표이사에 취임한다는 것은 꽤나 묵직하고 상징적인 의미를 갖는다. 반면 이래는 현재의 경영지원실 지원실장과 전무라는 직함을 계속해서 유지한 채 새로 신설될 '사업지원TF' 팀으로 차출될 것이다.

　'사업지원TF' 팀은 그룹 내의 여러 계열사 간의 의사소통을 원활하게 하는 컨트롤타워, 전략기획실의 일종으로 그룹 조직의 총괄을 의미한다. 그녀는 계열사의 신규투자, 채용을 비롯한 경영 현안을 한데 모아 공유하고 분석하여 하나의 방향을 제시하는 등 업무 코디네이터로서의 역할을 수행하게 될 것이다.

　뭐, 사실 말만 그럴싸하게 총괄이지 쉽게 말하자면 '관리질'이다. 감시하고 평가하고, 비교하고 지적하고, 일관되고 통일된 경영에 관한 관점을 제시하고, 이를 시행하게 압박하고. 그룹의 브레인으로서 중요한 역할을 맡았음은 틀림없는 사실이지만 그녀가 바라고 원하던 일과는 거리가 멀었다. 그녀는 입사 초창기부터 3년간 해왔던 실무가 훨씬 체질에 맞았다.

　지금의 경영지원실에서는 간간이 프로젝트 실무를 직접 진행할 기회도 생겼지만 '사업지원TF' 팀에 합류하게 되면 그나마도 완전히 작별이었다. 앞으로는 회사 일이 몹시 따분해질 전망이라는 얘기.

　싫지만 어쩔 수 없었다. 명색이 오너의 딸이 말단직에서 평사원과 부대끼며 일할 수는 없었다. 아무리 그녀가 원해도 사원들이 원치 않을 것이다. 본의 아니게 직원들을 눈치 보게 하고, 그로 인해 심각한 업무 지장이 초래될 것이었다. 어디 그것뿐인가. 그녀에게는 하경우가 TX그룹을 장악할 동안 그를 보필해야 할 책임도 있었다.

부친인 박철우 회장은 2~3년 내에 새로운 경영진과 체제가 공고해지길 바라고 있었다. 물론 그가 그리고 있는 밑그림에서 새 경영진의 선두는 맏사위인 하경우이다. 목표를 이루기 위한 첫 단계로써 박 회장은 빠른 시일 안에 경우가 CEO로서의 능력을 제대로 인정받길 바라마지 않았다.

예정된 수순이었다.

결혼과 함께 본격적인 후계 이양 작업이 진행될 것이며, 그것을 위해 그룹 조직이 하경우를 중심으로 개편될 것임은 이래도 익히 알고 있었다. 그런데도 서운하고 허탈한 마음은 어쩔 수가 없었다. 엊그제 70대 어르신인 윤 이사한테 속상한 말을 들었을 때는 눈물이 핑 돌기도 했다.

"박 전무는 너무 일을 좋아해. 이젠 쉬엄쉬엄해도 되잖아. 유능한 낭군님이 있는데. 아인 언제 가질 텐가. 박 전무가 올해 몇이지? 서른 넘었나? 서둘러야지. 안 그럼 환갑에 애 대학 보내. 자네 아버님도 내심 기다리고 있을걸."

윤 이사님은 아버지가 은사처럼 여기는 분으로, 그녀에게도 친할아버지만큼이나 각별한 분이었는데, 그런 분에게 듣는 말이었음에도 무난히 상처가 되었다. 어딜 가나 하경우에 대한 칭찬과 기대뿐이라 속이 상했다. 내심 질투가 나고 열등감이 생겼다. 정말 웃긴 것은, 그런 와중인데도 '이 사람이 바로 제 남편입니다' 류의 남편부심이 생긴다는 거였다.

이게 대체 무슨 심리인지.

이래는 자신의 마음이 어딜 향하는지 도무지 모르겠다고 생각했다.

그렇게 정신없이 하루하루를 바쁘게 보내던 중이었다. 시누이 하지우로부터 전화를 받은 것은.

[올케언니! 혹시 아세요? 오는 토요일이 우리 엄마 54번째 생신일인 거.]

"네? 새, 생신이오?"

[모르셨구나. 그럴 줄 알았어요. 오빠가 말 안 해줬죠?]

"잊고 있었나 봐요. 요즘 정신없이 바쁘거든요. 이번 주부터 다시 출근하기 시작했는데 일감이 너무 많아서 매일 야근하세요. 집안 대소사는 내가 챙겼어야 했는데. 정말 면목이 없어요, 아가씨……."

[됐어요. 자식인 오빠도 까먹는데요, 뭐. 그나저나 어지간히 바쁜가 봐요? 오빠가 원래 자상한 편이라 기념일은 잘 기억하는 편인데. 우리 오빠 너무 부려먹는 거 아니에요? 어째 미국 유학 시절보다도 더 연락이 뜸해요? 지척에 사는데도 얼굴 잊어먹겠고.]

"그, 그게……."

[암튼 난 알려줬어요! 시간 내서 오시든지 말든지. 올케 마음대로 해요.]

"꼭 갈게요. 알려줘서 고……."

고맙다고 말하기도 전에 전화가 뚝 끊겼다. 얼결에 통화를 마친 이래는 한참 동안이나 멍하게 휴대폰을 쳐다보다가 천천히 깨달았다. 사포를 삶아먹은 양 시종일관 까칠했던 하지우가 방금 자신을 주말 가족행사에 초대했다는 사실을. 뒤늦게 작은 비명을 질렀다.

뛸 듯이 기뻤다. 비로소 그의 가족으로서 인정받은 기분이었다. 그동안에는 뭐랄까. 경우에겐 털어놓지 못했지만, 그의 가족들을 대하는 게 상당히 껄끄럽고 어려웠다. 모두들 친절하게 대해주었지만 어딘지 모르게 단절된 느낌이었고, 그 때문에 스스로가 불청객처럼 느껴졌었다.

한데 이렇게 까칠한 시누이한테서 친절하게(?) 전화 연락까지 받고 보니 이제는 정말로 하경우의 아내로서 대접받는구나 생각되었다. 역시 시간이 약이다, 시간이 흐르고 추억이 쌓이면 소외감이나 어색함도 점점 희미해지겠지, 싶어졌다.

이틀을 꼬빡 고민하고 고른 선물은 빈티지 은장 로고가 인상적인 유명 명품 숄더백이었다. 10년 전 매진 신기록을 세운 후 처음 출시된다는 리미티드 에디션으로, 전 세계 70억 인구 중 선택받은 0.002퍼센트만이 가질 수 있다는 매우 특별한 가방이었다.

몇 번 눈여겨보았던 시어머니의 취향을 고려해 골랐기에 당연히 당사자의 마음에 쏙 들 거라고 생각했다. 하지만 이래의 예상은 완전히 빗나가, 시어머니 유현정 여사는 최고의 명품 숄더백을 선물받자마자 표정을 딱 굳히며 인상을 찌푸렸다.

"고맙구나. 애썼다."

유 여사는 말투마저 차디찼다. 분명한 의사표시였다. 마음에 들지 않는다는. 이래는 유 여사의 마음에 들지 않는 것이 가방인지 며느리인지 모르겠다고 생각하며 고개를 푹 꺾었다. 기운이 팔렸다. 가슴 한가운데에 비수가 꽂힌 듯 마음이 욱신욱신했다.

자신이 뭘 잘못했는지 멍하게 생각해 보았다. 바빠서 어머니 생신에 참석하지 않는다는 하경우를 대신해 아침 일찍부터 금일봉에, 꽃바구니에, 잔치 음식들을 챙겨 시댁으로 온 게 잘못이었을까. 아주머니를 도와 시어머니 생신 상을 차리고, 가시방석 같은 가족 간의 대화에 끼기 위해 버둥거린 게 잘못이었을까.

'혹시 이미 갖고 있는 제품?'

하지만 이건 리미티드 에디션인걸.

신기록을 세운 한정판 라인업답게 한국에도 몇 점 들어오지 않은 제품이었다. 선택받은 특정 VIP 고객에게만 예약을 받았고 그마저도 이미 종료되었다고 했다. 그녀가 한정판 명품 쟁탈전에 뒤늦게 참전, 기어이 손에 넣을 수 있었던 건 순전히 TX그룹의 상속녀라는 신분 덕분이었다.

"와아! 올케언니 진짜 장난 아니다. 나 완전 기죽네. 언니 것에 비하니까 내 건 너무 소박해."

신상 골프웨어를 선물로 준비한 지우는 이래가 내놓은 가방 브랜드를 확인하고는 두 눈 휘둥그레 뜨며 엄지를 추켜세웠다.

굉장하다는 뉘앙스였기에 이래는 작게 안도의 한숨을 내쉬었다. 비록 본인의 마음에는 들지 못했지만 제삼자가 보기에는 괜찮은 초이스였다고 생각하니 조금은 안심이 되었다. 하지만 지우가 덧붙인 다음 말은 이래를 또다시 나락으로 내동댕이쳤다.

"역시 재벌집 따님이라 다르네. 소비의 클래스가 우리랑은 비교가 안 돼. 엄만 좋겠수. 며느리가 돈이 많아서. 난 손이 너무 부끄럽네."

"선물에 가격표가 뭐가 중요하니? 마음이 깃든 선물이 제일 좋은 거야. 고맙다, 딸! 밤낮 없이 일해도 월급은 쥐꼬리만큼이라며 맨날 '내 피 같은 돈' 노래를 부르더니. 그 피 같은 돈 모아서 이렇게 엄마 선물 알뜰하게 챙겨주고. 엄마 진짜 감동받았어. 눈물 난다. 딸 키운 보람 있네."

"뭘 또 감동씩이나."

지우는 평소답지 않게 닭살 돋는 말을 아무렇지도 않게 하는 모친을 쳐다보며 꿍얼거리다가 이내 뚝 그쳤다. 며느리 앞이라고 잔뜩 힘주고 앉은 모친이 찌릿 살벌한 눈총을 날렸기 때문이었다. 유현정 여사와 무려 스물여덟 해, 일평생을 모녀지간으로 살아온 지우의 본능이 해석하는 바, 유 여사는 방금 '그 입 다물라'고 지시한 것이었다.

시키는 대로 지우는 고분고분 합죽이가 되었다.

대신 태연하게 모성애 지극한 엄마 역할을 연기하고 있는 유 여사를 향해 찌릿찌릿 눈빛을 날렸다.

'요즘 내가 돈이 궁한 건 사실이지만 그거야 세혁 오빠가 결혼할 때까지 부모 손 빌지 말라고 해서잖아. 지금까지 키워주신 것도 고마운데 직장 생활하면서까지 부모한테서 받은 용돈 펑펑 쓰는 건 아닌 것 같다고, 자기랑 연애하려면 부모의 원조부터 끊으라고 협박해서! 그게 아니면 내가 뭐 하러 돈에 목숨을 걸어? 진작회사도 때려치웠지. 내 사정 뻔히 알면서 모르는 척 감동받았다는

소린 왜 하우? 속 보이게.'

'보면 모르니? 돈 자랑하는 며느리 콧대 꺾어주려는 거잖아.'

유 여사가 눈매를 가늘게 좁히며 찌리릿, 눈빛을 발사했다. 재벌 출신 며느리와 친해지고 싶은 생각은 전혀 없는 듯. 어떻게든 며느리의 기를 눌러보려고 없는 말까지 과장되게 해가며 딴지를 거는 걸 보면 마음에 안 들어도 보통 안 든 게 아닌 모양이다.

사실 지우도 딱히 올케가 마음에 들지는 않았다. 일단 너무 예쁘다. 성격도 그다지 나쁜 것 같지 않다. 부자인 주제에 얼굴도 예쁘고 성격도 좋다니, 태생 자체가 되게 재수 없는 부류인 것이다.

"너도 알다시피 엄마가 썩 가정적인 스타일은 아니었잖니. 학교 다닐 때 아침잠이 많아서 다른 엄마들처럼 깨워주지도 못하고, 삼시세끼 챙겨주는 것도 아줌마가 해주었고, 학원 알아보는 것하며 진로나 성적 관리도 김 비서가 알아서 했었고. 한없이 부족한 직무 유기 엄마였잖아. 한데도 이렇게 너희들이 잘 커서 엄마한테 효도하는데 내가 감동을 안 받을 수가 없잖니. 너무 고마워, 딸! 네가 있어서 엄만 정말 행복해. 사랑한다!"

어릴 적 꿈이 탤런트였다는 유현정 여사, 아껴두었던 재능을 마음껏 발휘하시다니. 정말로 감동받은 양 울먹이는 표정으로 곱게 오므린 손끝으로 아련한 눈매를 실포시 내반지는 가식적이고도 다분히 연극적인 웃음을 호호호 웃었다. 완전 뜨악했지만 유 여사의 연극에 동참하지 않을 수가 없었던 고로, 지우는 버럭거리고 싶은 심정을 꾸욱 누르고 방긋방긋 웃음으로써 착한 딸내미 역할을 충실히 수행했다.

표정을 보아하니 부친인 하 사장도 아내의 수상한 언행이 마음에 들지 않는 듯했다. 박이래는 자신을 무시하는 시어머니의 태도에 충격을 받은 듯 아까부터 쭉 꼼짝하지 않고 있었다.

지우의 마음은 한층 무겁고 찜찜해졌다.

박이래가 마음에 안 드는 것도 사실이고, 시댁 무시 못하게 초반부터 기를 죽여놓아야 한다는 유 여사의 주장도 일견 찬성했지만 이렇게까지 몰아세우는 건 너무하지 않나 싶었다.

정성이 부족했든 돈으로 때웠든 박이래는 자신의 방식으로 시어머니의 생신을 축하했다. 그거면 된 것 아닐까? 잘난 아들은 올지 말지 말도 없이 감감무소식인데, 시집온 지 3주밖에 안 된 며느리가 뭘 더 어떻게 잘해야 하나 싶다.

"사모님! 세련 양이 찾아왔는데요."

지우가 부자에다가 얼굴도 예쁘고 성격도 좋은, 들입다 재수 없는 부류한테 미안해지기는 처음이라고 생각할 때였다. 느닷없는 초대 손님이 등장했다. 지우는 식겁했다. 누가 봐도 유 여사의 속셈은 빤했으니까. 송세련을 이용해 며느리의 기를 제대로 밟아놓으려는 계획이 틀림없었다.

이래는 흐트러짐 없는 반듯한 자세 그대로 앉아 있었다. 지우는 직감적으로 느낄 수 있었다. 이래가 세련의 존재를 정확하게 인지하고 있다는 걸. 창백해진 낯과 어두운 눈빛, 시간이 갈수록 더욱 꼿꼿해지는 뒤통수가 그러함을 확인시켜 주고 있었다. 맘이 더욱 짠해졌다.

이러다가 진짜 오빠한테 불벼락 맞는 거 아니야?

"저기…… 올케언니, 세련이 언니가 누구냐면요……."

"어머님, 아버님! 저 왔어요."

지우가 넌지시 '아무것도 신경 쓸 것 없음'을 어필하려는 찰나, 현관문을 열고 세련이 들어선다. 평소와는 사뭇 다른, 귀엽고 조신한 옷차림과 내추럴하고도 연한 메이크업의 송세련을 보고 지우는 또다시 기겁했다. 어디로 봐도 저건 예비 신부가 시댁에 인사하러 오는 모양새이잖아!

설마? 혹시?

"어머나! 세련이 아니니! 어서 와."

"초대해 주셔서 감사해요. 생신 축하드려요! 약소하지만 선물이에요."

"어머머! 뭐 이런 걸 다. 그냥 오라고 했잖아."

"어떻게 그래요? 염치가 있죠. 어머님께서는 제 생일도 챙겨주셨잖아요. 생일날 혼자서 외롭게 보내는 게 안쓰럽다며 집까지 초대해 주시고 케이크도 사주시고. 저 그때 엄청 감동 먹었잖아요. 그날 먹은 케이크 맛이 지금도 잊히지 않아요. 완전 맛있었어요."

"그게 뭐 대수라고. 딸 같아서 그런 건데."

"벌꿀로 타르트 한 번 만들어봤어요. 저희 외할아버지께서 양봉하시거든요. 어머님에 대해 얘기했더니 외할아버지께서 너무 감사하다고, 약소하지만 정성이니까 받아달라고, 직접 딴 벌꿀을 보내신 거 있죠. 작은 걸로 몇 병 가져왔어요."

"세상에, 이 귀한 걸! 너무 감사하다. 외할아버지께 꼭 전해줘. 잘 먹겠다고. 근데 타르트는 세련이가 직접 만들었어? 일하느라 바쁠 텐데 뭐 이런 것까지 해왔어? 고생했겠다. 반죽하기가 쉽지는 않았을 텐데."

"대학 졸업반 때 잠깐 요리 학원에 다닌 적이 있거든요. 그때 배워뒀었어요. 맛은 장담 못하지만 모양은 그럴싸해요. 맛없어도 맛있게 드셔주세요."

"맛이 뭐가 중요해? 이렇게 정성 들여 만든 음식인데. 정말 고맙다. 맛있게 먹을게. 어서 들어와."

"네! 아버님, 저 왔어요!"

"어…… 어허험! 와, 왔어요?"

현관에 서서 유 여사와 인사를 주고받은 세련이 거실로 들어오며 인기척을 하자, 망부석처럼 앉아 있던 하 사장이 벌떡 자리에서 일어났다. 얼굴이 벌게져서 시선을 어디에 둬야 할지 몰라 고개를 두리번두리번하는 것으로 보아 하 사장도 상황의 미묘함을 정확히 파악하고 있는 듯했다.

이래는 허벅지 위에 얌전히 포개둔 손을 가만히 응시하며 차분히 생각을 정리했다.

시어머니의 생신날. 세련의 방문. 문간까지 버선발로 뛰어나간 시어머니. 민망해하면서도 세련을 맞이하는 시아버지. 입장이 난처한 듯 안절부절못하는 시누이.

모든 정황들이 송세련이 그냥 단순한 후배의 여친이 아님을 말해주고 있었다. 송세련은 그녀 자신의 말대로 진짜 하경우의 여자가 될 뻔했었던 모양이다. 이렇게 그의 가족들과도 친하게 지내는 사이였을 줄이야.

"올케언니, 세련이 언니는 그냥 제 부탁을 받고……."

"알아요."

지우가 슬금슬금 눈치를 보며 사태 수습을 시도했다. 이래는 오랫동안 숙이고 있던 고개를 들고 지우를 돌아보았다. 그리고 당황한 기색이 역력한 지우에게 싱긋 눈에까지 닿는 환한 웃음을 지었다.

"송세련 씨, 아가씨 직장 상사잖아요. 오빠의 후배 여자친구이기도 하고. 그뿐이잖아요. 맞죠?"

"아…… 네……."

웃는 게 웃는 게 아니라고 생각하며 지우는 스리슬쩍 말꼬리를 흐렸다.

그날 밤.

"정말로 오셨네요? 깜짝 놀랐습니다, 형님."

파자마 차림에 삐친 머리로 아파트 현관문을 여는 한동원은 제 말마따나 진심으로 놀란 것 같았다. 물론 밤 12시가 넘은 야심한 밤에, 다른 누구도 아닌 바른생활맨 하경우가, 술 취한 마누라를 데려가겠다는 전혀 하경우답지 않은 극성스러운 이유로, 이렇듯 당당히 자신의 집을 급습하면 한동원이 아니라 한동원 할아비라도 놀랄 것이다.

경우마저 자신의 행태에 새록새록 놀라고 있었으니 말 다한 셈.

그는 자신이 이런 저돌적이고 상식 파괴적인 짓을 아무렇지도 않게 저지르고 있음에 너무도 낯설었다. 원래의 성격대로라면 지금쯤 그는 집 안에 조용히 들어앉아 외로이 술잔을 기울이고 있었을 것이다. 이래가 말도 없이 사라져 버린 것도 짜증나고, 동생네에서 술을 마시다가 쓰러졌다는 사실도 짜증나고, 그 동생네가 대단히 신경 쓰이는 존재 한동원네라는 것도 짜증났지만. 그래도 묵묵히 이래가 스스로 돌아오기를 기다렸을 것이다. 이렇게 남에게 폐 끼치는 걸 극도로 싫어하는 성격이니까.

처음엔 조용히 기다리려고 했다. 동원이 이래의 보호자인 체하기 전까지는 정말로 그럴 생각이었다.

[처형, 지금 여기 계십니다. 낮에 속상한 일이 있었나 봐요. 속풀이 하느라 이진이랑 주거니 받거니 한잔씩 했어요. 근데 생각보다 우리 처형, 술이 약하시네요. 겉보기에는 센 것 같은데. 지금 완전히 곯아떨어지셨습니다. 오늘은 저희 집에서 재워야 할 것 같아요. 그럼 쉬세요, 형님.]

낮에 속상한 일이 있었나 봐요…….

우리 처형, 술이 약하시네요…….

오늘은 저희 집에서 재워야 할 것 같아요…….

귀에 거슬리는 문장이 한두 개가 아니었다. 일단은, 이래가 낮에 있었던 일을 남편이 아닌 다른 이에게 먼저 털어놓았다는 사실부터 마음에 안 들었다. 이래가 술에 취하면 얼마나 귀여워지는지 자신이 아닌 다른 남자가 아는 것도 싫다. 술 취해 녹다운된 이래가 집이 아닌 곳에서 밤을 보내는 것도 마음에 들지 않는다. 그건 대학 때나 지금이나 매한가지였다.

도저히 가만히 있을 수가 없었다.

즉시 핸들을 돌려 동원의 집으로 향했다. 여기까지 달려오는 동안 수많은 생각들이 그의 머릿속에서 너울거렸다. 퇴근 무렵부터 지금까지, 단 한순간도 놓지 않았던 이래에 대한 생각들이 그의 뇌를 잠식하고 또 잠식했다.

주말인 오늘도 경우는 아침 일찍 출근길에 올랐었다.

눈코 뜰 새 없이 바빴지만 어머니의 생신은 챙겨야 했으므로 저녁 늦게 본가에 들를 예정이었지만 이래에게는 따로 언질하지 않았다. 외려 자신은 참석하지 못하니 그녀도 굳이 참석할 필요 없다는 뉘앙스로 얘기해 두었다. 혼자 시댁에 가는 부담을 덜어주기 위함이었다.

원래 그의 집안은 분위기가 상당히 쿨한 편으로, 생일이라고 해 봤자 가족끼리 간단히 밥 한 끼 먹고 헤어지는 게 다였다. 늘 그래 왔고 앞으로도 그럴 것이기에 경우 혼자 본가에 들러도 전혀 문제 될 것 없다는 판단이었다. 무엇보다 이래가 많이 피곤해 보였다. 결혼 생활에 적응하랴, 밀려드는 과중한 업무를 감당하랴, 정신없을 텐데 굳이 집안일로 스트레스받게 하고 싶지 않았다.

본가에 가서야 알게 되었다. 이래가 왔었다는 것을.

"부부가 왜 따로따로 오니? 모양 빠지게. 걔도 걔다. 남편이 이렇게 온다고 했으면, 기다렸다가 같이 갈 것이지. 그새를 못 참고 혼자 쏙 가 버리니? 하여간 얌체야."

"엄마! 입은 삐뚤어졌어도 말은 바로 해야지. 올케언니가 일찍 자리를 뜬 건 다 엄마 탓이잖아. 엄마가 좀 불편하게 했어? 나였더라도 시어머니가 그렇게 눈치 주면 한시라도 빨리 가려고 했겠네."

"애는! 누가 들으면 내기 잡아먹기라도 한 줄 알겠네. 내가 뭘 어쨌게. 걔한테 화를 냈니, 잔소리를 했니? 네 오빠가 간섭하지 말라고 해서 입 딱 다물고 아무 소리도 안 했거든."

"노골적으로 못마땅한 표시했잖아. 그 비싼 걸 거들떠보지도 않고. 완전 엄마가 좋아하는 스타일이었는데. 올케언니가 나름대로 생각해서 엄마 취향에 맞는 걸로 골랐더구만."

"내 취향이면 뭐 하니. 날 위한 게 아닌데. 그 선물은 누가 봐도 자기 과시용이었어. 지네 집안 잘났다고, 재산 뽐내느라 ㄱ 비싼 걸 선물이랍시고 내게 안겼다고. 그걸 뻔히 아는데 어떻게 마냥 좋아라 하니? 난 개 징그럽다. 속으로 무슨 생각하는지 알 수가 없으니 정이 안 가. 네 오빠가 개 때문에 얼마나…… 아, 됐다, 됐어! 그 시절 얘기 되새김질해서 뭣하니. 속만 상하지."

"그래서 그랬어? 그 시절 속상했던 게 억울하고 미워서, 유치하게 생일날 보란 듯이 세련이 언닐 초대했어? 그래서 그렇게 세련이 언니한텐 잘해주고 올케언니한테는 못되게 구셨어?"

"세련인 뭘 해도 예쁘잖니. 착하고 싹싹하고 손끝도 얼마나 야무진데. 어딜 봐도 걔보단 세련이지. 이제 와서 이렇게 말하는 건 좀 그렇지만. 난 전에도 세련이가 내 며느리였으면 좋겠다고 생각했어. 민호랑 사귄데서 내가 속으로 얼마나 아까웠게."

"엄마!"

유 여사와 지우의 실랑이를 듣고서야 경우는 비로소 정황을 파악할 수 있었다. 화가 머리끝까지 났다. 시댁에서 세련을 마주했을 이래를 생각하니 짜증이 솟구쳤다. 송세련한테 귀엽게 질투하던 이래가 떠올랐다. 친구 같은 시어머니를 갖는 게 로망이라며 해맑게 웃던 모습도 떠올랐다.

속이 쓰렸다…….

경우는 곧장 본가를 나왔다. 한시라도 빨리 이래에게 사정을 설명하고 싶은 절박한 심정으로 전화를 걸었다. 그러나 되돌아온 답은 고객이 전화를 받지 않는다는 통신사 안내 멘트뿐이었다. 여러 번 전화하고 문자메시지를 보냈지만 계속해서 감감무소식이었다. 한참 만에 연락이 닿았으나 전화를 받은 사람은 박이래 본인이 아니라 한동원이었다.

그 순간 쌓이고 쌓였던 화가 폭발해 버렸다. 도저히 참을 수가 없었다. 이래가 가장 약해진 순간, 힘들고 지쳐 위로가 필요한 순간, 그녀의 곁을 지킨 이가 자신이 아닌 다른 사람이라는 사실을 받아들일 수가 없었다. 용납이 되지 않았다. 경우는 미친 사람처럼 차를 몰아 인천에서 강남까지 1시간 만에 주파했다. 동원네에 도착한 시각은 밤 12시 40분경이었다.

"후아암─ 진짜 오실 줄은 꿈에도 몰랐습니다, 형님."

"그러겠다고 말했던 것 같은데."

경우는 감정 따위 1그램도 섞이지 않은 기계적인 음성으로 중얼거리곤 성큼성큼 집 안으로 들어섰다. 무법자처럼 아무런 양해의 말도 없이 쳐들어오는 경우가 불쾌하지도 않은지 동원은 이래가 잠들어 있는 방을 손으로 가리키며 열심히 고개를 끄덕였다.

"네네, 그러셨죠. 하지만 대부분의 사람들은 홧김에 엄포를 놓긴 해도, 실제로 이렇게 야심한 밤에 남의 집에 쳐들어오는 짓은 안 하거든요. 대체 얼마나 처형을 사랑하시는 겁니까? 하룻밤도 떼어놓지 못하시는 걸 보면 중중이신 듯한데. 인정?"

"어쩌라고. 아내인걸. 자넨 아낼 사랑하지 않나 보지?"

"오오! 우문에 현답. 근데 이를 어쩌죠? 처형이 오늘, 술을 좀 많이 드셨어요. 상태가 꽤 안 좋습니다. 깨우기 힘드실 거예요."

"그건 내가 알아서 할 문제고. 하나만 묻지."

경우는 문지방 앞에서 딱 걸음을 멈추고, 이래를 물끄러미 바라보며 중얼거렸다.

이래는 손님용 침대에 고이 잠들어 있었다. 누구의 것인지도 모를 빅사이즈 티셔츠 하나만 헐렁헐렁하니 걸친 채. 쌕쌕 귀여운 숨을 뱉으며, 무슨 꿈을 꾸는지 세상 행복한 표정으로. 너무나도 천진한 표정과 무방비한 차림새, 그리고 그것들이 어우러져 자아내는 사랑스러움은 경우의 심장을 부수기에 충분했다.

"저 사람, 정확히 어디서 뻗었지?"

"거실입니다만."

동원에게서는 일말의 망설임도 없이 곧바로 답이 날아왔다.

박이래는 거실에서 술을 마셨다. 그리고 손님용 침실에 잠들어 있다.

경우의 가슴에 질투가 피어올랐다.

"여기까지 옮겨온 건 자네였겠군."

"소파에 쓰러져 자도록 내버려 둘 순 없었으니까요."

"……"

"참고로, 처형의 옷을 갈아입힌 사람은 제 아내입니다. 저 티셔츠도 원래는 제 것이었지만, 결혼한 후로는 쭉 아내가 잠옷 대용으로 입던 거고요."

"누가 물어봤나?"

"그냥 궁금하실 것 같아서요."

한동원이 경우를 돌아보며 배시시 능글맞게 미소를 띠었다. 경우는 기분 나쁘게 잘생긴 한동원을 싹 무시하고 터벅터벅 이래에게 다가갔다. 동원이 등 뒤에서 계속해서 깐죽거렸다.

"정말 처형을 데려가실 겁니까? 하룻밤쯤은 떨어져 있어도 부부 금슬에 지장 없을 텐데."

"……."

"이렇게 곤히 잠든 사람 옮기다가 허리 아작 나면 어쩌시려고요? 참으십시오. 네? 남자의 생명은 허리!"

"……."

"그거 아세요? 내일, 박씨 집안 자매들 오랜만에 만나서 회포를 풀 예정이랍니다. 사이좋게 외출해서 밤까지 느긋하게 놀다 오겠대요. 오늘은 벌써 자정이 넘었고, 어차피 몇 시간 지나면 다시 만나야 되는데, 뭐 하러 힘들게 집에 데려가십니까? 피곤하게. 그냥 여기서 주무시게 해주십시오."

"필사적이네."

동원이 쓸데없는 잔소리를 주저리주저리 읊어대는 동안 묵묵히 이래의 짐을 챙기고, 물건 포장하듯 침대 시트로 이래를 칭칭 감던 경우는 도무지 참지 못하고 뚝벅 말을 뱉었다. 동원이 즉시 한쪽 눈썹을 추거세웠다.

"네?"

"왜지? 왜 그렇게 필사적으로 날 막아서는 거지?"

"……."

경우의 에두르지 않는 직설적 질문에 동원은 조금 당황한 듯했다. 머리꼭지를 손끝으로 슥슥 긁는 동원의 얼굴이 살짝 붉어졌다. 경우의 고약한 성미는 더욱 고약해졌다. 저 홍조는 대체 무슨 의미냐고. 왜 이 대목에서 수줍어하는 거냐고.

원치 않은 불순한 생각들이 저절로 떠올라 경우의 머릿속을 어지럽게 돌아다녔다. 경우는 한 번 더 분명하게, 이래를 집으로 데려가야겠다고 생각하며 건조하게 응수했다.

"걱정해 주는 건 고맙지만 내 허리는 아직 멀쩡해. 박씨 집안 자매들이 사이좋게 외출하는 것? 대환영이야. 이래를 집에 가두고 외출조차 못하게 막거나, 친정 식구들도 만나지 못하게 하는 파렴치한 남편 아니니까 걱정 붙들어 매."

"……."

"내가 이래를 내버려 두지 못하는 건 이래가 내 아내이기 때문이야. 내 사람이니까 하룻밤도 그냥 두지 못하는 거지. 그게 내 유일한 이유야. 자네의 이유는 뭐지? 왜 그렇게 필사적으로 이래를 붙드는 거지?"

경우가 몸을 반듯하게 일으켜 세우고 천천히 동원을 돌아보며 묻는다.

생각지도 못한 질문의 습격을 받은 동원은 깜짝 놀라 두 눈을 홀쩍 키웠다. 그러곤 이내 너털웃음을 털어내며 한숨을 쉬었다. 속으로 심술궂게 중얼거렸다. 지금 여기서 제일 필사적인 사람은 하경우 당신이잖아, 라고.

동원은 저도 모르게 '파이팅'을 외칠 뻔했다. 이진을 붙잡고 필사적으로 매달렸던, 2년 전 자신의 모습과 오버랩된 나머지 경우를 진정으로 응원해 주고 싶어졌다. 사이보그인 줄로만 알았더니 하경우도 인간은 인간인 모양. 평소 빈틈이 너무 없어 인간미라곤 눈 씻고 찾아봐도 찾을 수 없었던 경우가 사랑 앞에선 이토록 불안한 한 마리의 수컷에 불과하다니.

오호, 통재라!

"오늘만큼은 여기가 처형의 친정이니까요."

"……뭐?"

"형님은 초보 남편이라 아직 잘 모르겠지만, 아내들은 마음이 불편하고 힘들 때 가끔 친정엘 가요. 아무 말하지 않아도, 그저 친정 엄마가 차려주는 밥 한 끼만 먹어도, 위로가 되고 맘이 풀리는 법이라나요. 우리 이진이도 결혼 초에는 처형을 많이 찾았더랬죠."

"저 사람이 위로를 받기 위해 처제를 찾아왔다는 건가?"

"단언할 순 없지만 적어도 제 눈에는 그렇게 보였어요. 아, 무슨 일 때문인지는 저희도 잘 몰라요. 처형도 얘기할 생각 없어 보였고, 저희도 굳이 캐묻지 않았거든요."

"힘들어 보였나?"

"조금요."

"……"

"너무 자책하지 마십시오. 형님 탓만은 아닐 겁니다. 여자들의 세계에는 남자들이 알 수 없는, 복잡다단하고 미묘한 무언가가 존재하거든요. 우리로선 도저히 알 수 없는 게 여자들의 세계이고 마음이죠. 돕고 싶어도 도울 수 있는 게 별로 없어요. 그저 가만히 지켜봐 주는 수밖에는."

"무책임한 소리로 들리네만."

"처음엔 저도 무력한 자신이 싫어서 죽을 만큼 괴로웠어요. 아내에게 어떠한 힘도 되어주지 못한다는 사실이 허무하고 아프더군요. 저 자신을 탓하고 반성하고, 어떻게 해야만 내 아내가 행복할까 머리를 싸매기도 수십 번이었죠. 어느 날, 아내가 말하더군요. 제 잘못이 아니라고. 힘들 때 남편이 아닌 피붙이를 찾는 건, 피붙이가 아니면 충족이 안 되는 애정 때문이라고요. 아내의 말로는, 여자들에겐 남편용 애정욕구와 자매용 애정욕구가 따로 있대요."

"그게 무슨 소리지?"

"아가페와 에로스가 각각 다른 의미로 소중한 사랑이듯이 남편용 사랑도, 자매용 사랑도 소중하고 꼭 필요한 것이랍니다. 남편이나 친구한테는 털어놓지 못하는 얘기가 있대요. 저로선 그게 뭔지 도통 모르겠지만, 여자들에겐 그런 게 있다네요. 있다니까 그런 줄 아는 거죠, 뭐."

"아가페와 에로스?"

"우스운 얘기지만 그것으로 충분히 위로가 되었어요. 더 이상 처형을 질투하지 않게 되었죠. 지금은 제가 아내에게 줄 수 없는 편안함을 처형이 대신해 주는 것에 오히려 감사해요."

"그러니까 자네 말은, 내 아내가 친정 엄마의 따스함이 그리워질 정도의 힘듦을 겪었고, 남편 대신 위로를 구하러 동생네 집에 찾아왔다?"

"핵심을 정확히 짚으셨습니다, 형님."

역시 마음에 안 들어. 결혼 생활에 통달한 것처럼 뺀질거리는 한동원도, 이래가 동생네 부부를 찾아 힘듦을 하소연했다는 사실도. 가장 마음에 안 드는 건, 이래의 괴로움이 그의 가족 관계에서부터 초래되었다는 점이었다.

또다시 화가 치밀었다. 미치도록.

미치도록…… 사랑스럽고 어여쁜 이래의 얼굴을 들여다본 채로 경우는 긴 한숨을 내쉬었다. 그리고 천천히 고개 들어 동원을 보았다.

"미안한데, 잠옷 한 벌 얻을 수 있을까?"

제8장 내 이름을 불러줘

이래가 깨어난 건 다음날 오전 9시.

눈을 뜨자마자 의자에 앉은 하경우와 정면으로 눈이 마주쳤다. 그는 꽤나 생각 많고 번다한 얼굴로 그녀를 물끄러미 바라보고 있었다. 오랫동안 같은 자세를 유지하고 있었던 듯 이래와 눈이 마주쳤는데도 표정 하나, 동작 하나 꿈쩍하지 않았다. 문득 깨달았다. 그가 처음 보는 트레이닝복을 입고 있다는 사실을. 방 안의 정경도 낯설다.

어젯밤 자신이 이진의 집에 찾아왔었다는 사실이 떠올랐다. 심란해하는 그녀를 위해 이진이 치맥파티를 열어주었던 것도. 캔 맥주를 다섯 개째 딴 이후로는 완전 블랙아웃인 것으로 보아 자신은 술에 취해 쓰러졌던 모양이었다.

경우는 여기에 어떻게 왔을까? 날 데리러 온 것일까?

"안녕."

경우가 무서울 정도로 덤덤하게 인사를 건네왔다. 그의 안면에 떠오른 무표정과 똑같이 차갑고 기계적인 인사말이었다. 우습게도 순간, 이래의 가슴에 생채기가 났다. 그의 온몸이 뿜어내는 냉랭한 기운이 이래에게는 상처가 되었다. 자신이 정신적으로나 감정적으로, 약해질 대로 약해진 상태임을 그녀는 새삼 절감했다.

"안녕⋯⋯."

"못해."

겨우 한마디 중얼거릴 때, 그가 말꼬리를 홱 가로챘다.

"안녕 못해. 나는."

"무슨 일⋯⋯?"

무슨 일 있냐고 물으려다가 이내 관두었다. 대강 알 것도 같았다. 하경우에겐 아내가 말없이 외박한 것도 안녕 못할 일에 속할 것이다.

가슴이 답답해졌다. 목구멍이 죄어오고 쇄골 아래쪽으로부터 먹먹한 기운이 올라왔다. 숨을 크게 들이켜도 시원해지지 않았다. 그저 가슴 한복판이 죄어들고 자꾸 아려오기만 했다. 이래는 차분히 숨을 들이켰다 내쉬며, 어제의 일을 되새겨 보았다.

시어머니의 야멸침.

세련의 등장.

도우미 아주머니의 한 방까지⋯⋯.

"어휴, 세련인지 뭔지, 저 아가씬 또 왜 왔대. 작작 좀 오지."

"종종 오나 봐요?"

"종종이 뭐야. 뻔질나게 드나드는데. 누가 보면 이 집 딸인 줄 알걸. 사장님이나 사모님한테 어찌나 애교스럽게 잘하는지. 딸보다 더 딸 같아. 불여우도 보통 불여우가 아니라니까. 새댁도 조심해."

"조심할 게 뭐 있어요? 제 시부모님한테 잘한다는데 저야 고맙죠."

"고맙긴 뭐가 고마워. 다 꿍꿍이가 있어서 저러는 건데."

"꿍꿍이라뇨?"

"멀쩡한 처녀가 남의 집에 들락날락하는 이유가 뭐겠어? 뻔하지! 정신 차려, 새댁. 상대는 남자친구를 사귀면서도 여길 드나들며 사모님 마음을 홀랑 앗아간 여자야. 보통내기가 아니라고. 요즘은 골키퍼가 있어도 골 들어가는 세상이야. 결혼했다고 안심하면 절대 안 돼. 저쪽은 이미 장기전에 돌입한 거야. 길게 보는 거라고."

시댁에서 일하는 도우미 아주머니는 세련이 경우의 집에 드나드는 것을 장기전을 위한 포석이라 해석했다. 품절남이 되어버렸음에도 경우를 포기할 수 없음에, 그가 행여 돌싱남이 되는 때를 기다리는 것이라고. 아주머니의 유머러스한 말투와 표정에 웃음을 터트리며 대수롭지 않게 넘겼지만, 실은 이래도 같은 생각을 했다. 세련은 그들 부부 사이에 틈이 생기기만을 고대하고 있었다.

손이 떨리고 심장이 벌컥거려 밥이 어디로 들어가는지 모르게 저녁식사를 마쳤다. 내 남편에게 흑심을 가진 여자가 내 시부모와 하하호호 담소를 나누는 모습을 지켜보는 것은 큰 고역이었다. 가슴이 후벼 파이는 것처럼 아팠다. 도저히 버틸 수 없어 적당한 핑계를 대고 쫓기듯 시댁을 떠나왔다.

그날따라 유난히 밤하늘이 까맸다.

밤바람은 살을 에는 듯 차가웠다. 가슴 안쪽까지 서늘한 기운이 밀려들었다. 두려움인지 외로움인지 모를 기분이 그녀를 정말로 아프게 했다. 한참 만에 정신을 차린 이래는 이진의 아파트 주차장에 차를 세우는 자신을 발견했다.

"마셔."

천천히 상체를 일으키는 이래의 면전으로 스윽 그의 손등이 다가왔다. 커다란 그의 손 아래로 물 잔이 매달려 있다. 협탁 위에 쟁반과 물병이 놓여 있었다. 그는 이것들을 미리 준비해 두고 아내가 깨기만을 기다린 모양이었다. 이래는 조용히 잔을 넘겨받았다.

꼴깍. 꼴깍. 꼴깍.

"……."

경우는 이래가 목을 축이는 모습에서 쭉 지켜보았다. 시종일관 하경우 특유의 차분하고 정갈하고 지극히 무감각한 관찰자적 시선으로.

갈증이 심했던 이래는 탄산기가 섞인 차가운 물을 계속해서 목 뒤로 넘기며 생각했다. 그가 무슨 생각을 하는지 정말로 알고 싶다고. 말해주면 좋겠다고. 말할 수 있었다면 좋겠다고.

묻고 싶었지만 묻지 못했다.

그녀는 겁쟁이였다.

"우리 여행 갈래?"

이래가 물 한 잔을 쉬지 않고 단번에 들이켠 후, 손등으로 입술을 스윽 닦아낼 때, 그가 대뜸 입을 열었다. 예상치 못했던 얘기에 이래는 눈을 훅 치떴다. 무슨 뚱딴지같은 소리냐, 눈으로 반문했다. 경우는 별다른 뜻은 없었다는 듯 어깨를 으쓱했다.

"우리 신혼여행 일정이 너무 빡빡했던 것 같아서. 일주일밖에 안 되었잖아."

"대신 다음 일주일을 더 쉬었잖아요. 결혼 휴가를 2주일씩이나 받는 건 특혜예요. 일반 사원들한테는 허락되지 않는 일이에요."

"우리라면 그 정도쯤 얼마든지 쉬어도 되지 않나. 회사의 상급 노예들이잖아. 1년 365일 연중무휴 뼈 빠지게 일하는. 난 신혼여행 중에도 일했어. 주말인 어제도 새벽부터 밤까지 서류를 들여다봤고. 너도 마찬가지 아니야? 결혼식 직전까지 일하느라 피부 마사지 한 번 제대로 못 받은 신부는 너밖에 없을 거야."

"벌써 지쳤어요? 이제부터가 시작인데."

"……."

"우린 아직 갈 길이 멀어요. 선배는 이제 겨우 수많은 후계자 후보군의 선두가 되었을 뿐이에요. 앞으로는 선배 스스로가 경영능력, 위기관리, 리더십 등 대기업 수장으로서의 자격을 입증해 보여야 해요. 연륜 있고 입김이 센, 깐깐한 우리 이사진들의 마음에 들기 위해서는 새벽부터 밤까지 일해도 모자라다고요."

"알아. 그렇게 할 거야. 여행 갔다 온 후에."

"선배."

"한 달만 다녀오자. 느긋하게. 해외여도 좋고, 국내여도 상관없어."

"한 달이나요? 뭐 하게요?"

"쉬게."

이게 대체 무슨 귀신 씻나락 까먹는 소리일까. 신혼여행 다녀온지 얼마나 됐다고 벌써 여행 타령이란 말인가. 방금 이래도 언급했듯이 그들은 지금 느긋하게 쉴 입장이 절대 못 된다.

이사진들 대부분이 경우에게 호의적인 것은 분명하나 반대하는 이도 만만찮게 많았다. 특히 몇몇 영향력 있는 이사들은 순혈만이 회사를 이어받을 자격이 있다며 경우에게 경영권을 넘기는 것에 강력히 반대하고 있었다. 그들 모두를 아우르고 설득하기 위해서는 하경우 체제에서의 TX그룹이 완벽해야 했다. 작은 실수도 용납되지 않는, 그야말로 살얼음판 위에 서 있는 것이다.

경우의 실질적인 시험대는 내달에 본격적으로 시행될 경원그룹과의 합자사업 건. TX전자 사장 취임과 더불어 하경우가 직접 진두지휘할 특급 프로젝트로서, 중요한 사업이니만큼 이래도 TF팀이 꾸려지는 대로 합류할 예정이었다.

"경원그룹과의 합자는 일정을 늦추면 돼. 한동원이 책임자니까 다시 얘기해서 시기를 조율할게."

"두 회사가 오랫동안 염원하고 준비했던 사업이에요. 선배가 그런 시답잖은 이유로 계획을 트는 건 아무리 사돈지간이라도 이해 못 할 거예요."

"납득시킬 수 있어. 걱정하지 마."

"어떻게요? 저부터도 이해가 안 되는데 어떻게 경원 측을 납득시킬 건데요? 대체 그 중요한 사업을 왜 자꾸 미루려고 해요? 여행은 왜 또 갑자기 떠나겠다는 건데요?"

"행선지가 결정되면 알려줄게."

그녀가 속사포로 연달아 던져 대는 질문에 대한 답은 싹 씻고,

경우는 자리에서 벌떡 일어났다. 황당무계한 판타지처럼 너무 뜬금없고 기가 막힌 상황에 이래는 얼간이처럼 입을 벌리고 헛웃음을 쳤다. 헛헛. 하지만 이래의 신통찮은 반응에도 불구하고 경우는 생각을 고쳐먹을 마음이 전혀 없는 듯했다. 야멸친 말로 다시 한 번 단단히 쐐기를 박았다.

"가능하면 이번 주, 못해도 다음 주 안으로는 떠날 거야. 미리 짐 싸둬."

"선배!"

"오늘 동생들과 외출하기로 했다며? 준비해. 약속 장소까지 데려다줄게."

"저도 차 가져왔어요. 신경 쓰지 않으셔도 돼요. 선배 오늘 오전에 중요한 회의가 있잖아요."

"오후로 미뤘어."

"미뤄요? 회의를요? 왜요?"

"왜긴 왜야. 너 때문이지."

"저요? 제가 뭘 어쨌다고……?"

역시 화난 건가? 말도 없이 외박해서? 아내가 아무 데서나 술 취해 뻗어버린 게, 이 이해할 수 없는 행동들의 원인이야?

하지만 여긴 동생네지 않나. 아무 데가 아니란 말이다.

외박한 건 잘못이지만 거기에는 그만한 이유가 있다. 적어도 남편이라면, 이렇게 화풀이하듯 막무가내식 발언을 쏟아내 아내를 절망시키기 이전에 왜 그런 짓까지 했어야 했는지 알아봐야 옳지 않는가. 신뢰와 애정으로 묶인 부부라면 아내가 왜 자신을 거부했는지, 왜 동생 부부에게 의지했었는지 물어봐야 하지 않나.

"얘기 들었어."

먹구름이 낀 이래의 표정을 가만히 지켜보고만 있던 경우가 무겁게 말문을 열었다.

"어제 본가에 갔었다며."

"……."

"혼자 왜 갔어? 나도 없는데 집에서 그냥 쉬지. 이번 주 내내 일에 치여 피곤했잖아."

"왜긴 왜예요? 결혼 막한 새댁이 시댁 가족 행사 챙기는 건 기본이죠. 전 바빠도 제가 할 일은 해요. 일만큼이나 가족도 소중하잖아요. 결혼해서 처음 맞이하는 가족 행사인데 당연히 며느리인 제가 참석해야 한다고 생각했어요. 어머님과도 이번 기회에 친해지고 싶었고요."

"……."

"제가 본가에 들렀던 건 어떻게 알았어요? 어머님과 통화했어요?"

"잠깐 들렀었어. 어젯밤에."

"뭐라고 하세요?"

"특별한 말씀은 없으셨어."

"거짓말."

"정말이야. 길게 얘기할 정도로 오래 머물지도 못했어. 얼굴만 잠깐 뵀을 뿐이야."

"……."

"본가에서 뭔가 서운한 일이 있었던 기지?"

"일은 무슨 일이요. 아무 일 없었어요. 그냥 조금 의기소침해졌달까. 제 자신의 한계를 또다시 절감했을 뿐이에요."

"한계?"

"역시 한 집안의 며느리가 되기에는 한없이 부족하다는 걸 깨달았어요. 진짜 못났더라고요. 기본적인 자질도 없는 주제에 속은 밴댕이 소갈딱지죠, 성질은 못돼먹었죠, 인내심은 또 어찌나 없는지. 손님이 돌아가기도 전에 혼자 팩해서 자리를 떠버렸어요. 명색이 며느리인데. 가족들과 늦게까지 얘기하면서 친해지고 싶었었는데, 그러질 못했어요. 어머님이 저한테 많이 실망하셨을 거예요."

"박이래."

"송세련 씨가 찾아왔었어요. 어머님이 저보다도 더 반기시더군요. 그동안 종종 왕래했었으니 어머님이 반가워하는 건 당연한 건데. 잘 알면서도 질투가 났어요. 곁에서 보니까 송세련 씨가 진짜 며느리인 것 같더라고요. 어머님은 어쩌면 내심 송세련 씨처럼 밝고 애교만점인 아가씨를 며느리로 삼고 싶었는지도 모르겠다, 생각되더군요. 만약 그렇다면 제가 맘에 차지 않았겠죠. 착잡하지만 제 부족함을 인정할 수밖에 없었어요. 솔직히 저도 저 같은 며느린 재수 없다고 생각했을 거예요."

"어머니가 네게 재수 없다고 했어?"

"직접적으로 그렇게 말씀하신 건 아니에요. 원래 나쁜 말은 대놓고 못하시는 분이잖아요. 말씀은 안 하셨지만 그렇게 느껴졌어요. 어머님은 절 싫어하세요."

"무슨 근거로 그런 생각을 하는지 모르겠지만, 아니야. 우리 어머니, 너 좋아해. 괜히 혼자 넘겨짚고 상처받지 마. 어리석은 짓이야."

"……선배도 조금은 솔직해지는 게 어때요? 선배도 그리 생각하시잖아요. 저 재수 없다고."

"뭐?"

"아니에요?"

이래는 햇살을 받아 청명한 경우의 까만 눈동자를 들여다보며 물었다. 눈가가 따끔거렸다. 당장이라도 물기가 떠오를 듯 눈시울이 뜨거워졌다.

그때서야 깨달았다.

자신이 기다리는 대답은 예스가 아니라 노우라는 것을.

경우가 모든 것을 부인해 주기를 원했다. 그녀가 가족들과 친해지기를 얼마나 원하는지 잘 안다고, 아직 부족한 게 많지만 열심히 노력할 것임을 알고 있다고. 아니까 괜찮다고, 다 잘될 거라고 말해주기를 바랐다.

계속해서 다가가고 부딪치며 노력하면 언젠가는 그녀도 진정한 가족이 될 것이라고 격려해 주기를 원했다. 애쓰는 그녀가 고맙다고, 그런 그녀가 아내라서 행복하다고, 사랑한다고 속삭여 주기를 이래는 너무도 간절히 바라고 있었다.

사랑한다고…….

사랑한다고……?

'사랑?'

하경우를 사랑한다고? 내가?

'……!'

혼란스러운 정신에 경악스러운 자각이 번개처럼 찾아들자 이래의 두 눈이 휘둥그레 떠졌다. 저도 모르는 사이에 하경우의 사랑을 바랐다니, 너무 놀라 경기를 일으킬 것만 같았다.

순간 머리가 망치로 뒤통수를 얻어맞은 듯 띵해졌다.

당장 비명을 지르고 고개를 내저으며 현실을 부정하고 싶었다. 이게 다 무슨 발작인지 프로이트의 책을 뒤적거리고 싶었다. 하다 못해 이진이라도 붙들고 제 감정을 분석해 보고 싶었다. 하지만 현실부정입네 감정분석입네 사치스러운 짓은 꿈도 꾸지 못했다. 시도해 보기도 전에 경우가 잽싸게 그녀를 끌어안아 버렸으니까.

"너 정말 바보구나, 박이래."

순식간에 이래는 경우의 복부에 얼굴을 묻은 자세가 되어버렸다. 코끝으로 익숙한 경우의 체취가 스며들었다. 근본 모를 굶주림도 찾아들었다. 이래는 거의 본능적으로 더욱 깊이 숨을 들이마셨다. 이래의 폐에 향긋하고 진한 경우의 냄새가 가득 들어왔다.

"재수 없다고 생각하는 여자랑 결혼할 만큼, 내가 그렇게 얼간이로 보여?"

"선배를 돈으로 샀잖아요. 저는. 재수 없지 않아요?"

"날 샀다고? 네가?"

"아버지가 선밸 욕심냈잖아요. 처음부터 그랬다는 거, 선배도 알고 있었잖아요."

"그랬지."

"미국 포럼에서 선배를 만난 후부터 아버진 입만 열면 선배를 우리 회사로 데려오고 싶다고 했어요. 선배가 세계 금융 시장에서 두각을 나타내는 보기 드물고 훌륭한 청년이라며, 금융과 무역 등에 탁월한 안목을 지녔다고 하셨어요. 끈질긴 설득 끝에 선밸 스카우트하는 데까지 성공하지만 아버진 거기서 멈추지 않았죠. 완전한 자기 사람으로 만들기 위해 딸들을 미끼로 던지는 수까지 서슴지 않고 쓰셨죠."

"……."

"그리고 선밴, 그중 가장 확실한 미끼를 물었고요. 아니에요?"

슬그머니 고개를 들며 이래는 조용히 물었다. 또다시 눈물이 핑 돌았다. 어째서인지 가슴이 먹먹해졌다. 제 입으로 가장 아픈 진실을 말했기 때문일까? 이래는 자신이 뱉은 말 한마디 한마디에 상처받고 있었다.

"아닌데."

경우는 군더더기 없이 명징한 대답을 떨구었다.

그와 동시에 경우의 담백한 시선도 뚝 하고 직각으로 떨어졌다.

"난 돈으로는 못 사. 그렇게 쉬운 남자가 아니거든."

"……."

왜일까? 지금 이 순간이 꿈처럼 달콤하게 느껴지는 것은.

경우의 눈빛이 다정했다. 목소리가 감미로웠다. 그 다정함이, 감미로움이, 오로지 자신만의 것처럼 느껴져서 이래는 가슴이 벅차올랐다. 처졌던 어깨에 힘이 들어가고 흐릿했던 시선이 맑아졌다. 그녀는 경우의 눈을 빤히 들여다보며 천천히 그의 허리를 끌어안았다.

"그럼 뭘로 살 수 있는데요?"

어떻게 하면 선배를 가질 수 있어요?

내가 어째야 좋아해 줄 건가요?

선배가 날 사랑하게 하려면, 내가 뭘 해야 하죠?

203

"아무것도."

따스한 경우의 목소리가 그윽하게 공기 중으로 흘러들었다.

"넌 아무것도 안 해도 돼. 난 이미 네 것이니까."

경우의 얼굴이 천천히 내려왔다. 이래는 고개를 기울이며 입술을 열었다. 틈이 벌어지는 장밋빛 꽃잎 사이로 한숨 같은 숨소리가 흘렀다. 어깨에 놓여 있던 그의 손이 보드라운 그녀의 피부를 쓸었다. 긴 목덜미를 타고 올라와 발그레한 양 볼을 가만히 보듬는다.

"난 아주 오래전부터 네 남자였어, 박이래."

경우는 들릴 듯 말 듯 작게 속삭이고 이래의 입술에 입술을 포갰다.

부드러운 그의 입술이 서툴고 연약한 그녀의 입술을 한 입 물었다. 따뜻하고 달달한 느낌이 입술을 훑다 사라졌다. 이래는 잠시 감았던 눈을 떴다. 경우의 짙고 푸르른 눈과 눈이 마주쳤다. 심장이 간질간질했다. 그녀의 얼굴에 발그레하니 홍조가 떠올랐다.

씨익. 경우는 입가에 작은 호를 그렸다. 그러곤 다시 고개를 기울여 이래의 입술을 한 입 더 훔쳤다. 아까보다 더 큰 한 입이었다. 입술로 이래의 입술을 물고 가볍게 빨아 당겼다. 흡입되던 살점이 쫀득한 소리를 내며 떨어지자, 이래는 한숨과도 같은 신음을 뱉으며 감았던 눈을 또다시 떴다. 이번에도 그는 다정한 미소로 그녀를 맞이했다.

이래의 심장은 더욱 간질간질해졌다.

"내가 누구라고?"

"선배⋯⋯."

"틀렸어, 박이래."

경우는 은은히 미소 띤 얼굴과는 정반대의 다소 엄격한 말투로 말하고는 천천히 몸을 기울였다. 유난히 위압적으로 보이는 그의 상체가 거대한 그림자를 만들며 덮치듯 다가왔다.

이래는 눈을 커다랗게 뜨며 그를 피해 몸을 젖혔다.

눈 깜짝할 사이에 털썩 쓰러지고 말았다. 당황스럽게도 침대 매트리스에 등을 대고 누운 자세가 되어 있었다. 시간 낭비 따위 하지 않는 하경우답게 그는 조금도 지체하지 않았다. 우아한 역삼각형 덩치로 완전한 그늘을 드리우며 다가와, 그녀를 자신의 다리 사이에 가두고 말았다.

삐꺽.

매트리스가 두 사람분의 무게를 감당하며 아래로 가라앉았다.

"남편이야. 네 남자."

경우는 이래의 몸에 자신의 몸을 가만히 포개며 속삭였다.

친구와 수다라도 떠는 양 그는 얼굴 가득 편안한 미소를 띤 채다. 이래는 절대 못하는 일이다. 좋아하는 남자와 이런 자세로 누웠는데 어떤 여자가 편안해질 수 있겠는가. 경우의 눈빛이 너무 짙었다. 짓눌러 오는 경우가 너무 무거웠다. 찰싹 달라붙은 경우의 몸은⋯⋯ 너무 뜨겁고 단단했다.

"넌 날 얼마든지 가질 수 있어. 내 것이라면 뭐든. 내게 속한 것은 네게도 속해. 그리고 그건 네가 날 샀기 때문이 아니라, 내가 널 허락했기 때문이야."

"선배⋯⋯."

"난 너를 선택했어. 그 누구도 아닌 널. 네가 제1상속녀가 아니었더라도 난 널 원했을 거야."

"저를 원했다고요? 선배가요?"

"왜 놀래? 그럴 거라고는 한 번도 생각해 본 적 없어?"

"그거야……."

"은근히 니, 내 취향이야. 큰 처젠 조용한 성격이 나와 비슷해. 서로에게 상극이지. 둘이 이어졌다면 역대 최고로 심심한 커플이 되었을 거야. 막내 처젠 나한텐 너무 어려. 너무 발랄해서 감당하기 벅차. 나한테는 네가 딱이야. 너 이외에는 고려 대상조차 되지 않았어."

경우가 여자 심장 우지끈 무너지는 소릴 해놓고 피식 웃는다.

이렇게 감동적인 얘기 후에 이렇게 달콤한 미소는 반칙 아닌가? 아무리 비위가 좋다기로서니 여자 기분 맞춰주려고 이렇게 마음에도 없는 소릴 해도 되는 거야? 울컥 감정이 쏠리자 이래는 미간을 찡그렸다.

입을 꾹 다물었다. 찰랑찰랑 서서히 차오르는 감정을 억누르고, 조금 찡해진 코끝과 따끔거리는 눈가를 차분히 가라앉혔다. 온갖 이성적인 이유를 갖다 붙여 흐물흐물해지는 감성을 제어했다. 하지만 아무리 노력해도 경우에게 달려가는 마음을 붙잡지는 못했다. 이래는 그만 냅다 경우의 목을 끌어안고 말았다.

"고마워요, 선배."

경우의 가슴에 얼굴을 묻고 조그맣게 웅얼거렸다. 용케 제대로 알아들은 경우는 천천히 이래를 마주 안으며 속삭였다.

"선배가 아니라고 말했잖아. 이제부터는 이름으로 부르라고."

"……."

"안 돼?"

경우는 이래의 목옆에 입술을 대고 나지막이 물었다.

그녀의 몸에서 익숙한 향기가 났다. 이래가 즐겨 쓰는 바디로션의 향기였다. 조건반사적으로 몸이 기지개를 켰다. 경우는 달달하면서도 짭조름한 이래의 살갗을 머금고, 베개 위에 흐트러진 그녀의 머리카락을 손가락 끝에 천천히 휘감았다.

"내 이름, 불러봐."

"……씨……."

이래는 속삭이듯 조그맣게 헐떡이며 허공에 말을 뱉어냈다. 고개를 길게 내빼고 맹렬히 가슴을 들썩이는 모습은 그녀가 명백히 흥분했음을 표해주고 있었다.

"음. 안 들려. 더 크게."

느긋하게 중얼거리는 경우는 목에서부터 허리까지 찬찬히 밀도 있게 손을 미끄러뜨렸다. 움푹 파인 이래의 허리를, 작지만 통통한 엉덩이를, 반으로 갈라진 틈새까지 천천히 정성 들여 매만졌다. 부드럽게 주무르고 섬세하게 비비고 친밀하게 문질렀다. 그녀가 그에게 닿기를 소망할 때까지…….

어느새 이래는 두 다리로 그를 휘감고 있었다. 어설픈 동작으로 하반신을 튕겨대 그를 자꾸만 자극했다. 두 팔 가득 그를 꼭 끌어안고, 견딜 수 없다는 듯 흣흣 짧은 신음을 연신 토했다.

경우는 그녀의 몸 곳곳을 여행했다. 매혹적인 장골을 거쳐 귀엽게 솟은 아랫배를 지나, 셔츠 아래로 갈비뼈를 쓸어 올렸다. 그리고 마침내 불룩한 정상을 휩쓸고 뒤덮자 이래는 경우의 옷자락을 힘껏 움켜쥐었다.

"아앗……."

"아직도 난 내 이름을 듣지 못했어, 박이래."

숨과 함께 토하듯 말을 뱉어내고, 경우는 응징하려는 듯 이래의 목덜미에 이를 박았다. 이래가 가늘게 몸을 떨며 반응했다.

"전…… 아직…… 말…… 못……!"

가슴을 들썩이며 가쁜 숨을 뱉는 박이래는 세상 무엇과도 비교할 수 없는 최상의 최음제였다. 경우는 희미하게 난 잇자국을 따스한 혀로 부드럽게 핥아 올렸다. 붉은 낙인이 찍힐 때까지 피부를 흡입했다. 거칠게 혹은 상냥하게. 엄지손가락으로는 젖가슴을 괴롭혔다. 손톱 아래의 도톰한 살점이 분홍빛 꽃봉오리를 쉼 없이 간질였다.

문지르고 튕기고, 꼬집고 비트는 지분거림이 이어지는 동안 이래의 숨결은 거칠어졌다. 검붉은 꽃받침 속에 수줍게 숨어들어 있던 감각의 봉오리가 톡 하고 고개를 내밀었다. 부풀어 만개했다. 경우의 손길을 기다리는 듯 곧추서 피어올랐다.

갖가지 욕구가 게걸스럽게 치솟는다.

입안에 침이 고였다.

경우는 거칠게 고개를 들어 이래의 목덜미에서 헤어 나왔다. 그러나 또다시 홀리듯이 이래의 희디흰 살결에 얼굴을 묻었다. 이번에는 젖가슴이다. 자신의 손에서 잔뜩 부풀어 오른 살점을 부드럽게 주무르며 똘똘 뭉쳐 딱딱해진 꼭지를 혓바닥으로 휘감았다. 앙증맞게 쪼끄만 크기, 귀여운 감촉, 참을 수 없을 만큼 흥분되는 달달한 맛이 그의 미각을, 짐승처럼 날뛰는 뉴런을 사로잡았다.

"아아아······."

"이름."

젖꼭지를 힘껏 빨며 경우는 명령했다. 손으로 이래의 하복부를 어루만졌다. 달랑 속옷 한 장만 걸친 이래의 아래는 벌써 흥건했다. 야릇한 물기로 얼룩진 천 조각 위에서 그는 천천히 손가락을 앞뒤로 움직였다. 갈라진 틈에 오롯이 피어오른 쾌화(快華)가 욱신거렸다. 다정한 그의 손길 아래에서 발작적으로 옴쭉거렸다.

이래는 경우의 품에 정신없이 매달려 헐떡였다.

"······우웃······ 씨!"

"더 크게. 내 귀에 들리게."

경우는 달콤한 고문을 퍼부으며 요구하고 또 요구했다.

"경우, 경우 씨······ 꺄아!"

그리고 마침내 그녀가 이름을 불러주는 순간, 경우는 기다렸다는 듯 몸을 일으켰다. 이래의 양쪽 장딴지를 하나씩 움켜잡고 쭈욱 끌어당겼다. 눈 깜짝할 새에 그녀는 몸이 완전히 열린 채로 그의 코앞에 전시되었다.

이래는 당황한 나머지 비명을 지르며 무릎을 찰싹 붙였다. 온몸을 뒤틀었다. 하지만 아무리 몸부림쳐도 하경우의 손길을 떨쳐 낼 수는 없었다. 그러기는커녕 겨우 손가락 하나 까딱한 것만으로 유일한 장애물을 걷어내고 이래의 비밀스럽고 소중한 습지에 입술을 묻었다.

"아훗!"

외마디 신음과 함께 이래는 그대로 숨을 멎이버렸다.

이를 악물었다. 두 눈을 부릅떴다.

있는 힘껏 경우의 머리카락을 움켜잡았다.

형언할 수 없는 환락의 물결이 밀려들었다. 클라이맥스를 향해 맹렬히 달려들었다. 팔다리에서는 힘이란 힘이 모조리 빠져나갔다. 전신이 나른해지고 시야가 흐릿해졌다. 머릿속마저 노글노글 녹아내려 아무 생각도 할 수가 없었다. 끔찍하게 짜릿한 쾌감의 폭포수에 맞서 그녀가 할 수 있는 건 단 하나, 쏟아지는 격정의 물줄기에 몸을 맡기는 것뿐이었다.

"아아아아!"

이윽고 이래는 비명을 터트리며 눈을 감았다. 본능적으로 손을 내젓자 손안에 경우가 들어왔다. 그는 궁극의 쾌락에 휩싸여 자잘하게 경련하는 이래의 몸을 더할 나위 없이 소중하게 보듬어 안았다. 허공에서 아무렇게나 허우적거리던 그녀의 날씬한 두 다리가 마침내 제자리를 찾아 그의 허리에 사뿐히 감겼다. 경우는 이래의 정수리에 꾸우욱 입술을 댔다.

이래의 머리맡에 속삭임이 살포시 내려앉았다.

"잘했어, 박이래."

"사랑?"

세 시간 뒤, 찜질방 사우나실에서 땀을 쭉쭉 빼던 박이진은 예고도 없이 날아든 언니의 고백에 깜짝 놀라고 말았다.

"형부를 사랑한다고? 대학교 때부터 쭉 그랬다고?"

"응……."

이래가 두 눈을 빤히 치켜뜨고 입술을 삐쭉거리며 겨우 한마디 답한다. 자신이 생각해도 어처구니없는 일이라는 듯 민망하고 당혹스러운 모습이었다.

당황스러운 것은 이진도 마찬가지였다. 불과 몇 주 전까지만 해도 하경우를 사랑하지 않는다고 말하던 이래였으니까. 심지어 같이 술을 마시던 어젯밤에도 그러한 내색은 전혀 없었다. 하지만……

사랑이란 건 원래 부지불식간에 찾아오는 법이 아니겠는가. 이진도 사랑과는 전혀 무관한 상황 속에서 자신의 감정을 깨달았다. 전부터 가슴에 사랑을 차곡차곡 쟁여두었다가 특별한 계기로 인해 확 터져 버린 케이스였다. 사랑의 불안정한 속성을 벌써 체험해 본 유경험자로서 이진은 이래를 충분히 이해할 수 있었다. 그녀는 요란하게 박수를 치며 조금은 시무룩한 언니를 한껏 독려했다.

"축하해, 언니! 오늘 같은 날이야말로 한잔해야 하는 것 아니야? 오늘은 이은이랑 셋이 '술잔을 부딪치며 찬찬찬!' 할까?"

"무슨 이런 걸로 축하를 하니? 실없게스리."

"왜에? 다른 사람도 아닌 언니가, 천하의 차도녀 박이래가, 드디어 사랑에 빠졌잖아. 이보다 더 대단한 사건이 어디 있어?"

"빠진 게 아니고 빠져 있었다니까. 쭉 진행형이었다고 몇 번을 말해."

"그래그래. 알아들었어. 고등학교 때부터 쭉 멋있는 선배라고 동경해 오다가 대학교 때 본격적으로 사랑에 눈을 뜨고. 하지만 언니가 고백조차 못하고 망설이는 사이, 형부가 유학을 떠나 버렸다는 것 아니야. 언닌 세월이 흐르는 동안 다 잊었다고 생각했는데, 이제 와 생각해 보니 실은 그 마음, 쭉 ~ING였다는 거고. 그러니까 한마디로 형부가 언니의 첫사랑이자 마지막 사랑이라는 뜻 아니야? 아아! 너무 낭만적이야."

"낭만은 무슨 얼어 죽을 낭만."

"어쩌다가 깨달았어? 밤사이에 무슨 일이 있었기에 이렇게 느닷없이 사랑을 깨달은 거야?"

"일은 무슨 일! 아무 일도 없었어. 저, 정말이야."

이래는 신경질적으로 눈살을 찌푸리며 팩 소리를 내질렀다. 단숨에 얼굴이 붉어졌고 눈동자가 갈지자로 흔들렸다. 평소에는 늘 똑 부러지게 말하는 박이래가 말까지 더듬는 것을 보면 당황해도 보통 당황한 게 아니었다. 명백한 거짓말의 증거. 게다가 그녀는 무의식중에 목덜미를 매만지고 있었다. 사우나 가운 안쪽으로 붉은 반점이 보였다. 누가 봐도 그건 키스 마크였다.

으흥, 무슨 일이 있었는지는 대충 알겠다, 언니.

이진은 히죽히죽 눈웃음을 마음껏 날리고서 토닥토닥 이래의 어깨를 다독여 주었다.

"잘했다, 언니. 장하다."

"장하긴 뭐가. 선배…… 아니, 경우 씨를 쭉 좋아했으면서 지금에서야 깨달았잖아. 장한 게 아니라 바보 같은 거지. 이 나이가 되어서, 결혼까지 다한 마당에, 이제야 자기감정을 깨닫다니. 이런 멍청한 여자가 세상에 또 어디 있니?"

"지금이라도 깨달은 게 어디야. 그게 얼마나 어려운 일인데. 사람들, 의외로 자기 마음 잘 모르고 살아. 사랑하면서도 사랑하는지 모르고, 원하면서도 원하는지 모르고. 알면서도 인정하지 못하고, 모르는 척 외면하며 사는 사람들도 쌔고 쌨지. 그런 위선적인 사람들에 비하면 언니는 양반이야. 늦지 않게 자기감정 인정했으니까. 얼마나 대단해? 현명하게 이렇게 결혼까지 해두고. 만약 다른 남자랑 했었어봐. 그 불행을 어떻게 감당할 거야."

"……그러네."

"근데 언니, 이제는 막 경우 씨라고 부르네? 폭주기관차 모드인 거야? 사랑하는 사람한테 마구마구 열렬히 들이대는?"

"아니거든. 목에 칼이 들어와도 그런 짓은 안 해."

이래는 콧잔등을 찡그리며 퉁명스럽게 부인했다. 아무리 거칠 것 없는 박이래라도 그런 낯뜨거운 짓은 못한다. 회사에서나 친구들 앞에서는 초시크녀, 자신을 노리는 남정네들 앞에서는 얼음공주였지만, 하경우한테만은 '그대 앞에만 서면 나는 왜 작아지는가' 처럼 극도로 소심해지는 박이래이니까.

일찍이 절친 효원은 이래의 이런 증상을 '하경우 포비아' 라고 정의했었다. 하경우 포비아를 앓고 있는 이래로서 하경우를 사랑한다는 사실을 깨달았지만 마음을 고백할 수는 없다.

이래는 지난 2년간 수도 없이 반복해 주장해 왔다. 하경우를 사랑하지 않음을. 박 회장이 경우를 사윗감으로 점찍었기에 어쩔 수 없이 약혼한 것뿐, 절대 사랑 때문은 아니라고 역설하고 또 역설했었다. 한데 이제 와서 사랑을 고백하면? 그래서 얻어지는 게 뭔데?

없다.

아무것도.

"으으으! 기분 좋아! 우리 언니가 사랑이란 걸 하게 되다니 이게 꿈이야, 생시야."

이진은 이마 위로 쪼르르 흐르는 땀방울을 닦아내며 찌뿌둥한 전신을 쭉쭉 스트레칭을 하였다. 눈이 감길 정도로 활짝 웃는 모습이 유난히도 해맑았다. 이래는 목에 걸친 수건으로 이마를 훔치며 피식 웃었다.

"그렇게 좋냐? 언니가 바보놀음에 합류했다는데."

"그런 말 마. 그렇게 생각하지도 않으면서. 언닌 늘 아닌 척하지만 난 알아. 언니가 사랑을 무시했던 건 그럴 처지가 안 되었기 때문이었다는 거. 엄마가 돌아가시고 방황하는 아버지를 보면서 어떻게든 도움이 되어야겠다고 결심했잖아. 그래서 일부러 사랑 같은 거 안 키웠잖아."

"어쭈. 제법이네. 언니 마음도 간파하고."

"애정 DNA는 싹부터 죽이고, 운명 같은 건 믿지 않는다고 노래를 부르고. 남자랑은 아예 담을 쌓고, 집안을 위해 희생하겠다며 아버지가 소개해 준 사람이랑 결혼하고. 그게 우리 가족을 위하는 언니만의 방식이잖아. 아버지를 위로하고, 동생들을 챙기고, 집안을 번창시키고, 그게 언니가 할 도리라고 생각했잖아. 언닌 참 운명에 비협조적이었던 사람이었어. 운명처럼 만나 사랑에 빠진 남자를 12년이나 거부하며 살아왔다니. 형부가 불쌍할 지경이야."

"운명 같은 소리 하네. 너, 내 말 제대로 안 들었지? 네 형부는 날 사랑하지 않는다니까."

"언니가 그걸 어떻게 알아? 물어봤어?"

"물어보나 마나라고. 네 형부는 날 어려서부터 싫어했단 말이야. 나만 보면 기분이 나빠지는지 항상 날 무시했다고."

"으흥, 그런데도 제 발로 언닐 찾아왔네? 그것도 운명인가?"

이진이 기분 나쁠 정도로 환히 눈웃음을 지었다. 뭔가 짚이는 구석이라도 있는 듯. 많은 걸 알지만 굳이 말하지는 않겠다는 듯한 지극히 음흉스런 웃음이었다. 물론 그런 게 있을 리는 없다.

이진은 경우에 대해 아는 것이 거의 없었다. 딱히 엮인 적도 없었으니 진지하게 대화 나눌 기회도 없었을 것이다. 딱 한 번, 박 회장이 주선한 경우와의 정식 맞선 자리에 이진이 대타로 나갔던 적은 있었지만 정말로 딱 한 번이었다. 그 사이에 무슨 진지한 얘기가 오갔을 리가 없었다.

"이제 어떻게 할 거야? 고백할 거야?"

이진이 고개를 기울여 이래와 눈을 맞추곤 스리슬쩍 물었다. 불퉁하게 이맛살을 찌푸리고 있던 이래는 저도 모르게 눈을 쪽 째렸다.

"넌 내가 그런 닭살 돋는 짓을 할 거라고 생각하니?"

"고백 안 할 거야?"

"우린 이미 결혼까지 했어. 볼 장 다 본 사이라고. 뜬금없이 사랑이네 뭐네, 그게 뭐냐? 창피하게."

"그게 무슨 상관이야? 어차피 결혼도 감정과는 별개로 해놓고서. 결혼은 결혼이고, 사랑은 사랑이지. 사랑하지 않은 상태로 결혼했지만, 이제 사랑하게 됐잖아. 말해야지. 부부 사이인데."

"그렇긴 하지만······."

"해! 고백해. 마음을 보여줘. 누가 알아? 형부도 실은 예전부터 언니를 마음에 두고 있었을지."

이진이 두 눈을 반짝반짝 빛내며 채근했다. 이래는 시니컬한 말들이 목구멍까지 올라오는 것을 느꼈다.

'그런 극적인 전개는 순정만화에서나 나오는 거야. 너처럼 남편과 미칠 듯한 사랑에 빠져 결혼에 골인한 여자나 가질 수 있는 아름다운 상상이라고. 하경우가 그때 날 얼마나 싫어했었는지 알아? 고등학교 시절 하경우랑 있었던 에피소드 몇 개 풀어볼까? 그래서 핑크빛으로 너울대는 네 가슴 갈기갈기 찢어줘?'

속으로 버럭버럭하며 잔뜩 째려보았지만. 이진은 순진무구한 눈을 깜빡깜빡, 어여쁜 나비의 날갯짓처럼 눈꺼풀을 나풀댈 따름이었다.

"고백해라, 언니야. 응?"

"휴우—"

이래는 한숨을 푹 내쉬었다. 축축한 이마에 손을 짚었다. 뒤늦게 숙취가 몰려오는 듯 머리가 지끈지끈 아파왔다. 이게 다 무슨 짓인지 모르겠다고 생각했다.

한심한 박이래. 속으로 중얼거리며 이래는 자리에서 벌떡 일어났다.

"덥다. 이만 나가자."

제9장 지구상에서 가장 행복한 남자

시어머니로부터 전화가 걸려온 건, 이래가 바닥에 드러누워 앞판 뒤판 차례로 뒤집으며 몸을 식히고 있을 때였다.

이래는 쭉쭉 빨고 있던 식혜 스트로를 퉤 뱉으며 벌떡 몸을 일으켰다. 흰 수건으로 만든 양머리가 풀려도 모를 만큼 쏜살같이 내달려, 찜질방 구석 조용한 곳에서 조신하게 전화를 받았다.

"여보세요! 어머님이세요? 어, 어쩐 일로 전화를 다……?"

이래는 완전히 긴장한 나머지 허공에 대고 연신 굽실거리다 저만치의 이진과 눈이 마주치고 말았다. 이진은 식혜 스트로를 입에 문 채 살짝 벙찐 표정으로 이래를 바라보고 있었는데, 그 눈빛은 딱 '이런 얼빠진 언니의 모습은 처음이야!' 였기에 이래의 얼굴빛은 자동으로 붉어졌다.

하지만 이진은 곧 '사랑에 빠졌으니 별수 없지' 라는 듯 작게 한숨을 내쉬고 피시식 웃어버렸다. 다 이해한다는 듯, 자신도 시댁 식구들 앞에서는 잘 보이고 싶어서 그렇듯 안달하게 된다는 듯, 눈썹을 씰룩씰룩 흔들자 이래도 그만 피식 웃고 말았다. 이진이 손가락으로 스마일 마크를 그렸다.

웃어, 언니! 웃어!

이래는 동생의 주문대로 활짝 함박웃음을 지어 보이고는 홱, 몸을 돌려 외면했다. 사랑에 빠져 해롱거리는 모습을 동생에게 보이는 건, 아직은 좀 쑥스러웠다.

휴대폰 반대편에서는 아직 아무 대꾸도 날아오지 않았다.

이래는 한층 목소리를 낮춰 재차 유 여사를 불렀다. 그러자 주저주저하는 유 여사의 목소리가 귓가에 살그머니 스며들었다.

[……우리가 뭐, 큼! 꼭 무슨 일 있어야 전화하는 사이니?]

"아아."

아닌가? 일이 없으면 전화하지 않는 사이니까, 일이 있어야 전화하는 사이인 것 같은데? 라는 생각이 제일 먼저 들었지만 꾹 입을 다물었다. 지금 타이밍에서 이런 솔직한 마음을 드러내는 건 안 될 일이었다.

이래는 미간에 힘을 주며 최대한 정신을 집중했다. 유 여사의 심기를 조금이라도 건드리지 않기 위해 단어를 고르고 또 골랐다.

"제 말뜻은 그게 아니라, 어어, 그러니까……."

[무슨 얘긴지는 알아들었다. 오해하지 않았으니까 너무 긴장하지 마.]

유 여사의 반응은 의외로 쿨했다.

이건 무슨 흐름이지? 이래는 양쪽 눈썹을 훅 추켜세웠다.

[이렇게 불쑥 전화해서 미안하다. 하고 싶은 말이 있어서 전화했어. 오늘 중으로 꼭 해야 할 말이라서 말이야. 혹시 전화 받기 불편하니? 그럼 조금 있다 다시 하고.]

"아, 아니에요! 괜찮습니다. 불편하지 않아요. 조금 뜻밖이어서 놀란 것뿐입니다."

[그렇다면 뭐.]

"하실 말씀이라는 건……?"

[다른 게 아니라.]

"……."

[그…….]

"……?"

[……어제 말이다.]

역시. 어제 일일 줄 알았다. 이래는 소심한 심장이 우지끈 내려앉는 것을 느끼며 질끈 눈을 감았다. 어제의 일들이 주마등처럼 스쳐 갔다.

자신에게 쌀쌀맞던 시어머니가 세련에게 너무도 살갑게 굴던 모습. 자신과는 데면데면 어색한 시댁 식구들이 세련과는 하하호호 화기애애하게 담소하던 모습. 그걸 참다못해 발끈한 나머지 정색하며 자리를 떴던 자신…….

"이만 가보겠습니다, 아버님, 어머님."

"왜 벌써? 아직 초저녁인데."

"일이 바빠시요. 내일 출근도 해야 하고."

"주말인데? 경우도 그렇고, 신혼부부면서 너흰 왜 그렇게 일이 많은 거니? 줄일 수는 없는 거야? 일도 좋지만 너희 처지도 생각해야지. 애는 가져야 할 것 아니니. 하늘을 봐야 별을 딸 텐데 허구한 날 그리 일만 하면……."

"죄송합니다. 이만 일어설게요. 그럼."

되바라지게 시어른의 말을 똑 끊고 자리에서 일어섰다. 그땐 시댁 식구들이 마치 작당한 듯 송세련 앞에서 며느리인 자신을 홀대하는 것 같았다.

불쾌하고 화났다. 공식적인 하경우의 아내가 되었지만 아무도 인정해 주지 않는 것만 같아 분하고 속상했다. 그의 가족들이 원망스러웠다. 아들이 그럴 만한 빌미를 제공했기에 그의 가족들이 자신을 무시하는 게 아닌가 생각되어 경우조차 미웠다. 마구 비뚤어지고 싶었고, 홧김에 모두에게 선전포고하고 싶어졌다. 날 함부로 대하지 말라, 경고하고 싶었다.

그래서 저지른 충동적인 짓이었지만, 돌이켜 생각해 보면 잘한 짓은 아니다. 좀 더 이성적으로 행동했어야 했다. 설명 없이 저지른 무례한 행동으론 누구도 납득시키지 못한다. 그들의 눈에는 그녀가 그저 위아래도 모르는 못 배워먹은 며느리로 보였을 것이다. 매섭게 야단맞아도 할 말이 없었다. 이래는 혼날 각오를 단단히 했다.

[널 그렇게 보내고, 마음이 계속 좋지 않더구나.]

"네?"

일순 감았던 눈을 부릅떴다.

[나도 그럴 줄은 몰랐어. 솔직히 세련이를 부른 건 의도적이었

거든. 유치한 짓이었지만 그렇게라도 해서 널 긴장시키고 싶었어. 네가 우리 아들의 가치를 알아봐 줬으면 해서. 아들 가진 유세라고 해도 좋아. 난 며느리가 내 아들을 무시하는 꼴은 죽어도 못 봐. 널 상처 줘서라도 그런 짓은 못하게 막고 싶었어.]

"어머님, 저는⋯⋯."

[한데 네가 그렇게 떠나고 나니 맘이 정말 안 좋더라. 내 자신이 어리석고 비참하게 느껴졌어. 며느리도 자식인데. 내 며느리, 내 자식한테 이게 무슨 짓인가 싶어서 많이 아팠다.]

"어머님⋯⋯."

[네가 오해할까 봐 분명히 말해두는데. 세련인 그냥 딸처럼 생각하는 아이야. 걔가 우리 경우랑 잘될 뻔한 것도 사실이고, 나도 걜 며느릿감으로 생각해 보지 않은 건 아니야. 하지만 그건 벌써 2년 전 일이다. 지금은 그런 생각 안 해. 부족한 딸내미가 직장 생활하면서 이것저것 도움을 받는다니까. 고마워서 반찬이며 뭐며 자주 챙겨줬더니 걔가 날 어머니, 어머니, 따르는 거야. 생각해 봐라. 내가 걜 왜 탐내겠니? 나한텐 네가 있는데.]

"⋯⋯."

[넌 누가 뭐래도 둘도 없는 내 며느리다. 내 아들의 안사람, 내 식구, 내 자식이야. 난 널 좋아해. 더 좋아하고 싶어. 미워하지 않으니까 오해하지 말았으면 좋겠다.]

"어, 어머님⋯⋯."

[네가 신경 쓸 줄 뻔히 알면서 걜 초대했던 거. 정말 미안하다. 오해할 만한 행동으로 널 상처받게 해서 미안해. 사실은 널 아끼고 사랑하고 싶으면서, 그 마음 정직하게 표현하지 못해서, 그것

도 미안하다. 내가 다 잘못했어. 맘 상했으면 이제 풀어라.]

"아, 아니에요. 저도 잘못한걸요. 그, 그렇게 쌩하니 나가 버리면 안 되는 거였는데."

꽉 잠긴 목소리로 이래는 더듬더듬 말을 건넸다. 예고도 없이 눈에서 눈물이 주르륵 흘렀다. 수도꼭지를 틀어놓은 듯 하염없이 퐁퐁 흘렀다. 가슴 저 아래에서부터 상상도 못할 만큼의 커다란 기쁨이 솟구쳤다.

"제가 부족한 게 참 많아요. 저도 더 잘하도록 노력할게요, 어머님……."

[아서, 애. 부족하기는. 넌 너무 넘쳐서 화근이야.]

살짝 토라진 듯 뾰로통하고 카랑카랑한 유 여사 특유의 목소리가 전파를 타고 흘러나왔다. 감동적인 시어머니의 멘트에 주르륵 주르륵 눈물을 흘리던 이래는 훌쩍 콧물을 들이켜며 다소 맹하게 물었다.

"네? 넘…… 치다니요?"

[몰랐니? 너 너무 넘쳐. 내 불만이 그거야. 네가 너무 잘난 거. 너희 집이 너무 대단해서 내 아들 기죽일까 봐 겁난다. 네가 우리 집안을 물로 보고 멋대로 설칠까 봐 얼마나 걱정되는지 몰라.]

"제가 경우 씨를 기죽인다고요?"

자신이 하경우를 기죽인다니? 그의 집안을 물로 본다니? 이게 어디 가당키나 하는 얘기인가? 하경우가 어디 누구 앞에서 기죽을 남자인가? 누군가에게 물로 보일 만큼 허술한 인간이냐고요.

이래가 아는 한, 하경우는 누구에게도 쉽지 않은 남자다. 처음 스카우트되었을 때부터 누군가에게 잘 보일 생각 따위 전혀 없는 듯 회사의 부조리들을 조목조목 짚어냈던 그다. 박 회장 앞에서도 언제나 제 할 말 다했고 서슬 퍼런 주주회의에서도 눈 한 번 깔지 않았다. 좋게 말하면 심지가 굳고, 나쁘게 말하면 조금은 시건방지다는 게 그를 아는 모든 사람들의 평가이다. 하물며 급이 낮아도 한참 낮은 이래가 그를 무시한다고?

말도 안 되는 소리!

[지금은 안다. 네가 그럴 애 아니라는 거. 네가 생각보다 겸손한 아이란 건, 첫눈에 알아봤어. 좀체 웃질 않아서 차가운 성격이구나 생각하면서도 이상하게 끌린다 싶었지. 왜 있잖니. 주변에 아부하는 사람들만 넘쳐 나서 쉬이 속내를 드러내지 못하는 부류. 내가 전에 그랬지. 너도 그런 부류인 것 같았어. 하지만 사람 일은 장담하는 것 아니잖니. 만에 하나 내가 널 잘못 봤을 경우를 생각해야지.]

"만에 하나라고요?"

[무리수라는 건 처음부터 알고 있었어. 경우 녀석, 겉으론 세상에 둘도 없는 효자처럼 보여도 제 부모한텐 꽤 냉정하거든. 걔 키우면서 과잉보호니 치맛바람이니, 그런 건 꿈도 못 꿨다. 어찌나 질색을 하는지. 예상대로 경우한테는 야단만 들었지. 너 그거 알아? 자식한테 간섭하지 말라는 소리 듣는 게, 부모로서 얼마나 괴로운 일인지.]

"도우미 아주머니 해고 건 말씀이신가요?"

[그게 아니면 뭐겠니. 내가 그때 경우한테 얼마나 혼났는지 알아? 넌, 애! 어떻게 된 애가 남편 모르게 그런 일 하나 야무지게 치리 못하니? 어떻게 경우까지 알게 해서 그 난리를 피워? 민망해

죽는 줄 알았네.]

"죄송합니다. 제가 손을 다치는 바람에 말하지 않을 수가 없었어요."

[어제도 네가 사왔다는 명품 가방을 보니 가슴이 답답해지더라. 그게 그렇게 귀하다며? 돈을 싸 들고 가도 못 산다던데. 고작 내 환심 사려고 그 대단한 걸 구해온 널 보니, 내 아들 미래가 훤히 보이는 것 같더라. 불편하고 언짢았어. 네가 돈으로 내 아들을 이리저리 휘두를 거라고 생각하니 화도 났지. 그러다가 오바 욕바를 해버린 거야. 널 자극하려고 세련이한테 평소보다 훨씬 더 친하게 굴었지 뭐니.]

"훨씬 더요?"

[정말 부끄러운 짓이었어. 인정해. 미안하다. 널 볼 면목이 없어.]

그랬구나. 평소보다 더 잘해줬구나.

실은 그 정도까지 친한 건 아니었던 거구나.

우습게도 안도감이 밀려들었다. 무겁게 가슴을 짓누르던 불안감이 어디론가 사라져 버렸다. 이렇게 순식간에 변해도 되는 거야? 싶을 만큼 맘이 편안해졌다. 이래는 슬그머니 배시시한 웃음을 입가에 떠올리며 고개를 가로저었다.

"아니에요, 어머님. 심려 끼쳐 드려서 제가 더 죄송해요."

[너 생일이 언제니?]

"12월 6일이요."

[얼마 안 남았네? 잘됐다. 돌아오는 네 생일에 내가 근사하게 생일상 차려주마.]

"제 생일상을요?"

[혼자 자취하는 딸내미 직장 상사 생일상도 차려줬는데, 내 며느리 생일을 건너뛸 수야 없지. 내가 겉보기완 달리 상당히 구식인 사람이거든. 내 자식 일이라면 두 팔 걷고 덤비는 무식한 엄마야. 그래서 무조건 팔이 안으로 굽는단다. 너도 이제 내 자식이니까 두 팔 걷고 안아주마. 귀찮아하면 안 돼.]

"귀찮긴요. 안 귀찮아요. 전혀요. 진짜예요."

[그래. 잘해보자, 우리. 좋은 시어머니가 되도록 노력할게. 가능할지는 모르겠지만.]

"네! 어머님. 저도 좋은 며느리가 될게요……."

주르륵. 또다시 눈에 눈물이 그렁그렁 차올라 넘쳐흐르기 시작했다. 목소리가 심상찮게 흘러나오자 이래는 냉큼 제 손으로 제 입을 틀어막았다. 하지만 그녀의 울먹이는 목소리는 벌써 수화기 너머로 흘러들어 가 유 여사를 깜짝 놀라게 만들었다.

[어머, 얘! 너 우니?]

"아니에요. 애도 아니고. 울긴 누가……."

[…….]

필사적으로 부인했지만 유 여사는 이래의 말을 믿지 않는 것 같았다. 살짝 충격받은 듯했다. 세상 냉정한 차도녀 이미지의 며느리가 실은 마음 약한 울보라는 사실이 믿어지지 않는 듯 한동안 말을 잇지 못했다.

어색하고 민망해진 이래는 몸 둘 바를 몰랐다. 전화를 끊을 수도, 화제를 바꿀 수도 없는 처지라 몹시 난감했다. 아래 속눈썹에 물기를 대롱대롱 달고, 찜질방 구석에서 연달아 훌쩍이는 그녀는

225

어딜 봐도 이상했고, 그 때문인지 시간이 갈수록 지나가는 아주머니들과 꼬마들의 시선을 사로잡고 있었다. 이래는 냉큼 눈물을 훔치며 난처한 상황에서 벗어나기 위한 아이디어를 쥐어짰다.

바로 그때였다.

수화기 저편에서 이래의 남은 눈물 콧물을 쏙 뺄 만한, 이보다 더 난감할 수 없는 말이 날아들었다.

[너 혹시 이번 주말에 시간 있니?]

"얘 대체 뭐니?"

유현정 여사는 아리송하고도 아리송한 전화통화가 끝나자마자 휴대폰을 내려다보며 혼잣말을 중얼거렸다. 엄청 황당한 표정이었으나, 아들의 사무실에 꼼짝없이 갇혀 며느리한테 사과하는 굴욕(?)을 겪은 시어머니의 얼굴치고는 상당히 멀쩡해 보였다. 코앞에서 유 여사의 전화통화를 유유히 감상하고 있던 경우는 호기심을 참지 못하고 캐물었다.

"왜요?"

"몰라. 그래서 무섭네."

유 여사는 정말로 하나도 모르겠다는 듯 어깨를 으쓱, 빈 손바닥을 허공에 보이며 고개를 절레절레 내저었다. 너무 터무니없는 반응인데, 그게 또 너무나도 유현정 여사답다는 생각이 들어서 경우는 피식 웃음을 흘리고 말았다.

"좀 자세히 얘기해 주실래요?"

"자세히 얘기할 게 어디 있니? 너도 다 들었잖아. 내가 며느리한테 어떻게 홀렸는지."

"어머니가 자발적으로 이래한테 쇼핑을 제안하신 것 말씀이세요?"

"이게 무슨 조홧속이래니? 내가…… 내가 대체 무슨 짓을 저지른 거야? 나 애한테 홀린 거 맞지?"

"글쎄요. 어쩌다가 쇼핑까지 제안하셨어요? 전 거기까진 생각도 못했는데."

"아니, 얘가 갑자기 울잖아! 내가 뭐랬다고."

"울었어요? 이래가?"

"누가 들어도 울먹이는 목소린데 필사적으로 아니라는 거야. 그래서 뭐, 아, 역시 그 부류구나, 생각했지. 그 왜. 아까 말한, 주변에 아부하는 사람들만 넘쳐서 쉬이 속내를 드러내지 못하는 부류. 그런 애들은 남한테 약점을 드러내지 않으려고 기를 쓰거든. 맘이 짠해지데. 오죽 외로웠으면 이런 상황에서까지 괜찮은 척할까 싶더라."

"이래가 측은해지셨군요."

"나도 모르게 말해 버렸어. 같이 쇼핑 가자고. 거절할 줄 알았지. 근데 웬걸. 좋다고 받네? 너무 기뻐하면서. 애 원래 이렇게 사랑스러운 애였니?"

유 여사는 휴대폰을 그러쥔 두 손을 가운데로 모으며 미심쩍은 눈으로 아들을 바라보았다. 아들이 제발 자신의 촉이 틀렸다고 말해주길 바라는 듯. 자신이 괴롭혔던 며느리가 버릇없는 부잣집 시크녀인 게, 착하고 마음 여린 울보인 것보다 훨씬 맘 편할 테니까.

그러나 경우는 설령 유 여사의 마음이 불편해진다고 해도 진실을 말할 수밖에 없었다. 그는 아직 누구에게도 보여준 적 없는, 오로지 유 여사에게만 보여주는 '사랑에 홀딱 빠진 남자'의 표정을 배시시 지으며 눈썹을 씰룩 움직였다.

"모르셨어요? 그래서 제가 지금까지 허우적거리고 있잖아요."

"어쭈구리? 그새를 못 참고 또 팔불출 짓이네. 넌 걔가 그렇게 좋니? 명색이 시어머니가 며느리한테 먼저 전화하고 먼저 사과하고. 너 때문에 엄마가 이렇게 망신을 당하는데, 넌 그저 마누라 예쁘다고 헤헤거리기나 하고. 대체 무슨 배짱으로 내 앞에서 이리 팔푼이 짓이야? 내가 알아서 사과하겠다는데도 기어이, 굳이 제 앞에 불러다 놓고 전화하라는 건 대체 무슨 심본데? 엄마 못 믿어? 꼭 이렇게 감시해야 해?"

"감시하려고 모신 게 아니래도요. 점심 대접해 드리고 싶었다니까요. 어제 인사도 제대로 못 드리고 그냥 간 게 죄송스럽고 아쉬워서."

"네네, 그러셨군요. 그래서 사무실 도착하자마자 문까지 걸어 잠그고 제 마누라한테 당장 전화해서 빌어라, 막 졸라대셨군요. 인사도 제대로 못해 죄송스럽고 아쉬웠으면 아버지를 찾아뵈었어야지. 현관에 들어섰다가 그냥 돌아서서 네 아버진 네 얼굴도 못 봤어, 애. 이게 다 나 때문이라고, 내가 네 아버지한테 얼마나 혼났는지 알아?"

"아버지께는 따로 찾아뵙겠다고 연락드렸죠. 당연히."

"치잇! 그때가 언제일꼬. 바빠서 엄마 생일도 못 챙기는 주제에. 너 이러다가 소박맞는다. 걔가 너 싫다고 뻥 걷어차면 어쩌려고 벌써부터 일벌레처럼 구니? 새신랑이면 새신랑답게 집에 일찍 일찍 들어가서 가정에 충실해야지. 조만간 별도 따야 하잖아. 일하느라 하늘 볼 시간은 있니?"

유 여사는 꽉 오므린 입매를 연방 삐쭉거리며 못마땅한 아들을 향한 싫은 소리를 늘어놓았다. 싫은 소리라고 해봤자 애정과 우려가 가득 담긴 잔소리에 불과했지만.

자신의 아들이지만, 경우는 언제나 착하고 바르고 믿음직스럽고 무엇으로든 타의 모범이 되어왔었다. 아들로서는 더할 나위 없는 완전체, 엄마 친구 아들의 대명사다. 부모에게는 자부심, 여동생에게는 정신적 지주였으니 유 여사는 그의 말이라면 팥으로 메주를 쑨대도 믿어 의심치 않았다.

그런 100점짜리 아들에게도 최악의 약점이 있었으니, 그게 바로 박이래였다. 경우는 박이래에 관한 한 정상적인 판단을 내린 적이 단 한 번도 없었다.

고등학교 때는 박이래의 등교 시간에 맞춰 등교하느라 지각을 밥 먹듯이 했다. 입시를 앞둔 고3이었는데도 박이래를 만나기 위해 테니스 동아리에 하루도 빠짐없이 출석했다. 오죽 놀라웠으면 졸업할 때 동아리 후배들로부터 감사패까지 받았을까. 대학교 땐 예정되어 있던 유학을 가지 않겠다고 해서 부모를 기함시켰다. 본인이 원해서 준비했던 유학을 왜 갑자기 포기하려 했는지는 먼 훗날 알게 되었다.

박이래가 후배로 입학했고 같이 대학을 다니고 싶어서였다는 사실은, 그즈음, 딱히 놀라운 일도 아니었다. 이래한테 차인 후 이래를 잊기 위해 유학길에 오르고, 그랬음에도 이래를 잊지 못해 미국에서조차 마음고생하고, 그러다가 아예 미국에 정착하겠다고 선언해 버린 뒤였으니까.

엄청난 충격이었다.

아들이 하루빨리 돌아와 남편의 회사에 합류해 주기를 기다렸던 유 여사는 몸져눕고 말았다. 협박, 애원, 회유, 분노, 절규. 할 수 있는 모든 수단을 다 썼지만 경우는 돌아오지 않았다. 빈털터리가 되면 어쩔 수 없이 돌아오겠거니 하고 돈줄까지 틀어막았는데도 녀석은 오히려 미국에서 승승장구, 성공가도를 달렸다.

이젠 끝이다, 소중한 아들을 이렇게 잃는구나, 절망할 때에야 겨우 아들은 돌아와 주었다. 엄마 죽는다, 아빠 망한다, 집안 난리 났다, 온갖 말에도 눈 하나 깜빡하지 않던 녀석이 이래 부친의 스카우트 제안을 받고 귀국을 결정했다고 했다. 경우는 박이래 하나 때문에 집과 가족을 버렸다가, 박이래 하나 때문에 거짓말처럼 돌아온 것이었다. 그래 놓고 벌인 일이 빌어먹을 정략결혼, 박이래네 데릴사위가 되는 거였다.

말이 데릴사위지 유 여사의 눈에는 '좀 쓸모 있는 하인' 그 이상도 이하도 아니었다. 박이래에게는 경우에 대한 사랑도, 존경심도 없어 보였으니까. 경우를 그저 돈 벌어다 주는 버러지 취급할 것만 같았다.

경우는 그런 취급을 받으면서도 행복해하겠지.

유 여사가 분노했던 포인트가 바로 그 대목이었다. 어떤 대접을 받아도 이래만 바라보며 행복해할 아들. 고교 때부터 한결같이 아들에게 상처만 주는 박이래.

'한강에 어미랑 마누라가 빠져도 일말의 망설임 없이 마누라를

건져 올릴 녀석 같으니라고.'

시니컬하게 속으로 중얼거리며 유 여사는 한숨을 푹 내쉬었다.

누굴 탓하랴. 제 아비를 닮아 한 여자만 죽어라 사랑하는걸. 로맨틱한 게 유전이라면 아마도 경우는 구제불능일 것이다. 제 아비처럼 마누라가 쭈구렁 할망구가 되어도 마누라만 바라볼 테다. 박이래가 생각보다 훨씬 괜찮은 아이인 게 얼마나 다행인지……

"고마워요. 어머니한테 쉽지 않은 일이었다는 거 알아요."

경우가 유 여사의 손을 다정하게 맞잡으며 씨익 웃었다.

하여간 수완은 좋아. 어떻게 하면 어미의 마음을 사로잡는지 정확히 꿰고 행동하지. 녀석 때문에 벌써 몇 번을 속는지. 유 여사는 곱게 눈을 흘기며 아들의 손을 매정하게 내쳤다.

"착각하지 마, 요 녀석아. 네가 부탁해서 사과한 거 아니야. 원래 내가 먼저 사과하려고 했었어. 말했잖니. 걔 표정이 너무 걸려서 어젯밤 한숨도 못 잤다고. 내가 견디기 힘들어서 잘못을 인정한 거야. 네 부탁 때문도 아니고, 걔가 걱정되어서도 아니야."

"잘 알겠습니다."

"정말이야. 머쓱해서 둘러대는 말 아니라고."

"알겠다니까요."

"알겠다면서 왜 실실 웃어? 기분 나쁘게. 내 말을 안 믿는 것 같잖아."

"그럼 웃지 말까요?"

"그런 걸 왜 묻니? 네 마음대로 할 것이지. 그나저나 걔, 진짜 너 안 좋아하는 거 맞니?"

"왜요?"

"그냥. 좀 이상해서."

"뭐가 이상한데요?"

"여러 가지로. 넌 안 이상하니?"

"글쎄요."

"걔 어제 나 때문에 상처받았다며."

"네."

"이상하지 않아?"

"이상한가요?"

"걔 입장에서 난, 사랑하지도 않는 남자의 가족이잖아. 왜 나한테 상처를 받아? 그리고 지금도. 내가 몇 마디 위로의 말을 건넸을 뿐인데 눈물을 펑펑 흘렸잖아. 남편을 사랑하지도 않는데 왜 시어머니의 말에 감격하니? 앞뒤가 안 맞잖아."

단순하고 직관적인 성격답게 유 여사는 직설적으로 의문을 던졌다. 사랑하는 두 여자가 대립을 종료하고 쇼핑 약속까지 했다는 사실에 마냥 유쾌해져, 가볍게 모친과의 핑퐁 대화를 즐기고 있던 경우는 순간 멈칫했다. 일견 그럴싸한 논리였으니까. 하지만 곧 웃어넘겼다.

이래는 자신의 결혼과 삶을 중요하게 여겼다. 비록 정략적 선택에 의한 애정 없는 결혼이래도 신뢰와 배려를 바탕으로 화목한 가정을 꾸리고 싶어했다. 그의 가족과도 잘 지내고 싶다고 했다. 특히 시어머니와는 더더욱 좋은 관계를 맺고 싶다고 했다.

친정어머니를 일찍 여의었기에, 시어머니와 친구처럼 함께 카페에서 수다도 떨고 쇼핑도 다녀보는 게 로망이라고 하지 않았나. 이래가 유독 유 여사의 말에 감정적으로 대응하는 것은 바로 그

때문이었다. 그를 사랑해서가 아니라.

경우는 가슴을 찡하게 짓누르는 아릿한 통증을 애써 외면하며
어깨를 으쓱했다.

"이래가 절 사랑한다면야. 전 지구상에서 가장 행복한 남자겠
죠."

그날 저녁.

이래는 주방에 앉아 손안의 휴대폰과 식탁을 번갈아 노려보고
있었다. 휴대폰 화면 상단의 디지털시계가 저녁 8시를 향해 달리
고, 식탁에는 김이 모락모락 나는 된장국에 잡곡밥, 생선조림 등
의 소박한 저녁 밥상이 차려져 있었다.

3시간 전 경우가 보낸 메시지를 소리 내어 읽어 보았다.

"집에서 기다릴게. 처제들과 느긋하게 놀다 와."

시내 카페에서 동생들과 차를 마시던 이래는 메시지를 확인하
자마자 주섬주섬 집에 돌아갈 준비를 했다. 코앞에서 이진과 이은
이 저녁 메뉴로 스테이크에 와인이냐, 돼지두루치기에 소주냐의
문제로 대격전을 벌이고 있었지만 이를 싹 무시했다. 흰밥에 된장
국뿐이라도 이래는 남편과 함께하고 싶었다.

남편이 집에서 기다린다는 말 한마디에 정신없이 허둥대는 이
래를 두고 동생들은 한마디씩 놀려댔다.

"뭐야? 너무 심하게 좋아하는 것 아니야? 이래서야 어디 속마음을

숨길 수 있겠어?"

"맞아. 형부한테 좋아하는 거 비밀로 할 거라며. 이런 식이면 조만간 들키지. 가지 마. 기다리게 해. 자정 넘어서 들어가 버려. 어젯밤처럼 형부가 안달복달하게 만들어."

"그래! 큰언니가 고백 못하겠으면 큰형부가 고백하게 만들어. 큰형부가 사랑에 푹 빠지게 만들면 되지. 언니라면 가능해. 언닌 멋지니까. 전설의 차도녀, 얼음공주 모드로 돌아오면 큰형부를 애태울 수 있어. 애간장 녹여 버려. 그럼 모든 게 끝. 해피엔드라고!"

"유혹해! 유혹해! 유혹해!"

경우를 유혹해서 그를 사랑에 빠지게 만들라는 동생들의 응원을 들으며 이래는 카페를 나섰다. 고개를 끄덕끄덕, 한 손으론 '오케이, 거기까지' 제스처를 연발하며 짐짓 여유롭게. 카페 문턱을 넘을 때는 쇼맨십을 발휘해 두 손을 머리 위로 맞잡고 흔들흔들 정치인 흉내를 내기도 했다. 동생들도 폭소할 만큼 자신감 있는 모습이었으나 이래의 속마음은 전혀 자신감 있지 않았다.

마음이 많이 괴롭고 힘들었다.

신랑을 사랑해서 슬픈 신부 신세라니 이 얼마나 처량한가.

사랑을 깨달았지만 고백은 꿈도 못 꾸고, 계속해서 사랑하지 않은 척 굴어야 하는 자신의 처지가 한탄스러워 눈물이 앞을 가렸다. 사랑을 깨닫지 말았어야 했나 싶기도 했다. 그랬다면 모든 게 안전했을 것이다. 그녀의 마음도, 그들의 결혼도, 미래도…….

안타깝지만 경우는 자신을 사랑하지 않는다.

지난 세월을 총망라해도 그가 자신에게 관심을 보였던 적은 한

순간도 없었다. 그는 한결같이 그녀를 무시했다. 그런 그를 사랑하는 것은 말 그대로 기약 없는 기다림을 의미했다. 스스로 망가지지 않으려면 좀 더 자기 자신을 방어할 필요가 있는 것이다.

"근데 이게 뭐 하는 짓이람?"

이래는 힘없이 혼잣말을 중얼거리며 웃음을 터트렸다.

남편한테 따뜻한 집밥 한 끼 먹이겠다는 일념 하나로 동생들과의 약속도 팽개치고 부랴부랴 집으로 달려와 밥상을 차린 이래는 누가 봐도 '방어'와는 거리가 멀었다. 일찍 퇴근하겠다는 경우가 여태 감감무소식임에 좌불안석, 안절부절못하는 그녀의 모습 또한 방어적이라곤 볼 수 없었다.

"진짜 바보 같네. 기약 없는 기다림은 고통뿐이란 걸 알면서."

자조적인 웃음을 흘리며 이래는 손에 쥐고 있던 휴대폰을 식탁 위에 내려놓았다. 수저 받침대에 다소곳이 올려져 있는 숟가락을 들었다. 화순댁이 끓여놓고 간 따뜻한 된장국을 한술 뜨며 복잡한 마음을 다스렸다.

다른 보통 아내들처럼 지금 당장 연락해 묻고 싶었다. 왜 이렇게 늦는 거냐고, 무슨 일이 생겼냐고. 어서 오라고 재촉하고 싶었다. 하지만 사랑 따위 깨끗이 포기한 마당에 정말로 그럴 수는 없지 않나.

혼자서 견디리라. 그에게 전화해 관심을 구걸하지는 않으리라.

그것만이 덜 상처받는 길. 스스로를 지키는 길.

사람이 너무 많은 것을 바라서는 안 된다. 욕심은 적당히. 사랑하는 사람의 곁에 머물 수 있다는 사실만으로도 만족할 줄 알아야 한다.

'웃기지 마. 돌려받지 못하는 사랑이 무슨 의미가 있는데?'

자존심 센 이래의 자아가 마음속에서 반발했다. 친구 심효원이 사랑에 겁먹고 도망쳤을 때 이래가 노상 입에 붙여놓고 잔소리하던 말이었다. 사랑하는 남자를 멀리서 바라보기만 하겠다, 그것으로도 족하다, 남은 사랑이 소진될 때까지 혼자서 그를 사랑하겠노라는 효원이 너무도 등신 천치 같아서 정신 차리라고, 소리치고 윽박질렀었다. 그랬던 게 엊그제 같은데…….

"내가 지금 그러고 앉았네."

목멘 목소리로 중얼거리며 이래는 또다시 너털웃음을 터트렸다. 이성적으로 심사숙고하여 가장 안전한 최상의 선택을 했는데, 자꾸만 목이 메었다. 자신이 너무 비참했다.

갑자기 휴대폰 벨이 울린다.

새까맣게 죽어 있던 화면이 환해지며 하경우의 이름이 떴다. 비탄에 젖어 있던 그녀의 심장에도 환히 불이 들어왔다.

"미쳤나 봐. 이젠 하경우란 글자만 봐도 두근거리네."

이래는 세차게 눈가를 비비며 혼잣말을 중얼거리곤, 자신이 하경우를 미치도록 사랑한다는 증거를 더 확인하기 전에 냉큼 전화를 받았다.

"네."

슬퍼한 적 따위 없었던 듯 최대한 가식을 떨었다. 다행히 목소리는 애쓴 만큼 차분하게 나왔다. 이래는 입안에 남았던 음식을 서둘러 목구멍 뒤로 넘겼다. 수화기 너머의 하경우가 다정하게 말을 걸어왔다.

[나야. 뭐 해? 처제들이랑 식사 중이야?]

"아아, 저는 그게……."

여기서 어떻게 사실대로 말하나. 일찍 귀가한다는 남편을 보려고 동생들과의 약속을 내팽개쳤다, 부랴부랴 집으로 돌아와 밥상을 차렸다, 한데 남편이 아직 오지 않았다, 하염없이 기다리고 있다, 라고 말할 수는 없지 않나. 이래는 손에 들린 숟가락을 움켜쥐며 억지로 웃음소리를 쥐어짜 송화기에 흘려보냈다.

"……네, 같이 있어요. 이은이가 스테이크 먹고 싶다고 해서요."

[오늘 하루 종일 동생들이랑 데이트하니까 어때? 기분이 좀 풀렸어? 뭐 하고 놀았어?]

"이진이랑 찜질방에 갔었어요. 이은이는 학교에 갔다가 나중에 합류했고요. 이은이 학교 근처에서 늦은 점심을 먹고, 근교로 드라이브를 갔어요. 오랜만에 셋이 움직이니까 신나긴 하데요. 옛 생각도 나고. 앞으로 종종 의기투합하기로 했어요. 조만간 이은이가 남자친구도 소개할 겸 한턱 낸대요. 기대해 보려고요. 선배…… 아, 경우 씨는 어디예요?"

[쿡! 애쓰네. 갑자기 쓰던 호칭을 바꾸려니까 힘들지?]

"익숙하지 않아서 그래요. 습관 들이면 괜찮아질 거예요."

[…….]

"……."

[나도 레스토랑이야.]

"네?"

[갑자기 약속이 잡혀서.]

달그락. 이래의 손에 들려 있던 숟가락이 식탁 위로 떨어졌다.

정체를 알 수 없는 감정이 간신히 버티고 있던 이래를 덮쳤다. 휘청거렸다. 비바람에 흔들리는 어린 나무처럼 힘없이 꺾였다. 그에게 어떠한 기대도 하지 않겠다고 다짐한 게 바로 직전이었으면서. 스스로를 망가뜨리지 않기 위해 제 안의 하경우를 조금씩 죽여가야 한다고 생각했던 주제에. 그 비장한 결심이 무색하게 격한 실망감이 그녀를 와르르 무너뜨렸다.

말로는 포기했다 하면서도 내심으로는 일말의 기대가 있었나 보다. 지금이라도 그가 만사 제치고 달려와 줄 것이라, 막연히 고대했었나 보다. 마음이 아팠다. 아까보다 훨씬. 이래서 처음부터 기대하면 안 되는 거였는데…….

[괜찮아?]

대답 없는 그녀의 반응에 경우가 미심쩍은 듯 물음표를 던졌다.

이래는 파도처럼 밀려오는 슬픔을 가까스로 밀어냈다. 우울한 기분을 눌렀다. 축 처진 입가를 억지로 끌어 올리고 눅눅해진 목소리에 밝은 덧칠을 했다.

"뭐가요? 아무렇지도 않는데. 괜찮아요. 저도 늦게 들어갈 거니까. 이제 보니 이은이가 술고래예요. 아빠를 똑 닮았어요. 언니들이랑 술 한잔하고 싶대요. 밥 먹고 와인바에 가보려고요. 제부의 친구가 운영하는 바가 근처에 있다네요."

[그래?]

"그렇게 됐으니까, 경우 씨도 나 의식하지 말고 편하게 놀다 와요. 아무도 없는 집에 혼자 일찍 가기 좀 그렇잖아요."

[그건 그렇지.]

"……."

[……]

"저기……."

보고 싶어요. 지금 당장.

무슨 약속인지 몰라도 취소하면 안 돼요?

나한테 와줘요. 제발……

목구멍까지 솟구친 말을 누르기 위해 이래는 기를 썼다. 제멋대로 떨리는 입술을 손으로 틀어막고 시큰거리는 눈을 꼭 감았다. 목구멍이 죄어왔다. 가슴이 아팠다. 가늘게 흔들리는 손끝을 세차게 구부려 주먹을 쥐고, 그녀는 조금은 쉰 목소리로 속삭이듯 거짓을 고하였다.

"……이만 끊을게요. 동생들이 불러서. 즐겁게 식사하세요."

[……]

"경우 씨?"

[……그래. 그럴게. 집에서 보자.]

아니야. 그게 아니야.

안 돼!

띠이—

사망진단서와 같은 통화 대기음이 귓전을 때렸다. 그녀가 벙어리처럼 진심을 전하지 못하는 사이, 통화가 끝나 버린 것이었다. 돌이킬 수 없을 만큼 완벽히 끝장난 그들의 관계처럼, 그녀의 심장에 부끄러운 멍울이 생겼다.

비겁함의 낙인.

눈앞을 어른거리던 눈물은 기어이 주르륵 흘러내리고 밀았다.

제10장 사랑을 지우는 방법

이틀 뒤. 시내 고급 레스토랑.

경우는 자신의 귀하디귀한 점심시간을 훼방 놓고도 유유자적 희희낙락 화장실로 사라지는 지우를 노려보며 지그시 휴대폰을 움켜쥐었다.

그가 점심 약속을 일방적으로 깼는데도 불구하고, 전화선 저편의 아내는 크게 개의치 않는 것 같았다. 다행이라고 생각하면서도 마음 한구석에 미묘한 불만감이 싹텄다. 여자들은 보통 이럴 때 노발대발하는 게 일반적이지 않나?

[아무렇지도 않다니까요. 점심이 무슨 대수라고. 왜 제가 서운해할 거라고 생각해요?]

이틀 전에도 느꼈던 절망감이 또다시 찾아왔다.

가끔은 이래가 다른 아내들처럼 바가지라는 걸 긁어줬으면 좋겠다고 생각했다. 조금이라도 좋으니 자신을 필요로 해줬으면, 사랑까진 기대하지도 않으니까 그저 옆에 없으면 불편해하기라도 했으면, 그랬으면 좋겠다고 경우는 소박하게 소망해 보았다.

"점심만큼은 늘 같이 먹었잖아. 약혼하고부터 지금까지 쭉."

[그건 그냥 남들한테 보여주기 위한 거였잖아요. 쇼윈도 약혼 관계였으니까.]

"그랬나."

공허하게 중얼거리며 경우는 피식 씁쓸히 웃었다. 역시나 이래는 2년간 날마다 함께했던 그들의 식사 시간을 쇼라고 생각했던 거다.

경우에겐 꽤 소중한 시간이었는데…….

그는 바쁜 일과의 틈바구니 속에서도 이래를 매일 보고 싶었다. 한 시간이라도 좋으니까 마음껏 이래를 느끼고 싶었다. 가슴에 새기고, 눈에 심고 싶었다.

이래에게는 귀찮고 불편하기만 한 시간이라는 것도 알았다. 때론 너무 바빠서 도저히 시간을 낼 수 없을 때도 있었다. 하지만 경우는 어떻게든 이래와의 식사 시간만큼은 확보하려고 노력했다. 다른 모든 개인 일정을 희생시키면서까지 그녀를 보기 위해 애썼다. 그만큼 경우에게는 소중한 시간이었다. 이래를 더욱 사랑하기 위한, 사랑할 용기를 충전하기 위한, 그만의 힐링 의식이었다.

[이젠 굳이 그렇게까지 할 필요는 없죠. 다른 사람 눈치 보지 말자고요. 하고 싶은 대로 자연스럽게 살아요, 우리.]

"좋은 말이네. 자연스럽게. 하고 싶은 대로."

[잘됐어요. 안 그래도 요즘 이 실장이 밥 한 번 먹자고 자꾸 조

르는데. 오늘 같이 먹으면 되겠어요.]

"이 실장?"

[이번에 새로 경영관리 파트를 맡은 이건형 실장이요. 저랑 친해지고 싶다네요? 공과 사를 따로 구분 짓는 타입은 아닌가 봐요. 왜 있잖아요. 직장 동료와의 친분을 사석에까지 가져가는 타입. 그동안엔 되도록 그런 관계는 지양해 왔었는데, 이제는 저도 오픈 마인드하려고요. 남편 내조 제대로 하려면 부하 직원들 관리부터 힘써야죠.]

"이건형 실장이라면 아직 미혼 아닌가? 서른다섯쯤 됐던 것 같은데."

저도 모르게 눈살을 찌푸리며 경우는 퉁하게 중얼거렸다. 머릿속으로 이건형의 빤질빤질하고 유들유들한 모습이 떠올랐다.

그는 세련되고 패셔너블한 옷차림에 잘생긴 마스크, 몸에 밴 듯한 매너 때문에 사내 여성 사원들의 인기를 독차지하고 있었다. 좋게 말해 훈남, 나쁘게 말하면 기생오라비. 겉보기와는 반대로 업무 능력은 상위권에 속해 비교적 젊은 나이에 실장 자리를 꿰찬 능력남이기도 하였다. 그런 이건형과 박이래가 점심식사를 같이 한다?

[서른여섯 살이에요. 어떻게 알았어요? 자기 직원도 아니면서.]

"전에 직원 카드 열람한 적 있어. 너랑 일하는 사람의 정보쯤은 내가 알아둬야 할 것 같아서."

[아아. 역시. 완벽주의자 하경우 씨답게 철두철미하시네요.]

"넌 안 궁금해? 내가 누구랑 밥 먹는지."

[궁금해야 해요?]

"여자야."

경우의 입에서 갑자기 쓸데없는 말이 튀어나왔다. 지극히 충동적으로 뱉어낸 말이었다. 남편이 밖에서 무슨 짓을 해도 개의치 않는 듯 말하는 이래의 행태에 화가 치밀어서. 이래도 자신처럼 좌절하고 절망하길 바라는 마음으로.

경우는 작게 한숨을 내쉬며 혼란스러운 마음을 정리하듯 머리카락을 쓸어 넘겼다. 이게 무슨 유치한 짓이란 말인가.

[여자가 뭐 어때서요? 저도 여자예요. 일하다 보면 비즈니스 파트너랑 밥도 먹을 수 있는 거죠. 제가 그런 걸로 기분 나빠 해야 해요?]

"비즈니스 파트너가 아니니까."

[네?]

"개인적인 용무로 만나는 여자야. 예쁘고 발랄하고 귀엽지. 결정적으로 나를 아주 많이 좋아해. 아까도 적극적으로 대시해서 내 시간을 쟁취했어. 어때? 이제 좀 궁금해져? 누군지 알려줄까?"

[……]

화를 내.

만나지 말라고 말해. 질투해 줘. 한 번쯤은 그래도 되잖아.

넌 내 아내니까.

[경우 씨. 지금 좀, 많이 우스운 것 알아요? 여자를 만난다고 해서 제 화를 돋울 수 있을 거라고 생각하는 모양인데. 저 아무렇지도 않거든요? 눈곱만큼도 불쾌하지 않아요. 진짜 바람을 피울 생각이었다면 이렇게 내게 얘기할 리가 없으니까요. 조용히 숨어서 만나고 말지. 뭐 하러 여잘 만난다, 누군지 궁금하지 않냐, 도발하

겠어요? 안 그래요?]

"그렇긴 하네."

[왜 그래요? 무슨 일 있어요? 제가 정말 경우 씰 의심하길 바라
는 거예요? 한 번 해봐요? 경우 씨가 하루 종일 뭘 하는지, 누굴
만나는지, 일일이 캐고 뒷조사해요? 스토커처럼.]

글쎄. 정말 이래가 그러면 이런 기분이 사라질까?

밑 빠진 독에 물 붓는 기분. 아무리 쏟아부어도 채워지지 않는
기분.

조금씩 지쳐 가는 기분……

[이유가 뭐든 전 싫어요. 안 할래요, 그런 없어 보이는 짓. 경우
씨도 그런 거 제게 일일이 보고할 필요 없어요. 아까도 말했듯이
전 자연스럽게 살고 싶어요. 흘러가는 대로 편하게. 부부라는 틀
에 얽매어 서로를 강제하고 옭아매는 거, 장기적으론 좋은 방식이
못 된다고 생각해요. 부디 하경우답게, 박이래답게 살아요. 자신
답지 않은 짓으로 서로를 망치지 말자고요.]

"똑 부러지네, 박이래. 멋있어."

[이만 끊어야겠어요. 밥 맛있게 먹어요. 있다 회의실에서 봐요.]

뚜우ㅡ

그가 붙잡고 자시고 할 새도 없이 통화는 끊겼다.

경우는 허탈한 심정으로 휴대전화를 내려다보았다. 휴대폰 바
탕화면으로 깔린 결혼식 사진이 조롱하듯 경우를 맞이했다. 그는
맥없이 허리를 꺾었다. 격렬하게 이마를 짚고 머리카락을 쓸어 넘
겼다. 아름답고도 아름다운 신부의 조심스러운 미소가 경우의 심
장을 푹 찔렀다.

"질투 따위 해줄 리가 없지."

그런 건 상대방을 좋아할 때나 하는 것이니까.

"에게? 그 표정은 뭐야? 똥 씹은 얼굴이잖아. 나랑 밥 먹는 게 그렇게 싫어?"

이래의 예쁜 얼굴을 물끄러미 내려다보고 있을 때, 앞자리에 털 썩 주저앉은 여자가 있었다. 레스토랑에 들어서자마자 화장실이 급하다며 쪼르르 달려간 동생 하지우였다. 오전 내내 팀장 따라 백화점을 둘러보며 시장 조사하다가 겨우 짬을 냈다는 지우는 당당히 오빠를 근처로 불러내 비싼 밥을 사달라고 요구했다. 안 사주면 올케한테 시누이 시집살이가 뭔지 알게 해준다나, 뭐라나.

"아니다. 그런 거."

경우는 한숨 섞인 목소리로 말하곤 휴대전화를 테이블 위에 내려놓았다.

"주문은? 했어?"

"너 좋아하는 걸로."

"아싸! 간만에 위장에 기름칠 좀 하겠군."

"세혁이가 고기도 안 사주나?"

"말이라고 해? 우리가 스테이크 사먹을 여력이 어디 있어? 결혼 자금 모으느라 한 푼이 아쉬운데. 회사에서 중요한 프로젝트까지 맡은 바람에 요즘은 집에서 저녁 먹을 시간도 안 나. 몸이 열 개라도 모자라겠다고. 이번 주말 쇼핑도 겨우 시간 내서 가는 거야. 전부터 엄마랑 약속했던 거라고 말했더니 세련…… 아니, 팀장님이 허락해 주더라고. 그나저나 오빠 어째 그새를 못 참냐. 어떻게 벌써 올케한테 보고를 띄워? 나 만나는 거 비밀 아니었어?"

"말 안 했다. 아직 비밀 맞아."

"그래? 뭐, 어쨌든 좋아. 일단 카드 먼저 내놓으시고."

지우가 '아무래도 상관없어'의 표정으로 손바닥을 허공에 착 펼쳐 내밀더니 생글생글 능글맞기 짝이 없는, 속셈 빤한 미소를 지었다. 주말 쇼핑 때 쓸 카드를 내놓으라고 강짜를 부리는 거였다. 히지우가 이런 요구를 이렇게나 당당히 할 수 있는 건 역시나 박이래 때문.

지우 역시 경우의 최대 약점이 박이래라는 것을 아주 잘 알고 있었다.

경우가 갑자기 유학을 가지 않겠다고 통보하여 부모님을 황당하게 만들었을 때, 여자 하나 못 잊고 미국에 정착하겠다고 말하여 어머니를 나자빠지게 했을 때, 겨우 마음을 바꿨나 했더니 난데없이 남의 회사에 취직해 아버지를 실망시켰을 때, 지우는 그 모든 순간을 옆에서 지켜보며 남자가 여자한테 빠지면 어디까지 찌질해지는지를 똑똑히 배웠다.

따져 보면 경우가 참 대단하긴 하다. 별 좀스런 짓도 많이 했지만 어찌 됐든 지금은 사랑하는 여자를 손에 넣지 않았는가. 게다가 그녀를 붙잡아두기 위해 연일 고군분투 중이시다. 아내에게 비우호적인 모친을 달래고 설득하고, 동생한테는 한도 없는 카드를 척척 내주고. 도대체 박이래를 얼마나 사랑하면 이렇게까지 처절해질 수 있나 싶어, 같은 여자로서 이래가 조금 부럽기도 했다.

"어서, 어서, 카드."

"필요한 것만 사라."

지우의 손가락이 성마르게 까딱거리자 손바닥에 번쩍번쩍 부내

나는 골드카드가 척 올라왔다. 지우는 자신을 노려보는 오빠를 향해 방실방실 요망한 눈웃음을 지어 보이며 깜빡깜빡 '난 아무것도 몰라요' 표 깜찍 눈인사를 보냈다.

"돈도 많으면서 잔소리하기는. 걱정 마. 엄마 것, 내 것, 올케 것, 하나씩 공평하게 나눠 쓸 테니까. 비싼 걸로 사도 되지? 그나저나 우와! 골드카드 대박 간지! 난 언제 이런 거 가져 보냐. 아빤 왜 나한텐 이런 거 안 주는데?"

"쓸데없는 걸 수집하니까 그렇지."

"신상 구두 수집이 뭐가 쓸데없는데? 세혁 씨처럼 피규어 따위를 모으는 게 진정 쓸데없는 짓이거든."

"그건 네 생각이고. 내 눈엔 구두나 피규어나 쓸데없긴 매한가지야."

"신발은 신기라도 하지! 피규어는 뭔데? 고이 모셔놓고 구경만 하는걸. 조립할 때 빼곤 아무 재미도 못 느낄 것 아니야. 쓸데없다는 표현은 그런 데 쓰는 거라고."

지우는 카드를 지갑에 고이 챙겨 넣으며, 모르는 소리 말라는 듯 힘주어 말했다. 과거 열두 자짜리 신발장을 가득 채웠던(이제는 정리해서 몇 개 남지도 않았다) 방대한 자신의 구두 컬렉션을 떠올리니 눈물이 앞을 가렸다. 가난뱅이에 짠돌이 세혁을 만난 이후로 구두는커녕 슬리퍼 한 켤레도 제 마음대론 못 사는 신세여서인지 더욱 마음이 짠했다. 이럴 땐 세혁이 부잣집 능력남이 아닌 것이 한탄스러워진다니까.

하지만 한편으론 세혁이 평범한 집안에서 태어난 것이 오히려 다행이란 생각도 들었다. 외모며 학벌이 워낙 뛰어난 남자라 집안까지 잘났더라면 그는 분명 자신의 차지가 되지도 못했을 것이다.

'그래! 역시 돈보단 세혁이지.'

신상 구두 따위 세혁과 결혼하기 위해서라면 얼마든지 포기할 수 있다. 부잣집에 시집가기? 골드카드 휘두르며 사모님 소리 듣기? 명품 휘감고 동창회에 나가기? 세혁만 있으면 그딴 건 전혀 부럽지 않다.

어쩌면 그래서 더더욱 경우의 마음이 이해되는 것인지도.

"올케언니의 취미였다면 오빠도 쓸데없단 소리는 절대 못했을 걸. 보나마나 구두든 피규어든 날이면 날마다 사다 바쳤겠지."

"두말하면 잔소리지."

"으읙! 뭐야. 닭살. 대놓고 인정이시네."

"왜. 뭐."

"뭐긴 뭐야. 눈치가 좀 있어봐! 오빠가 이러니까 엄마가 자꾸 심술을 부리는 거라고. 이 대목에선 올케 역성을 들지 마. 올케언니한테 잘 보이려고 딸랑거리는 건 둘만 있을 때 해. 미련하게 대놓고 편드니까 엄마가 배신감 느끼는 거 아니야."

"이해 안 돼. 대체 내가 왜 그래야 하는데?"

"몰라서 물어? 머리 좋은 사람이 왜 그걸 몰라? 때리는 시어머니보다 말리는 시누이가 더 밉다는 말도 못 들어봤어?"

"시누이는 내가 아니라 너고. 내 마누라 내가 역성드는 게 뭐가 나빠."

"하아! 내가 말을 말아야지."

지우는 꽉 막힌 소리만 해대는 오빠를 향해 고개를 절레절레 흔들며 혀를 찼다. 아무리 '돈보다 남자'이고 '신상 구두보다 세혁'

인 지우라도 경우의 박이래 사랑은 좀체 따라잡을 수가 없다. 이래서야 어디 모친의 '하경우는 박이래만 아는 팔불출' 설(說)을 반박할 수 있겠나.

하긴, 마누라 잘 좀 봐달라고 다 큰 동생에게 용돈이며 쇼핑용 카드까지 챙겨주는 남자가 팔불출이 아니면 누가 팔불출이겠나. 경우라면 박이래 팔불출이란 별명도 기꺼이 받아들일 듯. 하루빨리 올케가 오빠의 마음을 알아주었으면 좋겠는데…….

지우는 뾰루퉁한 얼굴로 경우에게 이런저런 잔소리와 지적질을 해대면서도, 마음속으로는 진정으로 기원했다. 부디 오라비의 진심이 이래에게 닿기를. 이래가 꼭 그 진심을 알아주기를. 그래서 진정한 해피엔딩을 맞이하기를.

직원이 음식을 내오기 시작했다.

같은 레스토랑, 구석 자리.

세련은 웨이터에게 '일행이 합류한 후에 주문하겠다'는 뜻을 전하며 반대편 대각선 테이블에 앉은 남녀를 흘끔 곁눈질했다. 화기애애하게 식사 중인 하경우와 하지우는 우월한 DNA를 지닌 남매답게 각자 빼어난 미모로 주위를 압도하고 있었다.

여성스러운 바지 정장에 굽 낮은 로퍼를 신은 지우는 스물일곱이라는 나이와 어울리게 성숙하면서도 발랄해 보였다. 얇은 헤링본 무늬가 새겨진 네이비 싱글 슈트와 스퀘어 플라워 패턴의 넥타이 차림인 경우는 잘 빗어 넘긴 헤어스타일과 온화한 미소가 맞물려 세련된 도시 남자의 느낌을 물씬 풍기고 있었다.

'둘이 무슨 얘기 중일까?'

호기심이 일었다. 마음 같아서는 당장 알은체를 하고 싶었다. 저들과 합류해 같이 식사하며 떠들고 싶었다. 그들의 세계에 당연하다는 듯 자연스레 스며들고 싶었다. 반짝반짝 빛나는 화려하고 특별한 그들 부류에 뒤섞여 행복해지고 싶었다.

남매가 만날 거라는 건 아주 우연히 알았다. 마케팅 리서치를 위해 지우를 대동하고 백화점을 돌던 중, 본의 아니게 둘의 통화 내용을 엿듣게 되었다. 친구와의 약속을 일방적으로 취소하고 몰래 지우의 뒤를 밟았다.

딱히 어떤 계획이 있었던 건 아니었다. 그냥 충동이었다. 집들이 때처럼, 유 여사의 생일 때처럼, 가슴속에서 꾸무럭꾸무럭 요동치는 뜨거운 감정을 컨트롤하지 못했던 것이었다. 어쩔 수 없다. 하경우를 보면 세련은 저절로 분해진다.

'저 남잔 원래 내 거였으니까.'

돈 많은 재벌녀가 중간에서 가로채지만 않았어도 하경우는 지금쯤 세련의 것이었다. 그녀만을 사랑하고 그녀만을 아껴주는, 그녀 송세련만의 남자.

생각만 해도 짜릿하다.

상상만으로도 내면의 허영심이 채워지는 것만 같다.

처음엔 별 볼일 없는 남자라고 생각했다. 돈 때문에 재벌 상속녀를 선택한 남자, 어디서나 흔히 볼 수 있는 그렇고 그런 남자라고. 아무리 스펙 좋고 잘나가는 남자라도 돈밖에 모르는 양아치는 매력이 없었다. 부를 좇으며 여자를 출세의 발판으로 여기는 재수 없는 남자는 열 트럭을 갖다 줘도 싫었다. 그랬기에 그를 놓쳤어도 요만큼의 미련도 갖지 않았다.

1년 전, 민호의 소개로 그를 접하기 전까지는.

보는 순간, 그가 갖고 싶어졌다. 하경우가 자신이 평생토록 원해왔던 남자라는 걸 본능적으로 알아보았다. 모든 게 억울해졌다. 왜 그의 가치라곤 조금도 모르는 박이래 따위가 그를 소유하게 됐는지 화가 치밀었다.

고작 돈 때문에 빼앗겼다고 생각하니 더더욱 분해졌다. 절망감이 극에 달한 나머지 자신도 모르는 사이에 나쁜 생각을 품게 되었다. 지금이라도 노력하면 그를 차지할 수 있지 않을까. 작정하고 유혹하면 못할 것도 없지 않나. 경우의 야망을 채워줄 수는 없겠지만 욕망만은 얼마든지 가능하지 않겠나. 스스로 생각해도 부끄러운, 상스럽고 부도덕한 자신감이 차올랐다.

'흥! 상스럽긴 뭐가? 돈을 미끼로 남자를 잡아두는 게 더 상스럽고 부도덕하거든?'

'결혼? 결혼한 게 뭐? 유부남이 뭐 대수야? 어차피 결혼한 커플의 1/3은 이혼하는 세상이야. 상황은 얼마든지 달라질 수 있다고. 이대로 아무것도 하지 않고 후회하는 것보다, 뭐라도 시도해 보는 게 백배 낫단 말이야.'

'가. 그에게 네 사랑을 보여줘. 그를 쟁취해. 박이래 같은 여자한테서 그를 구원하라고.'

사악한 욕망이 끊임없이 세련을 부추겼다.

세련은 조금씩 사그라지는 용기를 바짝 그러모았다. 지그시 두 주먹을 움켜쥐었다. 이마에서 식은땀이 흘러내렸다. 가슴이 팔딱팔딱 마구잡이로 뛰어댔다. 아랫입술을 질끈 깨물고서 자리에서 벌떡 일어났다.

대각선 반대편에서는 아직도 두 남매가 다정하게 담소를 나누며 식사를 하고 있다. 경우가 자애로운 눈빛으로 동생을 바라보며 스테이크를 조각조각 자른 접시를 건넨다.

'자상하기도 하지.'

가슴 한가운데가 지끈 아파왔다.

세련은 마침내 결심의 마침표를 찍고, 또각, 걸음을 내디뎠다.

"어머, 지우야! 약속이 있다더니 여기였어?"

그날 밤. 경우는 자정이 가까워지는데도 집에 돌아오지 않았다.

이래는 일찌감치 잠잘 채비를 하고 침실에 들었으나 한 시간도 안 돼 자리를 박차야만 했다. 침대에 누워 눈을 감았지만 잠이 들기는커녕, 시간이 갈수록 더욱 멀리멀리 달아나기만 하니 도저히 견딜 수가 없었던 거였다. 잠들기를 포기한 이래는 생각다 못해 서재로 향했다. 책이나 읽으며 시간을 때우자 싶었다.

서재에 들어서자마자 손때 묻은 경우의 오래된 경영 서적을 집어 든 건 가장 먼저 눈에 띄었기 때문이었다. 경우가 아끼는 책의 내용이 궁금해서는 결코 아니었다. 그가 무엇에 꽂혀 사는지, 무슨 공부에 집중하고 경제를 보는 시각이 어떤지 궁금해서도 절대 아니었다. 그가 어떤 구절에 밑줄을 쳐 놓았는지, 어느 페이지에 중요 표시를 해두었는지, 책갈피는 어느 곳에 끼워져 있는지도 전혀 궁금하지 않았다.

팔랑—

두꺼운 책 페이지를 펼치자 그 속에서 무언가가 빠져나와 바닥으로 떨어졌다. 흰 종이였다. 반으로 두 번 접힌 A4용지. 이래는 몸을 숙여 종이를 집어 들었다. 왠지 보면 안 될 것 같은, 안 좋은 예감이 뒤통수를 싸악 훑고 지나갔다. 하지만 인간은 아담의 후예가 아닌가. 강한 예감에 비례하는 강한 호기심이 일었다.

"……."

갈등의 시간은 짧았다.

이래는 그가 이 책을 꽤 오랫동안 서재 책상 위에 올려두었음을 고려했다. 남들이 봐도 상관없으니 이렇듯 무방비하게 방치해 뒀을 것 아니겠나. 그러니 그의 허락 없이 책을 들춰 본 자신에겐 죄가 없다고 봐도 된다. 이래는 스스로에게 면죄부를 주며 종이를 펼쳐 보았다.

"이게 뭐야……?"

문제의 A4용지는 '공증촉탁서'의 사본이었다.

촉탁인은 총 2인, 하경우와 박철우. 날짜는 2년 전. 박 회장과 하경우가 법률사무소에 공증을 의뢰한 증명서였다.

'공증이라니? 무슨 공증?'

이래의 머릿속은 단번에 복잡해졌다. 이건 전혀 모르는 일이었다. 딸도 모르게 장인과 사위가 공증을 의뢰했다면, 그건 필시 둘 사이에 모종의 밀약이 있었음을 의미했다.

하지만 무슨 밀약? 왜 나도 몰래 그런 걸? 대체 얼마나 심각한 사안이관데 공증까지? 의문이 꼬리에 꼬리를 물었다. 부지불식간에 술이 거나하게 취했던 딸 바보 박 회장의 횡설수설이 떠올랐다.

"난 이래에게 소나무처럼 편안하고 품이 넓은 사람을 짝지어주고 싶었어. 돌아 돌아 이제야 여기까지 왔지만, 난 하 서방이야말로 이래의 휴식 같은 반려가 되어줄 것이라고 믿어 의심치 않네."

눈물 나게 감동적이었던 징우의 위로노……

"넌 아무것도 안 해도 돼. 난 이미 네 것이니까."

"나한텐 한시라도 빨리 식을 올리는 게 중요했어. 망설임으로는 상황을 개선할 수 없다는 사실을 알았으니까."

"내 쪽은 이미 올 스탠바이야. 2년 전부터 쭉."

촉탁서 사본이 이래의 손에서 흘러나와 툭, 바닥으로 떨어졌다.

머릿속 의문들이 하나씩 하나씩 조각을 맞추었다. 모든 게 이해되기 시작했다. 많은 짐을 떠안은 큰딸을 어떻게든 쉽게 해주고 싶었던 박 회장. 그가 큰딸을 위해 미국에서 찾아낸 후계자감 하경우……

경우는 TX그룹의 차기 회장 자리를 차지하기 위해 한국에 돌아왔다. 그가 노린 것은 처음부터 끝까지 TX그룹이었다. 박 회장은 일에 치여 결혼할 생각조차 못하는 자신의 딸과 휘청거리는 그룹을 동시에 살리기 위해 하경우를 사들였다.

딸과 결혼해 주면 TX그룹의 지분을 넘기겠다, 뭐 그런 제안이었을 터이다. 어쩌면 그룹을 통째로 주겠다고 했을지도 모른다. 어쨌든 박 회장은 TX그룹을 내걸고 딸과의 결혼을 제의했고, 경우는 기꺼이 그 거래를 받아들인 것이다. 그랬으니 이런 결과가 나오지 않았을까?

이래는 쇄골 아래쪽을 손으로 지그시 눌렀다.

애써 차분히 스스로를 꾸짖었다. 하경우랑 엄청 사랑해서 결혼한 것도 아닌데 뭘 그리 충격을 받느냐고. 일말의 애정도 없는 사업적 관계, 그게 다인 사람한테 무슨 가당찮은 실망이냐고. 정신 차리라고. 현실을 직시하라고.

무릇 훌륭한 사업가는 사람을 쉽게 믿지 말아야 하는 법이다. 상대가 말을 바꿀 것을 대비해 이 정도의 보험쯤은 들어두는 게 상식이었다. 박 회장도, 하경우도 바보는 아니다. 이런 물밑 계약쯤 충분히 예상 가능한 시나리오다. 머릿속으로는 이 모든 게 다 이해가 되었다. 하지만…… 그래도 이래의 가슴은 천 갈래 만 갈래로 찢어졌다.

그동안 신혼부부 놀이에 너무 푹 빠져 있었나 보다.

경우에게 결혼이란 전략적 관계를 다지기 위한 연극에 불과했을 터인데, 이래는 제대로 헷갈렸던 것이다. 상실감이 이만저만이 아니었다. 이럴까 봐 마음을 주지 않으려고 그토록 애썼는데…….

아무래도 너무 늦어버린 것 같다.

그녀는 이미 경우에게 너무 깊이 빠져들어 버렸다.

"이제 어떡하지?"

사랑을 지우는 방법 같은 건 모르는데. 마음속 진실을 외면하는 법도, 상처받지 않는 법도 모르겠는데. 이제 나는 어떡해야 해?

어떡해야 스스로를 지킬 수가 있지?

어떻게 해야 아무것도 몰랐던 때로 돌아갈 수 있어?

이래는 암담한 눈을 꼭 감으며 뜨거워진 눈가를 손끝으로 눌렀다. 슬픔이 샘물처럼 솟는 가슴에 스산한 바람이 불었다.

"어?"

자정이 넘어서야 귀가한 경우는 거실 입구에서 이래와 마주치고 깜짝 놀랐다. 무릎 아래까지 오는 새하얀 네글리제, 토끼 얼굴이 도드라진 귀여운 슬리퍼, 어깨까지 늘어뜨린 긴 웨이브 머리, 화장기라곤 조금도 없는 민낯 등, 남편인 자신밖에 모르는 침실모드 박이래가 예고도 없이 눈앞에 뚝 떨어졌으니까.

화장과 엄격함, 사무적인 분위기라는 무기를 해제한 박이래는 귀엽고 사랑스럽고 한층 어려 보였다. 여고생 시절 박이래가 떠올라서 경우는 잠들기 직전의 이래를 보면 언제나 설레었다.

친구들은 그런 그를 롤리타 콤플렉스라고 놀려대곤 했지만 경우는 동의하지 않는다. 그는 어린 박이래를 좋아하는 게 아니었다. 그저 그 시절 박이래를 떠올리는 게 흐뭇할 뿐이었다.

"아직 안 잤네? 날 기다렸어?"

경우는 반가운 마음에 웃는 얼굴로 다가서며 장난스럽게 말을 걸었다. 하루에 세 번이나 마주치다니 행운이랄까. 이번 주는 새벽에 출근해 한밤중에 귀가하다 보니 이런 짧은 대화마저 귀했다. 이래가 무척 고픈 요즘이었다.

"왔어요?"

이래도 갑자기 마주한 경우 때문에 놀란 모양이었다. 그를 보자마자 펄쩍 뛰었다. 눈을 동그랗게 뜨고 어깨를 위로 옴쭉 오므리는 게 놀란 토끼를 연상시켰다.

"책을…… 읽어볼까 했어요."

이내 평정심을 되찾은 듯 이래는 긴장한 몸을 이완시켰다. 그녀의 입가에는 언제 놀랐냐는 듯 차분하고 단정한 미소가 떠올랐다.

"이 밤중에?"

"잠이 안 와서요. 서재에서 가볍게 읽을 수 있는 소설책을 찾아보았는데, 마땅한 게 없어서 그냥 나오는 길이에요."

"잘 찾아보면 있을 텐데."

경우는 브리프케이스를 소파에 내려놓고 넥타이 매듭에 손가락을 걸며 생긋 웃었다. 몸도 마음도 지쳐 쓰러지고 싶을 만큼 엉망진창이었지만 이래를 보니 전신을 짓누르던 피로가 스르르 녹아내렸다.

"소설책은 나도 좋아해서 많이 갖고 있어. 같이 찾아볼까?"

"아뇨. 그럴 필요까진 없…… 는 것 같아요……."

시선을 어디에 둬야 할지 모르는 사람처럼 눈동자를 요리조리 굴리던 이래가 문득 한곳에 초점을 맞추었다. 말꼬리가 힘없이 흐릿해졌다. 경우는 본능적으로 뭔가가 틀어졌음을 감지했다. 타이 매듭을 움켜쥐고 넥타이 깃을 쭉쭉 잡아 빼던 경우도 동작을 우뚝 멈추고, 가만히 이래를 응시했다.

이래는 빤히, 정말로 빤히, 뚫어져라 한곳만을 바라보고 있었다. 그의 손을. 경우는 재빨리 고개를 숙여 제 손을 확인했다.

뭐가 묻었나?

"왜?"

"아, 아니에요. 아무것도."

이래는 후다닥 눈을 내리깔며 고개를 내저었다. 억지로 입술 언

257

저리를 잡아당겨 스마일을 그렸다. 대수롭잖은 양. 하지만 실은 몸 안의 피가 빠르게 식어가는 것을 느끼고 있었다.

손발이 차가워졌다. 다리가 후들후들 떨렸다. 필사적으로 시선을 내돌려 의문부호가 붙은 그의 집요한 시선을 피했다. 하지만 눈앞에서 요란하게 어른거리는 넥타이의 잔상은 도무지 피할 수가 없었다.

'저게 아니야.'

오늘 아침에 그가 맨 넥타이의 무늬는 저렇게 작은 스퀘어가 아니었다. 브라운 계열도 아니었다. 네이비 색상의 커다란 스퀘어였다. 슈트도 다르다. 저런 짙은 초크스트라이프가 아니라, 좀 더 연하고 은은한 헤링본이었다. 와이셔츠도 달라졌다. 아침에 입고 나갔던 셔츠는 푸른빛이 도는 은회색이었는데, 지금은 사선 스트라이프가 들어간 푸른색 셔츠다.

옷이 완전히 바뀌었다. 위, 아래, 모두.

"일은 어땠어요? 해결됐어요?"

"음?"

"아까 낮에 누구 만났잖아요. 갑자기 일이 생겼다면서."

"아, 그 개인적인 용무?"

경우가 놀리듯 대꾸하며 피식 웃는다. 그러고는 풀어헤쳐진 넥타이를 목에 걸친 채로 와이셔츠 단추를 하나, 둘, 풀어내기 시작했다.

이래는 조용히 그의 표정을 살폈다. 당황하지는 않았는지, 죄의식은 없는지. 놀랍게도 경우에게서는 당혹감도 죄책감도 감지되지 않았다. 심지어 그는 흐뭇해 보였다. 잘생긴 입가에 즐거운 기운이 물씬 묻어났다.

실망감과 함께 고통이 밀려왔다.

일말이라도 죄책감을 느낀다면 인간적으로나마 이해해 줄 수 있다고 생각했는데. 야망 때문에 사랑하지 않는 여자와 결혼한 남자의 비애쯤으로 납득해 줄 셈이었는데…….

어떻게 저럴 수가 있지?

죄책감은커녕 만족감을 느끼다니 사람 맞아? 하경우 맞아?

그가 철저한 합리주의자라는 건 알고 있었다. 가정을 갖겠다는 목적이 생기자 결혼할 적당한 여자를 수배하고, 결혼식을 치밀하게 기획하고, 가족계획까지 완벽하게 세우는 게 그의 스타일이라는 것도 알았다. 하지만 이렇게까지 철면피일 줄이야. 꿈에도 몰랐다.

"여자…… 만난다고 했었죠? 예쁘고 발랄한."

"이제야 궁금해졌어?"

이래가 가까스로 쥐어짜 물은 질문에 경우는 태평하게 농담조로 받아쳤다. 이래는 조가비처럼 입을 꽉 다물었다. 그녀의 굳은 표정을 어떻게 해석했는지, 경우는 계속해서 시시껄렁한 우스갯소리를 이어갔다.

"아니지. 박이래가 궁금할 리가 없지. 천하의 박이래는 쩨쩨하지 않으니까. 누군가를 캐고 뒷조사하는 스토킹 짓 따위도 절대 안 하겠지. 없어 보이잖아. 맞지?"

"제가 뭐라고 했는지는 저도 잘 기억하고 있어요. 남편 뒤나 캐는 여자가 되지 않겠다는 결심도 변함없고요. 여자 얘긴 신경 쓰지 마세요. 그냥 생각나서 물어봤으니까. 얘기하기 곤란한 말, 억지로 할 필요 없잖아요."

"내가 당연히 곤란해할 거라는 뉘앙스군."

"그렇다고는 말하지 않았는데요."

"흐음."

"……."

"정말 궁금한가 보네."

경우는 와이셔츠 단추를 세 개쯤 풀어내던 느린 손길을 멈추고, 천천히 결론을 내렸다. 이래는 생긋 지극히 상냥하게, 아무렇지도 않은 듯 눈웃음을 쳤다. 여전히 가슴이 아팠지만 그렇다는 내색은 조금도 내비치지 않았다. 자존심도 없이 그의 앞에서 무너지느니 차라리 죽는 게 나았다.

"왜요? 설마 정말 털어놓기 곤란한 만남이었어요?"

"뭐. 딱히. 난 상관없어. 하지만 왠지 그냥 알려주는 건 바보짓이란 생각이 드는데?"

네 번째 단추를 풀기 시작하며 경우는 어깨를 으쓱했다. 그 동작마저 너무도 여유로워 보여서 이래는 바짝 약이 올랐다. 잘못을 저지른 쪽은 경우인데, 왜 이쪽에서 안절부절못해야 하는 것인지 화가 났다. 이래는 어금니를 지그시 사리물며 뾰족하게 대꾸했다.

"말해주기 싫으면 말하지 않아도 돼요. 저도 딱히 알고 싶지 않아요."

"에이, 재미없네. 그러면 안 되지. 뒷걸음질은 박이래와 어울리지 않잖아. 덤벼. 물고 늘어져. 따지고 닦아세워. 그래야 박이래지."

"……."

"우리 거래할래? 말해줄게. 오늘 누굴 만났는지. 대신 너도 오늘 만남이 어땠는지 얘기해 줘. 어때? 공평하지?"

"만남이라뇨? 뭘 얘기해 달라는 거예요? 내가 누굴 만났다고?"

"모르는 척하기는. 오늘 이건형 실장이랑 밥 먹었잖아. 어땠냐고. 회사에서 가장 인기 있는 미혼남과 단둘이 오붓하게 식사한 기분."

이건형 실장?

장난하나! 갑자기 여기서 이 실장 얘기가 왜 나와?

"언급할 가치도 없네요."

황당하고 기가 막혀 이래는 살벌하게 중얼거렸다. 고개를 빳빳이 들고 그의 옆을 싸늘하게 스쳤다. 침실 문을 잠가 버리고 그를 절대 들여보내 주지 않겠다고 다부지게 맹세하며 저벅저벅 걷기 시작했다. 하나 몇 걸음 걷지도 못한 채 붙들리고 말았다. 경우가 이래의 손목을 확 움켜잡았다.

"화났군."

"아니에요."

바닥에 뿌리를 박은 듯 서서 이래는 단칼에 부인했다. 뒤돌아보지는 않았다. 지금은 그의 잘난 면상을 보고 싶지 않았다. 꼴도 보기 싫었다.

"화, 난 것 같은데? 내가 너무 늦게 들어와서 그래?"

"아니라고요."

"요즘 일이 많아. 원래 많았는데 이번 주는 특히 더 많아졌어. 왜 그런지는 알지? 다음 달에 우리, 여행 가기로 했잖아. 여행지는 조만간 정해질 거야. 그때까지는……."

"아니라고 했잖아요!"

"박이래."

"화, 안 났어요. 아무렇지도 않다고요. 여행 가달라고 부탁한 적도 없어요. 전 별로 가고 싶지도 않으니까 제 핑계대지 마세요."

한마디 한마디에 악센트를 주어 말하곤 이래는 이를 꽉 앙다물었다.

이게 아니다. 진짜 하고 싶은 말은 따로 있다.

원망하고 탓하고 싶었다. 다른 여자를 만들 거면 결혼은 왜 한 거냐고, TX그룹이 그렇게 갖고 싶었던 거냐고, 욕하고 비난하고 싶었다. 제발 날 사랑해 달라고 구질구질하게 매달리고 싶었다. 애정을 구걸하고 싶은 것을, 이성이 무너지는 것을, 이래는 가까스로 참아내고 있었다.

"조금은 솔직해지지 그래."

밀크초콜릿처럼 부드러운 달콤한 목소리가 그녀의 귓전으로 흘러들었다. 이래는 흠칫 놀랐다. 어느새 경우가 등 뒤에까지 다가와 있었다. 그의 존재를 인지한 것만으로도 그녀는 등골에서 찌르르 짜릿한 전류가 이는 것을 느꼈다.

"지금도 충분히 귀엽고 사랑스럽지만. 보고 싶었다고, 일찍 들어오면 안 되겠냐고 투정해 주면 더 귀여울 거야. 박이래."

서늘한 감촉의 경우의 입술이 천천히 이래의 귓불을 깨물었다. 꽃잎처럼 새빨갛고 예쁜 그녀의 입술에서 '하읏!' 하고 작은 신음이 터졌다.

이래는 당황한 듯 냉큼 손으로 제 입을 틀어막았다. 그러나 경우는 아내의 신음 소리를 좋아했다. 더 듣고 싶었다. 그는 날렵하고도 야비한 혀를 미끄러뜨려 아내의 귓불과 귓바퀴와 목 옆을 차례대로 차지했다. 부드럽게 핥고, 빨았다. 세차게 흡착하여 붉은 낙인을 쪽쪽 찍어댔다.

그리고 도저히 거부할 수 없는 유혹의 말을 흘렸다.

"나랑 같이 잘래? 내가 확실히 재워줄게."

제11장 벌을 줘야겠군

"맙소사."

다음날 오후 2시, 침대에서 혼자 눈을 뜬 이래는 현재 시각을 확인하고 망연자실한 심정으로 중얼거렸다. 경우가 확실히 재워 주겠다고 장담하긴 했지만 이렇게 완벽히 녹다운시킬 줄이야. 새삼 다시 깨닫는다. 하경우는 하늘이 두 쪽 나도 자신이 뱉은 말은 지키는 남자라는 걸.

"그리고 넌 자존심이라곤 눈곱만큼도 없는 여자이지."

좌절감에 휩싸여 중얼거리곤 이래는 한숨을 내쉬었다.

무거운 머리를 베개 깊숙이 파묻으며 스르르 눈을 감았다. 두 팔이 힘없이 침대 매트리스로 떨어진다. 허탈한 마음에 절로 욕이 터졌다. 어젯밤 자신이 저지른 무모하고도 멍청한 짓을 떠올리니 부끄러워서 제대로 얼굴을 들 수가 없었다. 도대체 뇌가 어떻게 생겨먹었기에 외도가 의심되는 남편과 그토록 뜨겁게 몸을 섞나?

"쓰레기 같아."

하경우도 쓰레기. 나도 쓰레기. 모두 다 쓰레기.

어울리는 한 쌍의 바퀴벌레로다.

이래는 신경질적으로 투덜거리며 몸을 일으켰다. 온몸이 욱신 거렸다. 지난밤이 얼마나 격정적이었는지를 말해주듯 몸속이 아직도 촉촉했다. 온몸 구석구석에 불그스레한 키스 마크가 찍혀 있고, 허벅지 근육은 민망하리만치 거하게 뻐근했다. 하루 종일 육체노동을 한 사람처럼 조금만 움직여도 근육들이 비명을 질렀다.

"새벽까지 쉴 새 없이 했으니 몸이 남아날 리가."

두 다리를 조심스레 침대 밖으로 빼며 이래는 또다시 깊은 한숨을 털어내었다. 몸 상태를 확인하고 나니 자신이 저지른 짓의 심각성이 더욱 생생히 피부로 다가왔다. 어젯밤의 일이 괴로울 정도로 또렷하게 떠오른다.

경우의 노골적인 유혹에 저항은커녕 무기력하게 무너진 자신. 그의 손길에 달아오르고 애원하고 비명마저 내질렀던 자신. 밤새 녹초가 될 때까지 몇 번이나 가버리고, 그것도 모자라 애정결핍증 고양이처럼 그의 품에 파고들어 기분 좋게 잠들어 버린 자신.

그렇다.

이래는 남편과 잤다. 바람을 피웠을 가능성이 지극히 농후한 남편과. 결혼 전 아내 몰래 장인어른과 은밀한 계산을 주고받은 남편과.

철저히 그에게 굴복했다.

그의 사랑을 갈구하고 그가 주는 것에 기뻐했다. 그를 안는 순간만큼은 복잡한 문제에서 벗어날 수 있었다. 서로에게 완전히 몰입할 수 있었다. 그 순간만큼은 이래는 경우의 것이었고, 경우는 이래의 것이었다. 언제까지나 둘만의 공간에서, 다른 무엇의 방해도 받지 않고, 행복했으면 좋겠다고 간절히 소원했었다. 아마도 그래서일 것이다. 현실 한복판에 서 있는 지금, 이래가 이렇게 허탈하고 괴로운 것은.

"속옷도 새 것이었어."

애잔하게 중얼거리며 이래는 두 손에 얼굴을 묻었다.

경우에겐 특별히 선호하는 속옷 브랜드가 따로 있었다. 그가 갖고 있는 속옷들은 모두 특정 브랜드의 것이다. 그러나 어젯밤 그가 벗어 던진 속옷은 달랐다. 누군지 몰라도 속옷을 준비한 사람은 그가 좋아하는 브랜드의 속옷만을 고집한다는 사실을 몰랐던 게 틀림없었다.

그렇다는 건 그의 속옷 취향까지 알 정도로 친밀한 관계는 아니라는 뜻인가? 돌이킬 수 없을 정도로 너무 깊이 빠진 건 아니라는 뜻? 조금이라도 희망을 가져도 되는 것일까? 정말 난 그렇게라도 하경우를 붙들고 싶은 걸까?

"끔찍해."

머저리 같은 자신에게 신물이 났다. 어떻게 이럴 수가 있을까? 아무리 사랑해도 어떻게 다른 여자와 몸을 섞은 남편에게 희망을 가질 수 있나?

평소에 바람난 남편한테 매달리는 여자, 매 맞으면서도 헤어지지 못하는 여자를 보며 이해할 수 없다, 정신적으로 문제 있는 것 아니냐, 난 절대로 저렇겐 못 산다, 했던 이래에게는 이 모든 현실이 잔인하게만 느껴졌다.

"머리 아파?"

방문이 열리는가 싶더니, 곧바로 경우의 목소리가 날아들었다. 이래는 흠칫했다. 두 손에 얼굴을 묻은 채 눈을 찔끔 감았다. 그를 어떤 얼굴로 대해야 할지 판단이 서지 않았다. 어젯밤 자신이 저지른 무모한 짓들에 대해 또 한 번 진한 후회가 밀려들었다.

바보 박이래.

"괜찮아요."

"정말 괜찮아?"

경우는 걱정스러운 듯 재차 물으며 성큼성큼 다가왔다. 풀썩 이래의 옆에 주저앉았다. 침대가 지진 난 듯 흔들렸다. 상큼한 향기가 콧속으로 날아들었다. 깨끗한 냄새였다. 온몸이 타락의 증거물들로 뒤범벅인 자신과는 정반대의 청결함이었다. 경우는 벌써 샤워까지 마친 모양이었다.

이래의 뇌가 하경우의 존재를 감지하자마자 플래시백 현상을 불러일으켰다.

어젯밤에 이곳에서 벌어졌던 몇몇 장면들이 영화처럼 머릿속을 스쳐 갔다. 부드럽게 하려는 경우를 맹렬히 다그치던 그녀. 굶주린 야성녀처럼 경우에게 달려들던 그녀. 너 해달라고 부추겨 경우를 몇 번이나 불러 세웠던 그녀. 생각만으로도 얼굴이 빨개졌다. 대체 무슨 정신으로 그랬을까? 더욱 민망해진 나머지 이래는 들릴 듯 말 듯 웅얼거렸다.

"으음…… 네, 뭐, 그럭저럭……."

"근데 왜 얼굴을 가리고 있어?"

"바, 방금 눈을 떴는데 대낮이라 민망해졌어요. 경우 씨는 언제 깼어요?"

"나도 얼마 안 됐어. 아침나절에 잠깐 깼었는데 곧바로 다시 잠들었거든. 몸은 진짜 괜찮은 거야?"

"그럼요."

간신히 고개를 끄덕거리고, 잠시 머뭇거리다가 살짝 손가락을 벌려 보았다. 손가락과 손가락 사이로 경우가 보였다. 오늘따라 유난히 반짝반짝 햄섬하게 빛나는 그의 얼굴이. 근사했다. 창문으로 들어오는 햇살이 후광처럼 그의 등에 달라붙어 있어서인지, 신이 있다면 이렇게 생겼겠구나 싶어졌다.

"출근은 어떡해요? 너무 늦어버린 것 같은데."

"뭐가 걱정이야? 하루 쉬면 되지. 사실은 아까 아침에 깼을 때 회사에 연락해 뒀어. 너랑 나, 오늘 결근계야."

"그래도 돼요? 전 상관없지만 경우 씨는 요즘 엄청 바쁘잖아요."

"뭐 어때? 그동안 쭉 주말 시간까지 바쳐 가며 쉴 새 없이 일했는데. 난 일하는 기계가 아니야. 이대로 가다간 과로사할지도 모른다고. 하루쯤 이렇게 푹 쉬면서 충전해 줘야 더 열심히 일할 수 있지."

"그, 그렇다면야."

"배 안 고파? 난 시장기가 돌아서 과일을 좀 챙겨왔는데."

손가락 사이에서 하경우가 씨익 웃었다. 섹시한 입술을 벌렸다. 촉촉한 물기를 머금은 딸기를 한입 베어 문다. 그제야 눈에 들어왔다. 경우의 손에 들린 커다란 유리 접시가. 접시에는 깨끗이 씻은 딸기가 한가득 담겨 있었다.

"너도 먹을래?"

딸기를 너무 빤히 바라봤나. 경우가 길고 우아한 손가락으로 딸기 한 개를 집으며 천진하게 물었다. 이래는 또다시 꼴깍 침을 삼켰다. 딸기 때문이 아니라 경우 때문에. 그는 오늘따라 먹음직스러워 보였다.

빌어먹을 하경우.

"네에……."

"손 안 내릴 거야? 딸기 먹으려면 그 손 치워야 할 것 같은데."

"아."

멍하게 중얼거리다가 어색하게 천천히 손을 내렸다. 경우는 귀까지 빨갛게 달아오른 이래를 응시하며 빙긋 미소를 짓다가, 제 손에 들린 딸기를 냉큼 제 입속에 쏙 넣어버렸다. 딸기를 받아먹을 준비를 하며 입술을 벙긋거리던 이래는 황당하게 눈을 깜빡였다. 하지만 곧 꺄앗, 작고 귀여운 비명을 지르며 쓰러졌다.

경우가 다가왔다. 입안에 딸기를 머금고.

무슨 일이 벌어질지 분명하게 깨닫고 있었지만, 반쯤 얼이 나간 이래는 꼼짝도 할 수 없었다. 그가 야한 표정의 잘생긴 얼굴을 끌어 내려도, 차가운 입술을 그녀의 뜨거운 입술에 포개어도, 그녀는 무기력했다. 저항 따위는 시도조차 할 수 없었다. 미친 듯이 뛰는 심장이 제발 고장 나지 않기만을 간절히 기도하는 것밖에는, 그녀가 할 수 있는 건 아무것도 없었다.

경우의 입술이 살포시 내려앉자마자 이래의 것은 딱 맞는 열쇠를 만난 자물쇠처럼 스르르 열렸다. 따뜻한 혀와 차가운 딸기가 한꺼번에 들어왔다. 빨간 혀와 그보다 더 빨간 딸기가 입안에서 뒤엉키며 이래를 물들였다.

꿀꺽.

달콤한 과즙이 목구멍 뒤로 넘어갔다. 차가운 청량감과 달달함이 혼란과 욕구와 쾌락에서 허우적거리는 이래에 찬찬히 스며든다.

"으음……."

온몸이 흐물흐물해지는 기분으로 이래는 신음을 흘렸다.

입술 가장자리로 주르르 과즙이 흘러내렸다. 경우는 단물을 가볍게 핥아 올렸다. 혀를 날름거리고 입술로 빨아 올렸다. 달콤한 딸깃물과 향기로운 이래의 살결을 마음껏 맛보았다.

경우의 키스가 사뿐사뿐 내려앉을 때마다 이래는 점점 더 노글노글해졌다. 내면에서 웅크리고 있던 어둡고 소심한 박이래의 이면, 자격지심, 자기방어기제, 아집이 스멀스멀 녹아내렸다.

"자, 잠깐만요."

경우의 손길이 허리 아래로 향하자 이래는 다급하게 그를 저지했다. 정신이 가물가물하는 와중에서도 이러면 안 된다는 생각이 들었다.

아직은 해결된 게 하나도 없었다. 용기내서 그에게 확인해 보기는커녕, 아직 차가운 현실을 제대로 소화하지도 못한 상태. 거하게 체한 채로 또다시 어젯밤과 똑같은 실수를 저지를 수는 없었다.

"왜?"

경우가 입술을 떼고 고개를 들었다.

"하면 안 돼?"

거칠게 숨을 몰아쉬며 그가 물었다. 숨을 쉴 때마다 경우의 가슴이 세차게 들썩거린다. 그녀의 요구대로 모든 동작을 일시 정지한 상태였으나 그는 결코 이대로 물러설 생각이 없어 보였다. 야생동물처럼 번뜩이는 경우의 눈빛은 이대로 이래를 안겠다는 결의로 가득 차 있었다.

이래는 천천히 시선을 내리깔았다.

"하지만 이제 일어났고…… 아침 점심을 걸렀으니까 배도 고플 거고……"

"난 이거면 되는데."

경우가 전혀 고민거리가 안 된다는 듯 빠르고 상큼하게 결론을 내린다. 그러곤 더 이상 지체하기 싫은 듯 즉각 고개를 끌어 내렸다. 고즈넉이 내리깔린 이래의 눈꺼풀에 그의 입술이 내려앉아 꾸욱 도장을 찍는다. 그녀의 심장에도 쿵 도장이 찍혔다.

"난 너만 있으면 돼. 아무리 먹어도 고픈 건 너뿐이거든."

눈꺼풀에 입술을 댄 채로 그가 속삭였다. 뜨겁다. 너무 뜨거워서 데일 것만 같다. 주책없이 맥박이 팔딱팔딱 뛴다. 바보처럼 가슴이 설레었다. 이러면 안 된다는 걸 알면서도, 그를 갖고 싶은 마음이 그녀의 안에서 커져 갔다.

이래는 하아, 하아, 빠르고 가쁘게 숨을 뱉으며 천천히 그의 어깨를 끌어안았다. 터질 듯한 심장박동 소리가 온전히 전달될 만큼 꽉.

무언의 승낙이었다.

그녀의 머리 양쪽에 팔꿈치를 댄 채였던 경우는 그대로 무너졌다. 격렬하게 그녀를 덮쳤다. 그녀의 입술에 제 입술을 물리고, 그녀의 혀에 제 혀를 휘감았다. 헐떡이는 그녀의 숨을 들이켰다. 열에 들뜬 탄성도 삼켰다. 가능한 한 모든 것을 빼앗아 먹어치우고 또 먹어치웠다. 그가 입술을 떼었을 때는 그녀에게는 아무것도 남아 있지 않았다. 아쉬움과 실망감뿐.

지익—

그는 서둘러 슬랙스의 지퍼를 내리고, 이래의 허벅지를 한껏 벌려 매트리스에 고정시켰다. 아름다운 꽃이 붉게 피어 있는 정원을 손가락 끝으로 천천히 거닐었다.

환한 햇살 속에 넓게 펼쳐진 꽃밭은 그의 시각에 치명적인 자극을 안겼다. 그의 안에 잠들어 있던 본능의 마지막 하나까지 모두 끌어냈다. 발갛게 달아올라 흔들리는 꽃잎. 먹음직스러운 꿀즙으로 번들거리는 입술. 숨죽이며 움찔거리는 작은 오아시스. 툭 튀어나온 검붉은 쾌락의 정점. 그 모든 것이 그의 내면을 광포하게 춤추게 했다.

경우는 극심한 허기짐과 욕구를 느끼며 바지 속에서 요동치는 본능의 야수를 풀어헤쳤다. 이미 장대하게 부풀어 쇠꼬챙이처럼 꼿꼿하게 솟은 그의 육체는 축축하고 뜨거운 쾌락의 보고(寶庫)에 한 발 내딛자마자 용트림하듯 마구 몸을 뒤틀었다.

닿았을 뿐인데도 풀어내고 싶었다. 모든 걸 내뿜고 산화하고 싶어졌다. 당장 산산이 부서지길 소망하는 욕망을 억누르며, 그는 천천히 야수의 머리에 촉촉한 꿀을 적셨다.

"훗!"

이래는 허리를 움찔했다. 예쁜 입술처럼 고혹하게 입을 벌린 꽃송이가 꿈틀꿈틀 입맛을 다셨다. 그를 환영했다. 어서 들어오라고. 깊숙이 침투해달라고. 끝까지 들어와 머물러 달라고. 애원하며 유혹했다.

경우는 겹겹이 에워싼 장막을 지금 당장 뚫고 싶었다. 숲을 헤치고, 꽃잎을 걷어내고, 고여 있는 쾌수(快水) 속에 잠겨들어 쉬고 싶었다. 약하디약한 입구를 파괴하고서라도 자신만의 길을 닦고 싶었다. 그녀에게 닿을 수 있는 가장 빠른 길을 만들어가고 싶었다. 당장이라도 가버릴 것 같은 극도의 쾌감이 경우를 옥죄었다.

"흠뻑 젖었군, 박이래."

알량한 자제력을 쥐어짜 방사에의 욕구를 미친 듯이 억누르며 경우는 간신히 속살거렸다. 이래의 예쁜이가 향기로운 물을 흘렸다. 단단하고 커다래진 야수의 선단이 빙글빙글 비벼질 때마다 뻐끔뻐끔 입술을 벌렸다. 먹잇감을 달라고 조르듯 욱신거리는 입구에 몸을 접하는 동안, 그들은 거칠고 야성적인 숨을 헉헉 토하며 신음했다.

그가 좁다란 입구에 너무도 비대해진 머리를 꾹 끼워 넣은 것은, 느슨하게 풀린 입술에서 쾌락의 흔적이 줄줄 넘쳐흐르기 시작했을 때였다. 이래 시트를 움켜쥐고 있던 손을 힘차게 비틀었다.

"읏!"

"미끄러워. 한입에 삼켜질 것 같아……."

천천히 몸을 안으로 밀었다. 당장 끝까지 쳐들어가 미친 듯이 쑤석거리고 싶었지만 아직은 그럴 수가 없었다. 경우는 이미 어젯밤 이성을 잃은 짐승이 어떠한지 몸소 보여주지 않았던가. 이래를 기절하기 직전까지 몰아쳤다. 난폭하게 갖고 또 갖고, 밤새도록 괴롭히고 괴롭혔다.

그리고 정신을 차리자마자 후회했다.

변명을 해보자면, 그동안 이래에게 너무 굶주려 있었다. 밀려드는 일을 처리하느라 밤낮 없이 매달리다 보니 이래와 오붓한 시간을 가질 여유가 없었다. 참으로 엿 같다고 생각했다. 자신이 일에 매달리는 건 전부 이래 때문인데. 이래와 함께 있으려고, 이래를 마음껏 사랑하기 위해서 일하는 것인데. 일 때문에 이래를 안을 수가 없다니. 주객이 전도된 상황에 화가 치밀었다.

스트레스와 욕망이 쌓일 대로 쌓인 와중에 이래를 안게 되었으니 폭발하는 것은 당연지사가 아니었을까. 박이래에게만큼은 한없이 약한 경우로서는 예상대로의 결말이었다.

"앗, 아아, 흐흑⋯⋯!"

"그만. 조이지 마. 끝나 버릴 것 같으니까."

탁탁한 목소리로 경우는 애원하듯 속삭였다. 천천히 이래의 몸 속을 넓히며 들어차는 기분은 목이 졸리는 것과 다를 바가 없었다. 숨이 막혔다. 당장 죽을 것처럼 열이 올랐다. 거칠게 내뿜는 뜨거운 숨소리가 그의 다급함을 알려주고 있었다.

"그만 조이라니까. 위험하다고."

"저, 저도 그러고 싶어서 그러는 게 아니에요. 기분이 조, 좋아서 어쩔 수 없이 그만⋯⋯."

울상이 된 이래가 더듬더듬 웅얼웅얼 옹알거렸다. 경우가 조금씩 안으로 침잠해갈수록 고개를 이쪽에서 저쪽으로, 저쪽에서 이쪽으로 홱홱 꺾었다. 어찌해야 할지 모르겠다는 듯. 치미는 욕망과 쾌감을 어떻게 연소해야 할지 모르겠다는 듯.

경우는 이래의 땀투성이 이마를 부드럽게 닦아주며 코끝에 키스를 남겼다. 그녀가 사랑스러웠다. 너무 사랑스러워 죽을 것 같다. 당장 삼켜 버리고 싶었다. 어떻게 이렇게 한결같이 사랑스러워 보일 수가 있는지 모르겠지만, 정말로 그의 눈에 박이래는 세상에서 가장 어여쁘고 사랑스러운 존재였다.

사랑한다, 박이래를.

언제나 사랑했다.

상큼한 사과처럼 풋풋한 소녀였을 때부터, 입학식에 늦어 헐레벌떡 교정을 가로지를 때부터, 경우는 이래의 포로였다. 마음을 도둑맞았다. 순정을 강탈당했다. 이제는 되찾아올 시도조차 할 수가 없는 지경이다. 그러기에 그는 앞으로도 박이래를 사랑할 것이다.

"박이래."

천천히 들어갔다 천천히 빠져나오며 경우는 속삭였다.

"박이래……."

또다시 들어갔다가 나오면서 그녀의 이름을 불렀다. 이래는 허리를 관능적으로 뒤틀며 신음했다.

"으응……!"

쾌락이 모래바람처럼 세차게 일어 이래를 감쌌다. 아랫배에서부터 피어오른 야릇한 쾌(快)의 감각이 점점 더 강렬해졌다. 스멀거리다가 뭉게구름처럼 커지고, 비구름처럼 무거워지다가 먹구름처럼 짙어졌다.

그는 그녀의 가슴을 움켜쥐었다. 발갛게 발기하여 뾰족하게 솟은 젖꼭지를 입에 넣고 쪽쪽 빨았다. 허리의 웨이브가 빨라졌고,

그녀의 안의 먹구름도 빠르게 짙어졌다. 폭풍우가 몰려오고 있었다.

점점 더 가까이 느껴졌다.

이래는 힘껏 그를 조였다. 그에게서 마지막 한 방울까지 뽑아내려 조이고 또 조였다. 그는 자비로운 눈빛으로 그녀를 내려다보았다. 그녀가 원하는 것을 모두 주겠다는 듯. 제 분신, 제 정수, 제 모든 것을 쏟아내겠다는 듯. 그래서 그녀를 자신으로 가득 채워주겠다는 듯.

그녀는 생각했다. 그가 주는 것을 다 받아먹겠다고. 누구와도 이 남자를 공유하지 않겠다고. 누구에게도 빼앗기지 않겠다고.

하경우는 내 거야.

"박이래!"

단말마와도 같은 그의 비명 소리가 부부의 침실을 메아리쳤다. 두 사람은 감각의 꼭대기, 최정상에서 서로를 꼬옥 부둥켜안았다.

이래가 다시 눈을 떴을 때는 오후 시간이 훌쩍 지나가고 있었다.

어쩌다 얻은 황금 휴일이 이렇게 허무하게 막을 내리다니 아쉬움에 한숨이 절로 나왔다. 속절없이 흐르는 시간을 붙들고 싶었다. 뭐라도 해보자는 마음에 몸을 꿈틀거려 보았지만 이내 포기하고 말았다. 몸이 천근만근, 꿈쩍도 할 수 없었다. 배도 고프고, 회사 상황도 궁금하고, 이것저것 할 일이 산더미인데 아무것도 하기가 싫었다. 생각해 보니 어젯밤부터 내리 배를 곯았던 것 같다. 이리 기진맥진한 건 어쩌면 당연한 건지도.

'먹은 게 있긴 하네. 딸기 하나.'

딸기를 어떤 식으로 먹었는지가 생생히 떠오르자 이래는 질끈 눈을 감아버렸다. 입에서 절로 신음이 흘렀다. 어쩌면 그리 민망한 짓을 아무렇지도 않게 저질렀을까. 정말 죽고만 싶다.

왜 하경우와 함께 있으면 덜떨어진 짓만 저지르게 되는지 알다가도 모를 일이었다. 술에 취해 난동을 피우질 않았나. 뜬금없이 사무실로 쳐들어가 결혼해 달라고 조르질 않았나. 그랬던 주제에 2년이나 요리조리 뺀질거리며 식을 미루고, 허니문 중에는 성경험이 해박한 프로인 척 거짓말까지 했었다.

"하아, 너무 많아서 열 손가락이 부족할 지경이네."

"뭐가?"

한심스러운 스스로를 향해 쯧쯧, 혀를 차고 있을 때, 굵고 그윽한 하경우의 목소리가 머리맡으로 사뿐히 떨어졌다. 이래는 펄쩍 뛰었다. 경우가 깨어 있는 줄은 꿈에도 몰랐으니까. 그는 이래의 등 뒤에 찰싹 붙어 그녀를 꼭 끌어안고 있었다. 씩쌕, 씩쌕, 고른 숨소리가 편안하게 들려서 아직까지 곤히 잠들어 있는 줄로만 알았다.

"깨, 깨어 있었어요?"

"응."

그는 눈을 꼭 감고, 코를 이래의 정수리에 묻은 채로 지극히 태평하게 대답했다. 쿵쿵쿵. 힘차고 빠르고 규칙적인 그의 심장박동 소리를 등으로 느끼며 이래는 최대한 대수롭잖은 듯 말했다.

"할 일이 많아요. 너무 쉰 것 같아요. 이제 그만 일어나야⋯⋯."

"조금만. 조금만 더 이러고 있지?"

"하루 종일 아무것도 못 먹었잖아요. 이러다가 굶어 죽겠어요. 과로사 피하려다가 아사할 거예요?"

"아사할 리 없어. 나한텐 네가 있는걸. 널 잡아먹을 거야."

그가 소름 끼치도록 닭살스러운 말을 아무렇지도 않게 하더니 이래의 목 옆을 앙, 깨물었다. 소유욕이 깃든 잇자국이 반원을 그리며 새겨졌다. 곧이어 세찬 입심으로 연약한 살결을 쭉쭉쭉, 연달아 힘차게 빨아들이자 잇자국 위로 붉은 반점이 '넌 내 것'이라는 메시지와 함께 덧그려졌다.

소강상태였던 야릇한 음란성이 이래의 뱃속에서 아지랑이처럼 너울거렸다. 스멀스멀 깨어나 뇌쇄의 연기를 피웠다. 이래는 터지는 신음을 목구멍에 간신히 가두어야만 했다.

"선배⋯⋯."

"선배가 아니라 경우 씨. 이제 이름 부르기로 하지 않았던가?"

"죄송해요. 입에 붙어서 그만."

"극존칭도 쓰지 마. 난 네 선배가 아니라 남편이잖아. 편하게 대해. 마음 같아선 반말이라도 하게하고 싶지만. 그렇게까지 갑자기 말투를 바꾸는 건 역시 무리겠지?"

"노력해 볼게요. 음. 어. 근데, 언제까지 이렇게⋯⋯."

언제까지 이러고 있을 거냐고 물으려는 찰나였다. 손가락으로는 이래의 어깨 모서리를 가만가만 문지르며, 턱으로는 슥삭슥삭 이래의 머리카락을 헝클어뜨리고, 벌거벗은 아랫도리로는 그녀의 뒤춤을 빙글빙글 굴리며 비비던 경우가 천하태평 다분히 한량스러운 말투로 그녀의 말문을 가로막았다.

"지우였어. 어제 낮에 만난 사람."

"네?"

"지우였다고. 내 동생."

"귀엽고 발랄하고……."

"나를 무척 좋아하는 여자. 하. 지. 우."

"지우 아가씨였다고요?"

이래는 눈을 휘둥그레 뜨며 고개를 위로 홱 꺾었다. 코앞에 흥미진진한 빛을 띤 경우의 눈동자가 보였다. 비스듬히 웃고 있는 심술궂은 입술도.

속았구나. 덫에 걸렸어.

황당하고 기가 막혀 헛웃음이 나왔다. 사람을 어쩜 이리 감쪽같이 속일 수가 있는지 어처구니가 없었다. 속은 게 분하고 짜증나는데, 마음 한구석에선 바보처럼 안도감이 밀려들었다. 그래서 또 분하고 짜증이 났다.

이래가 오르락내리락 롤러코스터를 타는 기분임을 아는지 모르는지, 경우는 커다랗게 치뜬 이래의 눈을 달달하고 그윽하게 들여다보며 세상 모든 여자들의 심장을 죄다 녹여 버릴 듯한 미소를 샤르르 지어 올렸다.

"어제 갑자기 전화해서 밥을 사달라지 뭐야. 근처로 외근 나왔다고."

"지우 아가씨랑 식사했으면서 저한테는 뻥친 거예요?"

"딱히 뻥은 아니지. 틀린 말은 아니었잖아. 아니면 넌 지우가 귀엽고 발랄하지 않다고 생각하는 거야?"

"제가 오해할 거 뻔히 알면서 일부러 말하지 않은 거잖아요. 놀리려고."

"놀림받은 기분이었군."

물론이다. 그럴 수밖에 없지 않나. 그가 지우와 식사하러 간 줄도 모르고, 이런저런 우스꽝스러운 말들을 해버렸으니까.

"여자 얘긴 신경 쓰지 말아요. 그냥 생각나서 물어본 거니까."

"왜요? 정말 털어놓기 곤란한 만남이에요?"

"말해주기 싫으면 말하지 않아도 돼요. 꼭 알고 싶었던 건 아니니까."

자신의 귀에도 '나 그 여자 엄청 신경 쓰인다', '그 여자가 누군지 알고 싶으니까 꼭 말해달라'로 들리는 대사였다. 상대 여자가 시누이인 줄도 모르고 남편에게 그런 소릴 지껄였다니, 이보다 더한 창피는 없을 것이다. 지금 당장이라도 먼지가 되어 날아가 버리고 싶었다.

"솔직히 말해, 박이래. 너 엄청 질투했지?"

"아, 아니거든요! 제가 무슨. 말도 안 돼요."

"질투 안 했다고? 정말로?"

"난 원래 그딴 거 안 하는 사람이에요. 그런 질척거리고 구질구질하고 촌스럽고 절대적으로 귀찮은 감정은 아예 키우질 않아요. 입때껏 해본 역사가 없다고요."

입에 침이라도 바르고 거짓말을 해라, 박이래.

고등학교 때부터 대학 때까지 주야장천, 그와 웃으며 말하는 생명체라면 남녀노소를 불문하고 질투했잖아. 선생님. 선후배. 동급생. 수위 아저씨. 문방구 아주머니. 대학 근처 복사집 사장님. 생맥주집 이모. 심지어 그와 맞선 볼 뻔했다는 민호의 여자친구 송세련한테까지! 그러다가 급기야는 동생인 지우한테까지 질투했으면서, 무슨 역사가 없어, 없기는.

아주 무수하고도 유구하구만.

하경우를 만난 이래로 질투는 언제나 박이래의 힘이었다.

"절대로 아닌 표정이 아닌데. 너 혹시 수줍어?"

경우가 아주 뿌듯한 얼굴로 빙그레 웃음 짓는다. 그러곤 그녀가 또다시 펄쩍 뛰기 전에 냉큼 반질반질 동그란 이마에 쪽 하고 입술을 찍었다.

"그럴 필요 없어. 조금쯤은 해도 돼. 해줘. 안 그러면 부하 직원한테 질투한 내가 너무 꼴사나워진다고."

"무슨 소리예요? 부하 직원한테 뭘 했다고요?"

이래는 살짝 어벙한 표정으로 눈살을 찌푸렸다. 그의 키스를 지워 없애려는 듯 이마를 박박 문질렀다. 경우는 또다시 웃음을 터트렸다. 얼굴을 거꾸로 뒤집고, 얼굴을 찌푸리고, 질투가 아니라고 마구마구 부인하고, 사과처럼 두 볼을 붉히는, 이 모든 모습들이 귀엽고도 귀어워서 미칠 지경이었다. 진작부터 생기를 되찾아 그 어느 때보다 팔팔해진 하반신에 피가 빠르게 쏠렸다.

"날 이렇게 유치하게 만들 수 있는 여자는 너뿐이라는 소리야."

타이르듯 조용히 일러주고 경우는 부드럽게 허리를 앞뒤로 움직였다. 음란한 그의 신체가 마치 제집인 양 그녀의 자그마한 엉덩이 틈새를 비집고 쏘옥 들어가 있었다. 비좁은 구석을 찌르듯 슥슥 자극하니 그녀의 허벅지가 환영하듯 서서히 벌어졌다.

"으음……."

이래가 스르르 눈을 감으며 신음을 흘러낸다. 얼굴을 잔뜩 일그
러진 채. 순식간에 흐트러진 이래의 귀여운 얼굴을 보니 본능의
발현체가 불끈거렸다. 발딱 일어서 분출을 준비했다. 그녀를 덮쳐
넉어치우고 싶은 욕망이 꾸무럭꾸무럭 몸집을 키웠다. 경우는 이
래의 턱을 덥석 쥐고, 탐스런 입술을 와락 물어 올렸다.

쭈우웁── 쭈우웁──

찰진 흡착 소리가 길게 반복해 이어졌다. 한참 만에 두 입술이
쪼옥, 허공에서 떨어지자 이래는 슬그머니 눈을 떴다.

그와 그녀의 입에서 하아, 하아, 거센 숨소리가 리듬에 맞춰 흘
러나왔다. 이래는 반쯤 가버린 흐릿하고 몽롱한 시선으로 그를 올
려다보며 속삭이듯 물었다.

"저…… 뭐 하나만 물어봐도 돼요?"

"뭐?"

"어제요. 옷, 왜 갈아입었어요?"

"옷?"

"슈트 말이에요. 와이셔츠랑 넥타이, 속옷도요. 밖에서 갈아입
고 들어왔잖아요."

"눈치챘어?"

경우가 뜻밖이라는 듯 눈을 훌쩍 키우며 묻는다. 이래는 잠시
아무 말하지 않았다. 입을 꾹 다물고 생각이란 것을 해보았다.

혼자 지레짐작하는 짓, 멋대로 속앓이하며 괴로워하는 짓, 그런
바보 같은 짓은 이제 그만하자. 그가 어제 만났다는 여자도 실은

지우이지 않았나. 이제 더 이상 무서워할 것 없다. 현재 경우에 대한 최우선권자는 바로 나. 누구에게도 꿀릴 것 없다.

그러니 도망치지 말자. 경우에게 직접 묻고 진실과 마주하자. 자신이 아는 하경우라면 정면 승부하는 사람한테 거짓말로 대답하지는 않을 것이다. 정직하게 사실을 얘기해 줄 것이다.

사실 하경우는 구차하게 거짓말까지 해가며 여자를 만날 위인이 아니었다. 또한 자신이 뱉은 말은 세상이 무너져도 지킬 사람이었다. 결혼 서약과 같은 고리타분하고 도식적인 약속조차 성실히 이행할 남자였다. 만약 사랑하는 여자가 생겼다면 하경우는 제일 먼저 이 의미 없는 결혼 생활을 청산하려 했을 것이다. 목숨을 바쳐도 아깝지 않을 사랑을 위해서라면 TX그룹 상속녀 따위? 미련 없이 버릴 남자인 것이다.

"당연히 눈치채죠. 그걸 말이라고 해요?"

"으음."

경우는 속내를 가늠하기 힘든 표정으로 가만히 고개를 끄덕이더니, 꿀이 뚝뚝 떨어지는 그윽한 눈빛으로 그녀를 지그시 내려다보았다.

"이건 또 다른 즐거움인데? 내가 아침에 뭘 입는지 모조리 기억 속에 스캔해 두는 박이래라니. 아주 흥미로워."

"딴소리하지 말고요. 대답해요. 옷은 왜 갈아입었어요?"

"밥 먹다가 와인을 엎질렀어. 레드와인."

"와인이요?"

"재킷부터 셔츠, 넥타이, 바지까지 죄다 얼룩이 저 버렸지. 알다시피 우린 오후에 중요한 회의가 잡혀 있었잖아. 붉은 와인 자국이 얼룩덜룩한 슈트를 입고 회사로 돌아갈 순 없었어. 게다가 속옷까지 젖어서 느낌이 아주 끔찍했거든. 윤 비서한테 부탁해서 옷을 새로 구입했어. 집에 가서 가져오라고 할 수도 있었지만, 그렇게까지 하고 싶진 않더라. 아직 우린 신혼이잖아. 아무도 없는 신혼집에 다른 남자를 들이고 싶지는 않았어."

"그것뿐이에요?"

"그것뿐이지 않고."

"정말로 그게 전부란 말이에요?"

"뭐가 더 있어야 해?"

눈썹을 휙 추켜세우며 경우는 입술 언저리를 히죽 꺾었다.

정말 그게 전부임을 확인시켜 주듯이.

사실은 그게 전부가 아니었다. 하지만 경우는 이래가 그렇게 믿었으면 싶었다. 그녀가 쓸데없이 걱정하고 고민하는 건 원치 않았다. 경우로서도 어제의 일은 떠올리기도 싫었고 입에 올리기는 더더욱 꺼려졌다. 지우와의 식사는 정말 즐거웠지만, 도중에 벌어진 불미스러운 일은 다시 생각해 봐도 불쾌하기 짝이 없었다.

우연히 만난 세련과 합석하고, 세련이 실수로 와인을 엎지를 때까지만 해도 분위기는 나쁘지 않았다. 얼룩을 닦아주겠노라 자처하며 약간은 과도한 스킨십을 시도할 때도, 실수를 만회하기 위해 애쓴다 정도로만 생각했었다. 그러나 옷을 갈아입기 위해 호텔로 향하는 자신에게 세련이 노골적으로 접근했을 때는 온몸에 오물을 뒤집어쓴 듯 모욕적이고 매스꺼운 기분이었다.

"제가 도와드릴게요, 경우 오빠."

술에 취하지도, 어딘가 아프지도 않은 그를 부축하겠답시고 허리를 끌어안는 세련의 행동은 어떻게 보아도 부적절했다. 그녀가 보내는 노골적인 유혹의 시그널을 눈치 빠른 경우가 못 알아챌 리가 없었다. 유부남이자 남자친구의 선배인 자신에게 몸을 던지는 세련이 경우의 눈에는 제정신으로 보이지 않았다.

눈물이 쏙 빠지게 차가운 말을 던져 주었다. 정신 차리게, 다시는 그 누구에게도 이런 짓 못하게, 가차 없이 독설을 휘둘러 그녀를 무너뜨렸다. 세련은 수치심으로 벌겋게 달아오른 얼굴로 덜덜 몸을 떨었다. 제자리에서 꼼짝도 못하는 그녀를 혼자 버려두고 뒤돌아섰다.

"너 혹시 이상한 오해했어?"

"아, 아니에요! 오해는 무슨. 그런 거 절대 안 했어요."

박이래는 이번에도 아닌 게 아닌 표정. 이렇게 사랑스러우니 이래만 보면 십 년 묵은 스트레스와 짜증이 홀랑 날아가 버리는 게 아니겠는가. 경우는 도저히 참지 못하고 이래의 양쪽 볼을 한 손으로 잡고 쭈욱 오므렸다.

이래의 작고 귀여운 입술이 봄눈을 뚫고 솟아오른 새싹처럼 위로 뾰족 떠올랐다. 당황한 그녀가 두 눈 똥그랗게 뜨고 뭐라 뭐라 종알거리니, 뾰족 솟은 새싹이 꼬물꼬물 움직였다. 경우는 그 입술에 쪽쪽쪽쪽, 뽀뽀 세례를 퍼부으며 하반신을 더욱 격렬하게 움직였다.

"했네, 했어."

"웅우우우웅(안 했다니까 그래요)……!"

"넌 내가 그렇게 못 미더워? 남들은 나더러 아내바라기네 팔불출이네 공처가네 하며 비웃는데. 왜 너만 몰라. 의심이나 하고 말이야."

"우웅! 우우우웅(팔불출은 무슨! 세상 팔불출 다 죽었나)?"

"어제 회의 시간에는 뭐 했냐? 그때 난 벌써 옷을 갈아입은 상태였는데. 너 낭군님 안 쳐다보고 다른 데 봤지? 이건형이랑 쑥덕거렸지? 그렇지?"

"우우우웅? 웅우우우웅? 우우우웅웅(무슨 말도 안 되는 소리예요? 여기서 이건형 씨 얘기가 왜 나와요? 회의 집중하느라 못 본 거라고요)."

"쯧쯧쯧! 안 되겠네. 반성하는 기미가 전혀 없어. 벌을 줘야겠군."

"우우웅(벌이요)?"

"그래. 벌. 하늘을 우러러 한 점 부끄럼 없는, 이 순결한 날 의심한 죗값을 물어야지."

"……!"

경우는 이래의 입술이 최대한 위로 솟았을 때를 놓치지 않고 그 앙증맞고 사랑스러운 것을 날름 훔쳤다. 거칠고 야성적으로. 쭈우우웁, 하고 찰떡같은 소리를 내면서. 이래가 숨 가빠 헉헉할 때까지 길게.

그러곤 한껏 달아오른 이래의 가장 깊은 성궐(性闕)까지 잠입해 들어가 이래가 오만 가지의 신음을 터트릴 때까지 쉬지 않고 들락날락거렸다.

그날, 신혼부부가 첫 끼니를 때운 것은 해가 저문 후였다.

제12장 내 사랑이 무슨 의미가 있을까?

"죄송합니다, 박 전무님. 그건 얘기해 드릴 수 없습니다."

TX그룹의 고문변호인이자 가족 전담 변호사인 장원모는 애써 난처함을 숨기며 연신 작은 눈을 껌뻑거렸다. 보스인 박철우 회장의 큰따님이 아무 예고도 없이 사무실을 급습한 것도 충분히 당황스러운 일인데. 부친과 신랑 간에 이뤄진 거래에 대해 알고 왔다며, 상세한 내용을 불지 않으면 가만두지 않겠다고 으름장을 놓으니 아무리 산전수전 공중전까지 겪은 장 변호사라도 오금이 저리지 않을 수가 없었다.

이래의 예의 바르고 음전한 모습만 보아왔던 장 변호사는 속으로 혀를 내둘렀다. 평소 박이래가 천하의 카리스마, 박철우의 딸이라기엔 너무 연약한 것 아니냐 생각했던 자신이 멍청하게 느껴졌다.

이렇게 사람 볼 줄 몰라서야!

피는 역시 물보다 진한 법이었다.

"왜죠?"

이래는 장 변호사를 추궁하듯 날카로운 눈빛으로 쏘아보았다.

놀라지 않은 척 느긋하고 태연하게 미소 짓고 있지만 장원모는 내심 땀을 뻘뻘 흘리고 있었다. 일급비밀에 해당하는 박 회장과 하경우의 계약을 이래가 어찌 알았는지, 이리도 중요한 정보가 대체 어찌 바깥으로 새 나간 것인지 머릿속으로 가늠해 보느라 정신이 없었다. 행여 고래 싸움에 새우 등 터지는 꼴이 되진 않을지 속으로 전전긍긍하는 게 이래의 눈에 뻔히 보였다.

"전무님도 아시잖습니까? 변호사는 고객의 정보를 타인에게 누설할 수 없습니다."

장원모는 손에 든 손수건으로 안경 밑을 닦으며 누런 이를 히쭉 드러내보였다. 납작 엎드리는 장원모의 제스처에도 이래는 물러서지 않고 계속해서 몰아붙였다.

"내가 타인이라곤 할 수 없을 텐데요. 그 거래, 내가 핵심 키워드잖아요. 나 빼면 계약이 성립조차 되지 않는데 왜 내가 타인이에요?"

"그래도 일단은 거래 당사자가 아니시니까요. 법률적으로는 제3자, 타인인 게 맞습니다."

"그러니까 나를 놓고 체결된 모종의 거래에 대해, 당사자인 난 계속해서 모른 채로 살아야 한다?"

"정 궁금하시면 부군께 직접 여쭤보는 수도 있겠지요. 아니면 회장님께라도……."

"그렇군요. 난 누군가 거래 당사자가 선심 쓰듯 알려주기 이전에는 절대로 이 건에 대해 알 수가 없군요. 내가 포함된 거래인데도요."

"불공평하게 느껴지시겠지만 법이 그러니 어쩔 수가 없는 일이죠. 뭘 우려하시는지는 대강 알겠습니다. 하지만 제 개인적인 소견을 말씀드리자면, 너무 염려하지 않으셔도 된다는 겁니다. 전무님께서 피해보시는 일은 절대 없을 것입니다. 에에…… 생각하시는 것만큼 그렇게 많이 수상쩍은 얘기들이 오간 것은 아니었습니다."

"경영권 문제죠? 그 계약."

"예?"

"TX그룹의 후계에 관한 계약이잖아요. 아닌가요?"

"아, 그게…… 그러니까……."

난감하다는 듯 장 변호사는 머리를 긁적거리며 작은 눈을 열심히 깜빡거렸다. 살짝 사색이 된 것을 보니 역시 그 문제인 게 틀림없었다. 이래는 차갑게 미소를 흘렸다.

"상속 지분에 관한 건가요? 주식, 맞죠?"

"그…… 정말 죄송합니다. 저로선 더 이상은 말씀드릴 수가 없습니다."

맞네. 주식 얘기. 장 변호사는 곤란함을 느낄 때마다 손수건으로 얼굴을 훔치고 있었다. 그리고 이래가 상속 지분에 관한 거냐고 묻자마자 장 변호사는 손수건으로 얼굴을 열렬히 찍어댔다. 이래는 점점 어두워지는 안색을 가까스로 추스르며, 지극히 차갑고 냉정한 태도로 질문을 던졌다.

"그럼 장변께서 대답할 수 있는 수준의 질문을 던지죠. 이건 도대체 누구의 아이디어인가요?"

"제가…… 알기로는 거래를 제안하신 쪽도, 공증을 요구하신 쪽도 모두 회장님이십니다. 부군이신 하 실장님께서는 거래 제안을 받으시고 즉각 수락하셨죠. 원칙적으로는 이런 사실도 얘기해 드리면 안 되지만, 알고 계신 바대로 전무님이 거래에 핵심적으로 적시된 만큼 도의적인 차원에서 최소한의 정보를 제공해 드리는 것입니다."

"그렇군요."

박 회장이 경우에게 계약을 제안하고 공증을 요구했다. 그 계약에는 그녀가 핵심적으로 포함돼 있었고, 경우는 계약에 순순히 사인했다. 공증 날짜로 추정컨대 계약은 2년 전, 이진과 동원이 사랑에 빠지고 이래와 경우가 약혼을 합의한 직후에 이루어졌다. 정확한 내용을 알 순 없으나, TX그룹의 미래에 관한 계약임은 분명한 사실. 의심스러웠던 모든 실마리들이 사실로 드러나는 순간이었다.

처음 공증서 사본을 발견했을 때 이미 너무 많은 충격을 받았던 걸까. 아니면 그날 이후 이틀이란 시간이 흘러서일까. 생각보다 충격이 덜했다. 완전히 무너져 내려 눈물이라도 흘리면 어쩌나 걱정했는데, 의외로 아무렇지도 않았다. 그만큼 아픔에 무뎌진 것이겠다. 그에 대한 기대감도 사라져버린 것이겠고. 마음이 착잡해졌다.

"저는 변호사의 법률적 의무상 고객의 정보를 발설할 수 없습니다만 이 거래의 당사자인 부군과 회장님께선 비밀 유지의 의무가 없으십니다. 처음부터 제가 아닌 그분들께 여쭈었더라면 지금쯤 만족할 만한 답변을 얻으셨을 거예요. 그러니 지금이라도 찾아가셔서 직접 여쭙는 게……."

"알아서 할게요."

자리에서 발딱 일어서며 이래는 변호사의 조언을 잘랐다.

당사자한테 직접 묻는 게 진실을 알아내는 가장 빠르고 확실한 방법이란 건 이래도 알았다. 몰라서 장 변호사를 찾아온 게 아니다. 처음부터 그들을 찾지 않은 건 냉정을 잃지 않기 위해서였다. 믿었던 사랑에 배신당한 여자처럼 굴고 싶지는 않았다. 사안을 최대한 객관적으로, 비즈니스적인 시각으로 바라보고 싶었다.

어떻게든 견뎌낼 작정이었다. 가슴속에 응어리져 답답한 심정, 아프고 아릿한 마음, 모두 다 자신의 안에서 소멸시킬 것이다. 내면 깊숙한 곳에 묻고 외면할 것이다.

인간은 꽤 편리한 기억력을 가졌다. 놀라울 정도로 훌륭한 방어 기제를 가지기도 했다. 아무리 특별한 경험일지라도, 짙고 강했던 감정일지라도, 시간이 지나면 흐릿해지기 마련이다. 이딴 아픔쯤 그녀도 지울 수 있을 것이다.

이래는 다시 강해질 작정이었다.

더 이상은 흔들리지 않을 것이다. 하경우를 사랑하는 일도, 이젠 절대 없을 것이다.

"내가 여기 왔다는 사실은 당분간 비밀로 해주세요. 그래 주실 수 있죠?"

"물론입니다, 전무님."

장 변호사가 허둥지둥 뒤따라 일어나며 급하게 재킷 앞단추를 채웠다. 눈동자가 빠르게 사방으로 흩어지는 것을 보니 앞으로 사건이 어찌 전개될지 걱정돼 죽겠는 모양이었다.

이래는 잔뜩 날을 세우던 눈빛을 부드럽게 풀었다. 자신이 너무 가혹하게 몰아붙인 것 같다는 생각이 들었다. 장 변호사가 무슨 잘못이 있겠나. 시키는 대로 공증 작업을 진행했을 뿐인걸. 씁쓸한 심정으로 이래는 장 변호사에게 가벼운 목례를 건네고 그의 사무실을 나섰다.

밖으로 나오자마자 우울한 날씨와 맞닥뜨렸다.

대낮인데도 불구하고 날이 캄캄했다. 먹구름이 하늘에 잔뜩 떠다니며 제법 굵은 빗줄기를 뿌려대고 있었다. 운전대를 잡은 이래는 라디오 볼륨을 높였다. 음울한 날씨에 딱 어울리는 루 리드(Lou Reed)의 '퍼펙트 데이(Perfect day)'가 흐르고 있었다.

정말 더할 나위 없이 완벽한 하루구나……

회사 지하주차장에 차를 파킹하자마자 콘솔 박스에 아무렇게나 던져 놓았던 휴대전화에 벨이 울렸다. 피곤한 팔을 들어 와이퍼 작동을 멈추었다. 한숨을 내쉬고 휴대전화를 찾아 들었다. 전화를 걸어온 사람은 이진이었다. 웬일일까 싶어 냉큼 전화를 받았다.

"이진이니? 웬일이야? 바쁜 애가."

[어! 나 지금 언니네 회사. 동원 씨가 점심 사주겠다고 해서 기껏 시내까지 나왔는데, 갑자기 일이 생겼다네. 나랑 점심 먹어주면 안 돼? 시간이 애매해서 그래. 우리 회사로 들어가기도 뭣하고, 동원 씨 계속 기다리는 것도 싫고.]

"그래, 같이 먹자. 나 외부에 있다가 지금 막 회사 들어오는 길이야. 너 어디니?"

[로비. 언니는?]

"지하주차장. 네가 내려올래? 아니면 내가 로비 쪽으로 갈까?"

[내가 주차장으로 갈게. 어차피 날씨 때문에 차로 이동해야 할 것 같으니까. 밥은 언니가 사는 거지? 참! 형부도 불러내야 하는 것 아니야? 언닌 형부랑 날마다 점심 같이 먹잖아.]

"아아, 이젠 아니야. 그럴 일 없어."

[갑자기 왜? 무슨 일 있어?]

수화기 저편의 이진이 뭔가를 감지한 듯 묻는다. 가슴 깊은 곳에서 헤집어지는 듯한 통증이 우지끈 느껴진다. 비참한 계약의 실태를 확인했어도, 우울한 기분만큼이나 우울한 비가 내려도, 슬프고 몽환적인 노래를 들어도, 아무렇지도 않던 가슴이 이진의 말한마디에 지끈지끈, 욱신욱신 발작하듯 아픔을 호소했다. 터질 듯 팽창하는 목구멍에 힘을 주며 이래는 간신히 대꾸했다.

"······일은 무슨 일. 그냥. 이젠 굳이 그럴 이유가 없어져서."

[이유가 없어졌다고?]

"별거 아니야. 신경 쓰지 마. 딱히 의미 있는 의식도 아니었는 걸, 뭐."

[언니! 혹시 울어?]

"어?"

[언니 목소리가 이상해. 우는 거야?]

"목소리가 뭐? 아무렇지도 않은데······."

열심히 부인하며 이래는 웃음을 터트렸다. 고개를 내저으며 입술 꼬리를 한껏 끌어 올렸다. 어깨를 가볍게 으쓱거리며 눈가에 주름을 잡았다. 자신은 멀쩡하다고 우기며. 그깟 일로 상처 따위

받지 않을 거라고 다짐하며. 하나 그녀의 거짓된 웃음은 오래지 않아 시들고 말았다.

룸미러 속에서 그녀는 울고 있었다.

처량하기 짝이 없는 모습으로 철철 눈물을 흘리고 있었다. 슬픔 가득한 눈에서, 회한으로 방울방울 맺힌 눈물이 뚝뚝 떨어졌다.

[언니 진짜 괜찮은 거 맞아?]

"어…… 나 진짜 괜찮아, 이진아. 아무렇지도 않아. 아무 일도 없었어. 평소랑 똑같아. 달라진 거 하나도 없는데. 내가 왜? 내가…… 갑자기 왜 이럴까……? 엉?"

[언니……!]

"나, 왜 이러지, 이진아? 눈물이 나. 눈물이 멈추질 않아."

[언니 지금 주차장이라고 했지? 거기 꼼짝 말고 기다려. 어디 가지 마! 알았지?]

어디 갈 데도 없어, 이진아. 어디로 가야 할지도 모르겠어.

누굴 믿어야 할지, 무엇에 의지해야 할지 하나도 모르겠어. 갈피를 잡을 수가 없어. 모두들 날 비웃는 것 같아. 아버지의 신뢰조차 얻지 못하는 바보라고, 남편도 가정도 행복도 제 손으론 일구지 못하는 여자라고 손가락질하는 것만 같아.

이제 난 어디로 가야 하니?

이래는 몹시도 피곤한 머리를 운전대에 기대고 가만히 눈을 감았다.

두 볼을 타고 뜨거운 눈물이 흘러내렸다.

[실장님? 듣고 계세요?]

공손하지만 시니컬한 윤 비서 특유의 어조가 사무실 내선을 타고 날아들었다. 비서에게 보고받는 도중 그새를 못 참고 딴생각에 빠졌던 경우는 그제야 퍼뜩 정신을 차렸다.

'젠장.'

속으로 욕설을 중얼거리며 경우는 소리 없이 한숨을 쏟아냈다. 지끈거리는 이마를 움켜잡고, 대체 자신의 집중력에 무슨 일이 생긴 것인지에 대해 진지하게 골몰했다.

단 하루였다. 폭주기관차처럼 미친 듯이 일에 매달리다 겨우 단 하루 쉬었을 뿐이었다. 딱 하루만 이래의 말대로 자연스럽게, 하고 싶은 대로, 했을 뿐인데, 그 한 번의 일탈로 말미암아 그의 일상은 급속도로 균열이 가고 있었다.

달콤했던 순간순간들이 머릿속에서 떠나지를 않았다. 자꾸만 떠오르고 떠올랐다. 품속에 꼬옥 안겨오던 이래의 느낌. 자신의 손길 하나하나에 반응하던 그녀의 사랑스러운 몸. 달콤한 살 내음과 군침 도는 맛. 수년간 공허했던 삶이 박이래로 차곡차곡 채워지는 기분. 그 충만한 행복감이 새록새록 떠올라 도무지 일이 손에 잡히지가 않았다.

덕분에 경우는 아침부터 지금껏 서류 하나 제대로 검토하지 못하고 끙끙 씨름 중이었다. 단시간에 어마어마한 양의 일을 처리한다는 이유로 '워킹 머신'이라고 불리는 하경우가 여자 때문에 폐업 위기라니, 누구라도 알면 놀랄 일이었다. 그 상대 여자가 박이래라면 더더군다나 기절초풍할 일. 일할 때의 박이래는 사내들을 압도하는 카리스마의 대명사였으니까. 웬만한 남자 직원들은 그녀 앞에서 말도 제대로 못한다고 한다.

물론 경우의 앞에서만큼은 평범한 학교 후배 박이래지만.

경우는 그런 이래가 좋다.

조금은 변덕스럽고 소심하고 수줍음을 타는 여고생 같은 박이래. 남들에게 보이기 위해 이미지메이킹된 모습이 아닌 진짜 박이래. 오직 자신만이 진짜 박이래를 안다는 사실이 그는 기쁘고 뿌듯했다.

마음 같아서는 지금 당장 이래를 데리고 퇴근하고 싶었다. 어디로든 멀리 떠나고 싶다. 끔찍하게 답답한 사무실이 아닌, 탁 트인 공간으로 그녀를 데려가고 싶다. 별이 촘촘히 박힌 하늘가, 달빛이 일렁이는 바닷가, 어디라도 상관없다.

이래와 함께라면…….

[실장님?]

상사의 관심이 또다시 샛길로 빠졌다는 사실을 눈치챈 듯 윤 비서가 몹시 곤란한 어조로 재차 주위를 환기시킨다.

아득한 세계에서 이래와 즐겁게 바닷가를 노닐던 경우는 순식간에 현실로 소환되고 말았다. 사랑스러운 박이래도, 낭만적인 달빛과 한없이 설레던 기분도, 눈앞에서 빠르게 사라져 버렸다.

'빌어먹을.'

진한 아쉬움에 또다시 욕설을 중얼거리며, 경우는 재차 후욱 한숨을 내쉬었다.

"그래. 미안. 뭐라고 했었지?"

[방금 장 변호사님께서 전화하셨다고요. 한 시간 사이에 벌써 세 번째 연락하셨습니다. 부재중이시라고 말씀드렸는데도 계속 연락하는 걸 보니, 아무래도 실장님께서 사무실에 계시면서 전화

를 거절한다는 사실을 눈치챈 듯합니다.]

"장 변호사?"

경우는 미간을 가운데로 모으며 책상 위에 아무렇게나 던져 놓은 자신의 휴대전화에 슬쩍 눈길을 던졌다. 전원은 꺼져 있었다. 아까부터 누군가가 계속 전화를 걸어왔고, 그 때문에 안 그래도 실낱같은 집중력이 자꾸만 흐트러지는 바람에 전원 오프라는 극단적인 조치를 취해두었던 참이었다. 그 끈질겼던 전화벨의 주인공이 장 변호사였던 모양이다.

"용건이 뭐래?"

[그건 본인이 실장님께 직접 얘기하시겠답니다. 제게는 말씀드릴 수 없는 중요한 용무시라던데요. 말투로 봐서는 조속히 처리해야 할 사안인 것 같았습니다.]

"중요하고 급한 용무라⋯⋯."

장원모 변호사와는 2년 전, 장인과의 거래 공증 건으로 만난 적이 있었다. 그의 정식 직함은 TX그룹의 고문 변호사이지만 사실상 박 회장 일가의 집안 변호사에 가까웠기에 이후로 장원모와 경우가 마주칠 일은 거의 없었다. 장원모가 비밀스러운 용건으로 자신을 찾아왔다면 그건 바로 2년 전에 이뤄졌던 장인과의 비밀스러운 거래 때문일 것이다.

하지만 그 거래는 무난히 잘 마무리되지 않았나.

이제 와서 잘못될 일이 뭐가 있지?

[어떻게 하시겠습니까? 지금 바로 전화 연결할까요?]

"아니. 됐어. 나중에 내가 할게. 지금은 치리해야 할 서류들이 더 급해서. 혹시라도 장 변호사가 다시 전화하면 말씀드려. 내가 따로 조용히 연락드리겠다고."

[알겠습니다.]

"그리고 오늘은 내가 일찍 퇴근하고 싶어. 현재 책상에 올라온 계열사별 새 사업계획서들과 'TX건설과 TX메카텍의 계열사 합병안'. 오늘 안으로 검토해야 하니까 외부와의 전화 연결은 앞으로 계속 남은 시간까지 윤 비서가 알아서 차단하도록 해."

[일찍 퇴근하신다고요?]

전혀 예상 못한 발언인 듯 윤 비서가 윤 비서답지 않게 펄쩍 뛰었다.

[요즘은 해가 서쪽에서 뜹니까? 어제는 휴가, 오늘은 조기 퇴근, 웬일이십니까?]

"웬일은. 일찍 퇴근해야 할 사정이 있으니까 그렇지."

[예? 일찍 퇴근해야 할 '사정' 말입니까?]

"일부러 오역하지 마. 난 분명 사정(事情)이라고 했어. 사정(射精)이 아니라."

[제가 뭐라고 했습니까? 저도 '퇴근해서' 할 사정이 아니라! '퇴근해야' 할 사정이 계시구나, 생각했을 뿐인데요.]

"됐어. 사정(事情)이나 사정(射精)이나, 어차피 지금 나에게는 동음이의어야. 신혼부부가 사정할 사정이 있다는데 누가 뭐래?"

[물론입니다. 지당한 말씀이시죠. 세상에 새신랑이 일찍 퇴근해서 마땅히 해야 할 임무를 수행하는 것보다 더 중요한 일이 어디 있겠습니까? 나라 살리고, 회사 살리고. 사모님도 살리고, 더불어 저도 살리시는 길이죠. 사모님 덕분에 정시에 퇴근하는 호사를 누리게 되다니, 이 못난 비서는 그저 감읍할 따름입니다.]

"그렇게까지 비꼴 필요는 없잖아. 윤 비서가 일중독자 상사를 만나 고생하고 있는 건 나도 잘 안다고. 그래서 다음 달, 내 휴가 기간 동안 똑같이 유급휴가를 주겠다고 했잖아. 그땐 좋다고, 평생 몸 바쳐 일하겠다고 하더니만. 그새 마음 변했나?"

[그럴 리가 있겠습니까. 전 언제까지나 실장님 딸랑이입니다. 그럼 일, 계속하십시오.]

근 3년간 그와 호흡을 맞춰온 하경우 전담 비서답게, 윤 비서는 치고 빠질 타이밍을 잘 알았다. 적절한 때에 대화를 끊고 물러서는 윤 비서의 센스에 쿡쿡 유쾌한 웃음을 터트리며 경우는 사무실 내선 전화 수화기를 내려놓았다. 오늘 저녁에 이래를 데리고 근처 남산타워라도 돌려면 어서 서둘러야겠다.

집중. 집중. 또 집중.

경우는 박이래에 대한 생각을 열심히 머릿속에서 밀어내며 의욕적으로 서류를 들추었다. 책상 위에는 그의 휴대전화가 제 몫을 다하지 못하고 덩그러니 놓여 있었다.

"이 시간에 저희 집엔 웬일이십니까? 형님."

그날 밤 10시. 남의 집을 방문하기에는 부적절한 야심한 시각.

오늘도 경우는 상대가 전혀 반기지 않는다는 사실에도 굴하지 않고, 상당히 저돌적인 몸짓으로 저벅저벅 동원의 아파트 안으로 들어서고 있었다. 처음이 아니어서인지 동원은 이제는 놀랍지도 않다는 듯 따분하고 지루한 표정으로 '어서 옵쇼' 제스처까지 취하며 동서를 맞이하였다.

경우는 아무런 대꾸도 없이 집 안으로 돌진했다.

좁은 복도식 현관을 따라 들어가 넓디넓은 거실을 휙휙 둘러보았다. 개미 새끼 한 마리 보이지 않는다. 아내가 처제와 속풀이인지 화풀이인지를 하고 있을 거라고, 그럴지도 모른다고 생각했던 경우는 속에서 천불이 올라오는 것을 느꼈다. 그는 분통이 터지는 얼굴을 홱 꺾어 한동원을 쏘아보았다.

동원은 여유만만하고 느긋한 걸음걸이로 경우를 뒤따라 들어오고 있었다. 동원의 두 팔에는 두 살짜리 그의 아들 한빈이 어깨에 얼굴을 묻은 채 안겨 있었다. 코오, 귀엽게 코까지 골며.

평소였다면 당연히 빈의 건강이나 안부부터 챙겼을 경우였으나 지금은 도저히 그럴 만한 여유가 없었다. 누구라도 그럴 것이다. 어떤 남자라도 아내가 갑자기 사라지면 제정신일 수가 없을 터이다. 특히나 박이래처럼 이해할 수 없는 문자메시지만 하나 덜렁 남겨두고 떠났다면, 그리고 떠나기 직전에 만난 사람이 장 변호사였다면.

불과 4시간 전까지만 해도, 경우는 평소보다 이른 퇴근으로 인해 하늘을 나는 듯한 기분이었다. 룰루랄라 휘파람까지 불었다. 이래를 데리고 어디부터 갈까, 무엇을 먹을까, 어떻게 유혹할까, 머릿속이 즐거운 생각들로 꽉 차 있었다. 지금의 악몽 같은 상황은 그녀에게 연락하기 위해 휴대폰 전원을 켜는 순간 시작되었다.

「생각할 게 있어서 친구네 집에 며칠 머물까 해요. 당분간 찾지 마세요. 마음 정리가 끝나면 돌아올게요.」

이래가 보낸 문자메시지를 확인한 경우는 한동안 말을 잇지 못했다.

생각할 게 있다니, 뭘?

찾지 말라니, 왜?

마음 정리라니, 무슨?

설마. 혹시. 그럴 리가. 아니야. 아닐 거야. 머릿속에서 온갖 어둡고 비뚤어진 생각들이 와글거리며 정상적인 사고를 방해했다. 잠자코 있어서는 안 된다고, 이래를 찾기 위해서 무슨 짓이든 해야 한다고 생각한 것은 한참 뒤, 장 변호사와의 통화를 마친 후였다.

[오전에 전무님을 만나 뵈었습니다. 공증에 대해 안다 하시면서, 자세한 설명을 요구하시더군요. 보안 의무 조항 때문에 말씀드리기 곤란하다 했습니다. 가까스로 위기를 모면했습니다만, 전무님 성격에 이 일을 그냥 넘기지는 않으실 것 같습니다. 한시라도 그 거래 건에 대해 털어놓으시는 게 좋을 것 같아요. 아무리 가벼운 사안도 일단 비밀 조항이 붙으면 심각해 보이기 마련이니까요. 회장님보다는 실장님께서 말씀하시는 게 좋을 것 같아서, 이렇게 부랴부랴 연락드리게 되었습니다.]

순간 와글거리던 머릿속이 깨끗이 정리되었다. 이래는 오늘 오전에 장 변호사의 사무실을 방문했고 이후 경우에게 문제의 문자메시지를 보냈다. 장 변호사와 문자메시지. 둘의 상관관계는 오직

'거래' 뿐이었다.

그녀가 생각할 게 있다는 것도 '거래'일 것이요, 자신을 찾지 말라는 건 그에게서 이미 마음이 떴다는 의미요, 그 마음을 정리 하겠다는 건…….

"여자한테 거하게 차인 얼굴이십니다, 형님."

곤히 잠든 아들을 두 팔 가득 끌어안은 동원이 무심한 듯 건조 하게 중얼거렸다. 경우의 가슴은 철렁 무너져 내렸다. 차마 스스 로 입 밖에 꺼내지 못했던 이야기를, 다른 사람도 아닌 한동원에 게서 들으니 절망감이 배가되었다. 파리한 안색의 얼굴을 손바닥 으로 거칠게 문지르며 경우는 한숨을 토해냈다.

"뭔가 알고 있는 것 같군. 맞지?"

"대충 감은 옵니다. 형님 표정이 가관이라서요."

"처제는?"

"보다시피 부재중이요. 퇴근이 늦어져서 제가 대신 아들을 돌 보고 있죠. 근데 제 아내는 왜 찾으십니까? 무슨 볼일이라도?"

"물어볼 게 있어. 근데 전화해도 받질 않는군. 이렇게 직접 찾아 올 수밖에 없었어."

"뭐. 평범하네요. 이진이가 원래 일에 빠지면 아무것도 눈에 안 들어오는 체질이거든요. 평소에도 제 애간장을 얼마나 태우는지. 아마 지금쯤 전화가 왔는지도 모른 채 일에 몰두해 있을 겁니다. 근데 대체 얼마나 화급한 일이면 집까지 찾아오십니까? 제게 물어 보시죠. 이진이가 관련된 일이라면 제가 모를 리 없으니까요."

"그게……."

젠장. 뭐라고 말해야 하나.

'아내가 도망갔다고? 날 피해 어디론가 숨은 것 같다고? 아내를 찾고 싶은데 어디서부터 어떻게 찾아야 할지 모르겠다고? 아내의 친구, 아내가 의지할 만한 사람, 아내가 몸을 의탁할 만한 곳, 뭐 하나 아내에 대해 알고 있는 게 없다고? 이런 자신을 깨닫고 나니 미치도록 괴롭다고?'

극심한 좌절감이 찾아왔다. 자책감과 자기혐오, 안타까움과 불안함, 미칠 듯한 후회도. 머리카락을 쥐어뜯은 채로 경우는 한참동안이나 그대로 서 있었다. 격랑에 휩쓸린 듯 시끄러운 마음을, 무너질 듯 아슬아슬한 자기 자신을 붙들기 위해 안간힘을 썼다.

"혹시…… 내 아내가 어디로 갔는지 아나?"

경우가 겨우 마음을 추스르고 입을 연 것은 잠시 후였다. 그동안 동원은 드라마처럼 다이나믹하게 전개되는 경우의 표정 변화를 생각하는 눈빛으로 지켜보고 있었다.

"아."

이미 예상했던 질문이었기에 동원은 전혀 놀라지 않았다. 동원의 머릿속에 하경우가 원하는 모든 정보가 스쳐 갔다.

박이래는 오늘 오전 변호사와 상담한 후 동생인 이진을 만났다. 변호사에게 무슨 얘길 들었는지, 남편에 대한 실망감에 상심한 이래는 자신의 결혼을 전면 재검토하고 자신의 입장을 정리하는 시간을 갖기로 한다. 말이 입장 정리지 이혼을 하느냐 마냐의 중요한 결단이라고 동원은 생각했다.

박이래는 이진의 도움을 받아 동원의 가족 별장에서 당분간 휴식을 취하기로 했다. 마음이 어지러운 이래를 위해 이진이 별장까지 운전해서 데려다주기로 했으니, 지금쯤 박이래는 별장에서 짐을 풀고 있을 것이요, 박이진은 열심히 서울로 돌아오는 중일 것이다.

그리고 이 모든 상황에 대해서는 함구령이 내려진 상태. 박이래의 행방에 대해선 아무도 몰라야 된다고, 한동원의 주인이신 박이진 님께서 하명하시었다. 이래가 그 누구의 영향도 받지 않고, 오로지 자신만을 생각하며 자신만을 위한 결정을 내리도록 하기 위해서라고 했다.

나름대로는 꽤 그럴싸한 논리였다. 여자들은 언제나 그럴싸한 논리를 창작해 낸다. 하지만 단순하디단순한 동원의 눈에는 그저 '남편 피를 말려보자'는 속셈으로밖에 안 보였다. 정말로 하경우가 꼴도 보기 싫으면 생각을 정리하고 말고가 어디 있겠나. 당장 끝장내고 말지.

하여간 여자들은 쉬운 것도 어렵게 비비 꼬는 재주가 탁월하다니까.

"역시. 그 일 때문에 오셨군요."

동원은 아주 태연한 얼굴로 씨익 웃으며 이래의 행방을 안다는 의사를 팍팍 풍겼다. 순간 미심쩍게 꿈틀거리던 경우의 표정이 확 굳었다. 그는 드잡이라도 할 기세로 왈칵 달려들며 험악하게 으르렁거렸다.

"자네 진짜 뭔가 알고 있군. 맞지?"

"어이쿠!"

동원은 깜짝 놀라 뒤로 물러서며 흘낏 아들의 동태를 살폈다. 한빈은 다행히 아직 눈을 꼭 감고 있었다. 오늘 큰고모네에서 온갖 말썽을 다 피우며 신나게 놀았다더니만. 정말 어지간히도 피곤

했었나 보다. 이렇게 톡 나가떨어진 것을 보면.

동원은 잠들었을 때 가장 사랑스러운 아들이 깨지 않게 아이의 작은 몸을 자신의 가슴팍에 꼬옥 붙이고, 거의 폭발 직전인 하경우를 향해 부드럽게 눈썹을 치떴다.

"흥분하지 마세요, 형님. 우리 빈이 녀석 자다 깨면 어찌 되는지 잘 아시잖아요."

"이래 어디 있어? 말해."

"정말 죄송하지만 그것만은 말씀드릴 수 없어요. 이진이랑 손가락 걸고 꼭꼭 약속했거든요. 아무한테도 발설하지 않기로."

"난 아무나가 아니야. 박이래 남편이라고."

"윽! 살벌한 눈초리. 너무 그렇게 죽일 듯이 쳐다보지 마십시오, 형님. 저 상처받아요. 전 형님을 좋아한다니까요. 제 입장도 생각해 주십시오. 아시잖습니까. 박씨 집안 여자들이 얼마나 무서운지. 저도 살고 싶습니다. 이진인 앞뒤가 꽉꽉 막힌 여자라, 당근과 채찍의 구분이 명확해요. 괜히 약속을 어겼다가는 처절한 응징을 피할 수 없을 겁니다. 몇 날 며칠 자기한테 손도 못 대게 할걸요."

"헛소리 집어치워. 사실대로 털어놓기나 해. 이래 어디 갔어?"

"아니, 아니, 그러니까! 일단 이 사태의 본질을 생각해 보자고요. 제 잘못이 아니잖습니까. 이 상황을 초래한 장본인은 형님이시잖아요. 제 탓으로 몰아가지 마시란 말씀이죠. 제게 기대지 마세요."

"상황을 초래한 죄가 있으니, 형벌을 달게 받으라는 건가?"

"뭐 꼭 그러시란 건 아니지만……."

"그저 가만히 기다리라고? 무슨 일이 벌어지는지도 모르는데?

쓸데없는 오해로 말도 안 되는 결정을 내릴지도 모르는데, 나더러 그저 손 놓고 구경만 하라고?"

"전 처형이 무슨 오핼 어떻게 했는지 모릅니다. 당연히 무슨 결정을 어떻게 내릴지도 모르죠. 하지만 형님이 손 놓고 구경하지만은 않을 거라는 건 잘 알겠습니다."

"뭐?"

"이렇게 간절히 처형을 찾고 계시잖아요. 오해를 풀고 싶어하시잖아요. 두드리면 열린다는 말도 있잖습니까? 형님께서 진심으로 다가가신다면, 처형도 응해주시리라 믿어요."

"웃기는 소리 작작해! 그딴 세월 좋은 소린 나도 얼마든지 할 수 있어. 내 일이 아니면! 남의 일이면! 나도 진심 타령 얼마든지 할 수 있다고. 아무리 찾아봐도 모르겠어. 이래가 어디로 갔는지 짐작할 수조차 없어. 내가 찾지 못할 곳으로 꽁꽁 숨어버렸다고. 날 완전히 떠났단 말이야. 날…… 버렸다고……."

경우는 끓어오르는 감정을 참지 못하고 격하게 숨을 들이켰다. 한 손으론 이마를, 다른 한 손으론 허리를 짚고 있었다. 눈을 어디에 둬야 할지 모르는 사람처럼, 아니, 자신이 어디에 있는지조차 모르는 사람처럼 헤매고 있었다. 너무도 불안정한 경우의 모습에 보는 동원의 마음마저 울적해졌다.

잠깐이지만 심하게 마음이 흔들렸다.

하경우의 이런 모습은 처음이었으니까.

그는 언제나 느긋하고 여유로운 사내였다. 사업가에게 있어서 느긋함이란 준비와 대비가 잘돼 있는 책략가를 의미한다. 오랫동안 공들인 치밀한 조사와 기획을 손에 쥐었기에 언제나 여유로울 수가 있는 것이었다. 그의 철저한 준비 자세는 이래와의 관계에서도 드러난다. 약혼하고도 2년이란 시간이 무의미하게 흘러가는데도 그는 전혀 초조해하지 않았다. 덤덤하고 수용적이었다. 결코 성급하게 구는 법이 없었고 딱히 쫓기는 기색도 없었다.

항간에 떠돌았던 말처럼 '쥐뿔도 가진 게 없는' 하경우가 여유로울 수 있었던 건, 역설적이게도 '쥐뿔도 가진 게 없어서'였을 것이다. 자고로 싸움은 잃을 게 없는 사람이 이기는 법이 아니겠는가. 딱히 박이래나 TX그룹에 목매지 않는다는 인상은 그를 승리자로 만들어주었다.

지금의 하경우는 전혀 승리자로 보이지 않는다. 그에게서 전에 볼 수 없었던 두려움이 엿보였다. 소중한 것을 잃지 않으려고 처절히 발버둥치는 남자의 두려움이었다.

동원은 덤덤히 위로의 말을 건넸다.

"걱정하지 마세요. 처형은 돌아오십니다."

"자네가 그걸 어떻게 알아?"

"돌아오기 위해 떠난 겁니다. 아무 일 없었다는 듯 제자리로 돌아오실 거예요. 한결 편안해진 모습으로요. 형님은 그저 처형을 어떻게 맞을까, 궁리하시기만 하면 됩니다. 다시는 이런 일이 없게 해야죠. 사랑하는 여자는 무슨 수로든 지키는 게 남자의 필수 덕목이잖습니까."

경우는 대답하지 않았다. 감정이 격해진 듯 말없이 어금니를 악물었을 뿐이다. 동원은 가만히 그를 지켜보았다. 지금은 그 어떤 말도 위로가 되지 않음을 알기에 쉽사리 입을 떼지 못했다. 한참 만에 감정을 추스른 경우는 현관을 나서기 직전, 아리송한 말 한

마디를 남겼다.

"이래에게 내 사랑이 무슨 의미가 있을까?"

동원은 폭풍처럼 들이닥쳤다 사라진 경우의 흔적으로 횅한 현관문을 바라보며 오도카니 서 있었다.

서울을 떠난 지 6일째.

새벽에 일어난 이래는 시내에 나가 임신테스트 키트를 샀다. 생리 예정일이 열흘이나 지났다는 사실을 뒤늦게 깨달았기 때문이었다. 생각 탓인지 가슴도 커지고 유륜의 색도 짙어진 듯했다. 그리고 무엇보다 속이 좋지 않았다. 자꾸 헛구역질이 나오고 음식 냄새가 역하게 느껴졌다.

부리나케 테스트기를 사 들고 화장실로 달려갔지만 결과는 꽝이었다. 혹시 몰라 여러 개로 거듭 측정해 보았으나 역시나, 임신 진단이 나온 건 하나도 없었다. 허탈해진 나머지 이래는 한참 동안 넋을 놓았다. 그러고서야 깨달았다. 자신이 임신을 절실히 바라고 있었음을.

우습다고 생각했다. 남편에 대한 신뢰가 무너지고 결혼 생활마저 위태로워진 지금 같은 때에 그의 아이를 원하다니. 있을 수 없는 일이라고, 도저히 제정신으론 가질 수 없는 마음이라고 생각했다.

하지만 시간이 갈수록 마음에 확신이 생겼다. 그 확신은 점점 더 강해질 뿐, 결코 스러지지 않았다. 그녀는 아이를 갖고 싶었다. 하경우를 닮은 그의 아이를…….

"참 별스럽지. 아기 생각은 한 번도 해본 적 없으면서."

작은 선착장이 딸린 해안선을 따라 걸으며 이래는 혼잣말을 중얼거렸다.

시원한 초가을 바람이 등 뒤에서 날아들었다. 어깨에 걸친 숄을 여미며 무심코 하늘을 올려다보았다. 청명하고 파란 가을 하늘에 흰 구름이 둥둥 떠다니고 있었다. 멍하게 생각했다. 저 하늘처럼, 구름처럼, 자신의 마음도 선명해지면 얼마나 좋을까? 하고.

"바보 아니니?"

작은 목소리로 속살거리며 이래는 푸핏, 웃음을 터트렸다.

"하경우의 아기를 갖고 싶다고 생각한 주제에."

재빨리 고개를 숙였다. 바닷바람에 흩날리는 머리카락을 손으로 가지런히 눌렀다. 눈가에 빠르게 눈물이 고였다. 코끝이 시큰했다. 훌쩍 코를 먹으며 손등으로 눈가를 눌렀다. 바보처럼 또 눈물이라니, 이제 그만 슬퍼하기로 해놓고. 또다시 허탈해져 이래는 헛헛, 빈 웃음을 흘렸다.

숨고 도망친 시간이 무려 6일이었다.

경우에겐 자초지종 설명도 없이 사라져 철저히 은둔했다. 혼자만의 결정을 내리고 싶어서, 라고 허울 좋은 이유를 늘어놓았지만. 사실은 상처받은 자신이 부끄러워서, 행여 그의 앞에서 무너질까, 두렵고 비참한 마음에 뒷걸음질한 것에 불과했다. 진실과 정면으로 마주하기가 두려워 비겁하게 현실로부터 도망쳤던 것이다.

그런 주제에 실로 온갖 허세를 다 부렸다. 하경우 따위 얼마든지 잊을 수 있다. 떨어져 지내다 보면 결혼에 대한 냉철한 시가을 찾을 수 있을 것이다. 그렇게 되면 그깟 남자 하나쯤, 마음에서 지워내는 건 식은 죽 먹기일 것이다. 별의별 배짱을 자신만만하게 튕겼었다. 한데 그 찌질거림의 결론이 겨우 '그의 아이를 낳고 싶다' 라니……

"나, 뭐 한 거니?"

한심하다. 고작 소녀 시절 풋사랑을 잊지 못해 아등바등하는 자신이.

하지만 아무리 노력해도 못 잊겠는 걸 어쩌나. 그를 놓을 수 없는 걸 어쩌나. 독하게 마음먹고 이혼 서류까지 작성했지만 하루도 못 가 찢어버리게 되는 자신을 대체 어쩌란 말인가.

떨어져 지내면 그가 미워질 줄 알았는데 아니다. 외려 그리움만 쌓이고 애틋함만 커졌다. 갈수록 참는 게 어려워졌다. 그가 너무 보고 싶은 나머지 우울증이 생겼다. 하루에도 몇 번씩 휴대전화의 전원을 켜고 싶어 손이 근질거렸다. 바닷가를 거니노라면 코사무이의 밤바람이 떠올랐고, 북적거리는 시장에 서면 그와 함께 마트에서 장 보던 때가 생각났다.

밥은 잘 챙겨먹는지, 일 때문에 너무 무리하는 것은 아닌지, 그가 걱정되었다. 퇴근해서 돌아오면 집에 아무도 없을 텐데, 집이 너무 썰렁하면 어쩌나, 그것도 걱정되었다. 시댁 식구들이 예고 없이 집에 찾아오면 어쩌나. 박 회장이 그녀의 안부를 물으면 어쩌나. 회사 직원들이 그녀의 결근 사유를 궁금해하면 어쩌나. 그모든 상황을 혼자서 감당해야 할 경우가 걱정되고 미안했다.

"휴우—"

이래는 한숨을 내쉬며 주저앉듯 털썩 제자리에 쪼그리고 앉았다. 이곳까지 태워다 준 이진이 서울로 올라가기 직전에 했던 말이 떠올랐다.

"내가 보기에도 언니한테는 시간이 필요한 것 같아. 하지만 여기 너무 오래 있진 마. 생각할 시간은 필요하지만 고민까지는 안 해도 돼. 감정이든 뭐든, 오래 묵혀두면 썩어. 훌훌 털어내. 씩씩하게 돌아와서 다시 시작해. 사랑은 움직이는 거라잖아. 언니 인생은, 언니 하기 나름이야. 힘내!"

주먹 불끈 쥐며 '아자!'를 외치고 사라진 이진을 떠올리니 저절로 미소가 지어졌다. 그래. 이렇게까지 버텼는데도 안 되잖아. 뭘 더 고민하니?

오래 두면 썩는다. 사랑은 움직이는 거다.

돌아가서 다시 시작하자. 다시 제대로 그를 사랑하자.

쓸데없는 자격지심과 자존심은 벗어던지고 진심으로 그를 대하자. 그가 마음을 열 때까지, 진심으로 사랑해 줄 때까지, 지치지 않고 두드리리라.

무릎에 힘을 주고 이래는 자리에서 벌떡 일어났다. 제법 쌀쌀한 바람이 또다시 휘잉 불어왔다. 조만간 단풍터널로 출사나 나가야겠다. 생각하며 이래는 돌아갈 차비를 하기 위해 서둘러 별장으로 향했다.

제13장 손님, 제 대답은요

"어머님!"

시댁 현관문을 열고 들어선 이래는 눈앞을 가로막고 서 있는 유 여사의 모습에 깜짝 놀라 소리쳤다.

목에는 깁스, 팔에는 붕대를 감고 있는 유 여사는 말로 표현할 수 없을 만큼 처참한 몰골이었다. 오늘 오전 사교댄스 학원에서 탱고를 배우다가 실수로 낙상을 당했단다. 서울로 돌아오는 길에 휴대전화 전원을 켰다가 뒤늦게 소식을 접한 이래는 부랴부랴 운전대를 꺾어 시댁으로 달려오는 길이었다.

"왔니?"

어안이 벙벙해진 며느리를 시니컬하게 마주 보며 유 여사는 몹시도 심드렁하게 중얼거렸다. 이 모양 이 꼴로 며느리 보기는 창피했지만 이미 팔린 쪽을 어찌하겠나, 뭐 그런 자포자기의 얼굴이었다.

"괜찮으세요? 이렇게 움직이셔도 돼요? 병원에 계시지 않고요."

"이래 봬도 다리뼈는 멀쩡해. 움직이는 데 아무 지장 없어. 뼈가 부러진 것도 아닌데 입원까지 하는 것도 우습고. 호들갑 떨기 싫다. 근데 너야말로 무슨 배짱으로 이렇게 당당하게 찾아오니?"

"네?"

"지난주에 시어미 바람 맞춘 거 기억 안 나니? 우리 쇼핑 가기로 했잖아. 그래 놓고 말도 없이 멋대로 약속을 캔슬하고."

"그건……."

"에이, 엄마! 왜 또 그래? 그 문젠 오빠랑 얘기 끝냈잖아. 올케 잘못이 아니지. 갑자기 출장 가게 돼서 어쩔 수 없이 못 간 건데. 언니 왔어요? 출장은 잘 다녀왔고요?"

어느 틈에 달려온 지우가 유 여사의 멀쩡한 팔에 팔짱을 끼며 이래를 향해 샤르르 녹아내리는 미소를 지었다. 눈썹을 씰룩씰룩, 눈을 깜빡깜빡, 입술을 초조하게 오물오물하는 모양새가 딱 시그널이었다. 얘기가 그렇게 돌아가고 있으니 올케언니도 장단을 맞춰달라는.

행선지를 알리지 않고 잠적한 이래를 위해 경우가 '출장'이라는 핑계를 만들어댔던 모양인데, 이 싸하고도 어색한 분위기로 보자면 가족들 누구도 곧이곧대로는 믿지 않는 듯. 사실을 고해야 한다는 걸 알았기에 이래는 말없이 고개를 숙였다.

"죄송합니다. 실은 제가……."

"아이고고! 머리야, 허리야. 갑자기 온몸이 다 쑤셔대네. 애! 뭐

하니? 시어미 현관에 세워놓고. 빨랑 들어와. 나 좀 앉아야겠다."

멀쩡하게 서 있던 유 여사가 갑자기 이래의 말문을 가로막더니 뒷목을 잡았다. 정나미가 뚝뚝 떨어지는 얄궂은 말투로 이래에게 통박을 놓으며 유 여사는 여왕마마 행차하듯 거만한 자세로 뒤돌아섰다.

밑도 없이 사라져서 죄송하다고, 앞으로 다시는 이런 일 없을 거라고 잘못을 빌 생각이었던 이래는 순간 당황하고 말았다. 멍하게 고개를 들고 유 여사의 뒷모습을 바라보았다. 어찌해야 할지 모르겠다고 생각하며 우두커니 서 있노라니, 지우가 홱 고개를 꺾어 이쪽을 돌아보았다. 그녀는 은밀한 눈빛으로 히쭉 웃더니 소리 없이 입 모양으로 말을 건넸다.

'얼른 들어와요, 언니.'

"네……."

염치없다 생각하면서도 이래는 머뭇머뭇 집 안으로 들어섰다. 여자들이 다가오자 거실 소파에 앉아 있던 하 사장이 자리에서 벌떡 일어났다. 척 보기에도 아내가 여기저기 다친 것이 못마땅한 듯 얼굴을 잔뜩 찌푸리고 있었다. 며느리가 왔다는 것을 알면서도 본체만체. 머릿속이 온통 아내 걱정뿐인 듯했다.

"쯧쯧쯧! 삭신이 쑤신다면서 어딜 돌아다니나. 어련히 며늘애가 들어와 인사할까. 가만히 앉아서 기다리질 못하고. 하여간 철없기는. 그런 건 뭐 하러 배운다고 해서는."

"탱고가 뭐 어때서요. 우리나라 사람들 인식이 잘못된 거지. 해외 나가봐요. 탱고가 얼마나 품격 있는 춤인데. 몸과 마음을 수양하는 춤이에요. 상대에 대한 존중과 배려가 필수이고, 배우다 보면 일상생활의 나쁜 자세도 교정된다고요."

하 사장의 근심 걱정을 아는지 모르는지, 유 여사는 아픈 데가 흔들리지 않도록 조심스럽게 소파에 걸터앉으면서도 쌀쌀맞기 그지없는 눈으로 남편을 째려보았다.

며늘아기 앞에서 시어머니 면박을 줘도 유분수지. 남편의 생각 없는 행태에 유 여사는 기분이 나빠졌다. 심술이 잭의 콩나무처럼 무럭무럭 자라나 하늘에 닿자, 그녀는 한 손으로 수줍게 입술을 누르며 가식적인 웃음을 호호호 흘리며 남편을 잔뜩 비꼬아주었다.

"어머! 그러고 보니 당신한테 딱 어울리는 춤이네?"

"뭐, 뭐야?"

"당신이야말로 상대에 대한 존중과 배려가 결여된 사람이잖아. 내가 탱고를 왜 배우기 시작했는데. 당신이 골프 친답시고 허구한 날 밖으로만 나도니까! 나도 내 방식대로 삶을 즐길 권리가 있잖아요?"

"아, 누가 골프 치지 말래? 같이 가자고 해도 싫다던 사람이 누군데?"

아내가 갑자기 싸움을 걸어오자 하 사장은 당황한 나머지 언성을 높이며 얼굴을 붉혔다. 며느리 보기가 민망한지 이래가 공손히 허리를 숙이며 인사를 해도 자그맣게 '어, 왔냐' 할 뿐 똑바로 얼굴을 마주하질 못하였다. 유 여사는 30년 넘게 살면서 남편이 저렇게 쩔쩔매는 모습은 처음인지라 더욱더 신나게 기세를 올렸다.

"하이고! 말은 잘하셔. 가면 뭐? 자기들끼리만 하하호호 하면서. 당신들 은근히 나만 따돌리잖아. 겉으로는 반기면서 속으론 민폐라고 흉보는 거, 내가 모를 줄 알아요? 당신도 내심 싫잖아. 괜히 따라와서 사람 창피하게 만든다고 생각하잖아."

"거참! 누구 하나 그리 말하는 사람도 없구만. 혼자 자격지심은."

"자격지심이 아니라 사실이 그렇지. 내가 그런 분위기도 못 읽는 형광등이야? 나만 끼면 분위기가 싸해지잖아요. 나 때문에 팀 나누기도 애매하고, 그러니 자연히 게임도 재미없어지고. 결국 나만 눈치꾸러기 되잖아."

"그, 그러게! 처음부터 나랑 꾸준히 같이 배웠으면 좋았잖아. 가자고 하면 얼굴 탄다, 몸이 찌뿌둥하다, 집안일 바쁘다, 별의별 핑계를 다 대면서 빠져놓고서. 운동은 꾸준히 해야지. 그렇게 대충대충 하니까 십 년을 배워도 실력이 안 느는 거야."

"이거 보세요, 하정세 씨! 그걸 핑계라고 생각하는 것부터가 잘못이라고요. 집안일이 바쁜 게 왜 핑계예요? 내 몸이 찌뿌둥한 게 왜 핑계라고 생각해요? 진짜 몸이 안 좋아서 못 가는 거라곤 생각 못해요? 당신 보기엔 내가 음식 솜씨도 형편없어, 애들도 잘 못 챙겨, 집에서 하는 거라곤 빈둥빈둥 놀다가 저녁에 TV 연속극이나 보는 게 다라고 생각하겠지만. 나도 엄청나게 바쁜 몸이에요. 애들 밥은 못해줘도 학부모 모임엔 절대 안 빠지던 나라고요. 그러는 당신은? 애들 사춘기 때 신경이나 썼어요?"

"아니! 왜 또 얘기가 그쪽으로 흘러?"

"애들 임신하고 키우느라 뒤늦게 배운 것도 서러운데. 못한다고 자꾸 눈치를 주니까 제대로 기를 펼 수가 있어야죠. 배우고 싶은 마음은 굴뚝이었어도 당신이 날 귀찮아할까 봐! 그런 취급받느니 차라리 안 배우겠다, 결심했던 거라고요. 뭘 알고나 얘기해요."

"듣자 듣자 하니까 이 사람이! 내가 언제 눈치를 줬다고!"

"저기."

시부모의 가벼운 말다툼이 부부 싸움으로 번질 조짐이 보이자 이래가 불쑥 끼어들었다. 새 식구 앞에서 아내와 티격태격한 게 민망한 하 사장이 '에헴, 에헴' 하며 고개를 저쪽으로 홱 틀었다.

며느리 앞에서 남편의 체면을 구겨놓은 게 통쾌한 유 여사는 생긋, 며느리를 향해 얄밉도록 화사한 미소를 지으며 '왜에?' 하고 대꾸했다. 이래는 시아버지와 시어머니의 눈치를 차례로 살피며 공손히 말을 꺼냈다.

"다음에 저랑 같이 라운딩 가실래요, 어머님?"

"응?"

귀가 쫑긋해지는 얘기에 유 여사가 눈을 번쩍 떴다. 이래는 유 여사의 옆자리에 살포시 조신한 자세로 앉으며 씨익 웃었다.

"저도 구력만 길지 실력이 형편없거든요. 저랑 같이 운동해요, 어머님."

"어…… 그럴래?"

"제가 다니는 골프클럽에 유명한 프로선수 출신 강사님이 계시는데, 어머님께 소개해 드리고 싶어요. 젊고 잘생기고 굉장히 친절하세요. 항상 스케줄이 빡빡하시지만 제가 특별히 부탁드리면 받아주실 거예요. 강사님 프로 시절에 저희 회사의 후원을 받으셨거든요. 저랑 인연이 깊은 분이세요."

"어머! 그러니? 그 강사가 그렇게 젊고 잘생겼어?"

잘생긴 강사를 소개해 주겠다는 말에 유 여사의 얼굴에 화색이

돌았다. 누구누구더러 똑똑히 들으란 듯 '젊고 잘생겼다'에 방점을 콕콕 찍어대며 방실방실 웃어대었다. 겉으론 무뚝뚝해도 속만은 오매불망 유 여사뿐인 하 사장은 너무나도 당황한 나머지 말을 잇지 못했다. 얼굴이 붉으락푸르락, 부리부리한 눈을 이리 또르르, 저리 또르르 굴리기만을 수차례 반복할 따름. 자신이 무슨 짓을 저지르고 있는지 전혀 모르는 순진무구한 며느리, 박이래는 열심히 고개를 끄떡이며 유 여사의 일탈을 부추겼다.

"저희 클럽에서 인기가 제일 좋으세요."

"어험, 어험! 무슨 소리! 클럽은 함부로 바꾸는 게 아니야. 한 군데 진득하게 다녀야 실력도 꾸준히 늘지. 이리저리 철새처럼 옮겨 다니면 괜히 적응하는 데만 시간 낭비하지. 그냥 다니는 곳에 계속 다니는 게……."

"싫어요. 당신 다니는 덴 여자 강사들만 즐비하잖아. 재미 하나도 없게."

"뭐? 재미? 재미라니. 무슨 재미. 아니, 골프를 강사 얼굴 보고 배우나?"

"그래요, 난 얼굴 보고 배워요. 그러는 당신은 몸매 보고 배우시나?"

줄곧 무반응으로 심드렁하게 강 건너 불구경 중이던 지우도 이 대목에선 푸흡, 웃음을 터트리지 않을 수가 없었다.

부모님 사이에 이 정도의 아웅다웅은 종종 있는 일상이지만, 모친이 이토록 완벽하게 판정승을 가져가는 일은 극히 드물기 때문이었다. 부친은 7살이나 연하인 모친을 세상사 전혀 모르는 철딱서니로 바라보는 경향이 있어, 평소 이들 부부 싸움은 '모친의 삐침'으로 시작하여 '부친의 훈계'로 끝을 맺는 식이었던 것이다.

부친이 이렇게 밀리게 된 건 순전히 박이래 덕분이다. 체면을 중시하는 부친에게는, 자랑스러운 아들의 아내, 하나밖에 없는 며느리의 눈에 멋진 시아버지로 보이고 싶은 소박하고도 지극히 본능적인 욕망이 있는 것이었다.

"언니, 나도 끼워줘요. 나도 다닐래요. 완전 재미있을 것 같아요."

지우는 이래에게 '덕분에 멋진 구경 앞으로 실컷 하게 되었다'의 의미로 쌍따봉을 날리며 역사에 길이 남을지도 모를 모친의 첫 대첩에 가뿐히 숟가락을 얹었다. 작은 소요를 대첩으로 이끈 장본인 박이래 씨는 자신이 무슨 일을 해냈는지 전혀 모르는 듯 해맑게 웃으며 말했다.

"그럼 그러실래요?"

"어머나! 얘! 좋은 생각이 났다. 이렇게 된 거, 까짓것, 경우도 합류시키는 거야. 넷이 같이 다니는 거지. 2:2로 편 나눠서 게임도 하고, 끝나면 같이 밥도 먹고. 밥은 내가 쏠게. 네 생각은 어떠니, 새아가?"

"어어, 근데 경우 씨는……."

경우까지 함께하는 건 무리라고 생각한 듯 이래가 영혼 없는 웃음을 배시시 지어 올렸다. 바로 그때, 장본인 하경우가 현관문을 벌컥 열어젖혔다. 호랑이도 제 말하면 온다더니!

'성난 황소 등장!'

지우는 재빨리 이래를 돌아보았다.

계속 구시렁거리며 티격태격하던 하 사장과 유 여사도 약속이

나 한 듯 입을 딱 다물고 며느리에게 시선을 집중시켰다.

　그동안 가족들 누구도 대놓고 언급하지 않았지만, 모두들 알고 있었던 것이다. 두 신혼부부 사이에 매우 심각한 일이 벌어지고 있다는 것을. 이래가 쇼핑 약속을 캔슬하고도 코빼기도 내비치지 않는 점, 경우의 태도가 날이 갈수록 거칠어지는 점 등 때문이었다. 송세련을 초대한 사건으로 원인 제공을 톡톡히 했던 그들이었기에 다들 걱정이 이만저만이 아니었다.

　'전화로나마 올케랑 연락이 닿아서 얼마나 기뻤게!'

　지우는 올케의 컴백을 거의 기쁘다, 구주 오셨네 수준으로 반기었다. 더 이상 오라비의 눈치를 보지 않아도 되겠구나 생각하니 환호성이 절로 나왔다. 올케는 시어머니가 다쳤다는 얘기를 전해 듣자마자 시댁으로 오겠다고 했다. 지우는 이 대단한 희소식을 경우에게 알려주려 서둘러 전화를 때렸는데, 일중독자 경우가 전화를 받자마자 회의 중이라며 달칵 끊어버리는 통에 하는 수 없이 문자메시지로 소식을 전할 수밖에 없었다. 얼추 시간상, 경우는 메시지를 확인하자마자 쏜살같이 내달려온 게 틀림없었다.

　대체 회의는 어쩌고 이렇게 득달같이 달려오셨을까?

　"박이래."

　경우가 저승사자 포스로 이래의 앞에 우뚝 서더니 이름을 불렀다. 화가 났음이 여실했기에 온 가족들이 눈치를 보며 조마조마, 손에 땀을 쥐었다. 의외로 멀쩡한 건 이래였다. 그녀는 아무 근심도, 걱정도 없는 양 태평하기 짝이 없는 미소를 얼굴 가득 짓고 있었다.

　"경우 씨."

이래는 차분한 동작으로 자리에서 일어나 성난 황소와 똑바로 마주했다.

"오랜만이에요."

"좋아 보이네."

경우는 6일 만에 아내를 만난 소감을 뚜벅 던졌다. 감정이라곤 털끝만큼도 들어가지 않은 건조하고 담담한 어조였다.

이래는 슬그머니 입술 언저리를 꺾어 올렸다.

마음이 조금 아팠다. 그 누구보다도 따스하고 다정한 하경우를 이렇게 퍼석퍼석하게 만든 사람이 바로 자신이라는 생각에.

그에게 너무 미안해졌다.

생각해 보면 자신은 늘 경우에게 받기만 했던 것 같다. 받는 것에 너무 익숙한 나머지 아무것도 주지 못했다. 받은 만큼 돌려주지 못했다. 사랑하면서도 사랑을 제대로 전하지 못하였다. 어쩌면 진심으로 상처받은 사람은 그녀가 아닌 경우가 아닐까?

"보고 싶었어요."

이래는 저릿한 마음을 담아 진심으로 고백했다.

빠직. 경우의 눈에서 불꽃이 튀었다.

'보고 싶었다고? 그게 지금 6일간이나 소리 소문 없이 잠적했던 사람이 할 소리야?'

'미안해요.'

이래는 눈으로 자신의 분노를 분출하는 경우에 맞서, 똑같이 눈으로 미안함을 전달했다.

'내가 전화와 메시지를 얼마나 많이 보냈는지 알아? 왜 씹었어? 왜 무시한 거야? 애초에 그렇게 사라진 이유가 뭐지? 뭘 정리

하겠다고 내 곁을 떠났던 거야?'

'미안해요. 연락 못 받아서 미안하고, 말없이 갑자기 사라진 것도 미안해요.'

'장난해? 사람을 그렇게 걱정하게 해놓고. 이제 와서 미안하다면 다야?'

'장난하는 것 아니에요. 진심이에요. 정말로 당신이 보고 싶었어요. 당신한테 너무 미안해요. 앞으론 이런 어리석은 짓 절대로 하지 않을 거예요. 두고 봐요. 제가 그러는지, 안 그러는지.'

죽일 듯이 쏘아대는 그의 시선에 굴하지 아니하고, 이래는 꿋꿋이 총총한 눈빛에 자신의 뜻을 실어 보냈다. 그가 눈으로 윽박지르면 그녀는 눈썹을 끌어내려 울상을 지었고, 그가 날카롭게 노려보면 그녀는 눈을 반짝 크게 키우며 히죽였다.

가족들은 여전히 긴장한 채 두 사람의 표정을 관전했다. 하경우의 온갖 거센 감정이 물결치는 격동의 눈빛. 박이래의 온화함과 다정함이 분출하는 애정의 눈빛. 고난위도의 암호와도 같은 그들의 눈빛을 해석하기 위해 정신없이 머리를 굴리는 중이었다.

"따라와."

두 신혼부부의 눈빛 대화가 끝이 난 것은 인내심이 바닥난 하경우가 행동에 나섰을 때였다. 그는 성마른 손길로 이래의 손목을 휙 그러쥐더니 코뿔소처럼 돌진하듯 집을 나섰다. 부모가 놀라든 말든, 동생이 제지하든 말든 전혀 아랑곳하지 않았다.

이래는 질질 끌려가면서도 어떻게든 남은 가족들을 안심시키려 방긋방긋 웃었다. 저렇게 난폭한 아들은 처음이라는 듯 기겁한 유여사를 향해 까딱까딱 손 인사까지 날렸다.

"어머님! 골프 강사님한테는 제가 얘기 잘 해둘게요. 걱정하지 마시고 빨리 나으세요. 파이팅!"

"어, 그래그래. 근데 난 나보다 네가 더 걱정스럽구나……."

유 여사는 며느리의 안녕을 우려하며 이마에 깊은 주름을 만들었다.

「언니! 너무 서운해하지 마세요. 오빠는 언니를 너무 사랑해서 화내는 거예요. 오빤 지난 며칠간 제정신이 아니었어요. 저도 태어나서 오빠가 그렇게 안절부절못하는 건 처음 봤다니까요. 이러다가 큰일 나지 싶어서 가족들 모두 얼마나 마음을 졸였게요. 둘 사이에 무슨 일이 있었는지는 모르겠지만, 제발 언니가 우릴 좀 살려주세요. 언니 없으면 우리 오빠 또 다시 헐크 된다고요. 언니 파이팅!

—완전 언니 편, 지우.」

한적한 공원에 파킹된 자동차 안에서 메시지를 확인하던 이래는 휴대폰 화면에서 눈을 뗄 수 없었다. 지우가 보낸 메시지에는 믿을 수 없는 얘기들이 가득했다. 경우가 그녀를 사랑한다거나 그녀가 없으면 헐크가 된다는 등의 허위사실과 과장이 난무했다. 지극히 현실주의자였으므로 이래는 지우의 희망찬 메시지를 적당히 필터링하여 걸러 보았다.

하나 아무리 필터링해도 시댁 식구들이 자신을 진심으로 좋아하고 응원한다는 사실만큼은 분명해 보였다.

기분이 좋아졌다. 맘이 아주 많이 따뜻해졌다. 이렇게 정성껏 긴 메시지를 찍어 보내준 지우의 마음씀씀이가 가슴 뭉클하게 감동적이었다. 다시 돌아온 그녀를 배려해 아무것도 묻지도 따지지도 않고 말없이 받아준 시부모에게도 고마움과 애정이 한없이 솟았다.

커다란 산을 하나 넘은 기분이었다. 아주 잠깐이지만, 이걸로도 충분하지 않나 싶을 정도로 마음이 편안해졌다. 경우의 사랑을 얻지 못하면 어떠랴. 가족들의 지지를 얻었는걸. 절반의 성공도 성공은 성공 아닌가. 초긍정적인 마인드가 되어버린 이래였다.

"뭐가 그렇게 좋아?"

경우는 휴대폰을 들여다보며 빙글거리는 이래가 못마땅한 듯 무뚝뚝한 말을 툭 던졌다. 이래는 고개를 들어, 시베리아 벌판을 연상케 하는 싸늘한 경우의 눈동자를 정면으로 마주했다.

그는 거친 시선과 잔뜩 굳어버린 표정, 온몸으로 분출하는 싸한 분위기로 분노라는 자신의 입장을 강력히 표출하고 있었다.

운전대에 올라간 그의 손가락들이 다라락다라락 차례대로 규칙적인 리듬을 만들며 움직였다. 그의 입술 안쪽은 지그시 깨물린 듯 입안에 말려들어 가 있었고, 그의 눈살은 잔뜩 찌푸려진 덕에 눈 밑으로 희미한 애교살이 접혀 있었다. 다년간 하경우를 짝사랑해 왔던 경험에 비췄을 때, 그의 눈 밑 애교살이 저런 식으로 접히는 경우는 무척 난감한 상황에 직면했을 때뿐이었다.

경우의 사소한 버릇 하나까지도 꿰뚫고 있다는 사실에 찐한 만족감이 들었다. 그가 매섭게 노려보는데도 전혀 무섭지가 않았다. 왠지 귀엽게만 느껴졌다. 이렇게 심각한 순간에 '키스하고 싶다'

라고 생각하면, 생각하는 쪽에 문제가 상당한 거겠지?

"미안해요."

이래는 얼른 휴대전화를 핸드백 포켓에 집어넣고 생긋 눈웃음 치며 진심으로 미안함을 표했다. 경우는 신경질적으로 한숨을 털어냈다.

자동차 전면 유리 너머로 시선을 돌렸다. 아직은 밝은 대낮이라 자동차가 세워진 공원에는 초등학생 아이들이 무리를 지어 놀고 있었다. 까르륵거리는 아이들의 웃음소리가 공원을 쩌렁쩌렁 울렸다.

"어디 결론부터 들어보자. 얘기해 봐."

경우는 최대한 감정을 배제하고자한 듯 비교적 차분하게 말문을 열었다.

"마음 정리에 대한 결론 말이야. 생각할 게 있어서 잠적한 거잖아. 이렇게 돌아온 건 어떤 식으로든 결론을 냈다는 뜻이고. 아니야?"

"맞아요."

"그래서? 이제 어쩔 셈이지?"

"저는……."

"미리 말해두는데, 이혼은 안 돼."

이래가 이제 어쩔 셈인지, 어떤 결론을 내리고 돌아왔는지, 차분히 얘기하려는 찰나, 경우가 불쑥 말꼬리를 자르고 들어왔다.

"부부가 살다 보면 서운할 수도 있고 화날 수도 있어. 실망할 수도 있겠지. 네가 그렇게 사라져 버린 것도 나란 인간한테 꼴 보기 싫을 만큼 정나미가 떨어졌기 때문이었을 거야. 알아. 충분히 그럴 수 있어. 하지만 그래도 이혼은 안 돼. 절대로. 증오도 싸움도 욕도 결혼이라는 테두리 안에서 해. 뭐든 받아줄 테니까."

"절대라는 말은 함부로 하는 게 아니래요."

어쩐지 시무룩해지는 마음을 숨기고 이래는 지극히 예사롭게 중얼거렸다. 여전히 찌뿌듯하니 불만이 가득해 보이는 경우를 가만히 응시하며 애써 웃음 지었다.

"혹시 알아요? 앞으로 자기 목숨만큼 소중한 사람이 생길지도. 도저히 포기할 수가 없는, 인생 최대의 목표까지도 헌신짝처럼 내던지게 만드는 그런 사람이 어느 날 갑자기 짠하고 나타날지도 모르잖아요. 미래는 함부로 장담하는 게 아니에요."

"무슨 소리야?"

"서운하지 않았어요. 화나지도 않았고, 실망하지도 않았어요. 그냥 겁이 났던 것뿐이에요."

"겁?"

"현실을 직시하기가 두려웠어요. 전 언제나 제가 다 안다고 생각했거든요. 제가 받아들여야 할 운명을 제대로 인식하고 있다고 생각했어요. 하지만 실상은 달랐죠. 제 대단한 착각이었어요. 사랑 없는 결혼, 사업 같은 관계. 쿨한 척 아무렇지도 않게 말하곤 했었지만 내심 저는 다른 걸 기대하고 있었나 봐요."

"다른 것이라니."

"전 어린애였어요. 현실감각 없는 철부지. 꽃밭에서 살고 있었던 거죠. 경우 씨한텐 죄가 없어요. 다 제가 어리석어서 생긴 일이에요. 어린애처럼 굴어서 미안해요. 이젠 피곤하게 굴지 않을게요."

"그게 6일간 고민한 끝에 네가 내린 결론이야? 피곤하게 굴지 않겠다?"

"다시 잘해봐요, 우리. 동업자적인 마인드로."

이래는 척 오른손을 내밀었다.

무척이나 밝은 얼굴로. 긍정적이고도 발전적인 의지를 갖고서.

경우는 이래의 손을 잡지 않았다. 잡을 수 없었다. 그녀의 눈이 슬퍼 보였다. 웃고 있는데도 아파 보였다. 회복 불능의 치명상을 입은 사람처럼 처절하게 보였다. 훗날 나중에야 깨달았다. 그가 이래의 눈 속에서 본 것은 자기 자신의 투영이었다는 것을.

다라락다라락 초조하게 운전대를 두드리던 손놀림은 그 순간 뚝 그쳤다.

"미안."

이루 말할 수 없이 싸늘한 음성으로 경우는 이래의 제안을 거절했다.

"너무 늦었어. 이젠 전처럼 못해. 못 돌아가. 절대로."

"경우 씨."

"그래. 절대라는 말은 함부로 하면 안 되지. 알아. 사람의 미래는 장담할 수 없다는 거. 네 말대로 너에게 나 아닌 다른 남자가 생길지도 모르지. 그래서 상속녀로서의 의무를 벗어던지고 훨훨 날아가고 싶어질지도 몰라."

"네?"

"하지만 그건 고작 이프(IF)잖아. 지금은 아니잖아. 너, 아직은 내 거잖아. 그런 식의 가정은 무의미해. 지금 넌 내 거니까."

"저어기……"

"우리가 왜 아직 벌어지지도 않은 일을 사서 걱정해야 하지? 이 무슨 시간 낭비야? 네게 다른 남자가 생기면 어떡하냐고? 물론 그런 일이 벌어지도록 내가 '절대' 놔두지 하겠지만. 혹시라도 네가 다른 남자한테 마음을 빼앗기는 불상사가 생긴다면! 그래, 좋아. 그건 그때 가서 생각하면 돼."

"……?"

"상황에 따라 함께 대처해 나가자. 천천히 하나씩하나씩 헤쳐 가면 돼. 너와 나. 둘이서. 알겠어?"

"하지만 제가 말했던 소중한 사람은 경우 씨의……?"

이게 다 무슨 일이래? 하고 이래의 눈이 묻는다. 휘둥그레 뜬 채 연신 깜빡거리는 것이, 이래는 굉장히 당황한 것 같았다. 어쩌다 얘기가 이렇게 흘러가게 된 것인지 전혀 모르겠다는 듯 얼이 쏙 빠져 있었다. 무엇이 이래를 이렇게 놀라게 만든 것인지는 모르겠지만 경우는 아무래도 좋았다.

한 점의 불순함조차 찾아볼 수 없는 이래의 맑디맑고 청아한 눈망울이 너무 좋았다. 그 눈 속에 풍덩 빠져들고 싶었다. 이미 충분히 허우적거리고 있는데도 계속 더 깊은 곳으로 빠져들고 싶었다.

이래의 모든 것을 소유하고 싶다. 이래의 생각과 감정과 마음을 훔치고 싶다. 그녀의 삶에 예속되고, 미래를 공유하고 싶다.

그럴 수만 있으면 무슨 짓을 당해도 좋다.

경우는 천천히 손을 들어 올렸다. 이래의 차가운 볼을 한 손으로 가만히 감쌌다. 그녀는 도무지 모르겠다는 듯 그를 빤히 바라보고 있었다. 그는 립스틱이 절반쯤 지워져 발그레한 그녀의 입술에 시선을 떨어뜨렸다. 그 입술을 훔치고 싶다고 생각하며 그는 힘없이 중얼거렸다.

"안 되겠다. 박이래."

"뭐가요?"

"너 때문에 도저히 안 되겠어. 이젠 못해먹겠다. 그동안에는 네 뜻을 존중하려고 노력했었어. 최대한 내 마음을 숨겼지. 고통스럽고 괴로웠어. 항상 묻고 싶었지. 날 왜 그렇게 거부하는지. 내가 왜 그렇게 싫은지."

"제가 경우 씨를 싫어한다고요⋯⋯?"

"그래도 참았어. 한 번 거절당한 걸로 유치하게 질척대고 싶지 않았으니까. 앞으로가 중요하다고 생각했어. 내가 잘하면 된다고. 나만 잘하면, 네가 날 싫어하는 문젠 금세 해결될 거라고."

"잠깐만요, 경우 씨."

"네가 말도 안 되는 핑계를 대며 결혼식을 미루는 것도 참았어. 무려 2년씩이나. 점심시간에 나랑 눈도 안 마주치고 말 한마디 제대로 안 건네는 것도 참았지. 결혼식이 코앞인데도 신부인 넌 일에만 몰두했지만 난 상관없었어. 결혼반지를 보고도 설레지 않는 너도, 우리 가족들 앞에서 얼음이 되는 너도, 대수롭지 않게 생각했지. 서운함을 느낄 새도 없이 너무나 행복했거든. 네가 내 아내가 된다는 사실 하나만으로도 충분했어. 그때는 그랬어."

"겨, 경우 씨, 잠깐만 제 얘길 좀 들어주⋯⋯."

"하지만 이젠 아니야. 더는 못 참아."

이게 다 무슨 말일까? 작심하듯 쏟아내는 하경우의 말말말에 이래는 정신을 하나도 차릴 수가 없었다.

뭐가 고통이고 뭐가 거절이라는 거야? 뭘 거부했고 뭘 참았다

는 거지? 서운함을 느낄 새도 없이 행복했다니? 하경우가 왜? 그
가 왜 날 아내로 맞이한다는 사실만으로도 행복해하는데?

"동업자 정신은 개나 줘. 내가 널 동업자 따위로 보는 일은 죽어
도 없을 테니까."

"……!"

"네 탓이야. 다 네 잘못이야. 네가 날 그런 눈으로 봐서. 아파 죽
겠는데, 그걸 알아보지 못하는 내가 너무 원망스럽다는 듯이 봐
서."

"경우 씨."

"그 눈빛이야. 그게 수년 간 봉인해 두었던 내 감정을 풀어버렸
어. 이젠 나도 어쩌지 못해. 내 힘으론 감당할 수 없어. 여기까지
가, 내 한계야."

"감정…… 이라고요?"

"말했잖아. 널 좋아한다고. 지금까지 쭉 좋아하고 있었어."

"좋아한다니요? 누굴요? 저를요?"

이래의 심장이 꽈당 코를 박고 쓰러졌다. 머릿속이 새하얘졌다.
진공상태 한복판으로 공간이동이 되어버린 듯 갑자기 귀가 먹먹
해졌다.

아무 소리도 들리지 않았다. 아무것도 눈에 보이지 않았다. 농
담 따위 '1'도 모르는 진지한 하경우밖에는.

"언제부터요? 언제부터 쭉 절 좋아했던 건데요?"

"언제긴 언제야. 네가 날 찼던 때지."

"제, 제가 경우 씰 찼다고요? 그게 언젠데요? 왜요? 제가 왜 경
우 씨를 찼는데요?"

"그걸 왜 나한테 물어? 날 찬 건 너잖아."

"하지만…… 전 안 찼단 말이에요."

찼을 리가 있나. 그를 좋아하는데.

이래는 불길한 예감에 휩싸여 미간을 찌푸렸다.

경우 쪽은 더욱 심각해 보였다. 그 역시 뭔가가 된통 잘못됐다는 것을 깨달은 듯 점점 표정이 험악해져 가고 있었다.

"그럼 넌 왜 날 피했어? 대학 때. 키스 사건 이후. 나랑 눈도 안 마주쳤잖아. 슬슬 날 피해 다니고, 행여 우연히 만나도 어떻게든 핑계를 만들어 도망쳤잖아. 나 때문에 중요한 강의까지 펑크 내서 유급 위기까지 몰리지 않았어? 너 그 강의 낙제받을까 봐, 내가 얼마나 유학을 서둘렀는지 알아?"

"그때 피했던 건…… 키스가 너무……."

"키스 때문에 날 피했다고?"

"부, 부끄러워서."

"내가 싫어서가 아니라? 내 고백을 거절한 게 아니란 말이야?"

"고백…… 같은 건 받은 기억이 없……."

"기억이 없어? 너 설마 그때, 필름이 끊겼던 거냐?"

경우는 기이하게 표정을 일그러뜨리며 매우 험악한 어조로 추궁했다. 자신이 뭔가 어마어마한 실수를 저지른 것 같은 분위기였기에 이래는 어찌해야 할 바를 몰랐다. 그저 어색하기 짝이 없는 웃음을 헤헤 흘리며 망연자실하게 중얼거릴 수밖에.

"왜 저만 싫어하냐고 따진 것까지는 기억해요."

"그게 전부야?"

세상에 어찌 이런 일이 있을 수 있냐는 듯 그는 재차 물었다. 이래는 또다시 헤헤 웃었다. '세상에 이런 일이'에나 나올 법한 일이 바로 자신에게 벌어졌음을 차마 인정하고 싶지 않아, 구렁이 담 넘어가듯 넘어가 볼 요량으로다가. 하지만 단호박 하경우에게는 결코 통하지 않았다. 그는 단호한 얼굴로 앉아 이래가 제대로 된 답변을 내놓을 때까지 기다렸다.

하는 수 없이 이래는 죄책감을 가득 안은 불편한 심정으로 천천히 고개를 끄덕였다. 초침 한 칸 똑딱 시나가는 그 짧은 순간에도, 행여 떠오르지 않을까 싶어 열심히 머리를 굴려보았지만……

"왜 저만 싫어하시는 거예요?"
"너. 내가 왜 그러는지 정말 몰라?"
"말해준 적 없잖아요. 선배가 말하지 않은 걸 내가 어떻게 알아요?"
"……해. 널."

새로운 건 하나도 없었다. 늘 떠오르던 것만 떠올랐다. 그에게 들이대며 술주정하던 자신. 해롱해롱 맛 간 그녀를 한심하다는 듯 바라보던 그. 비아냥대기, 우기기, 떼쓰기를 총동원해 그를 괴롭히다가 겨우 한마디 들었던 순간. 기억을 아무리 뒤지고 또 뒤져도 딱히 건질 만한 게 없었다. 고백은커녕 고백 비슷한 부분조차 전혀 생각나지 않았……

잠깐만.
혹시……?
'설마!'
경우가 끝에 웅얼거렸던 말이 그것?

'……해'가 '좋아해'?

"……!"

"이제야 생각나나 보네."

천천히 해괴망측하게 우그러지다가 빠르게 쫙 퍼지는 이래의 안면을 말없이 내려다보던 경우가 마침내 차분히 입을 뗐다. 그러곤 땅이 꺼져라 한숨을 내쉬었다. 어떻게 그렇게 중요한 순간을 놓칠 수 있냐는 듯, 너처럼 한심스러운 여자는 처음이라는 듯, 몹시도 맥 빠진 얼굴이었다.

이래는 구멍이란 구멍은 모조리 개봉한 우스꽝스러운 상태로 숨을 멈추었다. 너무나 기가 막혀서 말이 안 나왔다. 어떻게 이런 일이!

무려 12년이나 짝사랑했던 남자가 사실은 자신을 좋아하고 있었다니! 이게 말이 돼? 서로 사랑하고 있었는데, 그런 줄도 모르고 가슴 아파서 질질 짰다는 게 말이 되느냐고오오오!

그냥 콱 혀 깨물고 죽어버리고 싶었다.

"멘탈이 나갔군. 정신줄 붙들어, 박이래."

나지막이 중얼거리며 경우가 스윽 고개를 숙였다. 벌을 주려는 듯 입술을 벌려 이래의 둥근 코끝을 아작 깨물었다. 찔끔 눈을 감으며 이래는 '아얏!' 하고 자그맣게 외쳤다. 눈을 떠보니 눈앞에는 자신을 지그시 내려다보는 경우가 있었다. 눈빛이 따스한, 그녀가 익히 알고 있는 선배, 하경우가.

"선배……."

"사랑해, 박이래."

넋이 나간 듯 중얼거리는 이래에게 경우가 속삭였다.

이래의 심장이 벌렁벌렁 오버페이스하기 시작했다. 믿을 수 없는 현실에 이래는 말을 할 수가 없었다. 말이 나오지도 않았다. 가슴에서 익숙한, 낯설지만 낯설지 않은, 애틋하고 감미로운 감정이 퐁퐁 샘솟았다. 머릿속에서는 사랑스러운 샹송, '사랑의 기쁨'의 멜로디가 자동 재생되었다.

"아주 오래전부터 널 사랑했었어. 너무 많이 사랑해서 고통스러울 정도였지. 좋아했다가 포기했다가 또 좋아하는, 바보스럽고 한심스러운 작태의 반복이었어."

"포기를 왜 해요? 남자가 바보처럼."

"내가 전에 얘기하지 않았던가? 좋아하는 여자한테 고백하지 못한 적 있다고."

"아무것도 할 수 없음에 무기력함을 느꼈다던 그 여자요?"

"그게 너야. 네게 남자친구가 있어서 고백하지 못했어. 그저 옆에서 지켜보기만 했지. 그래서 너한테만 더 차갑게 굴었던 거야. 행여 너한테 내 마음을 들킬까 봐. 나 자신도 어쩌지 못할 정도로 네게 깊이 빠져들까 봐."

"절 늘 무시했던 것도 그래서였어요? 밸런타인 때 제가 건네준 초콜릿만 안 받아준 것도요?"

"넌 날 선배로서 좋아했잖아. 밸런타인데이 초콜릿도 이성으로서가 아니라 후배로서 준 것이었고. 좋아하는 여자한테서 '우정'이 담긴 초콜릿을 받는다는 거. 그거 꽤 비참한 거거든. 너한테만큼은 좋아하는 의미의 초콜릿을 받고 싶었어."

"말도 안 돼. 전 그때 정말 죽고 싶었다고요!"

"대학에서 다시 널 만났을 때 정말 뛸 듯이 기뻤어. 네가 솔로라는 걸 알고 호시탐탐 고백할 기회를 엿보았었지. 그러다가 우연히 술자리에서 고백하게 된 거야."

"그리고 전 다음날부터 선밸 죽어라 피해 다니기 시작했죠."

"거절당한 것이라고 생각했어. 실연의 아픔을 안고 유학을 떠났지. 하지만 거기서도 널 완전히 잊을 수는 없었어. 잊을 만하면 지인들이 메일이며 전화로 네 근황을 전해주었거든. 거의 자포자기했을 때에야 다시 한 번 기회가 찾아왔지."

"경제 포럼에서 아버지를 만난 거로군요."

"널 손에 넣기 위해 그야말로 필사적으로 버둥거렸어. 그래서 결국 성공하고야 말았지. 하지만 문제는 그다음이더라. 도대체 어떻게 해야 널 영원히 내 곁에 붙들어놓을 수 있는지 도무지 모르겠더라고."

"……"

"널 놓치기 싫어. 여기까지 왔는데, 이제 와서 포기할 순 없어."

"선배."

"네 곁에 남고 싶어. 널 지키게 해줘. 널 위해서 살아가게 해줘."

"선배……"

"사랑해, 박이래. 너랑 평생 함께하고 싶어. 널 마음껏 사랑할 수 있게…… 날 허락해 줄래?"

경우가 한숨 같은 숨을 뱉어내며 조용조용 속삭였다. 다정한 손길로 느릿느릿 이래의 볼을 쓰다듬고 있었다.

이래는 심장이 찡— 하고 울리는 것을 느꼈다. 그의 눈빛이 애틋해서 가슴이 뜨거워졌다. 그의 손길이 너무도 따스해서 마음이 아렸다. 그의 목소리가 한없이 부드러워서 그만 눈물이 왈칵 솟았다.

"그래서?"

경우는 이래의 이마에 제 이마를 콩 찧으며 대답을 재촉했다. 이래는 '아얏' 하며 눈을 들었다. 그는 더 이상 내빼지 못하도록 이래의 뒤통수를 꼭 붙들고는 그녀의 맑디맑은 눈 속으로 풍덩 빠져들었다.

"네 결론은 뭐야?"

그렇게 묻는 경우의 얼굴은 조금 붉어져 있었다.

이래는 점점 커져 가는 사랑의 기쁨으로 가슴이 터져 버릴 것 같았기에 어쩔 수 없이 그의 입술을 훔치기로 했다. 물론 YES의 의미로.

제14장 돼, 우린 아직 신혼이니까

사건의 발단은 2년 전이었다.

이래가 경우에게 청혼한 직후 가족 상견례부터 약혼까지 일사천리로 착착 진행되던 와중, 술이라면 둘째가라면 서러울 주당, 박철우와 하경우가 단둘만의 회동을 가졌다. 처음에는 대화도 없이 줄기차게 잔만 비워가며 누구의 주량이 더 세냐 따위의 무식한 자존심 싸움을 벌였다. 박철우가 만만치 않은 예비사위를 기죽이기 위해 초장부터 밀어붙였고, 하경우는 거절할 처지가 아닌 제 운명에 순응하며 꾸역꾸역 받아 마셨다.

나름대로 물 흐르듯 자연스럽게 무르익어 가던 술좌석에 딱딱한 비즈니스 얘기를 등장한 것은, 둘 다 거나하게 취기가 올랐을 때. 박철우가 먼저 본론에 접어들었다.

"난 말일세. 자네가 아주 마음에 들어. 자네라면 우리 TX그룹을 무리 없이 이끌어갈 수 있을 거라고 생각하네. 내가! 이 박철우가! 내 회사를 노리고 내 딸한테 덤벼드는 수많은 사내들을 물리치고 자네를 내 사윗감으로 점찍은 것은! 특별히 자네의 능력을 높이 샀기 때문일세. 알겠나?"

"과분하게 생각하고 있습니다."

"자네도 알다시피 우리 이래는 원래 동원이한테 주려고 했었어. 바람둥이 기질이 있다는 게 살짝 흠이었지만, 그 녀석만큼 우리 이래한테 어울리는 짝이 없었거든. 동원인 나무랄 데 없는 집안에서 나무랄 데 없는 교육을 받고 자랐어. 명실공이 대한민국 최고 엘리트코스를 밟은 녀석이지. 겉보기엔 허허실실 굴어도 내실이 꽉 찬 녀석일세. 여자를 아껴주고 행복하게 해줄 수 있는 자질을 갖췄지. 게다가 여자 보는 눈도 탁월하지 않나. 우리 이진이한테 홀딱 반한 걸 보면. 진주를 알아보는 눈이 있는 게지."

"처제가 제짝을 찾았다고 생각합니다."

"난 이래에게도 제짝을 찾아주고 싶네. 이래에게 딱 제격인 이래만의 짝을. 자네 생각은 어떠한가? 자네는 자네가 우리 이래한테 어울린다고 생각하나?"

"말씀하신 의도를 잘 모르겠습니다."

"내 의도야 언제나 간단명료하고 확고부동하지. 내 딸의 행복."

박철우는 로열 살루트 한 잔을 원샷으로 넘기고 빈 잔을 딱, 하고 테이블 위에 도장 찍듯 내려놓았다.

"말해보게. 자넨 내 딸을 행복하게 해줄 자신이 있나?"

"노력하겠습니다."

독한 술을 쉴 새 없이 들이부었으니 이성이 나갔을 법도 하건만 경우는 거의 흔들림이 없었다. 박철우는 대단히 만족스러운 눈으로 경우를 훑으며 생각했다.

'아무리 생각해도 이놈은 월척이야.'

머리가 좋으니 샌님이냐, 그것도 아니요. 출세욕이 높으니 교활하냐, 그것도 아니요. 범생이랄 정도로 신상이 바람직하고 깨끗하다. 일 욕심은 많고 목표도 높으나 꼼수는 쓰지 않는다. 머리 좋고 생각이 바르고 신체 건강한데 여자관계마저 깔끔하다. 그의 대학 시절부터 현재에 이르기까지 샅샅이 뒤졌는데도 여자가 단 한 명도 없었다. 그런데도 술을 좋아하고, 자신과 대적할 만큼 주량이 세다니. 대체 이런 괴물 같은 녀석이 어디서 났을까 싶다.

하경우는 아주 탐나는 물건이었다. 경영자로서 그를 밑에 두고 제대로 키워보고 싶은 욕심이 났다. 하나 놈이 마음에 들면 들수록 시름이 깊어지는 것을 피할 수가 없었다. 하경우에게는 제법 큰 제철소를 운영하는 부친이 있었고, 그의 부친은 경우가 자신의 뒤를 이어주기를 은근히 바라고 있었으니까. 하경우의 성격상, 여차하면 미련 없이 TX그룹을 나갈 것이다. 그는 야망이 큰 사내였지만 제 능력을 과신하여 멋대로 날뛰거나 구질구질 달라붙는 피곤한 스타일이 아니었다.

그리하여 고민 끝에 박철우가 고안해 낸 게 바로 딸과의 혼약.

하경우를 사위로 들인다면, 그래서 자신의 곁에 영원히 묶어놓는다면, 탐나는 물건을 놓치는 불상사는 벌어지지 않을 것이라 생각했다.

일은 원하는 방향으로 술술 풀려가고 있었다.

얼마 전, 우연히 사업가 만찬에서 마주친 예비 사돈 하정세한테서 하경우의 비밀스러운 사연을 듣기 전까지는 정말이지 아무 문제가 없었다.

"이래의 마음을 사로잡을 수 있겠나?"

예비 사돈과의 흐뭇한 대화를 떠올리며 박철우는 짐짓 위엄 있게 질문을 던졌다. 본인 시점에선 '위엄 있는' 질문이었지만 관찰자적 시점에서는 '고주망태 꼬부랑 발음'의 질문이었다. 술이 꽤 취한 상태이니 조금이라도 예비 사위의 속마음을 들을 수 있지 않을까 싶어 넌지시 물어본 것이었으나 역시 하경우는 강적이었다. 교묘한 말장난으로 철우의 함정을 가뿐히 피해 대답했다.

"최선을 다하면 가능하지 않을까 생각합니다."

"최선이야 누구든 못할까. 확실히 가능하냐 못하냐, 그 결과가 중요한 게지."

"……."

"으흠! 자네, 보기보다 패기가 부족하군. 아무래도 재고해 봐야겠어. 우리 이래한테는 소심한 남자 필요 없네. 인간관계, 특히 남녀 관계에 있어 일일이 계산하고 이해득실 따지는 사내! 좀생이일세. 보기 안 좋아. 사내란 모름지기 호연지기! 이 여자다 싶으면 목숨이라도 내놓을 각오로 임해야 한다, 이 말씀이지. 내 딸 정도면 그럴 가치가 충분하지 않나? 자네가 아니고도 그런 사내들은 주변에 널리고 널렸네. 언제 내 마음이 바뀌어 혼담을 무효화할지 아무도 모른다, 이 말씀이야! 알아듣겠나?"

"……전 제 인생을 걸었습니다."

"뭐!"

"제 인생을 통째로 걸었다고요. 이 정도로는 안 됩니까?"

넓은 대리석 테이블을 장식하고 있는 센티폴리아 장미와 블루 크리스털 디켄더 너머로 경우가 사뭇 진지하고 묵직하게 물었다. 너무도 완벽하게 멀쩡한 발음. 혀가 360로 꺾인 듯한 박철우와는 차원이 다른 말짱함이었으나 그런 경우의 눈도 많이 풀려 있었다. 이미 맛이 갔지만, 맛이 가지 않기 위해 기를 쓰는 하경우는 꽤 훌륭한 사윗감이었다.

썩 기분이 좋아진 박철우는 통 크게 이쯤에서 통과를 외치리라 마음먹었다. 공 비서를 고래고래 불러댔다. 밖에서 대기하고 있던 공 비서는 지체하지 않고 준비된 서류와 펜을 들고 들어왔다. 철우는 테이블에 또다시 딱! 소리를 내며 서류를 내놓고는 매우 은밀한 제안을, 매우 큰소리로 제안했다.

"사인하게!"

"이게 뭡니까?"

"각서일세. 이래가 자넬 최종적으로다가 오케이하지 않는다 할지라도 내 회사에 눌러앉겠다는 내용의."

"이런 각서에 제가 왜 사인해야 하죠?"

"그야 물론 사내는 패기니까!"

철우는 술 취한 사람 특유의 헛소리를 내지르며 껄껄 웃어넘겼다. 하지만 그 와중에도 머릿속은 팽팽 신나게 돌아가고 있었다.

하경우가 자신의 밑으로 들어온 것이 오로지 이래 때문임을 알게 된 지금, 철우는 어떻게든 이래와 경우를 결합시켜 경우를 주저앉히고 싶었다. 하지만 딸에게 싫은 결혼을 강요할 마음은 추호도 없었다. 대학 시절, 경우를 찬 전적이 있는 이래이지 않은가. 오죽 거하게 걷어찼으면 경우가 미국으로 도망가 정착할 생각까지 했겠나. 지금은 어쩔 수 없이 혼약을 받아들였다지만, 또 언제 마음이 바뀔지 알 수가 없었다.

그래서 박철우가 최종적으로 쥐어짠 아이디어가 바로 이 각서!

말하자면 보험이다. 이러나저러나 하경우가 TX를 떠날 수 없게 만드는 멋진 꼼수. 박철우는 자신의 신박한 묘수에 찬사를 보내며 위스키의 진한 스모키 향을 음미했다. 그러곤 술 취해 빨개진 코와는 전혀 어울리지 않는 교활함으로 속삭거렸다.

"뭘 망설이나? 이깟 게 뭐라고. 이래의 마음을 사로잡을 자신이 있다면 아무래도 좋지 않나?"

"물러설 곳이 없게 만드시는군요, 회장님."

"인생은 도박이니까."

"굳이 회장님께서 압박하지 않으셔도 전 따님과 결혼할 겁니다. 평생 잘 먹고 잘살 거예요. 회장님 바라시는 대로."

"응. 그래그래. 알겠으니 어서 서명하게. 추후 내 유능한 변호사를 통해 공증까지 받아두도록 할 테니 나중에 절대 딴말하지 말고."

경우는 서류를 떠넘기고 펜까지 손에 꼭 쥐어주는 박철우의 등쌀에 그 우습지도 않는 각서에 서명을 했다. 문제의 공증 절차는 이튿날 곧바로 시작되었다.

"맙소사! 그거 사기 아니에요?"

공증 서류에 관한 비화를 전해 들은 이래는 뜨악했다. 얼굴이 화끈거렸다. 늘 정직을 최우선으로 삼아왔던, '바른 경영인 대상(大賞)'에 빛나는 TX그룹의 총수 박철우 씨가 사위를 상대로 이런 야바위 짓을 저질렀다는 게 믿어지지 않았다. 어떻게 술 취한 사람을 상대로 그런 짓을?

오로지 자신의 욕심과 열망으로 경우를 주저앉혀 놓았으면서 박철우는 자신이 딸의 행복을 위해 최선을 다한 양 말했었다. 딸에게 소나무처럼 의지되는 남자를 짝지어주고 싶었다는 둥의 감상적인 말로 이래의 눈물을 쏙 뺐었단 말이다. 그 얘기에 제대로 속아 그녀가 얼마나 괴로워했던가. 남편을 돈으로 샀다는 자격지심의 근원이 바로 부친의 '소나무' 발언이었다.

"사기라고는 생각하지 않아. 거의 인사불성 상태에서 사인한 건 사실이지만 말짱했었더라도 똑같은 선택을 했을 거거든. 그때 난 선택의 여지가 없었어. 무슨 수를 써서든 너와 꼭 결혼하고 싶었으니까."

"아무리 그래도 아빠가 정정당당하지 못했다는 사실만큼은 변함없어요. 거래를 하면서 상대를 속이려들면 안 되죠. 아무리 선밸 간절히 원했다 해도 그렇게 해서는 안 되는 거예요. 저라면 다음날 당장 고소해요. 선밸 진짜 속도 좋다."

"그게 그렇게 화나?"

경우는 아파트 발코니에 서 있는 이래의 등을 얇은 담요로 에워싸 자신의 품속으로 쏘옥 가두었다. 바람이 제법 쌀쌀한데도 남성용 셔츠 하나만 걸친 채 하늘을 아름답게 수놓는 노을의 장관을 바라보는 이래는 그야말로 여신. 별것 아닌 일에 발끈하며 자신의 편을 드는 이래가 경우는 귀여워 죽을 것 같았다.

"화나죠! 그 각서가 아니었다면 제가 장장 6일 동안 잠적하는 사태도 벌어지지 않았을 테니까요. 다른 여러 가지 일들로 속상하긴 했어도 그 공증 서류를 발견하기 전까지는 나름 버틸 만했다고요. 그게 제일 타격이 컸단 말이에요."

"그 정도였어?"

"두 사람이 은밀하게 거래를 했다니, 딱 봐도 주식이나 상속 지분 얘기잖아요. 돈으로 선밸 샀다는 자격지심이 있었던 저예요. 상처가 될 수밖에 없었다고요."

"지분 문제였다면 당연히 네게도 얘기했겠지. 딱히 중요한 사안이 아닐 거란 생각은 한 번도 안 해봤어?"

"무려 TX그룹의 총수와 그 사위가 될 사람의 법적 공증 서류였어요. 누가 상상이나 할 수 있었겠어요? 사회적 영향력이 국가대표급인 두 사람이 술 대적이나 하면서 기 싸움하다가 설령 결혼이 취소되더라도 그룹을 절대 나가지 않겠노라는, 우스꽝스러운 각서를 주고받았다고."

"다른 사람들 눈에는 어떻게 보였을지 모르겠지만 내 나름대로는 꽤 진지했어. 너와 결혼하지 못한 채로 그룹에 남는다는 거. 그거 꽤 끔찍한 일이거든. 네가 다른 사람의 여자가 되는 모습을 아주 가까이에서 지켜봐야 한다는 얘기니까."

"어쨌든, 선밸 결혼하자마자 저한테 다 털어놓았어야 했어요. 그랬더라면 좀 더 빨리 서로의 감정을 알아챘을지도 몰라요. 결혼까지 해놓고서 서로를 짝사랑하는 이런 바보 같은 짓은 안 했을 거라고요."

"내 잘못이야. 네 마음이 풀릴 때까지 날 욕해도 좋아."

"됐네요. 욕 같은 것 안 해요. 바보 같지만 내 남편인 걸 어떡해요. 사랑할 수밖에 없죠."

이래가 고개를 홱 45도 각도로 꺾으며 새침하고 뾰로통하게 말하자, 경우는 눈을 커다랗게 떴다. 아주 잠깐 귀를 의심했다. 잘못 들은 게 아닌가 잠시 진지하게 생각해야 했다. 하지만 생각하고 또 생각해 보아도 명백한 사랑 고백이었기에 경우는 놀란 눈을 그대로 끌어내려 가만히 이래를 들여다보았다.

"왜요?"

이래는 그가 왜 놀라는지 전혀 모르겠다는 지극히 멀뚱한 얼굴이었다. 이거야 원. 자신이 처음으로 사랑을 고백했다는 사실조차 자각하지 못하는 여자라니. 물론 이런 무신경스러움이 박이래의 가장 큰 매력 포인트이긴 하지만. 경우는 웃음을 터트리며 이래를 더욱 꼭 껴안았다.

어깨까지 내려오는 이래의 웨이브 머리카락에 코를 묻었다.

깊게 숨을 들이마시니 그녀가 애용하는 샴푸 냄새가 폐 속에 가득 들어왔다. 저절로 몸이 뻣뻣해졌다. 지난 한 달 동안 이래에게 길들여진 그의 신체가 그녀의 향기에 자연스레 반응하는 것이었다.

이럴 때마다 그는 스스로가 염치없는 짐승처럼 느껴지곤 했다. 만족을 모르고 욕심이 철철 넘쳐 한강을 이루는 자신의 리비도가 가끔은 극도로 창피해졌다. 하지만 그게 딱히 싫지는 않다. 자신은 오로지 이래한테만 짐승이 되니까. 박이래에게만큼은 언제나 짐승이고 싶으니까. 그는 오직 그녀의 눈에만 짐승으로 비치고 싶었다.

경우는 뻣뻣하리만치 딱딱해진 하체를 몰랑몰랑한 이래의 엉덩이에 부드럽게 비비며 속삭였다.

"널 처음 봤을 때가 생각난다. 그땐 귀여운 단발머리였는데."

"맞아요! 기억력 좋으시네. 저 중학교 때까지는 긴 머리였는데, 고등학교 입학 직전에 댕강 잘라 버렸잖아요. 어른스러워 보이고 싶어서."

"입학 첫날부터 지각했었잖아."

"어? 그것도 기억해요? 어떻게요? 저 봤어요?"

이래가 깜짝 놀라 뒤를 돌아본다. 커다랗고 동그란 눈동자가 경우를 향해 빛을 냈다. 놀랄 만도 하다. 입학 첫날이라면 재학생인 경우와 신입생인 이래 사이에 아무런 접점도 없을 무렵이니.

경우는 정말 아무것도 모르는 박이래의 코에 사뿐히 입을 맞추며, 기쁜 마음으로 그날의 기억을 소환했다.

"봤지. 내가 그때 학생 대표로 환영사를 읽고 있었거든. 연단 위에서 '신입생 여러분을 환영합니다' 어쩌고 하고 있는데 저 멀리 헐레벌떡 뛰어오는 네가 보였어."

"오오! 용케 절 발견했네요? 환영사 읽는 중이었다면 저 같은 지각생을 신경 쓸 겨를이 없었을 텐데."

"처음엔 몰랐지. 신경 안 썼어. 오히려 입학 첫날부터 지각이나 한다고 속으로 혀를 찼지. 그런데 갑자기 네가 엄청난 기세로 바닥에 꼬꾸라지더라고. 그때서야 알게 됐어. 네가 얼마나 열심히 달려왔는지를. 미안해지더라. 너도 일부러 지각하고 싶어서 지각한 게 아니었을 텐데, 속사정도 모르면서 괜히 흉본 것 같아서."

"에이! 뭐 그런 게 미안해요? 지각한 사람이 잘못이지."

"넘어졌던 네가 벌떡 일어나더니 갑자기 춤을 추기 시작했어."

"네?"

"으흠, 확실히 춤이라고 말하기엔 뭐하지만. 내 눈에는 춤처럼 보였으니까. 허공에 대고 팔을 휘휘 내저으며 이상한 포즈를 취하더군. 그러더니만 언제 넘어졌나 싶게 또다시 씩씩하게 뛰는 거야. 덕분에 내 낭독은 중단되었지. 갑자기 웃음이 터졌거든. 참느라 진땀깨나 뺐지 뭐냐."

"아아, 그거……."

이래는 땀을 닦듯 손으로 이마를 훔치며 무마용 웃음을 배시시 지어 보였다. 어떻게 하필 그걸 기억하고 있는지 모를 일이었다. 고등학교 입학식의 참사는 이래의 '인생에서 지우고 싶은 순간 베스트3'에 빛나는 순간이었다.

이래가 췄다는 춤은 아마도 '날자' 주문이었을 것이다. 초등학교 때부터 100m 달리기 기록이 줄곧 30초. 반에서 꼴찌였던 관계로 어떻게든 기록을 줄여보고자 고안했던 주문. '정의의 힘으로 용서하지 않겠다' 류의 애니메이션에 나오는 마법진을 그리며 마음속으로 중얼중얼 자기암시를 거는 것이다. 날자, 날자, 날아보자, 날 수 있다! 하고.

효과는 증명할 수 없지만, 분명한 건 주문을 걸고 전속력으로 내달리기 시작하면 기분만큼은 정말 나는 듯 상쾌해진다는 것이었다.

"어떻게 그런 걸 그렇게 자세하게 기억하고 있어요? 전 당사자인데도 가물가물한데."

대충 거짓말로 모른 척하며 이래는 어깨를 으쓱했다. 마법진과 주문에 대해 주저리주저리 떠들고 싶어서 입이 근질근질했지만 꾹 참았다. 아직은 그런 유치뽕 흑역사를 제 입으로 발설할 수 없었다. 확실히 그의 마음을 사로잡은 후에 얘기할 것이다. 마음의 불안감이 사라지고 그가 완연한 내 남자란 확신이 설 때, 그때까지는 어린애 같은 모습은 절대 보여주지 않을 것이다.

으흠, 이것은 혹 선녀와의 이별을 우려하는 나무꾼의 심정?

"기억할 수밖에 없지. 첫인상이 워낙 강렬했잖아."

"환영사 낭독을 중단시킨 폭소 유발자?"

"그것도 그렇고."

경우는 두 손으로 이래의 자그마한 얼굴을 감싸고는 도톰하게 솟은 입술에 쪽 입을 맞추었다.

"너 그때 머리에 핀 꽂았잖아. 빛이 머리에 반사되어 내 눈을 찔렀어. 나중에 우연히 널 다시 만났을 때 그 핀을 보고 알아봤지. 눈이 시리도록 빛에 반사되는 그 모습이 내게 기시감을 주었거든. 아마 그때부터였을 거야. 박이래, 너한테서 눈을 떼지 못하게 된 건."

학교 테니스장에서 이래를 다시 만났을 때를 떠올리며 경우는 쪽쪽쪽 이래의 입술을 연달아 습격했다. 마지막 키스는 조금 길게, 이래의 호흡이 가빠질 만큼 격하게 이어갔다.

이래의 맛은 언제나 그렇듯 일품이었다. 이루 말할 수 없을 정도로 달다. 그냥 박이래라는 세상에서 가장 달콤한 바닷속에 풍덩 빠져들어 수면 위를 둥둥 떠다니며 노닐고 싶었다. 영원히.

이대로 한 번 더 할까……

"마치 운명 같아요."

이래가 그의 음탕한 머릿속과는 전혀 다른, 순진무구함의 미소를 생긋 지었다. 작은 손으로 그의 얼굴을 감싸더니 가만가만 쓰다듬는다.

안타깝게도 경우의 눈에는 키스를 바라듯 벌어진 이래의 입술과 분홍빛 혀끝만 보였다. 이래가 나지막이 뱉어내는 깃털처럼 가벼운 숨소리만 들렸다. 그의 몸을 부드럽게 터치하는 그녀의 작은 허리짓만 강하게 느껴졌다.

"음……."

결국 경우는 신음을 흘리고 말았다. 포기와 항복의 한숨을 내쉬었다.

이제는 다 상관없어졌다. 아무리 양껏 배를 채워도 또 허기진 걸 어쩌겠나. 염치없을 정도로 쉴 새 없이 먹어치우는데도 또다시 먹고 싶어지는 걸. 욕심나면 욕심낼 거다. 갖고 싶으면 가질 것이다.

박이래는 내 거니까.

경우는 갓난아이의 포대기처럼 이래를 감싼 담요를 휙 벗겨냈다. 이래의 날씬한 다리가 드러났다. 길고 하얀 목과 매력적인 쇄골도, 와이셔츠의 얇은 천 사이로 소담하게 솟은 가슴과 검붉은 젖꼭지도. 경우는 두 팔로 이래의 허리를 휘감아 자신의 몸에 밀착시키고, 천천히 부드럽게 전신을 애무했다.

갑작스러운 도발에도 불구하고 이래는 전혀 놀라지 않고 당연하다는 듯 나긋하게 그에게 안겨왔다. 그녀의 체온이 다정하게 그를 감쌌다. 경우는 눈을 감고 온몸과 마음으로 이래에게 다가가며 속삭였다.

"운명보다도 더 간절한 사랑일걸. 아마도."

❖

"아! 저기 있다."

먼발치에서 남편을 발견한 이래는 저도 모르게 작은 목소리로 '꺅!' 하고 말았다. 오늘 결혼식의 주인공, 새신랑 현무열에게 축하 인사를 건네고 있는 남편이 너무나도 근사했음에.

늘씬한 몸매에 감색 줄무늬 슈트와 붉은 계열 넥타이를 낸 하경우는 역대 최고로 섹시했다. 역시 몸에 슈트를 문신으로 새기고 싶을 만큼 슈트가 잘 어울리는 '슈트발의 거장' 다운 모습이었다.

"역시 내 남편이 제일이야. 완전 짱 멋져."

이래는 만족스럽게 미소 지으며 고개를 끄떡끄떡하였다. 무열한테 홀딱 빠진 신부 심효원은 결단코 동의하려 들지 않겠으나, 이래는 확언할 수 있었다. 박이래 인생 전반에 걸친 라이벌이자 유일한 적수답게 심효원도 꽤 괜찮은 신랑감을 건졌으나, 현무열은 하경우한테 절대 안 된다. 하경우는 어떤 남자와도 비교 불가다.

왜냐고?

그야 하경우는 누구도 범접할 수 없는 순정의 아우라를 가졌으니까.

무려 15년 동안 이래만을 바라보았던 지고지순 순정남을 현무열이 무슨 수로 이기나. 무열은 효원을 6개월 동안 섹스파트너로 취급한 것도 모자라 2년 동안이나 해외에 방치해 두었는걸.

그 시간 동안 효원은 순간순간을 괴로워했다. 죽지 못해 산다는 말, 산송장으로 산다는 말, 그때의 효원을 보면서 실감했었다. 그

당시의 심효원을 생각하면 때려죽여도 시원찮을 현무열이다.

하지만 그럼에도 불구하고 이래는 두 사람의 결합으로 진심으로 축하하고 있다. 이 결혼식야말로 눈물 없이 볼 수 없는 애절한 사랑의 결과물이기에, 친구로서 효원이 선택한 길을 응원할 것이다. 그녀가 행복해지기를 진심으로 바랐다.

이래와 효원은 벌써 미래를 위한 약속까지 해두었다. 비록 자신들의 합동결혼식은 무산되었지만 자식들 대에서는 꼭 합동결혼식을 치르자고. 이래가 '아예 사돈을 맺어버릴까?' 하고 즉흥적으로 제안하자 효원이 '상대가 너라면 겹사돈도 오케이!' 라며 흔쾌히 맞장구를 쳤더랬다.

"뭐!"

이래가 미래에 태어날 아이들이 서로 사랑에 빠지는 망상의 나래를 펴며 헤벌쭉 웃고 있을 때, 어디선가 벼락같은 괴성이 날아들었다. 익숙한 음성에 주위를 둘러보니, 하객들 사이를 헤치며 다가오는 낯익은 얼굴이 보였다. 동원의 작은누나인 한은원, 오늘의 결혼식을 책임지고 디자인한 웨딩플래너였다.

"그게 무슨 소리야? 누가 왔다고? 국, 국승현?"

휴대전화를 귀에 붙인 은원은 사색이 된 얼굴로 소리쳤다. 눈이 당장이라도 천 리 밖으로 튕겨져 나갈 듯 커다래져 있었다.

"정말이야? 확실해? 진짜 국승현이야? 미국에 있어야 할 사람이 왜……? 야, 나 지금 현무열 씨 결혼식장이야. 너, 이 결혼식이 우리한테 얼마나 중요한지 알지? 탈 없이 무사히 끝마쳐야 해. 그래야 나도 살고 너도 산다고. 지금 어설픈 장난질할 상황이 아니라니까."

국승현? 국승현이 누구지?

누군지는 모르겠지만 이름은 많이 들어본 것 같다.

유명한 사람인가?

"좋아. 확실하다 이거지? 진짜 내 사무실에 국승현이 와 있다는 거지?"

끔찍한 사실을 현실로 받아들이기 시작한 듯 은원은 이제, 자체 심폐소생술과 정신 집중 등으로 마인드 컨트롤에 들어갔다. 이마에 '정신일도 하사불성', '호랑이 굴에 들어가도 정신만 차리면 산다'가 붙어 있어도 이상할 게 전혀 없어 보였다. 아니. 이 경우엔 '호랑이가 쳐들어와도 정신만 차리면 살 수 있다'인가.

대체 국승현이 누군데 저러지?

"알았어. 갈게. 아니, 아니! 지금은 안 돼. 아직은 내가 자리를 뜰 수가 없어. 일하는 중이니까 3시간 뒤에나 볼 수 있다고 해. ……그건 나도 모르지! 할 일 없으면 3시간 동안 기다릴 거고, 바쁘면 그냥 돌아가겠지. 어쩔 수 없잖아. 아직 고객이 될지 말지도 모르는 사람을 위해 소중한 우리 고객의 결혼을 내팽개치고 달려갈 순 없다고. 다른 사람도 아닌 현무열이야, 현무열. 나한텐 현무열의 결혼식이 훨씬 중요해. 알았어? 알았으면 이만 끊는다. 들어가."

"사무실에 누가 찾아왔대요?"

이래는 휴대전화를 끊는 은원에게 불쑥 말을 걸었다. 전화를 끊으면서도 쓱쓱후후 연신 심호흡하며 미친 여자가 널뛰듯 벌떡거리는 마음을 안정시키던 은원은 두둥 코앞에 갑자기 등장한 이래를 보고 헉했다.

"깜짝이야! 사돈!"

"왜요? 무슨 일이에요? 누가 찾아왔기에 얼굴이 그리 사색이 됐어요?"

"아아, 별일 아니에요. 신경 쓰지 마세요."

"기절하기 일보 직전 같은데 어떻게 신경을 안 써요? 국승현이 누구예요?"

"옛?"

"국승현. 방금 국승현이 사무실에 찾아왔다고 하지 않았어요?"

"드…… 들으셨어요?"

"그 사람이 그렇게 대단한 사람이에요? 사돈이 이렇게 덜덜 떨 만큼?"

"무슨 말씀이세요? 제가 언제 떨었다고. 아니에요. 저 아무렇지도 않아요. 별일 아니에요. 저기…… 사돈, 제가 지금 속이 굉장히 안 좋거든요. 결혼식 진행하느라 스트레스를 너무 많이 받았나 봐요. 과민성대장증후군이 도졌어요. 아무래도 화장실에 가봐야 할 것 같아요."

"어, 네, 그러세요."

쏜살같이 화장실로 달려가는 은원을 가늘게 좁힌 눈으로 살피며 이래는 고개를 갸우뚱했다. 아무래도 과민성대징증후군의 원인은 결혼식이 아니라 국승현이라는 사람 같았다. 대체 국승현이 누구관데, 세상 무서울 것 없는 낙천주의자 한은원을 저리 쩔쩔매게 만든 걸까?

냄새가 난다, 냄새가.

"뭘 그렇게 보십니까?"

혹시나 하는 마음으로 휴대폰의 인터넷 검색창에 국승현을 쳐보는 찰나, 지나가던 하객이 말을 걸어왔다. 이번에는 현무열의 잘생긴 사촌동생 남경재였다.

남경재는 현무열이 이끄는 HJ그룹의 적법한 상속자 중 한 명으로, 그룹경영에 관심이 없어 현재는 자신의 사업에만 열중해 있는 사람이었다. 상류 사회의 일원이지만 언제나 가장자리를 맴도는 이단아 같은 존재. 모두들 문제적 남자라 여겼지만 어려서부터 비밀스러운 일탈을 꿈꿔왔던 이래는 남경재가 꽤 쿨한 사내라고 생각했다.

"어머! 안녕하세요. 오랜만이에요."

이래는 진심으로 반가운 마음으로 활짝 웃으며 손을 내밀었다.

남경재가 흠칫 놀란다. 도도하기로 소문난 그 박이래가 이렇게 반가이 웃으며 악수를 청할 거라곤 전혀 예상 못한 것이리라.

뭐, 이해한다. 세상이 아는 박이래는 남자라는 동물을 한낱 미물로 내려다보는 차갑고 냉랭하기 이루 말할 수 없는 여자이니까.

하지만 그건 사실 부잣집 여자 꼬셔 팔자 고치려는 천하의 재수 없는 남자들을 떼어내기 위해 이래가 개발한 남성 퇴치법이었다. 유부녀가 된 지금은 그런 퇴치법이 필요 없다. 왼손에 끼워진 결혼반지가 그 역할을 대신해 줄 것이기에.

"안녕하세요."

약 1초쯤 뜸을 들였지만 매너 좋은 남자답게 남경재는 곧바로 이래의 손을 마주 잡았다. 이래는 당장이라도 달려들어 '사랑하는 사람과 이루어지면 세상 모든 것이 아름답고 예쁘게 보인다' 며 '당신도 어서 사랑을 하라' 고 애정만병통치설을 설파하고 싶었지만. 그런 사사로운 욕망은 살포시 눌러주었다.

"잘 지내시죠? 정말 오랜만이네요. 이게 얼마만이에요?"

"한 3~4년쯤 됐나? TX그룹 창립파티에서 뵈었던 것 같네요."

"아, 맞네요. 기억나는 것 같아요. 전 웬만한 모임에는 빠지지 않고 참석했는데, 남경재 씨는 아니었나 봐요. 그동안 계속 못 뵌 것을 보면. 설마 자사 창립파티에도 안 오셨나요?"

천천히 악수한 손을 흔들며 이래는 하회탈을 뒤집어쓴 듯한 미소로 물었다.

경재는 악수를 멈출 기색이 전혀 없는 이래의 활짝 편 얼굴을 뚱하게 내려다보며 눈살을 찌푸렸다. 결혼식 참석에 대한 감사를 표하기 위해 간단히 인사만 나누려고 했는데, 어쩐지 박이래의 진심으로 즐거운 모습이 몹시 눈에 거슬린다. 이 여자, 원래 좀 살벌한 분위기 아니었나? 언제 이렇게 달콤해졌지?

'결혼했다더니 행복해진 건가?'

경재는 여자들이 싫었다. 그들은 언제나 그에게서 무언가를 기대한다. 대부분은 그가 줄 수 없는 것들이다. 그가 주지 못하는 것을 멋대로 바라놓고, 기대가 무너지면 또 멋대로 서운해한다. 끔찍하게 변덕스럽고 끔찍하게 귀찮은 존재들이었다. 그래서 그는 여자들을 가까이에 두지 않는다. 여자를 믿지도 않고, 여자에게 의지하지도 않는다. 사랑도 마찬가지. 한마디로 '사랑에 빠진 여자'는 경재가 가장 싫어하는 두 가지가 더해진 극불호의 조합인 것이다.

"저야 있으나 마나 한 존재니까요. HJ그룹은 현무열 하나면 만사 오케이죠."

경재는 능숙하게 자신의 감정을 숨기며 흔쾌하게 말했다. 손은 아직도 악수 중인 이래에게 마냥 맡겨둔 채였다. 이래는 자신이 악수하고 있다는 사실조차 까먹은 듯 활기차게 손을 흔들며 대화를 이어갔다.

"은근히 말에 뼈가 있으시네요?"

"절대 아닙니다. 전 정말로 회사에는 미련이 없어요. 회사가 저를 필요로 하지도 않고요. 현무열이 워낙 잘해주고 있잖습니까?"

"성공한 경영자 옆에는 언제나 믿음직스러운 파트너가 있다잖아요. 경재 씨가 도와주신다면 무열 씨가 굉장히 든든해할 거란 생각이 드네요."

"현무열이 든든해할지 어쩔지는 모르겠지만, 남편분께서 든든하실 거란 건 잘 알겠네요."

"어머! 제 칭찬인가요? 고맙습니다."

경재와 이래의 악수회가 막을 내린 것은 바로 그때, 어느 틈에 다가온 하경우가 악수로 얽힌 두 남녀의 손을 꽉 움켜잡았다.

생글거리던 이래가 고개를 꺾었다. 이래를 기분 나쁠 정도로 집중해서 바라보고 있던 경재도 휙 경우를 돌아보았다. 동시에 위아래로 열심히 흔들리던 두 사람의 맞잡은 손도 우뚝 그 움직임을 그쳤다.

"경우 씨!"

경우를 알아보자마자 이래가 세상 모든 기쁨을 다 가진 여자처럼 얼굴이 환해졌다. 남경재의 눈썹이 휙 위로 올라갔다. 경우의 심기는 매우 불편해졌다. 자신의 여자를 누군가가 저런 눈으로 바라본다면 어떤 남자든 불쾌해질 것이다. 특히나 그 누군가가 남경재 같은 퇴폐적인 매력의 사내라면 더더욱.

"반갑습니다, 남경재 씨. 사촌 형님의 결혼을 진심으로 축하드립니다. 그럼, 저희는 단둘이 할 얘기가 있어서 이만."

인사를 나누는 둥 마는 둥하고, 경우는 서둘러 이래를 데리고 자리를 떴다. 남경재의 '뭐 저런 인간이 다 있어?'의 시선이 뒤통수로 날아들었지만 상관없었다. 지금은 그 누구의 눈치도 보고 싶지 않았다. 지금 당장 아내에게 키스하고 싶었다.

"경우 씨, 왜 그래요? 무슨 일인데요? 화났어요?"

이래는 빠르게 어딘가로 내딛는 경우를 종종걸음으로 뒤따르며 그의 등에 연달아 질문을 던졌다. 아무래도 이래는 자신이 방금 남편의 스위치를 켜버렸다는 사실을 아직 인지하지 못한 듯하다.

하아— 이렇게 자각이 없어서야. 나만 고통스러울 뿐이군.

"화났지. 아주 많이 났지."

심드렁하게 중얼거리며 그는 두리번두리번 주위를 둘러보았다. 찾고 있는 푯말이 통로 건너편에 붙어 있었다. 통로는 꽤 넓었지만 결혼식 하객으로 북새통을 이루고 있었다. 경우는 이들을 하나씩하나씩 헤치며 쉬지 않고 목표 구역을 향해 전진했다. 이래는 열심히 그의 뒤를 따르며 순진무구하게 헤헤 웃었다.

"혹시 질투해요? 질투한 거죠? 그렇죠? 남경재 씨가 질투 났죠?"

"뭐가 그리 웃겨? 그렇게나 꼴불견이야?"

"무슨 꼴불견이에요? 아니거든요. 좋아서 웃는 거라고요. 기뻐서."

"뭐가 좋은데? 남자가 꼴사납게 질투 따윌 하는 게."

"질투는 사랑의 증거니까요. 남경재 씨처럼 아무것도 아닌 남자와 겨우 악수만 했는데도 질투했다는 건, 경우 씨가 날 아주 많이 사랑한다는 뜻 아니겠어요? 근데 역시. 질투 맞구나? 질투했죠?"

"아니."

"에이. 맞으면서. 괜히 쑥스러우니까 아닌 척. 사실대로 말해봐요. 질투 맞죠?"

"아니라니까."

"맞네, 맞네. 했어, 했어. 우와! 놀랍다. 선배도 질투 같은 걸 하네? 이런 경험 처음이야."

또다. 또 선배로 불렸다……

이래는 그를 '선배'로 불렀다가 '경우 씨'로 불렀다가, 하루에도 열두 번씩 호칭을 바꿔댄다. 무의식중에 그를 선배로 인식했다가, 남편으로 인식했다가, 오락가락하는 것이겠다. 덕분에 경우 역시 헷갈렸지만 딱히 싫지는 않다. 이래가 선배였던 과거의 그도, 남편인 현재의 그도 모두 똑같이 사랑한다는 뜻일 테니까.

오히려 사랑스럽게 느껴졌다. 호칭 하나 제대로 못 정하고 왔다 갔다 하는 것까지 귀여워 죽겠으니 참말로 큰일. 박이래 팔불출이란 별명이 괜히 나온 게 아니었다.

"근데 정말 어디 가는 거예요? 무슨 일인데요? 급한 일이에요?"

"급하지. 아주 급하지."

경우는 복도 끝 목적지에 도달해서야 걸음을 우뚝 멈추었다. 이래를 휙 돌아보았다. 친구의 결혼식을 위해 특별히 고른 꽃무늬

원피스와 베이지색 트렌치코트가 눈에 들어왔다. 어깨 위로 부드럽게 물결치는 갈색 머리카락도, 화사한 색조화장도, 분홍색 립스틱이 칠해진 입술도. 당장 끌어안고 싶은 욕구가 스멀스멀 척추를 타고 머리꼭지까지 끓어올랐다.

"우리 아침에 보고 처음 보는 거잖아. 지금 충전이 절실해."

뚱하니 입술을 내밀고 경우는 불만을 토로했다.

"충전이요?"

이래는 깜짝 놀랐다. 물론 그의 말대로, 그는 토요일인데도 불구하고 오늘 아침 일찍부터 출근해서 일을 했다. 하지만 내일부터 장장 한 달간의 휴가를 보낼 두 사람이질 않나. 괌에 있는 리조트에서 2주간 머물고 나머지는 유럽 곳곳을 투어할 예정이었다. 벌써 짐까지 다 꾸려놓았으니 오늘은 친구의 결혼식을 마음껏 축하하고, 내일 아침 곧바로 비행기를 타면 된다. 한데 그새를 못 참고 충전이 필요하다니, 하여간 못 말려.

이래는 괜히 좋으면서도 쭈뼛쭈뼛 어색하게 팔을 내밀어 그의 허리를 꼭 안았다. 지나가는 사람들이 볼지도 모르지만 뭐 어떤가. 볼 테면 보라지. 새색시가 피곤한 새신랑을 좀 안아준다는데 누가 뭐래.

시샘하는 자가 루저, 배 아프면 지는 거다.

"고생했어요, 선배."

이래는 그를 안은 채로 깜찍하게 속삭이고는, 애교가 가득 든 눈빛을 뾰로롱 발사했다. 평소처럼 홀딱 빠진 사랑의 눈빛이 되돌아올 것이라고 잔뜩 기대했으나, 그에게서 날아온 건 싸늘한 시선뿐이었다.

"뭐야? 겨우 이걸로 만족하라는 거야?"

"그럼요? 뭘 더 바라요? 키스라도 하라고요?"

"못할 것도 없지."

"사람들이 이렇게나 많은데요?"

"없는 데서 하면 되지."

"엥?"

그게 무슨 뜻이냐며 이래가 눈을 배로 키웠다. 경우는 그것도 모르냐며 콧방귀를 뀌고는 손가락으로 벽에 붙은 팻말을 가리켰다. 팻말의 문구를 확인한 이래는 헉할 수밖에 없었다. 새하얀 아크릴판에 새겨진 초록색 글자가 의미하는 바가 너무나도 명백했기에.

—비상구.

"안 돼요, 선배!"

"돼."

"안 돼요, 안 돼. 절대로 안 된다고요."

"돼."

"안 된다니까! 상식적인 행동이 아니잖아요. 혹시라도 누가 보면? 하객 중에 한 사람이라도 키스하는 우릴 발견하기라도 하면 어떡해요? 우릴 뭐라고 생각하겠어요? 공개적인 장소에서 부끄럼도 없이 키, 키스를 하는 문란하고 부도덕하고 타락한……."

"신혼부부라고 생각하겠지."

이래는 남편의 일탈에 동조할 수 없음에 펄쩍펄쩍 뛰었지만, 달

콤한 유혹을 이겨낼 수는 없었다. 경우는 '안 되는데…….' 하며
못 이기는 척 따라나서는 이래를 데리고 비상구 출입문 너머로 사
라지며 히쭉 웃었다.

"돼, 박이래. 우린 아직 신혼이니까."

그들은 예식이 시작되기 전까지, 누구의 방해도 없이 신혼의 기
쁨을 마음껏 누렸다.

에필로그

3년 뒤.

잠결에 전화를 받은 이래는 지우의 울먹이는 목소리를 듣고 깜짝 놀랐다. 벽에 붙은 시계를 보니 아침 7시. 밤낮이 바뀐 8개월짜리 아들, 하견우 때문에 새벽녘에야 겨우 잠든 이래에게는 아직 한밤중인 시각이었다.

함께 견우 재우기 일일 프로젝트를 수행했던 남편 경우도 녹다운된 지 오래. 깊이 잠든 와중에도 이래를 죽부인인 양 꼭 껴안고 가슴을 조물거리고 있었다.

만사가 다 귀찮아 전화고 뭐고 무시하고 싶은 마음이 굴뚝같았으나, 우는 시누이를 본체만체할 수는 없는 일이었기에, 어쩔 수 없이 지우는 제 볼을 꼬집어가며 정신을 차리고는 지우의 하소연을 들었다. 그리고 그로부터 1시간 후, 신혼 6개월 차 새색시 하지우는 친정 엄마한테도 말 못하는 얘기들을 쏟아내며 남편의 온갖 흉이란 흉은 다 보고 있었다.

[진짜 나한테 이런 날이 올 줄은 꿈에도 몰랐어요. 어떻게 세혁 씨가 나한테 이럴 수가 있어요? 자기 자존심은 중요하고 내 사회적 지위는 안 중요해요? 자기 마누라가 됐으니 하지우로 살아온 지난 30년간의 모습은 다 버리라는 거예요? 그럴 거면 왜 나랑 결혼했대? 자기처럼 지지리도 궁상인 여자 골라서 결혼하지. 미치겠어요. 하나부터 열까지 고치려고 들어서. 정말 돌아버리겠다고요.]

"속상하겠네요, 아가씨. 아가씨의 존재 자체를 부정하는 것 같아서 무지 기분 나쁘겠어요."

[그죠? 그죠? 언니였어도 화났겠죠? 내가 이상한 거 아니죠?]

"그럼요. 사람은 누구나 타인에게 인정받길 바라는걸요. 좋아하는 사람에게는 특히 더 그렇죠. 나도 마찬가지예요. 오빠한테 얼마나 인정받길 바라는데요. 아가씨가 이상한 건 아니에요."

[세혁 씨는 왜 그 모양일까요? 자격지심이 너무 심해요. 뭐든 자기 힘으로 해결하려고 해요! 요즘 물가가 좀 세요? 그 사람 쥐꼬리만 한 월급으로는 목구멍에 겨우 풀칠밖에 못해요. 신상구두는 커녕 외식 한 끼, 뮤지컬 한 편도 마음대로 못 본다고요. 난 그렇게는 못 살아. 30년간 그렇게 안 살았으니까. 다행히 나한테는 아버지가 주신 여윳돈이 있어요. 큰돈은 아니지만 내가 사고 싶은 것을 마음껏 살 정도는 돼요. 그래서 그 돈 좀 쓴다는데 대체 왜 저 난리인지 모르겠어요. 딴 남자였으면 좋다고 덥석 받을걸요.]

"그건 그렇죠."

[나도 알아요. 아파트 중도금 마련하느라 허리띠를 조인다는 거. 내 월급 고스란히 은행 이자로 넘어가니까 그 사람 월급만으로 생활할 수밖에 없다는 거. 그러게 애초에 우리 집에서 해준다는 아파트를 받았으면 됐잖아요. 왜 혼수로 해준다는 집을 거절하고, 날 이렇게 고생시키느냐는 말이죠, 내 말은!]

"아주버님께서 유독 금전 면에 결벽하시긴 해요."

고지식하기 짝이 없는 지우의 신랑을 떠올리며 이래는 고개를 끄떡끄떡했다.

깐깐하고 원리원칙만 아는 오세혁 검사는 지우가 회사에서 '여럿이 밥 먹다가 한 명에게 현금을 걷어주고 그의 카드로 밥값을 지불케 하는 행위' 마저 카드깡이라며 못하게 하는 사람이었다. 융통성이라곤 약에 쓸래야 찾을 수가 없고, 책임감과 자존심에 있어서는 거의 대한민국 지존급이었다.

지우는 그런 세혁에게 반해서 적극적으로 대시했고, 세혁은 순수하리만치 저돌적으로 들이대는 지우에게 이끌렸다. 순전히 사랑의 힘만으로 우여곡절을 딛고 결혼에까지 골인한 두 사람. 하지만 역시 자라온 환경의 차이는 어쩔 수 없었던 것일까? 지우는 그가 너무 인색하고 답답할 정도의 원칙주의자라는 사실이 싫다고 했다. 6개월 전까지만 해도, 그의 그런 점이 장점이라고 말했던 지우였는데…….

사실 이래는 세혁의 입장이 조금은 이해되었다. 처가의 도움을 받아 신혼집을 마련하는 것은 그의 자존심이 허락하지 않았을 것이다. 결혼 자금마저 부모의 도움 없이 두 사람의 월급을 똑같이 저축해, 오로지 두 사람만의 힘으로 마련하지 않았던가. 그는 기본적으로 자립심이 무척 강한 사람이었다.

또한 그는 지우와 사귀면서부터 늘 주변으로부터 시기와 질투를 받아왔다. 지방의 대학 근처 중고서점 아들 오세혁이 중소기업이지만 재정이 꽤 탄탄하기로 유명한 대현제강의 따님에게 찍혔으니 땡잡은 거라며, 출세의 기반이 되어줄 여자를 꼭 잡으라는 친구들의 충고가 줄을 이었다고 하니 세혁으로서는 모두에게 증명할 필요가 있었을 것이다. 하지우가 출셋줄이 아니라는 것을.

하지만 평생을 부잣집 딸로 유복하게 살아온 지우더러 가계 지출을 줄이라는 둥, 은행 빚을 갚기 전에 문화생활은 꿈도 꾸지 마라는 둥의 극단적 요구를 하는 건 너무 가혹한 처사였다. '빵이 없으면 과자를 먹어라' 했다던 마리 앙투아네트처럼 지우에게선 '돈이 없으면 내 통장에서 빼서 쓰면 되지'와 같은 반응이 나올 수밖에 없다. 애초에 은행 빚이나 아파트 중도금의 압박감 따윈 지우에겐 허상에 불과하니까 말이다.

"근데 아가씨."

이래가 제법 강단 있는 어조로 입을 열었다. 순간 그녀의 어깨에 얼굴을 묻은 채 곤히 잠들어 있던 경우가 몸을 뒤척였다. 작게 신음하며 이래를 품 안으로 더 바짝 끌어들였다. 이래의 엉덩이에 그의 볼록한 사타구니가 꾸욱 와닿았다.

이래는 당황한 나머지 허리를 휘리릭 비틀어 빼며 슬쩍 뒤를 돌아보았다. 경우에게서는 아무 낌새도 없었다. 아직도 저 먼 꿈나라에서 허우적거리는 듯. 잠결에 이런 야한 행동이라니, 정말 못 말리는 남편 되시겠다.

휴우, 당혹스런 한숨을 내쉬고 이래는 손바닥으로 얼굴을 파닥

파닥 부채질했다. 혹시라도 깰까. 목소리를 확 죽이고서 속삭이듯 지우에게 말을 건넸다.

"결혼 전에는 아주버님의 그런 점이 좋다고 했잖아요. 여자의 집안, 돈, 미모 같은 거 계산하고 따지는 남자가 아니라 순수한 사람이라고. 속물근성의 다른 남자들과는 차원이 달라서 존경스럽기까지 하다고 했잖아요."

[그거야 그렇죠. 지금도 그 생각은 변함없어요⋯⋯.]

"그럼 됐고요."

[내가 너무 이기적이고 못됐죠? 철없고 세상 물정 모르고 그릇이 작은 여자라고 생각하고 있죠?]

"그렇게 생각 안 해요. 아까도 말했지만 아가씨가 서운해하는 포인트, 충분히 공감해요. 다만 이런 문제는 서로가 상대의 생각, 입장, 논리, 느낌들을 납득하는 게 중요하다고 생각해요. 두 사람 모두 무조건 안 된다, 못한다, 화내지만 말고. 자신의 입장과 느낌들을 얘기하면서 의견 차이를 좁히는 게 좋을 것 같아요. 무엇보다 아주버님은 총각 시절부터 피규어 모으는 게 취미였잖아요. 아가씨의 구두 컬렉션을 이해 못하는 건 아닐 거예요."

[네에.]

"가계부를 검사하고 지출내역서까지 뽑는 건 심하긴 한데요. 그건 그것대로 이유가 있을 거예요. 같이 잘 이야기하다 보면 그 이유도 제대로 알게 되겠죠. 솔직히 난 아주버님이 멋지다고 생각해요. 검사잖아요. 흔히들 말하는 '사' 자 직업. 처가가 능력 있으니 충분히 열쇠 세 개쯤 요구할 수도 있었을 거예요. 한데 아주버님은 아가씨한테 몸만 오라고 했잖아요."

[그건, 우리 자기가 날 너무 사랑하니까 그랬던 거죠.]

지우가 갑자기 코맹맹이 소리를 낸다. 그녀의 입에서 '우리 자기'가 나오면 이래의 미션은 클리어. 웃음이 터지는 걸 참으며 이래는 한참 동안 세혁이 얼마나 지우를 아끼는지에 대해 자신의 생각을 늘어놓았다.

그 결과 10분 뒤 하지우는 데헷데헷 바보웃음을 지으며, 역시 우리 자기랑 결혼하길 잘했다는 팔불출 하경우 동생다운 발언으로 대화를 갈무리 지었다.

[근데 언니, 그거 아세요? 민호 오빠 말이에요. 내일모레 결혼하잖아요. 지금 파혼당할 위기래요.]

이제 드디어 마음 놓고 잠들 수 있겠구나 싶을 때, 지우가 문득 다른 화제를 꺼내었다. 내용인즉슨, 후배 민호가 최근에 만난 맞선녀와 결혼 날짜까지 잡아가며 예쁜 사랑을 이어가고 있었는데, 갑자기 3년 전에 헤어졌던 전 여자친구 송세련이 나타나 훼방을 놓고 있다는 것.

송세련은 맞선녀를 불러내 '김민호는 날 죽자 사자 쫓아다녔던 남자'라면서 '3년 동안이나 다른 여자를 잊지 못했던 남자랑 결혼하고 싶냐'고 마구 공격했다고 한다. 당연히 맞선녀는 분노했고 민호의 사랑은 당장 파투 나도 이상할 게 없을 만큼 위태로워졌다고 했다.

[미친 거 아니에요? 민호 오빠가 매달릴 땐 거들떠보지도 않더니, 왜 이제 와서? 민호 오빠가 그 여자 잊으려고 얼마나 노력했는데! 이제 마음잡고 좋은 여자 만나 제대로 행복해지려는데 대체 왜? 배가 아팠나? 자긴 갖기 싫고, 다른 여자한테 주긴 아깝고?

그럴 거면 왜 헤어지자고 했냐고요. 도무지 이해가 안 된다니까요.]

"그러게요."

혼잣말을 중얼거리며 이래는 3년 전의 일들을 머릿속으로 더듬어보았다. 생각해 보니 그때도 세련은 이래가 결혼한 직후에 등장해 그녀를 불안하게 했었다. 보란 듯이 경우의 가족들과 친하게 지내거나, 유부남이라도 마음만 먹으면 얼마든지 빼앗을 수 있다는 식의 자신감을 피력하는 행위는 누가 보아도 도발이었다. 시기와 질투로 얼룩진 이간질.

그러다 어느 날 갑자기 자취를 감추었다. 회사를 옮기고 민호와도 헤어졌다. 민호는 그녀가 왜 갑자기 이별을 통보했는지 모른다고 했다. 특별한 이유도 없이 '더 이상 사귈 마음이 없다'고만 했단다. 이후 3년 동안 그녀는 그들의 앞에 일절 모습을 드러내지 않았다.

"도대체 3년 전에 송세련 씨한테 무슨 일이 있었던 걸까요?"

[알 게 뭐예요? 그렇게 친하게 지냈는데 말도 없이 퇴사하고 내 연락도 씹고. 실망했어요. 무슨 일이 있었는지는 모르겠지만 나한테는 그러면 안 되죠. 내가 얼마나 자길 따랐는데. 아마 남자 문제였을 거예요. 그 여자, 꽤 독점욕이 심하거든요. 괜찮은 남자들은 죄다 자길 좋아해야 직성이 풀리는 성미였죠. 민호 오빠는 그걸 항상 여왕 본능이란 말로 그럴싸하게 포장해 주었지만, 어떤 남자가 그런 걸 좋아하겠어요?]

"그렇긴 하죠."

[어머, 시간이 벌써 이렇게 됐네. 언니! 저 지금 나가 봐야 해요.

다음에 또 통화해요.]

멍하게 혼잣말을 중얼거리는 사이, 지우는 바쁘다며 전화를 끊었다. 왠지 심란해지는 심정으로 이래는 자그맣게 한숨을 내쉬었다.

머리가 복잡해졌다. 한때 자신이 원망했던 사람이라 그런가. 송세련이 걱정되었다. 왠지 민호에게 미안해지기도 했다. 어쩌다가 두 사람의 사이가 틀어졌는지, 혹시 그 계기가 자신은 아닌지 우려되었다. 일이 이 지경이 될 때까지 세련은 왜 아무 노력도 하지 않았는지, 왜 이제야 나타나 민호의 결혼을 방해하는지, 정말 궁금했다.

하지만…….

그건 이제 이래가 상관할 일이 아니었다. 송세련과는 친구도 뭣도 아니니까. 그녀와 교분을 나누었던 지우마저 방관하는데, 자신이 나서는 건 괜한 오지랖이었다. 이래는 찝찝한 마음을 긴 한숨에 날려 보냈다.

어잇차! 휴대전화를 협탁 위에 올려놓기 위해 손을 쭉 뻗다가 깨달았다. 자신의 왼쪽 다리가 싱크로나이즈드 스위밍 자세로 허공에 붕 떠올라 있었다. 깜짝 놀라 뒤돌아보니 하경우가 씩 웃으며 은밀한 공격을 이제 막 시도하고 있었다. 이찌나 행동도 재빠른지. 그의 성급한 손길이 벌써 이래의 속옷을 옆으로 젖히고 있었다. 너무 기가 막혀서 말이 안 나왔다.

"지금 뭐, 뭐 하는 거예요?"

"글쎄. 서비스를 빙자한 교란작전?"

"서비스는 무슨 서비스예요? 교란작전은 또 뭐고!"

이래는 씨알도 안 먹힐 핑계를 갖다 대는 남편을 미친 사람 바라보듯 쳐다보며 눈살을 찌푸렸다. 아내의 눈빛 공격에도 아랑곳하지 않고 경우는 어깨를 으쓱함으로써 더 이상의 설명을 생략하겠다는 뜻을 분명히 전했다.

경우는 방금 전, 본의 아니게 아내와 동생의 통화 내용 대부분을 엿들었다. 이래는 민호의 일을 심각하게 받아들이는 것 같았다. 한숨까지 터트리는 걸 보면 지금의 사태를 제 탓이라고 생각하는지도 몰랐다.

하지만 그건 말도 안 되는 소리다.

세련의 불행은 그녀의 방종이 부른 결과물이다. 그녀는 자신의 행동에 부끄러움을 느끼고 제 발로 도망쳤다. 경우를 유혹하려 한 주제로는 도저히 민호의 곁에 머물 수 없음을 알았던 것이다. 당시 경우는 자신이 나설 필요조차 없이 민호와의 관계가 깨끗이 청산되었음을 다행으로 여겼었다.

"딴생각 못하게 하려고."

경우는 아내의 입술에 쪼옥 입술을 찍으며 중얼거렸다.

"나만 생각해. 나한테는 네가, 너한테는 내가 제일 중요하잖아. 다른 사람의 감정은 신경 쓰지 마. 사랑은 지키는 거라고."

"뭐예요? 내가 무슨 생각하는 줄 알고 그런 말을……?"

희미하게 얼굴을 붉히면서도 이래는 입술을 오물오물, 눈꺼풀을 나풀나풀 하였다. 심장이 퍼덕퍼덕 뛰었다. 맘이 마구마구 설레었다. 말하지 않아도 그녀의 마음속을 훤히 읽고, 불안해하는 그녀를 꼭 붙들어주는 그라서. 화려한 미사여구 없이도 언제나 사랑 받는 기분을 느끼게 해주는 그라서. 그런 멋진 하경우라서 그가 너무 좋다.

"으으음……."

나른하게 신음을 흘리며 이래는 천천히 밀려들어 오는 그를 기쁘게 맞았다. 허리를 비틀어 그의 입술에 입을 맞추었다.

그의 감미로운 혀끝을 휘감고 부드럽게 빨았다. 조금씩 가빠지는 그의 숨결과 그가 가끔씩 흘러내는 작고 그윽한 신음 소리를 삼켰다. 그녀의 온몸 구석구석의 말초신경을 깨어나게 하고 수줍은 욕망을 불러일으키는, 발칙하리만치 탐욕스러운 그의 입술을 마음껏 음미했다.

"널 엉망으로 만들고 싶어, 박이래."

쭙쭙, 그녀의 입술을 맛있게 시식하며 경우가 중얼거렸다.

"결혼한 지 3년이나 지났는데, 난 왜 아직도 널 짝사랑하는 기분일까? 널 더 완벽하게 가지고 싶어. 더욱 확실히 내 것으로 만들고 싶은데, 어떻게 해야 할지 모르겠어. 너한테 너무 휘둘리는 내 자신이 싫다. 난…… 네가 지금보다 더 내게 빠졌으면 좋겠어."

느릿느릿 아내의 속살을 헤집고 들어가 깊숙이 뿌리박히며 속말을 속삭였다. 그에게 쉴 새 없이 입술이 빨리는 채로 아내는 뭐라 뭐라 대답했다. 제대로 들리지는 않았지만 들으나마나. '짝사랑하는 기분은 나도 매일 느끼거든요?' 내지는 '이하 동문이네요'와 같은 반박문일 것이다.

경우는 거대한 해일처럼 웅장하고 압도적인 절정의 순간이 다가오고 있음을 느꼈다.

아내의 입술 안쪽을 부드럽게 깨물어 올리며 그는 세차게 몸을 굴렸다. 아내의 가장 안쪽까지 파고 들어가 그녀의 가장 찬란한 쾌감을 따먹었다. 저 끝까지 떨어져 감각의 정점을 짓눌렀다. 이래는 뻣뻣하게 몸을 굳히며 신음했다.

"흐읏!"

"윽!"

세차게 수축하는 그녀의 몸을 느끼며 경우는 숨통이 조이는 듯한 착각에 빠졌다. 당장이라도 터질 것만 같아 그는 숨을 참았다. 두 주먹을 불끈 쥐었다. 부들부들 떨리는 손으로 이래를 격렬히 끌어안았다.

부드럽게 아내의 입술을 맛보며 템포를 죽였다. 아내에게 쾌락의 불꽃놀이를 선물하기 이전에 제멋대로 혼자 폭죽을 터트리지 않기 위해 갖은 애를 썼다. 바로 그때, 에에에엥— 사이렌만큼이나 무시무시한 갓난아기 울음소리가 들려왔다.

견우다.

녀석이 벌써 깼나 보다.

"잠깐만요."

이래가 입술을 떼며 그를 떠밀었다. 경우는 필사적으로 아내를 껴안으며 고개를 내저었다. 아직이라고, 아직 우린 절정을 맞이하지 못했다고. 하지만 박이래는 모성 본능에 한해선 타의 추종을 불허하는 여자였다. 더욱 단호하게 그를 떠밀고 침대를 빠져나갔다.

아아, 그녀는 갔습니다. 아들을 품으러 남편을 떠났습니다.

경우는 허무한 얼굴로 벌러덩 드러누웠다. 눈부신 아침 햇살이 그를 조롱하듯 환하게 내비쳤다. 아직 수그러들 기미가 전혀 보이지 않는, 욕구불만의 야수도. 민망하리만치 뻣뻣한 놈이 너무도 처참하여 그만 눈을 감아버렸다. 그리고 생각했다.

또다시 결혼하고 싶다고. 매일매일 결혼하고 싶다고.

날마다 신혼일 수 있도록……

한참이 지나도 아내가 돌아오지 않자, 경우는 버럭 고함을 내지르고 말았다.

"박이래! 빨리 안 오면 나 혼자 가버린다!"

THE END

작가후기

    저는 올 한 해 격동의 시간을 보냈습니다. 다방면에서 변화의 물결을 체험한 드라마틱한 나날들이었습니다. 수없이 많은 크고 작은 깨달음 중에는 창작자로서의 변화의 요구도 있었습니다. 정체와 안주는 어느 분야에서든 경계 대상 1순위겠으나 창작자에게는 더더욱 그러할 것입니다. 끊임없이 새로운 것을 양산하는 것이야말로 창작(創作)의 본질이자 정체성이기 때문이겠지요.

    10년 넘게 한 우물을 파왔던 저에게는 특히나 정체는 독입니다.

    사실 저는 꽤 느린 사람이에요. 변화에 대한 대처가 능숙하지도, 발빠르지 못한데다 결심도 느리지요. 흐름이나 판세를 못 읽는 편은 아니나, 엉덩이가 무겁고 조심스러운데다가 어울리지 않게 완벽주의자 성향이 있다 보니 늘 남보다 열 걸음쯤 뒤쳐가게 되더군요. 그러한 저에게 올 여름 정말 특이한 일이 있었습니다. 無뜬금으로 어느 날 갑자기 계시를 받듯 영감이 떠오르더니 새로운 길의 소용돌이로 빠져들게 된 것이지요. 지금 돌아보면 뭐에 홀렸던 것이 아니었나 생각되어요. 그만큼 제자신의 의지와 상관없이 속수무책으로 빨려들어 신세계를 접했던 것 같습니다. 음, 그 덕에 저는 10년 후에나 기웃거려볼까 싶었던 여러 가지 변화들을 시도하기에 이르렀지요.

앞서 언급했던 제 성향 때문에 어쩌면 작품에 완벽히 정착되기에는 많은 시일이 걸릴지도 모르겠습니다만. 한 번 결정하면 앞뒤 안 재는 저의 또 다른 성향상 시도를 미루지는 않을 것입니다. 앞으로 천천히 조금씩, 조급증 내지 않고 제가 새롭게 눈뜬 스타일이 글 속에 녹아들어갈 수 있도록 노력하겠습니다.

이런저런 개인적인 혼돈 속에서 써내려간 글이 [신혼의 기쁨]입니다. 전체 줄거리를 요약하자면 〈주인공 박이래가 학창 시절에 좋아했던 선배 하경우와 억지춘향 격으로 결혼하고 신혼을 보내는 동안, 서로가 서로를 오랫동안 사랑하고 있었다는 사실을 깨닫는다〉인데요. 이 글에서 제가 가장 역점에 두었던 핵심키워드는 '풋사랑'과 '순애보'였습니다.

이래가 순진했던 여고생 시절에 품었던 어설프지만 진지했던 감정, 사랑이었지만 스스로가 사랑인 줄 몰라서 아쉽게 끝나버린, 덜 익은 사과 같은 풋사랑, 그 아쉬운 사랑을 뒤늦게나마 이뤘으면 했습니다. 첫사랑은 현실에서는 이뤄지기 힘들다지만 로맨스 소설은 판타지잖아요. 이래의 마음속 판타지를 미력하나마 저의 힘으로 꼭 이뤄주고 싶었답니다.

경우는 오랫동안 한결같이 이래만 사랑했던 남자예요. 구상 단계에서, 글을 쓰는 사이사이, 경우에 대해서 자주 생각해보았습니다만, 아무리 생각해도 경우가 다른 쪽으로 곁눈질을 해보았을 가능성이 없었네요. 제 마음속에 자리 잡은 하경우란 남자는 다른 여자를 사랑한 적도, 사랑하려고 노력한 적도 없는 사람이었어요. 전작 [관계의 법칙] 때문에 예기치 않게 늘어난 약혼 기간 2년이 그런 부분에 더욱 힘을 실어주었지요. 한 여자와의 결혼을 하염없이 망부석처럼 기다리는 그의 모습에서 대단한 순애보를 느낄 수밖에 없었네요.

제가 의도한 바가 제대로 표현되었을지는 잘 모르겠습니다. 하지만 언제나 그렇듯이 저는 제 역량 안에서 최선을 다했답니다. 즐겁게 읽어 주셨기를 진심으로 바랍니다.

함께 애써주신 유경화 팀장님, 주승아 님, 감사드립니다. 어려운 여건에서도 항상 예쁜 책 내주시는 예원북스 편집부 이하 출판사 관계자 여러분께도 감사의 말씀을 올립니다. 15년이 넘는 긴 시간동안 동행중인 우리 동료 작가님들 너무 고맙고요. 소중한 저희 가족들에게도 무한한 사랑을 전합니다. 새해에는 다들 건강하시고 복 많이 받으시길 바라겠습니다.

저는 다음 소설로 새로운 커플과 함께 돌아오겠습니다.

감사합니다.

홍윤정 드림